譯註 三國演義

# 삼국연의

## 2

나관중 지음 / 박을수 역주

<제16회 ~ 제30회>

보고사

# 길잡이

1) 나관중의 삼국지는 [삼국지통속연의](三國志通俗演義)이고, 모종강 본은 [회도삼국연의](繪圖三國演義)가 원제이다. 여기서는 [삼국연의](三國演義)를 책명으로 하였다.

2) 이 책은 중국고전소설신간 [삼국연의](三國演義: 120回·臺北市 聯經出版事業公司印行)을 저본(底本)으로 하고, 여러 이본(異本)들을 참고한 완역(完譯)이다. 다만 모종강(毛宗崗) 본에 있는 '삼국지연의서'(三國志演義序·人瑞 金聖嘆氏 題)·'삼국지연의서'(三國志演義序·毛宗崗)·'독삼국지법'(讀三國志法·毛宗崗) 등과 매회 앞에 있는 '서시씨 평'(序始氏 評)과 본문 중간 중간의 ( ) 속에 있는 보충설명(이를 '夾評'·'間評'이라고도 함) 등은 번역하지 않았다. 그 이유는 이 부분이 독자들에게는 꼭 필요하지 않을 것이라고 생각했기 때문이다.

3) 지금까지 나온 [삼국지](三國志)는 김구용·박기봉의 번역본에서부터 이문열의 평역본에 이르기까지 여러 종이 있고, 또 책마다 특장(特長)을 지니고 있다. 그러나 삼국지의 원래의 뜻을 충분히 이해하는 데는 한계가 있는 것 같아서 이를 보완하는 데 심혈을 기울였다. 그것은 각주(脚註)만도 중복되는 것이 있기는 하지만, 2천 6백여 항에 달하고 있음을 보면 이해가 될 것이다.

4) 인명(人名)·지명(地名)·관직(官職) 등은 특별한 경우가 아니면 주석하지 않았다.

5) 주석은 각주로 쉽게 하였으며 참고하기 편하도록 매 권의 끝에 '찾아보기'를 붙였다. 또 연구자들을 위해서 출전(出典)·용례(用例)·전거(典據) 등을 밝히고, 모아서 별책(別冊)으로 간행하였다.

6) 인물(人物)·지도(地圖) 김구용의 [삼국지](三國志)에서 빌려 썼다.

# 차 례

길잡이 / 3

**제16회** 여봉선은 원문의 화극을 쏘아 맞히고
조맹덕은 육수에서 싸우다 패배하다 ······ 9

**제17회** 원공로는 군사를 크게 7로로 일으키고
조맹덕은 세 곳의 장수들을 모으다 ······ 40

**제18회** 가문화는 적을 헤아려 승패를 결정하고
하후돈은 화살을 뽑아 눈알을 씹다 ······ 60

**제19회** 하비성에서 조조는 적병을 무찌르고
백문루에서 여포는 목숨이 끊어지다 ······ 76

**제20회** 조아만은 허전에서 사냥을 하고
동국구는 내각에서 조서를 받다 ······ 106

**제21회** 조조는 술을 마시면서 영웅을 논하고
관공은 성을 열게 하여 차주를 참하다 ······ 128

**제22회** 원소와 조조는 각각 삼군을 일으키고
관우와 장비는 각기 두 장수를 사로잡다 ······ 152

**제23회** 예정평은 옷을 벗은 채 도적을 꾸짖고
길태의는 독약을 쓰고 형벌을 받다 ······ 177

**제24회** 국적이 행흉하여 귀비를 죽이고
유황숙은 패배해서 원소에게로 가다 ······ 207

**제25회** 토산에 주둔한 관공은 세 가지 일을 다짐받고
조조는 관공을 위해 백마의 포위망을 풀어주다 ............ 222

**제26회** 원본초는 패하여 군사와 장수를 잃고
관운장은 인을 걸고 금은을 놓아두고 가다 ...................... 246

**제27회** 미염공은 천 리 길을 필마단기로 달려가고
한수정후는 오관을 지나며 여섯 장수를 베다 .................. 264

**제28회** 채양을 참하여 형제간의 의혹을 풀고
고성에서 만나 주인과 신하의 의리를 세우다 .................. 287

**제29회** 소패왕은 노하여 우길을 참하고
푸른 눈의 아이가 앉아서 강동을 이끌다 ......................... 314

**제30회** 관도의 싸움에서 본초는 계속 패하고
오소를 들이쳐 맹덕은 군량을 불태우다 ........................... 338

찾아보기 / 365

# 삼국연의

**나관중** 지음 / **박을수** 역주

손권

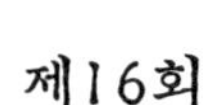

# 제16회

여봉선은 원문의 화극을 쏘아 맞히고
조맹덕은 육수에서 싸우다 패배하다.
呂奉先射戟轅門
曹孟德敗師淯水.

한편 양대장이 유비를 칠 계책이 있다 하자, 원술이 묻기를
"계책이란 게 어떤 것이오?"
하니, 양대장이 대답하기를
"유비는 소패에 군사들을 둔치고 있으나 쉽게 취할 수 있습니다. 다만 여포가 서주에 버티고 있어서 걱정입니다. 전번에 그에게 금백과 양식·말들을 주기로 한 바 있는데, 지금 주지 않으면 그가 유비를 도울까 걱정됩니다. 지금이라도 군량과 사람을 보내, 그의 마음을 잡아두어 군사를 움직이지 않게만 하면 곧 유비를 사로잡을 수 있을 것입니다. 먼저 유비를 잡고 나서 그 후에 여포를 도모한다면, 서주는 쉽게 얻을 수 있습니다."
하자 원술이 기뻐하여, 곧 군량 20만 석을 내고 한윤(韓胤)에게 밀서를 주어, 가서 여포를 만나게 하였다.

여포가 심히 기뻐하여 한윤을 후히 대접하였다. 한윤이 돌아와 원술에게 고하니, 원술은 드디어 기영을 대장으로 삼고 뇌박과 진란을 부장으로 하여 병사 수만을 이끌고 소패로 진격하였다. 현덕이 이 소식을 듣고 여러 장수들과 상의하였다.

장비가 나가 싸우자고 하였으나, 손건이 권유하기를

"지금 소패에는 군량이 적고 군사들이 적습니다. 어찌 적을 막을 수 있겠습니까? 편지를 써서 여포에게 보내십시오."

하였다.

장비가 묻기를,

"그놈이 어찌 오겠소!"

하자, 현덕이 말하기를

"손건의 말이 옳으이."

하고는 여포에게 편지를 썼다.

편지의 내용은 대강 다음과 같다.

> 장군께서 염려해 주셔서 제가 지금 소패에 몸을 운신하고 있사와, 실로 그 덕에 깊이 감사를 드립니다. 이제 원술이 사사로운 원한을 갚으려고, 기영을 보내 소패현에 이르렀습니다. 이에 소패현의 존망이 조석에 달려 있습니다. 장군이 아니면 이 현을 구할 수가 없습니다. 바라건대 일려의 군사들을[1] 보내시어 소패현의 긴급함을 구해주시면, 실로 다행이 아닐 수 없습니다.

여포는 편지를 보고, 진궁과 상의하기를,

"먼저는 원술이 군량과 편지를 보낸 것은 대저 나로 하여금 현덕을 구하지 않게 하려는 것이었소. 이제 현덕이 또 와서 구원해 달라고 합니다. 내 생각에 현덕이 소패에 주둔하고 있는 것은 나에게 해가

---

1) **일려의 군사들을[一旅之師]** : 얼마간의 군사. 약간의 군사를 가리키며, '일려'(一旅)는 약 5백여 명을 이름. [左氏 哀元]「有田一成 有象**一旅** (注) **五百人爲旅**」.

될 것 같지는 않소이다. 만약에 원술이 현덕을 병탄한다면, 북쪽에 있는 태산의 여러 장수들과 힘을 합쳐 나를 도모하려 할 것이외다. 그렇게 된다면 나는 편안하게 있을 수 없을 것이니 현덕을 구하는 것만 같지 못할 것 같소."
하며, 병사들을 점고하고 길을 나섰다.

한편, 기영은 기병하여 대군을 이끌고 진격하여, 이미 소패현의 동남에까지 이르러 주둔할 영채를 세웠다. 낮에는 정기를 정열하여 산천이 가려지고, 밤이면 횃불을 들고 북을 쳐서 천리가 밖에 진동했다. 현덕의 현에서는 겨우 5천의 군사가 나와 마지못해 진을 치고 있었다. 갑자기 보고가 들어오기를 여포가 군사들을 이끌고, 현에서 1리 떨어진 서남쪽에 영채를 세웠다 하였다. 기영은 여포가 군사들을 이끌고 유비를 구하러 온 것을 알고, 급히 사람을 시켜 여포에게 서찰을 보냈다. 그리고 여포의 신의가 없음을 질책하였다.

여포가 웃으면서 말하기를,

"나에게 한 계책이 있으니, 원술과 유비 두 쪽 모두 나를 원망하지 않을 것이다."
하였다.

이에 사신을 기영과 유비의 영채에 보내, 두 사람을 잔치에 초청하였다. 현덕이 여포가 초청한다는 말을 듣고는 곧 가려 하였다.

관우와 장비가 말하기를,

"형님은 가면 안 됩니다. 여포는 필시 딴 의도가 있을 것입니다."
하매, 유비가 대답한다.

"내가 저를 박대하지 않았으니, 저가 결코 나를 해치지는 않을 것이다."
하고, 드디어 말을 타고 갔다. 관우와 장비는 어쩔 수 없어 수행하였다. 여포의 영채에 이르러 들어가 뵈었다.

여포가 말하기를,

"내 오늘 공의 위태함을 풀어주려 하오. 다른 날 뜻을 얻으면 이 일을 잊지는 마시오."

하거늘, 현덕이 사례하자, 여포는 현덕에게 앉기를 권하였다. 관우와 장비는 칼을 차고 그 뒤에 섰다. 부하들이 기영이 도착했다고 알려왔다.

현덕이 크게 놀라 피하려 하니, 여포가 말하기를

"내 오늘 특별히 두 분을 청해 의논하려 하는 것이니 의심을 갖지 마시오."

한다.

그러나 현덕은 그 뜻을 몰라 마음속에 불안을 떨칠 수가 없었다. 기영이 말에서 내려 영채에 들어오다가, 현덕이 장막의 상좌에 앉아 있는 것을 보고는 크게 놀라, 몸을 빼서 급히 돌아가려 하였다. 좌우에서 만류하였으나 머무르지 않았다. 여포가 앞으로 가 잡고 돌아가지 못하게 하고 손을 잡아끌며, 마치 어린아이 다루듯하였다.

기영이 조심스럽게 말하기를,

"장군께서는 이 기영이를 죽이시려 하십니까?"

하매, 여포가 대답하되

"아니외다."

하였다.

기영이 묻기를,

"유비를 죽이시려 하시는 겁니까?"

여포가 대답하기를,

"그것도 아니외다."

하자, 기영이 또 묻는다.

"그렇다면 어찌하시려는 게요?"
하매, 여포가 말하기를
"현덕과 여포는 형제간입니다. 지금 장군 때문에 곤경에 빠졌다기에 저를 구하러 왔소이다."
한다.
기영이 또 묻기를
"만약 그렇다면 기영을 죽이려 하십니까?"
하거늘
여포가 대답하기를,
"그럴 이유가 어디 있겠소. 나는 평생 싸움을 좋아하지 않소. 오직 싸움을 풀기를 좋아하오이다. 오늘 내가 두 분을 위해 화해를 시키려 하오."
하니, 기영이 묻기를
"화해시킬 방법이 있소이까?"
하자, 여포가 "나에게 한 방법이 있소이다. 그것은 하늘의 뜻에 따라 해결하자는 것이외다."
하고, 기영을 잡아 장막 안으로 들어가서 현덕을 만나게 하였다. 두 사람 다 각기 의심을 품고 꺼려하였다.
이에 여포가 가운데 앉고 기영을 왼쪽에 유비를 오른쪽에 앉게 하고 또 잔치를 베풀어 술을 권했다.
술이 두어 순배 돌자, 여포가 말하기를
"당신들 두 분께서는 나의 체면을 보아서 함께 병사들을 돌리시오."
하자, 현덕은 말이 없었다.
기영이 말하기를,
"나는 주군의 명을 받고 10만의 군사들을 이끌고 와서 유비를 잡으려 하는데, 어찌 군사를 물린단 말이오?"
하거늘, 장비가 대로하여 칼을 뽑아 쥐고 꾸짖기를
"우리가 비록 수적으로는 적으나, 너희들 무리 보기를 아이들의 장난과 같이 한다. 너희가 백만의 황적에 비하면 어떠냐? 네가 감히 우리 형님의 마음을 상하게 할 것이냐!"
하자, 관우가 급히 말리면서 대답하기를
"여장군께서 어찌 하시는지를 보고 나서, 영채에 돌아가 저들을 죽여도 늦지 않을 것이다."
하였다.

여포가 말하기를
"나는 두 분이 화해하시기를 바랄 뿐이오! 모름지기 저를 죽이라고는 하지 않았소이다!"
하고 말하자, 이편에서는 기영이 분노를 참지 못하고 저편에서는 장비가 상대를 해하려 하였다.

여포가 크게 노해 좌우에게 이르기를,
"내 화극을 가져 오라!"
하여, 여포는 화극을 왼손에 잡았다. 기영과 현덕 두 사람 다 얼굴빛이 변하였다.

여포가 말하기를,
"나는 두 분께 싸움을 요구하는 것이 아니라, 천명에 따르자는 것이외다."
하고는, 좌우에게 화극을 원문[2] 밖 먼 곳에 꽂게 하였다.

그리고는 기영과 현덕을 돌아보며,

---

2) **원문(轅門)** : 군영의 문. [周禮 天官掌舍]「設車宮**轅門**」. [穀梁 昭 八]「置旃以爲**轅門**」.

"원문은 중군에서 150보의 거리외다. 내가 만약 한 화살에 화극의 작은 가지를 쏘아 맞히면 두 분이 병사들을 돌리고, 맞추지 못하면 두 분 각자 영채로 돌아가 싸울 준비를 하시오. 내 말을 듣지 않는 분은 힘을 합쳐 막을 것이외다."

하니, 기영이 속으로 생각하기를 '화극이 150보 밖에 있으니 어찌 맞출 수 있겠느냐? 우선 응낙을 해 놓고서 기다리다 맞추지 못하면, 그 때 핑계 삼아 적을 시살하면 될 것이다.' 하고 곧 응낙하였다. 현덕은 허락하지 않을 이유가 없는 터였다.

여포는 모두 앉게 하고 다시금 각각 술 한 잔씩을 권하였다. 술을 마시고 나자 여포는 활을 가져오게 하였다. 현덕은 속으로 빌기를 '원컨대 저의 화살이 적중하게 하소서!' 하였다. 여포가 천천히 일어나 소매를 걷어 올리고 활 위에 화살을 먹여 힘껏 당겼다가 놓으니, 화살이 '퍽' 하고 소리를 내었다.

이때, 활은 가을 달이 하늘을 가듯, 화살은 유성이 떨어지는 듯하며 작은 가지를 적중하였다. 장막의 모든 장수들이 일제히 소리쳤다.

후세 사람이 이를 예찬한 시가 있다.

온후의 귀신같은 사술은 세상에 드물어
일찍이 원문을 향해 위기를 풀어 주었네.
溫侯神射世間稀
曾向轅門獨解危.

해를 떨어뜨린 후예도[3] 속이고

---

3) **후예(后羿)** : 후이(后夷). 하(夏)나라 때의 유궁국(有窮國)의 왕 후이(后夷). 활의 명인으로 알려졌는데 하상(夏相)을 죽이고 그 자리를 빼앗았으나, 정사

원숭이를 불렀다는 유기도[4] 못당하리.

落日果然欺后羿

號猿直欲勝由基.

호근현의[5] 시위소리 나는 곳에

조우의 깃털 화살[6] 이르렀구나.

虎觔弦響弓開處

雕羽翎飛箭到時.

표자미 흔들흔들 화극을 맞히니

웅병 10만이 단숨에 융복을[7] 벗었구나.

豹子尾搖穿畫戟

雄兵十萬脫征衣.

이때, 여포는 화극의 작은 가지를 적중시키자, 큰 소리로 웃으며 활을 땅에 던지고 기영과 현덕의 손을 잡고

"이는 당신들 두 사람에게 군사를 물리라는 하늘의 명령이외다!"

하고, 군사들을 불러 말하기를

---

를 돌보지 않고 있다가 신하 한착(寒浞)에게 피살 되었음. [書經 五子之歌]「**有窮后羿** 因民弗忍 距于河」. [左氏 襄 四]「**后羿**自鉏遷于窮石 因夏民以代夏政 恃其射也」.

4) **유기(由基)** : 옛날 활을 잘 쏘았던 양유기(養由基). [中文辭典]「古之善射者 **養**姓 **由基**名」.

5) **호근현(虎觔弦)** : 호랑이의 힘줄로 시위를 만든 활.

6) **조우의 깃털 화살[雕羽翎]** : 수리의 깃털로 만든 화살.

7) **융복(戎服)** : 융의(戎衣). 철릭과 주립으로 된 갑주(甲冑). [書經 武成篇]「**一戎衣**天下大定」.

"술을 내어 오너라. 각각 큰 술잔으로[8] 마시자."

한다.

현덕은 속으로 부끄러움[慚愧]을 느끼고, 기영은 말없이 있다가 여포에게 묻기를

"장군의 말을 듣지 않을 수 없으나, 이제 이대로 돌아가면 주군께서 어찌 믿겠습니까?"

하자, 여포가 대답하기를

"내 직접 글을 써 드리겠소."

하니 기영이 편지를 받아 가지고 먼저 돌아갔다.

여포가 현덕에게 말하기를,

"내가 아니었으면, 이번에 공이 위험할 뻔하였소이다."

하자, 현덕이 절하며 사례하였다. 그리고 관우와 장비 등과 함께 돌아왔다. 다음 날 세 곳의 군사들이 모두 해산하였다.

현덕이 소패성으로 돌아가고, 여포가 서주로 돌아간 뒤의 이야기는 더 말하지 않겠다.

한편, 기영이 회남으로 돌아가 원술에게, 여포가 원문의 화극을 쏘아 현덕과 화해를 하게한 이야기를 편지로 써서 올렸다.

원술은 크게 노하며 말하기를,

"여포가 내가 보낸 군량미를 받고서도 도리어 이런 어린애 장난 같

---

8) **큰 술잔[一大觥]** : 큰 술잔. 본래 「광」(觥)은 '짐승 뿔 모양의 술잔'임. 「광주교착」(觥籌交錯)은 짐승 뿔 모양의 술잔과 산가지가 어지러이 놓여 있는 모습으로, '술자리가 무르익어 술잔이 오고 감'의 뜻. [歐陽修 醉翁亭記] 「**觥籌交錯**坐起而暄譁者 衆賓歡」. [文天祥 山中再次胡德昭韻詩] 「**觥籌**堂裏春色沸 燈火林臯夜色澤」.

은 일로써 유비만을 비호하였으니, 내 당장 병사들을 이끌고 가서 유비를 정벌하겠다. 그리고 여포도 함께 토벌하리라!"
하자, 기영이 권유한다.

"주공께서는 일을 일으켜서는 안 됩니다. 여포는 용기와 힘이 뛰어난 인물이며, 또 서주를 가지고 있습니다. 만약 여포와 유비가 앞 뒤에서 서로 연결한다면, 도모하기가 쉽지 않을 것입니다. 제가 듣기로는 여포의 처 엄씨에게 딸 하나가 있는데, 나이가 결혼할 때가 되었다 합니다. 주공께 아들이 있으니 사람을 보내 여포에게 직접 청혼하십시오.

만약 여포의 딸이 주공의 아들에게 시집오기만 한다면, 꼭 유비를 죽일 수 있을 것입니다. 이를 일러 '소불간친지계'라[9] 합니다."
하자, 원술이 그 말에 따라 그날로 한윤을 중매쟁이로 보내면서 예물을 주어 서주로 가서 혼인을 청했다.

한윤이 서주에 가 여포를 뵙고 말하기를,

"주공께서 장군을 흠앙하여 따님을 아들의 며느님으로 삼아 '진진지의'를[10] 맺고자 하십니다."
하니, 여포가 내실에 들어가 아내 엄씨와 의논하였다.

원래 여포는 두 아내와 첩이 한 사람 있었다. 먼저 엄씨를 정실부인으로 맞고 뒤에 초선을 취하여 첩을 삼았다. 그 후 소패에 살 때에, 또 조표의 딸을 취하여 차처(次妻)로 삼았다. 조씨는 소생이 없이 먼저

---

9) **소불간친지계(疏不間親之計)** : 가까운 친척 사이는 남이 이간시킬 수 없다는 뜻으로, '친척이 되어 남이 이간시키지 못하게 만드는 계책'을 이름.
10) **진진지의[秦晉之好]** : 진진지의(秦晉之誼). 춘추시대 진과 진, 두 나라가 서로 사돈을 맺었기 때문에 그 뒤부터 '혼인한 두 집 사이의 가까운 정의'를 이르게 되었음. [左氏 僖二十三]「怒曰 **秦晉**匹也 何人以卑我 (注) 匹敵也」. [蔣防霍小玉傳]「然後妙選高門以求**秦晉**」.

죽고, 초선 또한 소생이 없었는데, 오직 엄씨에게서 딸 하나를 얻어 여포가 몹시 사랑하였다.[11]

엄씨가 여포에게 말하기를,

"제가 듣기에 원공로는 오래 회남에 있으면서, 병사들도 많고 양식도 많아 조만간 천자가 될 것이라 합니다. 만약 혼사만 이루어진다면 우리의 딸이 후비(后妃)를 바라볼 수 있으나, 다만 그가 아들이 몇이나 되는지 알 수가 없구려?"

라고 한다.

여포가 대답하기를,

"아들이 하나뿐이라오."

하자, 그 아내가 또 묻기를

"기왕에 이리 된 바에야 곧 허락하시구려. 황후가 되지는 못한다 해도, 우리의 서주는 걱정이 없지 않습니까."

하였다.

여포가 뜻을 굳히고 한윤을 후히 환대하고 혼사를 허락하였다. 한윤이 돌아와 원술에게 보고 하였다. 원술은 곧 혼인의 예를 준비하여 서주에 보내게 하였다. 여포가 예물을 받고 술자리를 베풀어 한윤을 대접하고 역관에 머물면서 편히 쉬게 하였다.

다음 날 진궁이 관역에 가서 한윤을 만났다. 서로 간에 인사가 끝나자 자리에 앉았다. 진궁은 좌우를 물리고, 한윤을 대하여 말하기를,

"누가 이 계책을 드렸습니까. 원공로에게 봉선과 혼인을 하게 권한 것이 누구입니까? 속 뜻은 유현덕의 머리를 취하는데 있는 게 아닙니까?"

---

11) **몹시 사랑하였다[鍾愛]** : 종정(鐘情). 따뜻한 사랑이 한 군데로 이름. [南史 江總傳]「元舅吳平后蕭勱 特所**鍾愛**」. [北史 隋煬帝紀]「上美姿儀 少敏慧 高祖及后于諸者中 特所**鍾愛**」.

하자, 한윤이 놀라 일어나며,
"제발 공대(公臺)는 누설하지 마시오!"
하였다.
진궁이 말하기를,
"내 스스로 발설하지는 않겠지만 그 일이 늦어지면, 틀림없이 다른 사람들이 간파하게 되어 일이 중도에 변고가 생길 것이외다."
하니, 한윤이 묻기를
"그렇게 되면 어찌 되겠소? 공의 가르침을 원합니다."
한다.
진궁이 말하기를,
"내가 봉선을 뵙고 당일로 딸을 보내서 혼사를 이루게 하십시다. 그러면 어떻겠소?"
하자, 한윤이 기뻐하고 사례하며
"만약 그렇게만 된다면, 원공로께서 공에게 감사하는 마음이 얕지 않을 것이외다!"
하였다.
진궁이 한윤과 헤어져 장막에 들어가, 여포를 뵙고
"듣건대 공의 따님을 원공로에게 시집보내기로 하셨다니, 참 잘 된 일입니다. 다만 며칠날 혼례를 치르시는지를 알지 못합니다. 언제입니까?"
하자, 여포가 대답하기를
"아직 천천히 생각하려 하오."
하였다.
진궁이 말하기를,
"옛날에는 납폐를 받은 뒤 성혼하기까지 각각 정례(定例)가 있어, 천자는 1년 제후는 반 년 대부는 한 계절, 서민은 한 달로 되어 있습니다."
하니, 여포가 묻기를
"원공로는 하늘이 국보를 주셨으니 조만간에 황제가 될 것이오. 이제 천자의 예를 따라야 하겠지요. 어떻습니까?"
하니, 진궁이 대답하기를
"그건 안 됩니다."
하자, 여포가 또 묻는다.
"그렇다면 제후의 예를 따르리까?"
하거늘, 진궁이 대답하기를
"그것 또한 안 됩니다."
한다.
여포가 또 묻기를,
"그렇다면 경대부의 예를 따라야겠군요?"
하니, 진궁이 말하기를
"또한 아니 됩니다."
하거늘, 여포가 웃으면서 대답하기를
"공은 어찌 나에게 서민의 예를 따르라는 게요?"
하자, 진궁이 말한다.
"아닙니다."
한다.
여포가 묻기를,
"그렇다면 공의 뜻은 어디에 있는 게요?"
한다.
진궁이 아뢰기를,
"바야흐로 지금은 천하의 제후들이 서로 웅패를 다투고 있습니다.

지금 공과 원공로는 혼사를 맺으려 하지만, 여러 제후들이 질시가 없다고 보십니까! 만약에 택일을 늦게 잡았다가, 혹시라도 대례를 치르는 좋은 날에 복병들이 중도에서 잡아가기라도 한다면 어찌하겠습니까? 지금 택한 계책은 허락하지 않았다면 모르되 이미 허락하셨다면, 여러 제후들이 알지 못하는 사이에 곧 따님을 수춘으로 보내서 별채에 머무르게 했다가, 길일을 택해 혼사를 치르는 것이 만에 하나 있을지도 모를 환난을 피하는 것입니다."

하자, 여포가 기뻐하며 말하기를,

"공대의 말이 심히 합당한 말이외다."

하고, 들어가 엄씨에게 알렸다.

그리고 밤을 도와 혼수[妝奩]를 준비하고 보마와 향거를 수습하여, 송헌(宋憲)과 위속으로 하여금 한윤과 같이 딸을 보냈다. 고악이 하늘에 퍼지는 속에 성 밖으로 나갔다.

그때, 진원룡의 부친 진규(陳珪)가 늙어 집에 있다가, 고악의 소리를 듣고는 좌우에게 물었다.

옆 사람들이 그 까닭을 말해 주니, 진규가

"이는 '소불간친지계'라 현덕이 위험하다."

하고, 병든 몸을 부축하고 여포를 보러 왔다.

여포가 의아해 하며 묻기를,

"대부께서 어찌해 이곳까지 오셨습니까?"

하매, 진규가 말하기를,

"듣건대 장군께서 죽음에 이르렀다 하여, 특히 와서 조상을 하려 왔소이다."

한다.

여포가 놀라서 말하기를,

"어찌 그런 말씀을 하시는 게요."
하거늘, 진규가 대답한다.
"전에는 원공로가 금백을 장군에게 보내어 유현덕을 죽이려고 하더니, 공이 화극을 쏘아서 저들을 화해시켰지요. 이제 갑자기 와서 혼인을 청하는 것은 그 뜻이 장군의 딸을 인질로 삼아서, 이후에 현덕을 공격하러 와서 소패를 취할 것이오. 소패가 떨어지면 서주가 위태할 것이외다. 또 저들이 혹 군량을 빌리러 오거나, 때로는 병사를 빌리러 올 것이외다. 공이 만약 저들의 요구를 받아들인다면, 이는 명을 따르기 바빠서 피로해 질 것이니 백성들의 원한을 살 것입니다.

만약 받아들이지 않는다면 이는 친척을 버리는 것이 되니 곧 싸움의 단초가 될 것입니다. 또한 듣건대 원술이 황제라 부를 뜻을 갖고 있다 하니, 이는 곧 모반을 하겠다는 것입니다. 만약 저가 역모를 꾀한다면 곧 공은 반적의 친속이 되는 것인데, 천하에서 용납하지 못할 바를 하려 하십니까?"
하였다.

여포가 크게 놀라서 말하기를,
"진궁이 나를 잘못되게 하였구나!"
하고, 급히 장료에게 군사들을 이끌고 급히 추격하게 하여, 30여 리 밖까지 쫓아가서 딸을 찾아오게 하였다. 한윤도 같이 구금해 돌아가지 못하게 해 놓고, 곧 사람을 보내 원술에게는 딸의 장구가 미비하여 준비가 끝나는 대로 보내겠다고 하였다. 진규는 또 여포에게 말하기를, 한윤을 묶어 허도로 보내라고 권하였으나 여포는 이를 미루고 결단하지 못하였다.

그때, 문득 첩보가 들어왔다. 현덕이 소패에서 군사를 초모하고 말을 사들이는데, 무엇을 하려는지 알 수가 없다는 것이었다.

여포가 말하기를,

"이는 장수 된 자가 해야 할 일이니 무엇이 이상하냐?"

하고 말하는 중에, 송헌과 위속이 왔다.

여포에게 보고하기를,

"저희 두 사람은 명공의 명을 받고 산동에 가서 좋은 말 3백여 필을 사가지고 오다가, 소패 지경에 이르러 강도를 만나 반쯤을 잃었습니다. 듣기에 유비의 아우 장비가 산적으로 위장하여 채간 것이라 합니다."

하자, 여포가 듣고 크게 노하여 곧 병사들을 점고하고 소패에 가서 장비와 싸우려 하였다.

현덕은 듣고 크게 놀라서 황망히 병사들을 거느리고 마중 나갔다. 양편이 진을 벌였다.

현덕이 말을 타고 나가서 묻기를,

"형장께서 무슨 일로 병사들을 이끌고 이곳까지 오셨소이까?"

여포가 유비를 가리키며, 꾸짖기를

"내가 원문의 화극을 쏘아 큰 어려움 속에서 구해 주었는데, 자네는 무슨 연고로 나의 마필을 빼앗아 갔소이까?"

하니, 현덕이 묻기를

"제가 말이 부족하여 사람들을 시켜 사방으로 말을 사려 하였지마는, 어찌 감히 형장의 말들을 빼앗겠나이까?"

하매, 여포가 다시 말하기를

"자네가 장비를 시켜 나의 좋은 말 150필을 빼앗고도 아직도 변명을 하오?"

하였다.

장비가 창을 꼬나들고 나서며

“내가 너의 좋은 말을 빼앗았다! 네 이놈이 어쩔 테냐?”
하니, 여포가 큰소리로 꾸짖기를
“이 고리눈의 도적놈아! 네가 여러 번 나를 깔보는구나!”
하였다.
장비가 대답하기를,
“내가 너의 말을 빼앗았으니 네가 성을 낸다마는, 너는 우리 형님의 서주를 빼앗은 것을 말하지 않는구나!”
하자, 여포가 화극을 빼어 들고 말을 몰아 나와서 장비와 싸웠다. 장비 또한 창을 꼬나들고 와서 맞았다. 두 사람의 싸움이 1백여 합이나 되었으나 승부가 나지 않았다. 현덕은 실수가 있을까 저어하며 급히 징을 쳐 군사들을 성으로 불러들였다. 여포군이 사방을 에워쌌다.
현덕은 장비를 불러 꾸짖으며,
“도대체 자네가 정말 저의 말을 빼앗아 사단이 벌어진 게 아니냐! 그렇다면 그 말들은 지금 어디에 있느냐?”
하니, 장비가 말하기를
“모두 여러 사원(寺院)에 있습니다.”
하매, 현덕이 사람들을 데리고 성을 나섰다.
여포의 병영에 일러 말 필들을 돌려보내겠다고 말해, 양진영에서 군사들을 철수시켰다.
진궁이 권유하기를,
“이번에 유비를 죽이지 못하면, 오랜 뒤에는 틀림없이 해가 될 것입니다.”
하니, 여포가 그 말을 듣고 유비의 소청을 듣지 않고 성의 공격을 더 압박하였다. 현덕은 미축·손건 등과 의논하였다.
손건이 말하기를,

“조조가 꺼리는 인물은 여포입니다. 성을 버리고 허도로 가서 조조에게 투항하여 군사를 빌어, 여포를 파하는 것만이 상책이 될 것입니다.”
하거늘, 현덕이 묻기를
“누가 먼저 포위망을 뚫겠는가?”
하자, 장비가 나서며 말하기를
“제가 나가 죽기로써 싸우겠습니다.”
하고 나왔다.

현덕은 장비를 앞에 있게 하고 운장으로 하여금 뒤를 맡게 하고는, 자신은 중앙에 있으면서 노소를 보호하기로 하였다. 그날 밤 3경에 달이 밝은 틈을 타 북문으로 달아났다.

마침 그때 송헌과 위속을 마주쳤으나 장비가 거느린 군사들이 한바탕 몰아쳐 장비는 여러 겹의 포위망을 뚫었다. 뒤따라 장료가 왔으나 이들은 관우가 나서서 막았다. 여포는 현덕이 달아나는 것을 보고 뒤를 쫓지 않았다. 그리고는 바로 성안으로 들어가 백성들을 안돈시키고, 고순에게 소패를 지키게 한 다음 자신은 서주로 돌아갔다.

한편 현덕은 허도로 달려가 성 밖에 영채를 지은 다음, 먼저 손건으로 하여금 조조에게 가서 여포의 추격을 받고서 투항하러 왔다고 하였다.

조조가 말하기를,
“현덕과 나는 형제와 같다.”
고 하며, 곧 청해 들이게 하고 만났다.

다음 날 현덕은 관우와 장비는 성 밖에 남게 하고, 손건과 미축만 데리고 들어가 조조를 뵈었다. 조조는 현덕을 상빈의 예로써 대하였고, 현덕은 여포와의 일을 자세하게 설명하였다.

조조는 권유하기를,

"여포란 자는 본래부터 무례한 자이니, 나와 같이 힘을 합쳐 저를 없앱시다."

하거늘 현덕이 사례하였다. 조조는 잔치를 베풀어 대접하고 늦어서야 전송해 보냈다.

순욱 들어와 조조에게 간하기를,

"유비는 영웅입니다. 지금 도모하지 않으면 뒤에 반드시 후환이 있을 것입니다."

하였으나, 조조는 아무 말도 하지 않았다. 순욱이 나가자 곽가가 들어왔다.

조조가 묻기를,

"순욱이 나에게 현덕을 죽이라고 권하는데, 어찌하는 것이 좋겠소?"

하자, 곽가가 대답한다.

"안 됩니다. 주공께서는 의병을 일으켜 백성들을 위해 폭도들을 제거하시고 오직 신의에 따라서 세상의 준걸들을 모으는데, 유비를 죽이신다면 저들이 두려워 오지 않을 것입니다.

현덕은 평소부터 영웅의 이름을 듣던 터입니다. 지금 곤궁하여 와서 투항하려 하는데, 만약에 저를 죽인다면 이는 현자를 해치는 것입니다. 천하의 지모가 있는 선비들은 이 소식을 들으면 의문이 생겨 장차 앞에 오지 않을 것이니, 주공께서는 누구와 천하를 평정하려 하십니까? 무릇 한 사람의 후환을 없애려고 사해의 바람을 막으시려는 것이니, 안위의 낌새를 잘 살피셔야 할 것입니다."

하거늘, 조조가 크게 기뻐하여

"자네의 말이 꼭 내 맘과 같소."

하고 다음 날, 곧 천자께 주달하여 유비로 예주목(豫州牧)을 삼았다.

정욱이 간하기를,

"유비는 끝내 남의 밑에 있을 사람이 아닙니다. 일찍이 저를 도모하느니만 못합니다."

하거늘, 조조가 말하기를

"바야흐로 지금은 영웅을 얻어서 쓸 때요. 한 사람을 죽여 천하의 민심을 잃어서는 아니 되오. 이 점은 곽봉효가 나와 생각이 같소이다."

하며, 끝내 정욱의 말을 듣지 않았다. 그리고 3천의 병력과 군량 만 섬을 현덕에게 보내, 유비로 하여금 예주에 가서 도임하고 진병하여 소패에 진을 치고, 흩어졌던 병사들을 불러 모아서 여포를 공격하게 하였다. 현덕은 예주에 이르자 사람을 시켜 조조와 만날 날을 정했다.

조조가 군사들을 일으켜 스스로 여포의 정벌을 나설 때에, 홀연 유성마가 와서 고하기를,

"장제가 관중으로부터 군사를 이끌고 남양을 공격하다가 유시(流矢)에 맞아 죽었고, 그의 조카 장수(張繡)는 군중들을 이끌고 가후를 모사로 기용하여 유표와 손잡고 완성(宛城)에 진을 치고 있으면서, 병사들을 일으켜 궁궐을 범하고 어가를 탈취하려 한다."

하였다.

조조는 크게 노하여 군사를 일으켜 토벌하고자 하였으나, 한편으로는 여포가 허도로 쳐들어오지 않을까 염려하여 순욱에게 계책을 물었다.

순욱이 말하기를,

"이는 아주 쉬운 일입니다. 여포는 계책이 없는 자이니, 이익을 보면 틀림없이 기뻐할 것입니다. 명공께서 사자를 시켜 서주에 가서 관직을 높여주고 상을 주어, 현덕과 화해를 하도록 하십시오. 여포가 기뻐서 앞일은 생각하지 않을 것입니다."

하자, 조조가 동의하며

"좋은 생각이외다."

하고, 곧 봉군도위 왕칙(王則)을 시켜 임관 칙명과 화해의 편지를 가지고 서주로 가게 하고, 한편으로는 병사 15만을 일으켜 몸소 장수를 토벌하러 나섰다. 군사들을 세 곳으로 나누고, 하후돈으로 선봉을 삼았다. 군마가 육수(淯水)에 이르러 영채를 세웠다.

가후가 장수에게 권하기를,

"조조의 군세가 커서 더불어 싸울 수가 없습니다. 군사들을 이끌고 투항하는 것이 좋겠소이다."

하자, 장수가 그 이야기를 따라 가후로 하여금 조조의 영채에 가서 이런 내 뜻을 알리라고[12] 하였다. 조조는 가후와 이야기 해보고 그의 거침없음을 보자, 그를 아주 좋아하게 되어 모사로 쓰고 싶어 했다.

가후가 말하기를,

"저는 전에 이각을 뫼시면서 죄를 많이 지었고 지금은 장수를 따르고 있는데, 그가 나의 말을 듣고 계책을 따르고 있어 차마 그를 버릴 수가 없습니다."

하며, 이에 사양하고 돌아갔다.

다음 날 장수를 데리고 와서 조조를 뵈오매, 조조가 저들을 심히 후대하였다. 그는 군사들을 이끌고 완성에 들어가 주둔하고, 남은 군사들은 성 밖에 머물게 하였는데 영채의 울타리가 10리나 되었다. 수일 동안 머무르는데, 장수는 매일 잔치를 베풀고 조조를 청하였다.

하루는 조조가 취하여 물러나와 침소에 들어, 사사로이 묻기를

"이 성중에 기녀가 있느냐?"

---

12) **내 뜻을 알리라고[通款]** : 이 편의 형편을 적이나 상대편에게 내통(內通)함. [北史 盧柔傳]「擧三刑之地 **通款**梁國 可以庇身 功名去矣 策之下者」.

하니, 조조 형의 아들 조안민(曹安民)이 조조의 뜻을 알고, 비밀리 말하기를

"어제 저녁 제가 관사를 엿보니 한 부인이 있었는데 아주 아름답기에 물으니 '곧 장수의 숙부 장제의 처'라 하였습니다."

하매, 조조가 그 말을 듣고는 곧 안민에게 명하여 50명의 군사들을 데리고 가서 저를 데려오게 하였다. 얼마 있다가 갔던 군사들이 돌아왔는데 과연 아름다웠다.

성을 물으니 부인이 대답하기를,

"저는 장제의 처로 추(鄒)가입니다."

하거늘, 조조가 묻기를

"부인은 내가 누구인지 아시오?"

하자, 추씨가 대답하기를

"오래전부터 승상의 위명(威名)을 들었사오나, 오늘 저녁 이렇게 뵙게 되어 다행입니다."

하였다.

조조가 또 말하기를,

"나는 부인 때문에 특별히 장수의 항복을 용납하였소. 그렇지 않으면 가족을 모두 죽였을 것이오."

하니, 추씨가 절하며 대답하기를

"실로 재생지은을 감사하옵나이다."

하였다.

조조가 묻기를,

"오늘 부인을 보니 천행이란 생각이 듭니다. 오늘밤 잠자리를 같이 하고 싶소. 그리고 나와 함께 돌아가서 부귀를 누리면 어떻겠소?"

하니, 추씨가 배사하였다. 이날 밤 두 사람은 장막에서 함께 잤다.

추씨가 말하기를,

"오랫동안 성중에 머무르면 장수가 틀림없이 의심할 것이고, 또한 다른 사람들의 공론이 두렵습니다."

하자, 조조가 말하기를

"내일 부인과 함께 영채로 가서 거기에 머물게 하겠소."

하였다. 다음 날 성 밖에 가서 편안히 쉬면서, 전위를 불러서 본진 밖에서 숙위(宿衛)하게 하였다. 그리고 다른 사람은 부르지 않으면 절대 들어오지 못하게 하였다. 이로 인해 안팎이 서로 오갈 수 없게 되었다. 조조는 매일 추씨와 즐기면서 돌아갈 생각을 하지 않았다.

장수의 집 사람들이 이 일을 장수에게는 비밀에 붙였다.

장수는 이를 알고 노하며,

"도적 조조가 나를 이토록 욕보이다니!"

하면서, 곧 가후와 상의하였다.

가후가 말하기를,

"이 일은 누설되면 안 됩니다. 내일까지 기다리면 조조가 장중에 나와 의논할 터이니 그때 이리이리 합시다."

하였다.

다음날 조조가 장중에 앉아 있는데, 장수가 들어와

"새로 항복한 군사들 중에 도망자가 많이 있으니, 바라건대 중군의 주둔지를 옮겼으면 합니다."

하자, 조조는 이를 허락하였다.

장수는 이에 그 군사들을 이동시키고 4개의 영채에 나눠 머물게 하고는, 날짜를 정해 거사하기로 하였다. 그러나 전위의 용맹함을 두려워하여 급히 접근할 수가 없어서 편장 호거아(胡車兒)와 상의하였다. 이 호거아는 힘이 능히 5백 근을 지고도 하루에 7백 리 길을 갈 수 있어 보통 사람과는 달랐다.

그는 장수에게 계책을 드리기를,

"전위의 두려운 바는 그의 쌍철극(雙鐵戟)일 뿐입니다. 주공께서는 내일 그를 청해 오게 하시고는 술을 권해서, 많이 취해 돌아가게 하십시오. 그때 저는 곧 어지러운 틈을 타서 그들따라 군사들 속에 섞여 장방(帳房)으로 몰래 들어가서 먼저 그의 쌍철극을 훔쳐내면, 이 사람은 두려워할 것이 못 됩니다."

하자, 장수가 매우 기뻐하였다.

그는 미리 활과 화살을 준비하고 정예병을 뽑아 각 영채에 알렸다. 날짜가 이르자 가후에게 영을 내려 전위를 영채로 청하여 은근하게 술을 대접하였다. 저녁이 되자 만취하여 돌아가는데, 호거아가 군사들 속에 섞여 곧장 영채로 들어갔다.

이날 밤 조조는 장중에서 추씨와 같이 술을 마시고 있었는데, 갑자기 장막 밖에서 떠드는 소리와 말이 우는 소리가 들리거늘 사람을 시켜 가 보게 하였다. 돌아와 보고하기를 이는 장수가 군사들을 야순(夜巡)하는 것이라 하여, 조조는 의심하지 않았다. 시간이 2경쯤 되어서 문득 영채 안에서 함성이 들리고, 탐보원이 와서 섶을 실은 수레에서 불이 났다고 하였다.

조조가 말하기를,

"군사들이 실화(失火)한 것일 터이니 놀라지 말라."

하였다. 좀 있다가 사방에서 불길이 일어나자, 조조는 비로소 황망하여 전위를 불렀다. 전위는 취하여 누웠다가 잠 속에서 금고와 함성 소리를 듣고는, 곧 몸을 일으켜 쌍철극을 찾았으나 보이지 않았다.

이때에 적병들은 이미 원문에 이르렀다. 전위는 보졸의 허리에서 칼을 뽑아 손에 쥐었다. 그리고 문을 보니 무수한 군마들이 각각 장창을 꼬나들고 영채로 들어왔다. 전위는 있는 힘을 다해 20여 명을 찔러 죽였다. 군마가 물러가자 보졸들이 들이닥쳐 양쪽에 늘어선 창들이 마치 서릿발 같았다.

전위는 갑옷도 입지 않은 채 몸의 수십 군데가 창에 찔렸으나, 죽기를 다 해 싸웠다. 칼이 이가 빠져 쓸 수가 없자 전위는 칼을 버리고는 두 손에 두 사람의 군사들을 잡고 적을 맞아 예닐곱 명을 쳐 죽였다. 적들이 감히 가까이 오지 못했다. 다만 떨어진 곳에서 활을 쏘아 화살이 비 오듯 했다.

전위는 영문 앞을 막아서서 죽기로 싸웠다. 싸우는 중에 영채의 뒤에서 적군들이 들어와, 전위는 등에 창을 찔려 절규하다가 피를 흘리며 죽었다. 전위가 죽은 지 반시간쯤 되어도, 감히 앞문으로 들어오는 자는 한 사람도 없었다.

한편, 조조는 전위가 채문(寨門)을 막고 있는 사이에 후문을 따라 말에 올라 도망치는데, 단지 조안민만이 걸어서 따르고 있었다. 조조는 오른쪽 어깨에 화살을 맞고, 말 또한 화살을 세 개나 맞았다. 이 말이 대완 땅의 양마라[13] 상처를 입어 아프니까 달리는 것이 더 빨랐다. 계속 달려서 육수의 강가에 이르자 적병이 추격해 와서, 안민은 칼에 찍혀 육니가[14] 되었다. 조조는 급히 말을 몰아 물결을 헤치고 강을 건넜다. 잠시 후에 강기슭에 올랐는데, 적병이 쏜 화살이 바로 말의 눈에 맞아 그 말이 땅에 쓰러졌다. 이때 조조의 맏아들 조앙(曹昻)이 곧 자기가 탔던 말을 조조에게 바쳤다. 조조는 말에 올라 급히 달아났으나, 조앙은 난전(亂箭)에 맞아 죽었다.

---

13) **대완 땅의 양마[大宛良馬]** : 대완의 준마. [班固 西都賦]「九眞之麟 **大宛之馬**」.
14) **육니(肉泥)** : 난도질함. 원래는 '다진 쇠고기떡'(散炙)의 뜻임. [水滸傳 第四十六回]「把儞**剁肉泥**」.

조조는 탈주하여 길에서 여러 장수들을 만나서 잔병들을 수습해 모았다. 그때 하후돈은 청주의 병사들을 이끌고 있었는데, 그들은 승세를 타 시골에 가서 재산을 빼앗고 민가를 겁략하였다. 평로교위 우금은 곧 본부군을 이끌고 가 길에서 저들을 죽이고 백성들을 안무하였다. 청주병이 도망해 돌아가자 조조를 보고는 울며 땅에 엎드려 절하고, 우금이 반역을 일으켜 청주의 군마를 죽였다고 말하였다. 조조는 크게 놀랐다. 조금 있다가 하후돈·허저·이전·악진 등이 모두 도착하였다. 조조가 우금이 모반한 일을 말하고, 병사들을 정비하여 저를 막도록 하였다.

한편, 우금은 조조 등 모든 장수들이 이르자, 군사들을 이끌고 사수(射手)들을 진의 모서리에 배치하고 참호를 파고 영채를 세웠다.

어떤 사람이 아뢰기를,

"청주의 군사들이 장군께서 모반했다고 말하고 있고 승상은 이미 도착했는데, 어찌해서 변명을 하지 않고 먼저 영채부터 세우십니까?"

하매, 우금이 말하기를

"지금 추격하는 적병들이 뒤에 있어 곧 이를 것이니, 만약 먼저 준비하지 않으면 어찌 적들을 막을 수 있겠는가? 변명하는 것은 작은 일이요, 적을 물리치는 것은 큰 일이다."

하고, 병영을 안돈시키는 일을 끝내자, 장수의 군사들이 둘로 나뉘어 짓쳐 왔다. 우금은 먼저 나가서 적을 맞아 싸우자 장수가 급히 퇴병하였다. 좌우의 여러 장수들이 우금이 앞으로 나가는 것을 보고 각기 병사들을 이끌고 저들을 공격하니, 장수의 군사들이 대패하고 달아나자 1백여 리까지 쫓아가 추살하였다.

장수는 세력이 궁해지고 힘이 없게 되자, 패배한 군사들을 이끌고 유표에게로 가버렸다. 조조는 군사들을 수습하고 장수들을 점고하자,

우금이 들어와 뵙고
“청주의 병사들이 약탈과 노략질하여, 백성들이 크게 실망하고 있으므로 제가 저들을 죽였습니다.”
하니, 조조가 의아해하며 묻기를
“나에게 이야기하지 않고 먼저 영채부터 세운 것은 무엇 때문이오?”
하니, 우금이 전에 한 말로 대신하였다.

조조가 또 묻기를,
“장군은 정신이 없는 속에서도 병사들을 정돈하고 본부를 굳건히 하여, 비난을 받으면서도 맡겨진 일을 다 해 패전을 승리로 이끌었으니, 비록 옛날의 명장이라 해도 어찌 이보다 더 하겠소?”
하고, 금기(金器) 한 쌍을 내리고 익수정후에 봉하고, 하후돈이 병사들을 엄하게 다스리지 못한 허물을 꾸짖었다. 또 제물을 차려 전위를 제사 지내주었다. 그 자리에서 조조는 친히 울면서 잔을 올렸다.

그리고 나서 여러 장수들을 보며,
“나는 이 싸움에서 큰 아들과 사랑하는 조카를 함께 잃어, 비통함을 이길 수 없소이다. 그러나 내가 전위를 위해 통곡하게 되는구려.”
하자, 여러 장수들이 감격하고 탄식하였다.

다음 날 조조는 군사를 돌려 돌아간다고 영을 내렸다. 조조가 군사를 돌려 허도로 퇴군한 일에 대해서는 더 말하지 않는다.

이때, 왕칙은 조서를 받들고 서주로 갔다. 여포는 영접하여 부중에 들였다. 조서를 열어 읽으니 여포를 봉해 평동장군을 삼고 특히 인수를 내린다고 하였다. 또 조조가 보낸 사신(私信)을 내주었다. 왕칙은 여포의 면전에서, 조조가 여포를 공경하는 뜻이 깊다는 것을 극구 이야기하자, 여포는 크게 기뻐하였다. 그때 홀연히 원술이 보낸 사람이 이르렀다고 알려 왔다. 여포가 불러들여 온 까닭을 물었다.

사신이 말하기를,

"원공께서 조만간에 곧 즉위하시고 동궁을 세우시게 되므로, 황비(皇妃)를 속히 회남으로 보내 주시기 바랍니다."

하자, 여포가 크게 노하여,

"반적이 어찌 감히 이같이 구느냐!"

하고, 마침내 사자를 죽였다. 그리고 장군 한윤에게 항쇄족쇄한[15] 다음, 진등에게 표문을 주어 한윤 일동을 데리고 왕칙과 함께 허도에 가서 사은하게 하였다.

한편, 조조에게 답신을 보내고 자기에게 서주목을 제수해 주기를 청하였다. 조조는 여포가 원술과의 혼인을 거절한 것을 알고 크게 기뻐하였다. 드디어 한윤을 저자거리[市曹]에서 참하였다.

그러자 진등이 조조에게 간하기를,

"여포는 이리와 같습니다. 용맹하나 지모가 없고 거취가 가볍습니다. 저를 일찍이 도모하는 것이 좋습니다."

하거늘, 조조가 말하기를

"내 평소부터 여포의 이리 같은 야심을[16] 알고 있어, 진실로 오래 두고 보기는 어렵다는 것을 알고 있소. 공의 부자가 아니면 그 속뜻을 알 수가 없으니, 공은 마땅히 나와 함께 저를 도모하십시다."

하니, 진등이 대답한다.

"승상께서 만약에 거사만 하신다면 제가 마땅히 내응하겠습니다."

---

15) **항쇄족쇄(項鎖足鎖)** : 목에는 칼을 씌우고 발에는 족쇄나 차꼬를 채우는 것으로, 곧 '죄인을 단단히 잡죔'을 이르는 말임.

16) **이리 같은 야심[狼子野心]** : 이리와 같은 야심. [左氏 昭 二十八]「是豺狼聲也 **狼子野心**」. [國語 楚語下]「**狼子野心** 怨賊之人也」.

하자, 조조가 기뻐하였다. 조조는 진규에게 봉록 중이천석을[17] 주고 진등을 올려 광릉태수를 삼았다.

진등이 사례하고 돌아갈 때에, 조조가 저의 손을 잡고

"동방의 일은 모두 공에게 부탁하오."

하매, 진등은 머리를 끄덕이며 허락한다는 표시를 한 후 서주로 돌아가서 여포를 뵈었다.

여포가 그에게 묻자, 진등이

"아비의 작록을 올리고 저는 태수가 되었습니다."

하니, 여포가 크게 노하여,

"너는 내가 서주목이 되도록 하지는 않고, 자신의 작록만을 구하였느냐! 너의 아버지는 나에게 조조와 협동하여 원공로와의 혼인을 끊으라 하더니, 이제 내가 구하려는 것은 하나도 얻어오지 못하고 너희 부자만 현귀(顯貴)하게 되었으니, 너희 부자가 나를 팔아먹었구나!"

하고, 마침내 칼을 뽑아 저를 참하려 하였다.

진등이 큰 소리로 웃으면서,

"장군께서는 어찌 그리 사리에 밝지 못하십니까!"

하거늘, 여포가 묻기를

"내 무엇을 알지 못한단 말이냐?"

하였다.

진등이 대답한다.

"제가 조조를 보고 '장군을 키우는 것은 호랑이를 키우는 것과 같다고 비유하였습니다. 고기를 배부르게 먹여야지, 배가 부르지 않으면

---

17) **중이천석(中二千石)** : 매우 높은 녹봉(祿俸). 한나라 때 관제에는 중이천석·이천석·비이천석(比二千石) 등의 봉록의 급별이 있었음. [史記 儒林傳]「乃擇掌故 補**二千石**屬」. [漢書 宣帝紀]「黃霸以治銀尤異 秩**中二千石**」.

사람을 물 것입니다.' 했더니, 조조가 말하기를 '공의 말과 같지는 않을 것이오.

내가 온후를 대할 때에는 매를 길들이는 것과 같이 할 것이오. 여우와 토끼들이 없어지지 않았는데[18] 어찌 배불리 먹을 수가 있겠소. 굶주리면 쓸모가 있으나 배가 부르면 날아갈 것이외다.' 합디다. 그래 제가 '누가 여우요 토끼입니까?' 하고 물었더니, 조공께서 말하기를 '회남의 원술·강동의 손책·기주의 원소·형양(荊襄)의 유표·익주의 유장(劉璋)과 한중의 장노 등이 다 여우요 토끼입니다.' 하더이다."

그 말을 듣고 여포가 칼을 던지고 웃으면서 말하기를,

"조공은 나를 잘 아는구려!"

하였다.

두 사람이 이야기를 하고 있을 때, 원술이 서주를 공격하러 온다는 보고가 왔다. 여포는 그 말을 듣고 크게 놀랐다.

이에,

진진지의가 어그러지고 오월의 싸움이[19] 되는가

---

18) **여우와 토끼들이 없어지지 않았는데[狐兎未息]** : 여우나 토끼가 죽지 않았다는 뜻으로 '아직 사냥이 끝나지 않았음'의 비유임. 「호사토읍」(狐死兎泣)은 「토사호비」(兎死狐悲)라고도 하는데 토끼가 죽으면 여우가 슬퍼한다는 뜻으로, '같은 무리의 불행을 슬퍼함'의 비유. [宋史 李全傳]「**狐死兎泣** 李氏滅 夏氏寧獨存」. [通俗編 獸畜]「**狐死兎泣** 按 今語作 **兎死狐悲**」.

19) **오월의 싸움[吳越鬪]** : 춘추시대의 오나라와 월나라의 싸움. 여기에서 「오월동주」(吳越同舟)란 성어가 나왔음. 오왕 부차(夫差)와 월왕 구천(句踐)이 항상 적의를 품고 싸웠다는 일에서, '서로 적의를 품은 사람들이 같은 처지나 한 자리에 있게 됨'을 비유하는 말임. [孫子兵法 九地篇 第十一]「夫**吳**人與**越**人 相惡也 當其**同舟**而濟 而遇風 其相救也 如左右手」. [孔叢子 論勢]「**吳越**人 **同舟**濟江中流遇風波 其相救 如左右手者 所患同也」. 「와신상담」(臥薪嘗膽)도 여기서 나

혼사가 빼그러지니 병사들이 오는구나.

秦晉未諧吳越鬪

婚姻惹出甲兵來.

필경 뒷일은 어찌 될까. 이는 하회를 보라.

---

온 말임. [吳越春秋]「越句踐 **臥薪嘗膽**欲報吳」. [十八史略 一 吳]「夫差志復讎 朝夕**臥薪**中 出入使人呼曰 夫差而忘越人之殺而父耶」.

## 제17회

원공로는 군사를 크게 7로로 일으키고
조맹덕은 세 곳의 장수들을 모으다.
袁公路大起七軍
曹孟德會合三將.

한편, 원술은 회남에 있었는데, 회남은 땅이 넓고 양곡이 많았다. 게다가 손책으로부터 옥새를 잡고 있어서, 마침내 황제의 호칭을 칭하리라 생각하였다.

그래서 여러 장수들과 신하들을 모아 놓고 의논하기를,

"옛날 한고조께서는 사상(泗上)의 일개 정장(亭長)에 지나지 않았으나 천하를 다스렸는데, 그 후 지금까지 4백 년이 지났소이다. 또 기수[1]가 이미 다해 사해가 들끓고 있고, 우리 집안은 4대에 걸쳐 3공을 지냈으며 백성들이 다 추앙하는 바입니다. 내가 하늘의 뜻을 받들고 인심에 순응하여 제위에 오르고자 하는데 제공들은 이 일을 어떻게 생각하오?"

하였다.

이에 주부 염상(閻象)이 말하기를,

"안 됩니다. 옛 주나라의 후직은[2] 덕을 쌓고 많은 공을 이루었고

---

1) **기수(氣數)** : 길흉화복의 운수 · 절기와 도수. [宋史 樂志]「天地兆分 **氣數**爰定 律厥**氣數** 通之以聲」. [中文辭典]「俗於人之命運及凡事之若有前定者 亦謂之**氣數**」.

문왕에 이르러서는 천하의 3분의 2를 차지하였지만, 오히려 모두가 은나라를 섬겼습니다. 명공의 가세가 비록 귀하다고는 하나, 주나라가 성한 것에 미치지 못합니다. 한실이 비록 미약하나, 아직 은나라 주왕(紂王)의 폭정에까지는 이르지 않았습니다. 이 일은 결코 해서는 아니 됩니다."

하자, 원술이 크게 노하며 말하기를

"우리 원씨는 진나라 때에서부터 있었소이다. 진은 곧 대순의 후예이고 토(土)로써 화(火)를 이었으니, 바로 그 운을 응한 것이외다. 또 도참에 의하면 '한을 대신할 자는 당도고라[3] 하였는데, 내 자(字)가 공로(公路)이니 마땅히 그 비기에도 합당한 것이다. 또 전국 옥새를 가졌으니 만약 임금이 되지 못한다면 이는 천도에 어긋나는 것이오. 내 뜻은 이미 섰으니 말이 많은 자는 참하겠소!"

하였다.

드디어 건국하여 연호를 중씨(仲氏)라 하고 대성을 세우고 관리의 등급을 정하며, 용봉련(龍鳳輦)을 타고 남북교(南北郊)에서 제사를 지냈다. 그리고는 풍방(馮方)의 딸로 왕후를 세우고 아들을 동궁으로 삼았다. 그리고 사신을 보내 여포의 딸로 하여금 동궁비로 삼고자 채근하였다.

그러나 여포가 이미 한윤을 허도로 보내, 조조로 하여금 참수하게

---

2) **후직(后稷)** : 중국 주나라의 시조로 명은 기(棄). 어머니가 거인의 발자국을 밟고 잉태했다는 감생전설(感生傳說)과 세 번이나 내다버렸으나 구조되었다는 기자설화(棄子說話)가 겹쳐진 인물인데, 순(舜) 때 농사를 다스리는 직에 있었다 함. [中文辭典]「周之始祖 當堯之時 其母姜嫄 踐巨人之跡而有娠 生子以爲不詳棄之隘巷……名之曰 棄及長 堯俠居稷官 封於之邰 號曰**后稷**」.

3) **당도고(當塗高)** : 마땅히 도(塗=路)이니 '공로'(公路=원술)가 고조가 됨. 도(塗)와 로(路)는 똑같이 '길'을 뜻함. [後漢書 袁術傳]「少見讖書言代漢者**當塗高**自云 名字應之 (注) **當塗高**者魏也」. [後漢書 公孫述傳]「圖讖言 代漢者**當塗高** 君豈高之身邪」.

하였다는 소식을 듣고는 대로하였다. 드디어 장훈(張勳)을 대장군으로 삼고 20만 대군을 이끌고 7로로 나누어 서주를 정벌하러 나섰다.

제1로는 대장군 장훈이 가운데를 맡고,

제2로는 상장군 교유(橋蕤)로 좌측에 있게 하고,

제3로는 상장군 진기로 우측을 맡게 하였다.

제4로는 부장 뇌박으로 좌측을,

제5로는 부장 진란(陳蘭)에게 맡겨 우측을,

제6로는 항장(降將) 한섬(韓暹)에게 좌측을,

제7로는 항장 양봉으로 하여금 우측을 맡게 하였다.

각각 건장한 부하 장수들을 이끌고 날짜를 정해 기병하게 하였다. 또 연주자사 금상(金尙)을 태위로 삼아 7로의 전량(錢糧)을 감독하게 하였다. 그러나 금상이 따르지 않자 원술은 그를 죽이고 기영을 7로 도구응사로 삼았다. 원술은 자신이 3만의 군사를 이끌고 이풍(李豊)·양강(梁剛)·악취(樂就)로 하여금 최진사를[4] 삼고 7로의 병사들과 접응하게 하였다.

여포는 사람을 시켜 적정을 탐지하게 했더니, 장훈의 군사가 대로를 따라 곧장 서주를 취하려 들어오고 교유의 일군은 소패·진기의 일군은 기도(沂都)·뇌박의 일군은 낭야(瑯琊)·진란의 일군은 갈석(碣石)·한섬의 일군은 하비(下邳)·양봉의 일군은 준산(浚山)을 바라고 오는데, 7로의 군마들이 하루 50리씩 행군하면서 노략질을 하며 오고 있다고 했다. 그 말을 듣고는, 급히 여러 장수와 모사들을 모아 의논하였다. 진궁과 진규 부자도 함께 이르렀다.

진궁이 말하기를,

---

4) **최진사(催進使)** : 독전관(督戰官). 싸움을 독려하러 온 사신. [晋書 何無忌傳]「取我蘇武節來 節至 乃躬執以**督戰**」. [唐書 裴度傳]「唯成請身**督戰**」.

"서주의 화는 이에 진규 부자가 불러온 바입니다. 조정에 아첨하여 작록을 구하였기 때문에, 오늘날 그 화가 장군에게 이른 것입니다. 저의 부자를 참하셔서 목을 원술에게 바치시면, 저들은 스스로 물러날 것입니다."

하였다. 여포가 그 말을 듣고는 곧 명하여 진규와 진등을 포박하였다.

진등이 크게 웃으면서 묻기를,

"어찌 이리 겁이 많습니까? 내 보기에 7로 병이라 했자 일곱 무더기의 썩은 풀에 불과한데, 어찌 그리 겁을 내십니까?"

하거늘, 여포가 대답하기를

"만약 적을 이길 계책이 있다면 너를 죽이지 않을 것이다."

하자, 진등이 권유하기를

"장군께서 이 노부의 말을 받아들이신다면, 서주를 지키는 것을 걱정하지 않아도 됩니다."

하자, 여포가 대답하기를

"말을 해 보시게."

하니, 진등이 대답하기를

"원술의 병사들이 수적으로는 많으나 다 오합지졸입니다.[5] 애초부터 서로 믿지를 못할 것입니다. 제가 정병(正兵)으로써 지키고, 기병을[6] 내어 공격하면 이길 것입니다. 그리고 한 계책을 내어 서주를 지

---

5) **다 오합지졸입니다[烏合之師]** : 오합지중(烏合之衆). 임시로 조직이 없이 모여든 무리. [三國志 魏志 桓階傳]「將軍以**烏合之卒** 繼敗軍之後」. [後漢書 邳肜傳]「卜者王郎 集**烏合之衆** 震燕趙之北」. [文選 千寶 晋紀總論]「新起之寇 **烏合之衆** 拜吳蜀之敵也」.

6) **기병(奇兵)** : 적을 기습하는 병사. [漢書 藝文志]「權謀十三家 權謀者以正守國以**奇**用**兵** 先計而後戰 兼形勢 包陰陽 用技巧者也」. [史記 趙奢傳]「趙括既代 廉頗 秦將白起聞之 縱**奇兵** 佯敗走」.

키는데 그치지 않고 원술을 생포할 수 있습니다."
하였다.

여포가 다시 묻기를,

"그 계책이란 것이 무엇이냐?"
하자, 진등이 대답한다.

"한섬과 양봉은 한조의 신하로 조조를 두려워하여 도망간 사람들입니다. 원술은 필시 그들을 우습게 여길 것이며 저들 또한 원술에게 이용당하는 것을 기뻐하지 않을 것입니다. 만약 편지를 보내 내응하게 하고 또 유비에게 연락하여 밖에서 합세한다면, 틀림없이 원술을 사로잡을 수 있습니다."
하였다.

여포가 권유하기를,

"그대가 친필로 한섬과 양봉에게 편지를 쓰시게."
하니 진등이 허락하였다.

여포는 곧 표문을 써서 허도로 보내고 아울러 편지를 써서 예주에 보낸 뒤에, 진등에게 명하여 수십 기를 이끌고 먼저 하비의 길에서 한섬을 기다리게 하였다. 한섬이 군사들을 이끌고 이르러 하채를 마치자 진등이 들어가 뵈었다.

한섬이 묻기를,

"너는 여포 수하가 아니냐. 어찌하여 여기에 왔느냐?"
하매, 진등이 말하기를

"저는 한의 공경(公卿)입니다. 어찌 여포의 수하라 하십니까? 장군께서도 일찍이 한의 신하였는데 어찌, 지금은 반적의 신하가 되었나요. 지난날 관중(關中)에서 어가를 보위하신 공로가 오유하게[7] 되었으니 이는 장군께서 취할 바가 아닙니다. 또 원술은 원래 의심이 많아서,

장군께서 훗날 반드시 해를 받을 것입니다. 지금 일찍이 저를 도모하지 않으신다면, 후회해도 미치지 못할 것입니다."[8]

하매, 한섬이 탄식하며 말하기를

"나 또한 한실로 돌아가고자 하나 돌아갈 곳이 없음을 한탄할 뿐이외다."

하였다. 이때 진등이 편지를 내어 펴 보였다.

한섬이 편지를 다 읽고 나서 권유하기를,

"나는 이미 알았으니 공은 먼저 돌아가시오. 내가 양장군과 함께 창을 돌려[9] 원술을 치겠소. 불길이 솟는 것을 신호로 온후께서 병사들을 이끌고 와서 호응하면 되리다."

하였다. 진등도 한섬과 헤어져 급히 돌아와 여포에게 보고하였다.

여포는 군사들을 5로로 나누었으니, 고순(高順)이 이끄는 일군은 소패로 진격하여 교유와 싸우게 하고, 진궁이 이끄는 군사들은 기도로 가서 진기와 싸우게 하였다.

그리고 장료와 장패는 일군을 이끌고 낭야로 가서 뇌박과 싸우게 하며, 송헌과 위속은 일군을 이끌고 갈석으로 가서 진란과 싸우게 하고 여포는 일군을 이끌고 큰 길로 나아가 장훈을 막게 하였다.

각자가 군사 1만을 이끌고 나가고 나머지는 성을 지키도록 하였다.

---

7) **오유(烏有)** : 어찌 있으리오. '아무도 없음'을 이름. [漢書 司馬相如傳]「司馬相如字長卿 少時好讀書 景帝時遊梁 乃著子虛賦 相如以 子虛者虛言也 爲楚稱 **烏有**先生者 **烏有**此事也」.

8) **후회해도 미치지 못할 것입니다[悔之無及]** : 회지막급(悔之莫及)·후회막급(後悔莫及). 「후회막급」(後悔莫及)은 '아무리 후회하여도 다시 어쩔 수가 없음'의 뜻. 「후회」(後悔). [漢書]「官成名立 如此不去 懼有**後悔**」. [詩經 召南篇 江有汜]「不我以 其**後也悔**」. [史記 張儀傳]「懷手**後悔** 赦張儀 厚禮之如故」.

9) **창을 돌려[反戈擊之]** : 적과 맞서서 저들과 싸움. 「반격」. [史記 秦紀]「**反擊**秦師」.

여포는 성에서 나가 30리 쯤 떨어진 곳에 영채를 세웠다. 장훈이 군사들을 이끌고 이르러 여포를 대적할 수 없다고 생각하여 또 20리 밖으로 물러나 주둔하고, 4로의 군사들이 접응하기를 기다렸다. 이때가 2경쯤 되었는데, 한섬과 양봉이 병사들을 나누어 도처에 불을 지르고 접응하며 여포의 군사들을 들이니 장훈의 군영은 큰 혼란에 빠졌다. 여포가 승세를 타고 엄살하자 장훈은 패하여 달아났다.

여포는 급히 날이 밝을 때까지 쫓다가 마침 접응하러 오는 기영의 군사들과 맞닥뜨렸다. 양군이 서로 대치하며 싸움을 하려고 기다리는데, 한섬과 양봉이 양편에서 짓쳐 오자 기영이 크게 패하여 달아났다. 여포는 병사들을 이끌고 추격하였다.

그때 산의 후미에서 일군의 군사들이 이르렀는데, 문기가 열리더니 한 떼의 군마가 용봉일월 기번과 사두오방 기치를 휘날리고 금과 은부와 황월 백모를[10] 잡고 섰는데, 황라소금산개 아래 원술이 갑옷을 입고 양손에는 칼을 들고 진문 앞에 서 있었다.

여포를 크게 꾸짖으며 말하기를,

"주군을 배반한 이놈아!"

하였다. 여포가 노하여 화극을 빼어들고 앞으로 나갔다.

원술의 장수 이풍이 창을 꼬나들고 나와 맞았으나, 3합이 못되어서 여포의 화극에 손이 찔려 이풍은 창을 버리고 달아났다. 여포가 병사들을 휘몰아 짓쳐 가자, 원술의 군영은 큰 혼란에 빠졌다. 여포가 군

---

10) **황월 백모(黃鉞白旄)** : 도끼와 흰 깃발. 주(周)의 무왕(武王)이 은(殷)의 주왕(紂王)을 정벌할 때 썼다 하여 '정벌'의 상징이 되었음. '백모'는 모우(犛牛: 소의 일종)의 꼬리나 날짐승의 깃을 장대 끝에 달아 놓은 기. '황월'은 누런 금빛 도끼(무기). [書經 牧誓篇]「王左杖**黃鉞** 右秉**白旄**以麾曰 逖矣 西土之人」. [事物紀原]「興服志曰 **黃鉞**黃帝置 內傳曰 帝將伐蚩尤 玄女授帝**金鉞**以主煞 此其始也」.

사들을 이끌고 뒤를 급히 쫓아 수많은 마필과 의갑을 빼앗았다. 원술은 패군을 이끌고 달아났으나 얼마 못 가서, 산의 뒤쪽에서 한 떼의 군사들이 나타나 길을 막았다.

앞에 선 장수는 관운장으로 크게 부르짖기를,

“반적아! 어찌 죽지 않았느냐!”

고 외치니 원술이 당황하여 달아나고, 남은 군사들이 사방으로 흩어져 달아나다가 관운장에게 죽임을 당했다. 원술은 패군을 수습하여 회남으로 가버렸다.

여포는 승리를 거두고 운장과 함께 양봉·한섬 등 일행을 청해 서주로 와서 크게 잔치를 베풀고 환대하였다. 군사들 모두를 배불리 먹이고 상을 주었다. 다음 날 운장은 사례하고 돌아갔다. 여포는 표주를 올려 한섬을 기도목(沂都牧)으로 삼고 양봉을 낭야목(瑯琊牧)을 삼았다.

그리고 의논하여 두 사람을 서주에 남게 하려는데, 진규가 권유하기를

“안 됩니다. 한섬과 양봉 두 장수를 산동에 나가 있게 하면 1년이 못 되어서, 모든 산동 성곽의 군사들은 장군의 휘하에 있게 됩니다.”

하니, 여포가 그러리라 하여, 두 장수들은 잠시 기도와 낭야 두 곳에 규찰하게 하고 명을 기다리게 하였다.

진등이 사사로이 아버지에게 묻기를,

“어찌해서 두 사람을 서주에 머물러 있게 해서 여포의 뿌리를 잘라내게 하지 않으십니까?”

하자, 진규는 대답하기를

“아직 두 사람은 여포를 돕고 있으니, 이는 도리어 호랑이에게 발톱과 어금니를 더 해주는 것이다.”

하니, 진등이 아버지의 고견에 탄복하였다.

한편 원술은 패하고 회남으로 돌아가, 사람을 강동에 보내 손책에게 병사들을 빌려 원수를 갚으려 하였다.

손책이 노하여 묻기를,

“당신은 내 옥새를 빙자해 황제를 참칭하며 한실을 등졌으니 대역무도하지[11] 않은가! 내 바야흐로 군사를 보내 죄를 물으려 하였거늘, 어찌 오히려 반적을 돕겠느냐?”

하고, 글을 보내 지원을 거절하였다. 사자가 편지를 가지고 돌아가 원술을 뵈었다.

원술이 편지를 보고 나서 크게 화를 내며,

“젖비린내가 나는 어린놈이[12] 어찌 감히 이럴 수 있는가! 내 먼저 저놈을 정벌하리라.”

하자, 장사 양대장(楊大將)이 극구 말려서 겨우 그치게 했다.

한편 손책은 편지를 보낸 뒤에, 원술의 병사들을 막기 위해 강구에 있는 군사들을 점검하였다. 문득 조조의 사자가 이르러, 손책에게 회계(會稽)태수를 제수하고 병사들을 일으켜 원술을 치라 하였다. 손책은 여러 장수들과 의논하고 곧 군사를 일으키려 하였다.

그러나 장사 장소(張紹)가 권유하기를,

“원술이 비록 먼저 패했으나, 군사가 많고 군량이 풍족하니 가볍게 여길 수 없습니다. 조조에게 글을 보내서 남정(南征)을 권유하고 우리

---

11) **대역무도(大逆無道)** : 대역부도(大逆不道). 인도(人道)에서 크게 벗어남. [漢書 楊惲傳]「不竭忠愛盡臣子議……**大逆不道** 請逮捕治」[漢書 游俠 郭解傳]「御史大夫 公孫弘議曰 解布衣 爲任俠行權 以睚眦殺人 當**大逆無道** 遂族解」.

12) **젖비린내가 나는 어린놈[黃口孺子]** : 젖먹이 어린아이. 「황구소아」(黃口小兒). ‘황구’는 참새 새끼의 주둥이가 황색(黃色)이므로 어린아이를 이름. [淮南子 氾論訓]「古之伐國 不穀**黃口** (注) **黃口幼也**」. [北史 崔暹傳]「崔悛竊言 文宣帝爲**黃口小兒**」.

는 뒤에서 접응하느니만 못할 것입니다. 양군이 서로 지원을 하면 원술을 파할 수 있을 것입니다."
하자, 손책은 그의 의견을 따라 사신을 보내 이 뜻을 조조에게 전했다.

이때, 조조는 허도에 이른 후에도 전위를 생각하며 사당을 세우고 제사를 지냈다. 그리고 그의 아들 전만(典滿)을 봉하여 중랑을 삼고 부내의 곁에 있게 하였다. 그런 중에 손책이 보낸 사자가 편지를 가지고 왔다. 조조가 편지를 보았을 때 또 보고가 들어오기를, 원술은 군량이 모자라 진류(陳留)에서 노략질을 하고 있다 하였다.

조조는 원술의 허세를 틈타 저를 공략하고자 남정을 위해 병사들을 일으켰다. 조조는 조인에게 허도를 지키게 하고 나머지는 모두 남정에 나서게 하니, 마보병을 합해 17만이요 군량을 실은 치중이[13] 천여 수레였다. 한편으로는 먼저 사람을 시켜 손책과 유비 그리고, 여포가 합세하기로 하였다. 조조가 군사들을 이끌고 예주의 경계에 이르자, 현덕이 병사들을 이끌고 나와 맞았다. 조조는 현덕으로 하여금 영채로 들어오기를 청해 서로 인사가 끝나자, 현덕이 수급 2개를 조조에게 바쳤다.

조조가 놀라서 말하기를,

"이게 누구의 수급이오?"

하자, 현덕이 대답하기를

"한섬과 양봉의 수급입니다."

하였다.

조조가 묻기를,

"어떻게 이들의 수급을 얻게 되었소?"

---

13) **치중(輜重)** : 말에 실은 짐. [漢書 韓安國傳]「擊**輜重**(注)師古日 衣車也 **輜**謂載**重**物車也……總日 **輜重**」. [後漢書 五行志]「虜掠承輿**輜重**」.

하자, 현덕이 대답한다.

"여포가 두 사람에게 기도와 낭야 양현을 다스리게 하였는데, 뜻밖에도 이 두 사람을 따르는 병사들이 백성들을 노략질하여 사람들의 원성을 샀습니다. 이로 인해 제가 연회를 베풀어 거짓 의논할 일이 있다고 저들을 청해 술을 마시는 중에, 잔을 떨어뜨리는 것을 신호를 삼아 관우와 장비 두 형제가 저들을 죽였고 그를 따르던 무리들이 모두 항복하여, 지금 그들의 일로 죄를 청하려 왔습니다."

하였다.

조조는 다시 묻기를,

"그대가 국가에 해를 끼치는 무리를 제거하였으니, 이는 실로 그 공이 큽니다. 어찌 그것을 죄라 하시오?"

하고, 드디어 현덕의 노고를 후히 사례한 다음, 군사들을 합해 서주로 돌아갔다.

여포가 나와 맞자 조조는 칭찬으로 그를 위로하고 좌장군을 삼고, 허도로 돌아가면 인수를 주겠다 하자 여포는 크게 기뻐하였다. 조조는 곧 여포의 군대를 왼쪽에, 현덕의 군사들을 오른쪽에 두고, 자기 자신은 대군을 이끌고 중군이 되어 하후돈과 우금으로 하여금 선봉을 삼았다.

원술은 조조의 군사들이 이른 것을 알고, 대장군 교유에게 군사 5만을 이끌고 선봉으로 나서게 하였다. 양군은 수춘 경계에서 조우하였다. 교유가 먼저 말을 몰아 나와 하후돈과 싸우기 3합이 못되어 찔려 죽었다. 원술의 군은 대패하여 회성(回城)으로 달아났다. 그때 손책이 배를 타고 오며 강변 사방을 공격한다는 보고가 들어왔다. 여포는 군사들을 이끌고 동쪽을 공격하고 유비·관우·장비 등은 남쪽을 공격하고, 조조는 스스로 17만 군사들을 이끌고 북쪽을 공격하였다. 원술은 크게 놀라 급히 문무 백관들을 모아 의논하였다.

양대장이 나서며 말하기를,

"수춘은 여러 해 가뭄이 들어 백성들이 다 끼니를 잇지 못하고 있습니다. 이제 또 동병하여 백성들을 소란하게 하면 원성을 살 것이니, 병사들이 적들과 싸우기 어려울 것입니다. 군사들을 수춘에 두되 싸움을 하지 않는 것이 좋습니다. 저들의 군량이 떨어질 때까지 기다리면, 틀림없이 변화가 생길 것입니다. 폐하께서는 어림군을[14] 이끌고 회수(淮水)를 건너십시오. 그렇게 하면 첫째는 곡식을 구할 수 있고, 둘째로는 잠시 저들의 예봉을 피할 수 있습니다."

하였다.

원술은 그 말을 받아들여 이풍·악취·양강·진기 등 네 사람에게 병사 10만씩을 나누어 주고 굳게 수춘을 지키게 하고는, 나머지 장군들과 국고에 들어 있는 금옥과 보패들을 다 수습하여 회수로 건너갔다.

한편 조조의 병사 17만은 하루에 소비하는 군량이 어마어마한데다 모든 군들이 가뭄으로 황폐하여 양식을 조달할 수가 없었다. 조조는 군사들에게 속전 속결을 채근하였으나, 이풍 등은 성문을 닫고 나오지를 않았다. 조조의 군사들이 여기서 한 달 여를 대치하게 되자 군량이 떨어져 갔다. 급기야는 손책에게 편지를 보내서 군량 10만 곡을 빌려 왔으나, 그것으로도 모자랐다.

양곡의 관리를 맡은 임준(任峻)의 부하 창관(倉官) 왕후(王垕)가 들어와 조조에게 묻기를,

"군사들은 많고 군량이 모자라는데 어찌하면 좋겠습니까?"

하자, 조조가 말하기를

---

14) **어림군(御林軍)** : 금군(禁軍). 궁중을 지키고 임금을 호위하던 군대. [長生殿驚變]「有龍武將軍 陳玄禮 統領**御林軍**士三千 扈駕前行」.

"우선 작은 말을 써서 배급하여, 권도의 급함을 끄거라."
하자, 왕후가 묻기를
"병사들이 원망 할 터인데 어찌할까요?"
하자,
"그것은 내게 계책이 있다."
고, 조조가 대답하였다.

왕후는 명령대로 작은 말을 써서 배급하였다. 조조는 몰래 사람을 시켜 각 영채를 다니며 듣게 하니, 원망하지 않는 자가 없었다. 그리고 모두가 '승상이 우리들을 속였다'고 말하였다.

조조가 비밀리에 왕후를 불러 이르기를,
"내가 너에게 한 가지를 빌려서 군사들의 마음을 달래려 하는데, 너는 인색하게 굴지 말거라."
하자, 왕후가 묻기를
"승상께서 무엇을 빌리려 하십니까?"
하니, 조조가 대답하기를
"너의 머리를 빌려서 군사들에게 보이려고 한다."[15]
하였다.

왕후가 깜짝 놀라면서,
"저에게는 죄가 없습니다!"
하거늘, 조조가 말하기를
"나 또한 네가 죄가 없음을 알고 있다. 다만 너를 죽이지 않으면, 군사들이 틀림없이 변란을 일으킬 것이다. 네가 죽은 후에는 너의 처

---

15) **너의 머리를 빌려서 군사들에게 보이려고 한다[欲借汝頭 以示衆耳]** : 너의 목을 베어서 군사들을 달래려 한다. 즉, '너의 목을 내놓아라'란 뜻임. 「시중」(示衆). [中文辭典]「請昭於衆也」.

자들을 내가 잘 돌볼 것이니 염려 말아라."
하였다.

왕후가 다시 말을 하고자 할 때에 조조는 도부수를 불러 문 밖으로 끌어내게 하여 참하고, 머리를 높은 장대 위에 걸었다. 그리고 방을 붙여 '왕후가 고의로 작은 말을 쓰고 관곡을 도적질하였기 때문에 삼가 군법에 따라 시행하노라.' 하였다. 이로써 군사들의 원망이 비로소 풀어졌다.

다음 날 조조는 각 진영의 장수들에게 영을 내려,

"3일 이내에 힘을 다해 성을 무너뜨리지 못한다면 참하리라!"

하였다. 그리고 조조 자신이 성 아래 와서 군사들이 토석을 운반하여, 해자를 메우는 일을 독려하였다.

성 위에서는 화살과 돌들이 비 오듯하자 두 사람의 비장이[16] 두려움을 피하여 돌아가려 하매, 조조는 칼을 빼어 참하고는 자신이 말에서 내려 직접 해자의 흙을 날랐다. 이를 보고 대소 장수들 중에 앞으로 나서지 않는 자가 없어 군사들의 사기가 크게 떨쳤다.

성 위에서는 적을 막을 수 없었다. 조조의 병사들은 다투어 먼저 성 위에 올라가, 잠긴 성문을 열고 단번에 밀려 들어갔다. 이풍·진기·악취·양강 등은 모두 생포되었다. 조조는 영을 내려 이들을 저자에서 참하고, 원술이 궁궐을 모방해 지은 궁실과 전우(殿宇) 등과 천자만이 사용할 수 있는 기물 모두를[17] 불태우게 하였다. 그리고 모두를 거두어 가서 수춘성은 텅 비었다.

---

16) **비장(裨將)** : 부장(部將)·편비(偏裨). [史記 衛將軍 驃騎傳]「霸日 自大將軍出未嘗斬**裨將**」. [稱謂錄 兵頭 裨將]「李光弼專任之將日**裨將** 又日**偏將**」.

17) **천자만이 사용할 수 있는 기물 모두를[犯禁之物]** : 「범금」(犯禁). [史記 遊俠傳]「儒以文亂法 而俠以武**犯禁**」. [漢書 地理志]「**犯禁**寖多 至六十餘條」.

장수들과 상의하여 병사들에게 회수를 건너 급히 원술을 추격하려 하였으나, 순욱이 말하기를

"여러 해 동안 가뭄으로 황폐해져 양식을 구하기 어렵습니다. 만약 다시 진병한다면 군사들을 힘들게 하고, 백성들을 잃게 될 것입니다. 특별히 얻을 것이 없다면 잠시 허도로 돌아가, 다음 봄 보리가 익을 때까지 기다리는 것이 좋겠습니다. 그리하여 군량이 넉넉해지면 다시 원술을 도모하시지요."

하자, 조조는 주저하며 결정하지 못하였다.

그때 보마(報馬)가 이르러 말하기를,

"장수가 유표에게 의탁해 그 형세가 다시 창궐하여,[18] 남양과 강릉 등 여러 고을을 빼앗겼습니다. 조홍은 적을 막아내지 못하고 여러 차례 패하였기에, 이제 와서 급히 고하는 것입니다."

하자, 조조는 이에 급히 손책에게 서찰을 보내 강을 끼고 포진하여서 의병이[19] 되어 유표가 감히 경거망동 하지 못하게 하라 이르고, 자신은 그날로 회군하여 특별히 장수를 정벌할 일을 의논하였다. 회군할 때에 현덕에게 소패에 주둔하고 여포와 형제의 의를 맺어 상호간에 서로 돕고, 다시는 서로가 침범하는 일이 없도록 하라 하였다. 그때 여포는 병사들을 이끌고 서주로 돌아갔다.

조조가 비밀리에 현덕에게,

"내가 당신에게 소패에 주둔하게 하는 것은 곧 '굴갱대호지계'입니

---

18) **창궐(猖獗)** : 불순한 세력이 맹렬히 퍼짐. [字彙]「獗賊勢**猖獗**」. [三國志 蜀志 諸葛亮傳]「漢昭烈 謂諸葛亮曰 孤智術淺短 遂用**猖獗**」. 「창광」(猖狂). 사람이 멋대로 날뛰어 억누를 수 없음. [莊子 山木篇]「不知義所之所適 不知禮之所將 **猖狂**妄行 乃蹈乎大方」.

19) **의병(疑兵)** : 군사가 많은 것처럼 적의 눈을 속임. [史記 淮陰侯]「信乃益爲**疑兵**」. [戰國策 秦策]「是以臣得設**疑兵** 以持韓陣 觸魏之不意」.

다.[20] 공은 진규 부자와 일을 상의해서 실수하는 일이 없도록 하오. 나는 밖에서 돕도록 하겠소이다."
하고, 말을 마치자 떠났다.

한편, 조조가 군사들을 이끌고 허도로 돌아가니, 사람들이 보고하기를 단외(段畏)가 이각(李傕)을 죽이고 오습(伍習)이 곽사(郭汜)를 죽였다며, 두 장수의 머리를 바치러 왔다 하였다. 단외는 이각의 머리와 함께 가족 2백여 명을 잡아 허도로 왔다. 조조는 각 문에서 나누어 참하게 하고 수급을 돌려서 호령하니, 백성들이 모두 통쾌해 하였다.

천자는 정전에서 문무 백관들을 모아 태평연을 배설하였다. 단외를 봉하여 탕구장군을 삼고 오습은 진노장군으로 삼아, 각각 병사들을 이끌고 장안을 지키게 하니, 두 사람이 사은하고 돌아갔다.

조조는 장수가 난을 일으키고 있으니, 즉시 병사를 내어서 저를 정벌해야 한다는 표주를 올렸다. 천자는 이에 친히 난가를 움직여 조조의 출사를 전송하였다.

이때는 건안 3년 여름 4월이었다.

조조는 순욱을 남겨 허도에 있으면서 장병들을 조련하게 하고는, 스스로 대군을 이끌고 출발하였다. 행군을 하면서 보니 길가의 보리가 이미 익고 있었다. 백성들은 군사들이 이르자 외곽으로 도망하여 보리를 베지 못하였다.

조조는 사람을 시켜 원근 노부들을 두루 설득하고, 각처의 경계를 지키는 관리들에게 말하기를

"내가 천자의 소명을 받들고 병사들을 내어 역적을 토벌하러 가는

---

20) '굴갱대호지계'입니다[掘坑待虎之計] : 굴을 파고 호랑이를 기다려 싸울 준비를 하는 계책. '강한 적과 싸움 준비를 함'의 뜻임.

것이니, 백성들의 해를 제거하려는 것이다. 지금 바야흐로 보리를 수확할 때인데 어쩔 수 없어서 군사를 일으키는 것이니, 대소 장교들은 무릇 보리밭을 지날 때에는 밟는 자가 있으면 모두 참하겠다. 군법은 지엄한 것이니 너희 백성들은 놀라거나 의심하지 마라."
하니, 백성들이 고유(告諭)를 듣고는 조조를 칭송하지 않는 이가 없고, 먼지 속에서도 길을 막고 절하였다. 군사들이 보리밭을 지날 때에는 모두 말에서 내려서, 손으로 보리이삭을 붙잡고 서로 뒷사람에게 넘겨주며 지나서 감히 보리를 밟는 자가 없었다.
조조가 말을 타고 지날 때에 갑자기 밭 속에서 비둘기 한 마리가 날자, 말이 놀라서 보리밭으로 뛰어들어가 한 뙈기 보리밭을 짓밟게 되었다.
조조는 행군의 주부를 불러서 자기가 보리밭을 밟은 죄를 논의하게 하였다.
주부가 묻기를,
"승상께서는 어찌 죄를 논하라 하십니까?"
하매, 조조가 대답하기를
"내가 법을 만들어 놓고 지키지 않으면서, 어찌 백성들에게만 지키라 하겠느냐?"
하고, 곧 허리에 차고 있던 검을 뽑아 목을 지르려 하였다. 여러 사람들이 급히 달려들어 만류하였다.
곽가가 나서며 말하기를,
"옛 춘추의 의로 따진다면 법을 지존에게는 따지지 않습니다. 승상께서 대군을 통솔하고 계신데, 어찌 자해하실 법이 있겠습니까?"
한다.
조조가 한참동안 침묵하다가 말하기를,

“이미 춘추에 ‘법을 지존에게는 가하지 않는다’는[21] 대목이 있으니, 내가 죽기를 면했구나.”

하고는, 칼로써 자신의 머리터럭을 잘라 땅에 던지면서

“터럭을 자른 것으로 목을 대신한다.”

하였다.

그리고 사람을 시켜 터럭을 전해 군사들에게 보이며,

“승상께서 보리밭을 밟으면 마땅히 참한다는 명령은, 지금 터럭을 자른 것으로 대신한다.”

하자, 이에 삼군이 모두 송연해 하였다.

후인이 이일에 대해 논한 시가 있다.

십만의 용맹한 군사들은[22] 마음도 십만이니
한 사람의 호령으로 여러 마음을 금하기 어렵구나.

十萬貔貅十萬心
一人號令衆難禁.

칼로써 터럭을 잘라서 머리를 대신하니
조조의 깊은 사술[23] 모두 다 드러났네.

---

21) **법을 지존에게는 가하지 않는다[法不加至尊]** : 법을 천자에게는 적용하지 않음. 「지존」(至尊). [文選 張衡 東京賦] 「降**至尊**以訓恭 (注) 綜曰 **至尊天子也**」. [漢書 董仲舒傳] 「朕獲承**至尊**休德」.

22) **용맹한 군사[貔貅]** : 용감한 병사. 호랑이·곰과 비슷하다고도 하는 맹수의 뜻이나, ‘용맹스런 병사’를 이름. [史記 五帝紀] 「軒轅敎熊羆**貔貅貙**虎 以與炎帝戰於阪泉之野」.

23) **사술(詐術)** : 남을 속이는 술책. [劉向 戰國策 序] 「棄孝公捐禮讓 而貴爭戰 棄仁義 而用**詐術**」.

拔刀割髮權爲首
方見曹瞞詐術深.

한편 장수는 조조가 병사들을 이끌고 오는 것을 알고 급히 편지를 써 유표에게 보내 뒤에서 호응하게 하고, 한편으로는 뇌서(雷敍)와 장선(張先) 두 장수에게 병사들을 이끌고 성에서 나가 적들을 막게 하였다.

양편이 둥글게 진을 치자,

장수가 말을 타고 나와 조조를 가리키며 큰 소리로 꾸짖기를

"너는 곧 인의를 가장한 염치없는 놈으로 금수와 무엇이 다르냐!"

하자, 조조가 크게 노하여, 허저에게 말을 타고 나가 싸우게 하였다. 장수는 장선에게 나가 저를 맞게 하였다. 허저는 단지 3합 만에 장선을 말 아래 떨어뜨렸다. 장수의 군사가 크게 패하고, 조조는 군사들을 이끌고 추격하여 남양성 아래까지 이르렀다. 장수는 성으로 들어가 문을 닫고는 나오지 않았다. 조조는 성을 에워싸고 공격하였다.

그러나 성을 보니 해자가 넓고 물이 깊어서 속히 접근하기가 어려웠다. 이에 전군에 영을 내려 흙을 날라 해자를 메우게 하고, 또 흙부대와 시초들을 섞어서 주변에 층계를 만들고, 운제를 세워 성안을 몰래 들여다보았다. 조조는 직접 말을 타고 성을 들여다보았다. 이러기를 3일. 군사들로 하여금 서문의 모퉁이에 나뭇단을 쌓게 하고는, 여러 장수들을 모아 그리로 해서 성을 타고 넘으라 하였다.

성 안에서 가후가 이 광경을 보고 곧 장수에게 이르기를,

"제가 이미 조조의 뜻을 알고 있었습니다. 이제 장계취계해서[24] 시

24) **장계취계(將計就計)** : 상대편의 계교를 알아내 이용하는 계책. [中文辭典]「謂就人之計以行之也」. [中國成語]「謂故意依照敵人的計劃來設計 引誘敵人入自己的圈套」.

행합시다."

하였다.

이에,

강한 자 속에는 더 강한 자가 있는 법

사술을 쓰려 해도 사술인 줄을 아는 자 있네.

强中自有强中手

用詐還逢識詐人.

그 계책이 어찌 되었을까. 하회를 보라.

## 제18회

가문화는 적을 헤아려 승패를 결정하고
하후돈은 화살을 뽑아 눈알을 씹다.
賈文和料敵決勝
夏侯惇拔失啖睛.

한편 가후는 조조의 생각하는 바를 알고 곧 '장계취계'를 행하고자 하였으나, 이에 장수에게 말하기를

"제가 성 위에서, 조조가 성을 에워싸고 3일 동안 둘러보는 것을 보았습니다. 그는 성의 동남쪽 모서리가 진흙과 같은 벽돌을 쌓는 것이 전과 다르고, 장애물들이[1] 태반이나 무너졌음을 보았으니 생각건대, 이곳을 따라 진격할 듯합니다. 그렇지만 도리어 이곳을 비워놓고 서북쪽에 시초들을 쌓아서, 거짓 허장성세를 하여 우리를 들쑤셔 서북을 지키는 병사들을 철수시키면 저들이 어둔 밤을 타고 반드시 동남쪽으로 기어오를 것입니다."

한다.

장수가 묻기를,

"그렇다면 어찌하면 좋겠소?"

---

1) **장애물[鹿角]** : 적을 막기 위해 사슴뿔처럼 얼기설기 쳐 놓은 장애물. [諸葛亮 軍令]「敵已來進持**鹿角** 兵悉卻在連衡後 敵已附**鹿角**裏 兵但得進踞 以矛戟刺之」. [南史 韋叡傳]「夜掘長塹 樹**鹿角**爲城」.

하니, 가후가 대답하기를

"이는 아주 쉬운 일입니다. 내일 정예병들을 시켜 배불리 먹고, 가벼운 군장으로 모두 동남쪽 옥내(屋內)에 숨어 있게 하십시오. 그리고 백성들을 거짓으로 군사들의 분장을 시켜 건성으로 서북을 지키고 있으면서, 야간에 적들로 하여금 마음대로 동남쪽 모서리로 기어오르게 내버려 두십시오. 그들이 기어올라 성을 공격할 때까지 기다렸다가, 한꺼번에 포향을 울리며 복병들이 일제히 일어나 공격하면 조조를 생포할 수 있을 것입니다."

하자, 장수가 기뻐하며 그 계책을 따르기로 하였다.

일찍이 탐마가 조조에게 알리기를,

"장수가 서북쪽으로 군사들을 다 철수시키고 함성을 지르며 성을 지키고 있어, 동남쪽은 모두 비어있습니다."

하였다.

조조가 말하기를,

"내 계책이 적중하는구나!"

하고, 마침내 군중에 영을 내려 성을 기어오를 큰 가래를 준비시켰다.

조조는 단지 낮에는 군사들을 이끌고 서북각만 공격하다가, 2경시분에 이르러 정예병들을 이끌고 동남각으로 기어올라, 해자를 넘어가 녹각을 걷어치워 버렸다. 성중에서 전혀 다른 기미가 없어 여러 장병들이 한꺼번에 몰려 들어갔다.

이때 방포성이 들리더니 사방에서 복병이 일어났다. 조조가 급히 퇴각하려 하였으나, 뒤에서 장수가 직접 용감한 장수들을 몰고 짓쳐 왔다. 조조는 대패하여 성 밖으로 물러나 수십 리까지 달아났다. 장수는 직접 짓치다가 밝을 무렵이 되어서야 군사들을 수습하여 성으로 들어갔다. 조조는 패군들을 점검해보니 5만여 명의 군사들을 잃었고, 잃은 치중은 수를 헤아릴 수 없었다. 여건과 우금이 모두 부상을 당했다.

한편, 가후는 조조가 패주하는 것을 보고 급히 장수에게 권하여, 유표에게 서신을 보내어 병사들을 일으켜 퇴로를 끊게 하였다. 유표가 편지를 보고 곧 기병하려 하였다. 그때 문득 탐마가 와서 손책이 호구(湖口)에 병사를 주둔시켰다고 알려 왔다.

괴량이 말하기를,

"손책이 호구에 주둔한 것은 조조의 계책입니다. 지금 조조는 처음 패하였으나 만약 승세를 타서 저를 공격하지 않으면, 뒷날 틀림없이 후환이 있을 것입니다."

하자, 유표가 황조에게 굳게 애구를 지키게 하고, 직접 군사들을 이끌고 안중현(安衆縣)에 가서 조조의 퇴로를 끊었다. 그리고 장수와 만나기로 약속을 하였다. 장수는 유표가 기병한 것을 이미 알고, 곧 가후와 함께 군사들을 이끌고 가서 조조를 추격하였다.

이때, 조조는 군사들을 이끌고 천천히 양성(襄城)에 이르러 육수에 도착하였다. 별안간 조조는 마상에서 큰 소리로 울었다.

여러 장수들이 그 까닭을 물으매, 조조가 말하기를

"내 지난 해에 이곳에서 전위를 잃었으니 울지 않을 수 있겠소!"

하고, 곧 영을 내려 군마를 주둔시키고 크게 제사지낼 자리를 마련하고 전위의 혼에게 잔을 올렸다. 조조가 친히 향을 피우고 절을 하자, 삼군이 감격하지 않는 이가 없었다. 조조는 전위의 제사가 끝나자 그제서야 조카 조안민과 맏아들 조앙 및 죽은 군사들을 위해 제사를 지내게 했다. 그리고 계속해서 그때 활을 맞아 죽은 대완마도[2] 함께 제사지내 주었다.

---

2) **대완마(大宛馬)** : 대완 땅의 양마(良馬). [班固 西都賦]「九眞之麟 **大宛之馬**」.

다음 날 문득 순욱이 사람을 보내 알려오기를,
"유표가 장수를 도와 안중현에 주둔하고, 우리의 돌아갈 길을 끊고 있습니다."
하였다.
조조는 순욱에게 말하기를,
"내가 하루에 불과 몇 리를 못 가는 것은, 적들이 우리를 추격해 오는 것을 알지 못하는 것이 아니오. 그러니 그에 대해서는 내 이미 계책을 세워 두었소이다. 안중현에 도착하면 장수를 반드시 격파할 것이니, 그대들은 의심치 말고 기다려 주시오."
하고, 곧 군사들의 행군을 재촉하여 안중현의 경계에 다다랐다.
유표의 군사들은 이미 험한 요충지를 지키고 있고, 장수는 뒤를 따르는 군사들을 이끌고 뒤쫓아 왔다. 조조는 군사들에게 영을 내려 캄캄한 밤에, 험준한 곳을 뚫고 길을 내어 몰래 기병들을 매복시켰다. 하늘이 희미하게 밝아올 무렵 유표와 장수가 모여, 조조의 군사가 적은 것을 보고 조조가 달아날 것을 의심하여 함께 병사를 이끌고 험로로 들어가 공격하였다.
그때, 조조의 숨겨두었던 기병들이 나와 두 사람의 군사들을 대파하였다. 조조는 안중현의 애구를 빠져 나가서 애구 밖에 영채를 세웠다. 유표와 장수는 각각 패병을 정비하며 서로 쳐다보았다.
유표가 말하기를,
"어찌 도리어 조조의 간계에 빠졌는가!"
하니, 장수가 말하기를,
"다시 도모하도록 하십시다."
하였다. 그리고 양군은 안중현에서 다시 모였다.
이때, 순욱이 원소가 군사들을 다시 일으켜 허도를 치고자 한다는 것을 알고, 밤을 도와 조조에게 편지로 알렸다. 조조는 편지를 보고 속으로 당황하여 당일로 회병하기로 하였다. 한편 세작의 보고를 통해 장수가 이를 알고, 조조를 추격하고자 하였다.

그러나 가후가 말하기를,

"추격해서는 안 됩니다. 저들을 추격하면 틀림없이 패할 것입니다!"

하자, 유표가 말하기를

"오늘 추격하지 않는다면, 앉아서 기회를 잃을 뿐입니다."

하고, 힘써 권하여 장수가 군사 1만여 명을 이끌고 저들을 추격하러 갔다. 약 10리 쯤 갔을 때에 조조의 후군을 따라 잡았다. 조조의 군사들은 힘을 다해 싸워, 장수와 유표 양군이 대패하고 돌아왔다.

장수가 가후에게 이르기를,

"공의 말을 듣지 않아서 이렇게 패배하였소이다."

하자, 가후가 권유하기를

"이제 군사들을 정비하고 다시 저들을 추격하십시오."

하매, 장수와 유표가 같이 묻기를

"지금 이미 패했는데 어찌 다시 저들을 추격한단 말이오?"

하였다.

가후가 대답하기를,

"이번에 추격을 하면 틀림없이 크게 이길 것이니, 만약에 그렇지 않을 것 같으면 내 목을 치십시오."

하자 장수가 그 말을 믿었다. 그러나 유표는 의심하여 즐겨 함께 가지 않았다. 장수가 일군의 군사들만 데리고 추격하여 갔다. 조조의 군사들은 과연 대패하고, 군마와 뇌중을 길에 버리고 달아나 버렸다. 장수가 바로 그 뒤를 쫓아 앞으로 가는데 홀연 산의 뒷면에서 일군의 군사들의 나와 에워쌌다. 장수는 감히 앞으로 추격하지 못하고, 군사들을 수습하여 안중으로 돌아왔다.

유표가 가후에게 청하기를,

"앞서는 정병으로 퇴병을 추격하면 공은 반드시 패한다 하고, 뒤에는 패병으로써 승병을 공격하면 틀림없이 이긴다 했소이다. 결국 공의 말이 다 같았는데, 어찌 그 일들이 같지 않음을 다 알 수 있었소이까? 원컨대 공께서는 나에게 가르쳐 주시오."

하자, 가후가 말하기를

"이는 알기 쉬운 일입니다. 장군께서는 비록 용병은 잘하시지만, 조조의 적수는 아닙니다. 조조의 군사들이 비록 패배하였으나, 반드시 맹장을 뒤에 두어서 추격병을 막은 것입니다. 우리가 비록 정예병이라 하나 적을 이길 수는 없습니다. 그렇기 때문에 틀림없이 패한 것입니다. 무릇 조조가 퇴병 한 것은 반드시 허도에 일이 있기 때문일 것입니다. 이미 우리들의 추격군을 패퇴시킨 뒤에는 수레를 가볍게 하여 빨리 돌아갈 것이니 다시 방비를 하지 못했을 터이므로, 우리가 그 틈을 타서 준비가 없는 저들을 다시 추격하면 반드시 이길 것이란 것입니다."

하자, 유표와 장수가 함께 그의 고견에 감탄하였다.

가후는 유표에게 권하여 형주로 돌아가게 하고, 장수에게는 양성을 지켜 순치지세가[3] 되게 하였다. 양군은 각각 헤어졌다.

이때, 조조는 행군하는 사이에 후군이 장수의 추격을 받았다는 첩

---

3) **순치지세[以爲脣齒]** : 입술과 이처럼 서로 의존하는 형세. 「순치지방」(脣齒之邦). 순치지국(脣齒之國). 이해 관계가 깊은 두 나라. [左傳 僖公五年]「晉侯復假道於虞以伐虢 宮之奇諫曰 虢 虞之表也 虢亡 虞必從之 諺所謂輔車相依 **脣亡齒寒**者 其虞虢之謂也」. [戰國策]「趙之於齊楚也 隱蔽也 猶齒之有脣也 **脣亡**則**齒寒** 今日亡趙 則明日及齊楚」.

보를 접하고는, 급히 장수들을 이끌고 돌아가 구응하였으나 이미 장수가 물러간 뒤였다.

패병들이 돌아와 조조에게 고하기를,

“만약 산의 뒤쪽에서 인마가 나와 중간에서 막아 주었기 망정이지 그렇지 않았다면, 우리들은 다 사로잡혔을 것입니다.”

하거늘, 조조는 그가 누구인지를 물었다. 그 사람이 창을 내리고 말에서 내려 조조에게 절을 하였다. 그는 진위중랑장으로 강하의 평춘 사람인데, 성은 이(李)요 이름은 통(通)이라 하며 자를 문달(文達)이라 하였다. 조조는 그에게 어찌 오게 되었느냐고 물었다.

이통이 말하기를,

“근자에 여남을 지키고 있다가, 승상께서 장수·유표의 군사들과 싸우신다는 소식을 듣고 와서 접응한 것입니다.”

하매, 조조가 기뻐하여 저를 봉하여 건공후를 삼고 여남의 서쪽 경계를 지키며 유표와 장수를 막게 하였다. 이통은 배사하고 돌아갔다. 조조는 허도에 돌아와서 손책이 공이 있음을 표주하고, 봉하여 토역장군을 삼고 오후(吳侯)의 관직을 내렸다. 사자를 보내서 강동에 가 조서를 전하게 하고 유표를 막으라는 명을 내렸다.

조조는 부중으로 돌아와 중관들을 보고나자, 순욱이 묻기를

“승상께서 느리게 행군하여 안중현에 이르면서, 어찌 반드시 적병을 이길 줄 아셨습니까?”

하거늘, 조조가 말하기를,

“저들은 물러날 귀로(歸路)가 없어 꼭 죽기로써 싸울 것이기 때문에, 우리가 천천히 기병을 내어 몰래 저들을 도모한 것이요. 이러므로 반드시 이길 줄 알았소이다.”

하니, 순욱이 절하며 감탄하였다.

그때 곽가가 들어왔다. 조조는 묻기를,

"공은 어찌하여 늦으셨소이까?"

하니, 곽가가 소매 속에서 편지 한 통을 내었다.

그리고 조조에게 말하기를,

"원소가 사람을 시켜 승상께 글을 올리고 공손찬을 치려 한다는 말씀을 드리며, 양곡과 병사들을 빌려주십사고 말씀을 드려달라고 합니다."

하니,

조조는 대답하기를

"내 듣기에 원소는 허도를 도모하고자 한다던데, 이제 내가 돌아가는 것을 보고 또 다른 생각이 났는가 보오."

하며, 편지를 뜯어보았다.

그 말뜻이 교만하여 곽가에게 묻기를,

"원소가 이와 같이 무례하기 때문에 내가 저를 토벌하려는 게요. 힘이 모자라는 것이 한이니 어찌하면 좋겠소?"

하자, 곽가가 말하기를

"유방이 항우의 적수가 못 되었던 것은 공께서도 아시지 않습니까. 유방은 오직 지모가 승하여, 항우가 비록 강해도 종내는 유방이 사로잡지 않았습니까. 지금 원소가 열 번을 패했고 공은 열 번이나 더 이겼습니다.

원소의 군세가 비록 성해도 족히 두려울 것이 없습니다. 원소는 번례다의한[4] 인물이나 공은 체통을 자연스레 맡겨두시니, 이것이 '도'(道)에 있어서 저보다 '승'(勝)한 것이요, 원소는 역행하여 천하를 움직

---

4) **번례다의(繁禮多儀)** : 지켜야 할 예와 의식이 많음. 「번다」(繁多). 번거로울 정도로 많음. [後漢書 蔡邕傳]「臣聞天降災異 緣象而至 眸歷數發 殆刑誅**繁多**之所生也」. [後漢書 杜林傳]「法防**繁多** 則苟免之行興」.

이려고 하지만 공은 순리로써 하니, 이것은 '의'(義)에 있어서 승하신 것입니다.

또 환제와 영제 이래로 정치가 너그러움을 잃었는데, 원소는 관(寬)으로써 다스리나 공께서는 맹(猛)으로써 규찰하시니,[5] 이는 '치'(治)에서 이기신 것입니다. 원소는 겉으로는 너그러우나 안으로는 남을 기휘(忌諱)하여 친척에게 소임을 맡기나, 공은 겉으로 간소하나 안으로는 명철(明哲)하여 사람을 쓰시되 오직 재주가 있는 이를 쓰시니, 이는 '도'(度)에서 승한 점입니다.

원소는 계책을 많이 가지고 있으나 결단하지 못하는데 공은 계책을 얻으면 곧 시행하시니, 이는 '모'(謀)에서 승하신 것이요, 원소가 온전히 명성이 있는 자만 받아들이는데 공은 지성으로 사람을 대하시니, 이는 '덕'(德)에서 승하신 것입니다.

원소는 가까이 있는 이를 긍휼이 여기지만 먼 데 있는 이에게는 소원한데 공은 주변을 모두 걱정하니, 이는 '인'(仁)에서 승한 것이고, 원소는 참소를 듣고 미혹하는데 공은 다른 사람을 음해하는 참언을 듣지 않고 목적에 맞게 일하시니, 이는 '명'(明)에서 승하신 것입니다.

원소가 시비를 혼동하고 있는데 공은 법도를 엄하고 밝게 하시니, 이는 '문'(文)에 승한 것이요, 원소는 허세를 좋아하고 병법의 요체를 알지 못하는데 공은 적은 병력으로도 다수를 이기며 용병을 귀신같이 하시니, 이는 '무'(武)에서 승한 것입니다.

공께서는 이렇게 열 가지에서 승하니 원소를 패퇴시키는 것은 어렵지 않을 것입니다."

하매, 조조가 웃으면서,

---

5) **규찰(糾察)** : 적발하여 자세히 살핌. [後漢書 和帝紀]「訖無**糾察**」. [後漢書 皇甫規傳]「有司依違 莫肯**糾察**」.

"공의 말대로라면 나는 족히 감당하지 못할 것이외다!"
하거늘, 순욱이 묻기를
"곽봉효께서는 십승십패설을 말씀하셨는데, 이는 저의 어리석은 생각과도 같습니다. 원소가 비록 병사들이 많다 하나 무엇이 두렵겠습니까?"
하였다.
곽가가 말하기를,
"서주의 여포는 곧 큰 근심거리입니다. 이제 원소가 북의 공손찬을 정벌한다고 하니, 우리는 마땅히 그가 멀리 나가 있는 틈을 타서 먼저 여포를 취하여 동남을 쓸어버리고, 그 후에 원소를 도모하면 됩니다. 이것이 상계(上計)인데 그렇지 않고 우리가 원소를 공격하면 여포는 틀림없이 빈틈을 타고 허도를 범할 것이니, 그리되면 그 폐해가 적지 않을 것입니다."
하자, 조조는 그 말이 옳다고 생각하여, 드디어 동의 여포를 정벌하는 일을 의논하였다.
순욱이 말하기를,
"먼저 유비에게 사람을 보내 약속을 정하고, 그 회답을 기다린 후에 동병해도 늦지 않습니다."
하자, 조조는 그 말대로 따라 현덕에게 서신을 보내고, 한편으로는 원소에게서 온 사자를 후히 대접했다. 원소를 대장군태위 겸 기주(冀州)·유주(幽州) 등 네 고을의 도독으로 임명해 달라는 표주를 올렸다.
그리고 말하기를,
"공이 공손찬을 토벌한다면 내 마땅히 도우리다."
하는, 밀서를 답으로 보냈다. 원소가 밀서를 보고나서 크게 기뻐하며, 곧 공손찬을 공격하기 위해 진병하였다.

이때, 여포는 서주에 있었는데 항상 손님을 모아놓고 연회를 베풀었다. 이때 진규 부자는 여포를 극구 찬양하였다. 진궁은 이를 못마땅하게 여겨, 틈을 타서 여포에게

"진규 부자는 장군의 면전에서만 아첨을 하나, 그 심중을 헤아릴 길이 없습니다. 마땅히 저들을 경계하십시오."

하니, 여포가 노하여 꾸짖기를,

"자네는 무단히 진규 부자를 모함하여 좋은 사람들을 해하려 하느냐?"

하였다.

진궁이 탄식하기를,

"충언이 받아들여지지 않으니 우리들이 틀림없이 재앙을 받으리라!"

하고, 속으로 여포를 떠나 다른 곳으로 가고 싶었으나 그러지 못하고, 또한 남의 비웃음을 살까 두려워 온종일 마음이 앙앙하였다. 어느 날 고민도 풀 겸하여 몇 기 말을 거느리고 소패지역으로 사냥을 갔는데, 홀연 길에서 한 필의 역마가[6] 나는 듯이 달려 앞을 지나가고 있었다. 진궁이 의아해서 사냥을 그만두고 데리고 갔던 기병들을 이끌고 급히 소로로 따라갔다.

그리고 묻기를,

"너는 어느 곳으로 가는 사자냐?"

하니, 그 사자가 여포의 수하임을 알고 당황하며 대답을 하지 않았다. 진궁이 그의 몸을 수색하여 현덕이 조조에게 회신하는 밀서 한 통을 빼앗았다. 진궁이 곧 그 사람을 데리고 여포에게 갔다.

여포가 그 까닭을 묻자, 사자가 대답하기를

---

6) **한 필의 역마[匹馬]** : 「필마단기」(匹馬單騎). 「필마단창」(匹馬單鎗). '필마단기로 창을 들고 싸움터로 나간다'는 뜻임. [五燈會元]「慧覺謂皓泰日 埋兵掉鬪未是作家 **匹馬單鎗** 便請相見」.

"조승상께서 나를 시켜 예주의 유비에게 가서 편지를 받아오라 하셔서 지금 답서를 받아가지고 가는 길이나, 편지 속에 무슨 말이 있는지는 알지 못합니다."
하였다.
여포가 편지를 뜯어보니 그 내용은 대강 아래와 같다.

여포를 도모하려 한다는 명군의 뜻을 받들어, 감히 자나 깨나 마음을 쓰고 있습니다. 단지 저는 병사들과 장수가 적어, 가볍게 움직이지 못하고 있을 뿐입니다. 승상께서 대군을 일으키신다면, 저는 마땅히 맨 앞에 설 것입니다. 삼가 병사들과 갑사들을 정비하여 명령을 기다리고 있겠습니다.

여포가 보고나서 크게 꾸짖기를,
"조조가 감히 이렇게 하다니!"
하고 마침내 사자를 참수하고, 진궁과 장패를 보내서 태산에 웅거하고 있던 산도적 손관(孫觀)·오돈(吳敦)·윤례(尹禮)·창희(昌豨) 등과 연계하여, 동으로 산동과 연주의 여러 고을을 치게 하였다. 그리고는 고순과 장료는 패성(沛城)의 현덕을 공격하게 하였다. 또 송헌과 위속에게는 서쪽의 여남과 영천을 치게 하고, 여포는 자신이 중군을 통솔하면서 3로로 구응하기로 하였다.
이때, 고순이 병사들을 이끌고 서주를 나서서 거의 소패에 접근하였다는 것을 현덕에게 알린 사람이 있었다. 현덕은 급히 여러 장수들과 상의하였다.
손건이 말하기를,
"빨리 조조에게 알려야 합니다."

하자, 현덕이 묻기를

“누가 허도에 가서 급히 알리는 게 좋을까요?”

하자, 뜰 아래서 한 사람이 나서면서 말하기를

“제가 가겠습니다.”

하였다.

저를 보니, 이에 현덕과 동향사람으로 성은 간(簡), 이름을 옹(雍)이라 하고 자는 헌화(憲和)라 하는데, 지금 현덕의 막빈으로[7] 있었다. 현덕은 즉시 편지를 닦아 간옹에게 밤을 도와 허도로 달려가 구원을 청하라고 시켰다. 그리고 한편으로는 성을 지킬 병기들을 정돈하였다.

현덕이 직접 남문을 지키고 손건을 북문, 운장은 서문을 장비는 동문을 지키기로 하고, 미축과 그의 동생 미방으로 하여금 중군을 수호하라 하였다. 원래 미축에게는 누이가 한 사람 있었는데, 그가 현덕에게 시집가서 둘째 부인이 되었다. 그래서 현덕이 그들 형제와 남매인[8] 까닭에 중군을 보호하며 가족들을 지키게 한 것이다.

고순의 군사가 이르자 현덕은 적루 위에서 묻기를,

“나는 봉선(呂布)과 간극이 없는데, 무엇 때문에 병사들을 이끌고 이곳에 왔느냐?”

하니, 고순이 묻기를

“네가 조조와 결탁하여 우리 주군을 해하려 한 일이 이미 다 드러났으니, 어찌 결박을 면하겠느냐?”

---

7) **막빈(幕賓)** : 감사·유수 등을 따라 다니며 일을 돕는 벼슬아치. [黃滔 喜候金人蜀中新禽詩]「錦里章爲丹鳳闕 **幕賓**徵出紫微郎」. [封氏聞見記 遷善]「位曰判官是**幕賓** 使主無受拜之禮」.

8) **형제와 남매[郎舅之親]** : 남편과 같은 친척. [中文辭典]「姊妹之婿爲**郎** 妻之兄弟 爲**舅**」.

하고 말을 마치자, 곧 군사들을 휘몰아 성을 공격하였다. 현덕은 성문을 닫고 나가지 않았다. 다음 날 장료가 군사들을 이끌고 와서 서문을 공격하였다.

운장이 성 위에서,

"공의 의표가 속되지 않는데 어찌 몸을 도적에게 의탁하고 있소?"

하니, 장료가 머리를 숙이고 말이 없었다. 운장은 이 사람이 충의지기가 있음을 알고, 곧 나쁜 말을 더하지 않고 또 나가 싸우지도 않았다. 장료가 군사들을 이끌고 물러나 동문에 이르자 장비가 곧 나가 맞아 싸웠다. 곧 사람이 운장에게 와서 보고하였다. 관우가 급히 동문에 와서 보니 장비가 막 성 밖으로 나가는 것이 보였다. 그때 장료의 군사들은 이미 물러나고 없었다. 장비가 급히 추격하고자 하였으나, 관우가 급히 불러 성으로 들어왔다.

장비가 말하기를,

"저놈이 두려워 군사들을 물렸는데, 왜 저들을 쫓지 않는 게요?"

하자, 관우가 대답한다.

"저 사람의 무예는 자네보다 하수가 아니다. 내가 좋은 말로써 저를 감동시키니, 자못 후회하는 마음이 있어 우리와 싸우지 않을 뿐이다."

하자, 장비가 이에 깨닫고 시종들에게 영을 내려 성문을 굳게 지키기만 하고 나가 싸우지 말라 하였다.

한편 간옹이 허도에 가서 조조를 뵙고, 이전에 있었던 일들을 자세히 말하였다.

조조는 곧 여러 장수와 모사들과 의논하기를,

"여포를 공격하고자 하면서 원소는 걱정되지 않으나, 단지 유표와 장수가 우리의 뒤를 공격할까 두렵소이다."

하니, 순유가 말하기를

"두 사람이 최근에 패했으니 경거망동은 못할 것입니다. 여포는 용맹이 있어서 만약 다시 원술과 연합해서 회수(淮水)와 사수(泗水)를 종횡하게 되면, 쉽게 도모하기 어려울 것입니다."
하였다.

이때, 곽가가 나서며 말하기를,

"지금은 초반에 틈을 타서 반기를 들었으니, 백성들의 마음을 얻지는 못했을 것입니다. 빨리 가서 저들을 공격하여야 합니다."
하자, 조조가 그 말을 따라 곧 하후돈과 하후연·여건·이전 등에게 명하여 병사 5만을 이끌고 먼저 가게 하고, 자신은 대군을 통솔하고 뒤를 따라가는데 간옹이 수행하였다. 일찍이 탐마가 와서 고순에게 알렸고 고순은 이를 여포에게 알렸다. 여포는 먼저 후성·학맹·조성 등에게 2백여 기를 이끌고 고순을 접응하게 하여 패성에서 30리 떨어진 곳까지 가서 조조의 군사를 맞아 싸우게 하고, 자신은 대군을 이끌고 뒤를 따라 접응하기로 하였다.

현덕은 소패 성중에서 고순이 물러가는 것을 보고, 조조의 군사가 이르렀음을 알았다. 그래서 손견에게 성을 지키게 하고 미축과 미방에게 가솔들을 부탁하고는, 관우와 장비 두 사람과 함께 성 밖으로 나가 나뉘어 진두에서 진을 치고 조조의 군사들과 접응하였다.

이때, 하후돈이 이끄는 군사들은 전진하다가 고순의 군사들과 정면으로 마주쳐서, 곧 창을 꼬나들고 말을 몰아 나와 싸움을 돋우었다. 고순이 나와 맞아 양마가 서로 어울리기 4, 50여 합 만에, 고순이 막지 못하고 패해서 자기의 진으로 달아났다. 하후돈이 말을 몰아 급히 추격하니 고순이 진을 둘러 달아났다. 하후돈이 쉬지 않고 계속 진을 돌아 저를 추격하였다. 진 위에서 조성이 이를 보고 있다가 몰래 활에 화살을 먹여 잔뜩 겨누어 쏘니, 하후돈의 왼쪽 눈에 적중하였다. 하후돈이 소리를 지르며 급히 손으로 화살을 뽑으니, 눈알도 같이 뽑혀 나올 줄은 생각하지 못하였다.

이에 큰 소리로 말하기를,

"이는 아버지의 정과 어머니의 피라 버릴 수 없다!"

고 외치면서, 마침내 입에 넣고 씹었다. 그리고는 창을 꼬나들고 말을 몰아 곧장 나가 조성을 취하려 하였다. 조성이 막지 못하고 창에 얼굴을 찔려 말 아래 떨어져 죽었다. 양편의 군사들이 이를 보고 놀라지 않는 자가[9] 없었다. 하후돈은 조성을 죽이고 말을 되돌아갔다. 고순이 급히 뒤쫓아 오며 군사들을 휘몰고 짓쳐 가자, 조조의 군사들은 대패하였다. 하후연이 그의 형을 구호하며 달아났다.

여건과 이전은 패군을 이끌고 제북(濟北)으로 나와 영채를 세웠다. 고순은 싸움에서 이기고 곧 군사들을 돌려 현덕을 공격하였으나, 그 때 마침 여포의 대군이 이르렀다. 여포는 장료와 고순 등과 함께 군사들을 세 곳으로 나누어, 현덕·관우·장비의 영채를 공격하려 하였다.

이에,

눈알을 빼 먹은 장수는 비록 싸움에 능하다 해도
화살에 맞은 선봉의 장수는 오래 가기 어려우리.

啖睛猛將雖能戰
中箭先鋒難久持.

현덕의 승부가 어찌될지 알 수가 없다. 하회를 보라.

9) 놀라지 않는 자[駭然] : 놀라는 모양. [呂氏春秋 重言]「鳴將駭人 (注) **駭驚**也」.

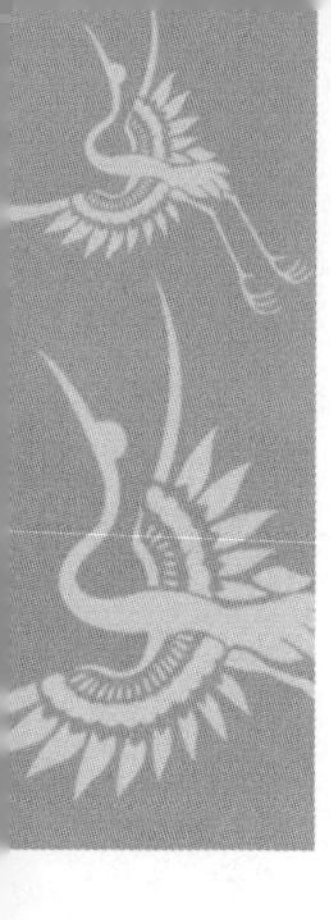

## 제19회

하비성에서 조조는 적병을 무찌르고
백문루에서 여포는 목숨이 끊어지다.
下邳城曹操鏖兵
白門樓呂布殞命.

한편, 고순은 장료와 함께 관우의 영채를 치고, 여포는 직접 장비의 영채를 공격하였다. 이때, 관우와 장비는 각각 나와서 맞아 싸우고, 현덕은 병사들을 이끌고 양로에서 접응하였다. 여포는 군사들을 나누어 배후에서 짓쳐 와, 관우와 장비의 군사들은 다 궤멸하고 현덕은 수십 기만 이끌고 소패성으로 돌아왔다.

여포가 그 뒤를 급히 추격해 오자, 현덕은 급히 성 위의 군사들에게 적교를 내리라고 소리쳤다. 여포가 군사들을 이끌고 왔으므로 성 위에서는 활을 쏘고자 하나, 현덕을 쏘게 될까봐 쏘지 못하고 있었다. 여포가 승세를 타고 짓치며 입성하고자 하니, 성을 지키는 병사들로서는 여포의 군대를 막을 수가 없어서 사방으로 흩어져 달아났다. 여포는 군사들을 성내로 들여보냈다.

현덕은 전세가 이미 다급해진 것을 보고 집에는 가보지도 못하고 처자 등 가솔들을 버려둔 채, 성내를 지나 서문을 나가 필마로써 겨우 도망쳤다. 여포가 급히 현덕의 집에 이르렀을 때 미축이 나와 맞았다.

여포에게 고하기를,

“내 듣기에 대장부는 남의 처자를 해하지 않는다 했는데, 지금 장군과 더불어 천하를 다투는 자는 조조뿐이외다. 현덕은 항상 원문에서[1] 화극을[2] 쏘았던 은혜를 잊지 않고 있사오니, 감히 장군을 배반하지 않을 것입니다. 이제 부득이 조조에게 투항하여 있으니, 오직 장군께서도 이를 어여삐 여기소서.”
하였다.

여포가 묻기를,

“나는 현덕과 옛부터 교유가 있는데, 어찌 차마 그의 처자식을 해치겠는가?”
하고, 곧 미축에게 명하여

“현덕의 아내와 가솔들을 서주로 데리고 가서 잘 있게 하라.”
고 하였다.

그리고 여포는 직접 군사들을 산동의 연주 지경으로 나가고, 고순과 장료를 남겨 소패를 지키게 하였다. 이때, 손건은 이미 성 밖으로 도망가고 없었다. 관우와 장비 두 사람 또한 각자 남은 인마를 수습하고, 산속으로 가서 진을 치고 있었다.

이때 현덕은 단신으로 간신히 도망하는 사이에 뒤에서 한 사람이 급히 따라오는데 보니 손건이었다.

현덕이 말하기를,

“나는 지금 두 형제들이 죽었는지 살았는지도 알지 못하고, 처자식

---

1) **원문(轅門)** : 관아의 문. 군영·진영의 문의 뜻으로 쓰는 말. [周禮 天官掌舍]「設車宮**轅門**」. [穀梁 昭 八]「置旃以爲**轅門**」.

2) **화극(畫戟)** : 방천화극(方天畫戟). 「화극조궁」(畫戟雕弓). 언월도나 창 모양으로 만든 옛날 무기의 한 가지. [東京夢華錄]「高旗大扇 **畫戟長矛** 五色介胄」. [長生殿 勦寇]「**畫戟雕弓**耀彩 軍令分明」.

을 잃어 어찌해야 할지 모른다오.”
하자, 손건이 권유하기를
“잠깐 조조에게 투항해서 훗날을 도모하지 않으면 안 됩니다.”
하니, 현덕이 그 말대로 샛길을 따라 허도로 가 투항하였다. 가는 길에 양식이 떨어져 일찍이 시골 마을에 가서 음식을 구하곤 하였다. 가는 곳마다 유예주란 말만 들으면 다 다투어 음식을 주었다. 하루는 한 집에서 투숙하게 되었는데, 그 집의 한 소년이 와서 절을 하기에 그의 성명을 물었다. 그랬더니 사냥꾼[3] 유안(劉安)이라 하였다.

그때, 유안은 예주목이 저의 집에 이르렀다는 소리를 듣고 야미라도[4] 찾아 음식을 내려 하였으나 금방 구할 수가 없는지라, 이에 그 처를 죽여서 그것을 먹게 하였다.

현덕이 묻기를,
“이는 무슨 고기요?”
하고 물으니, 유안이 대답하기를
“예, 이리 고기입니다.”
하여, 현덕이 의심하지 않고 포식하고, 날이 저물어 그의 집에서 잤다. 새벽이 되어 떠나려고 말을 찾기 위해 후원에 갔는데 홀연 한 여자가 부엌에 죽어있는데 허벅지의 살이 베어져 있었다. 현덕이 놀라고 비로소 어제 저녁에 먹은 것이 그 아내의 고기였음을 알았다. 현덕은 상심하는 마음을 이기지 못해, 눈물을 뿌리면서 말에 올랐다.

유안이 현덕에게 말하기를,
“본래 저는 군자를 따르려고 했으나 노모가 살아계신 까닭에 감히

---

3) **사냥꾼[獵戶]** : 사냥꾼의 집. 사냥꾼. 「엽사」(獵師). [列仙傳]「**獵師**世世見之」. [酉陽雜俎]「**獵師**數日方獲」. [白居易 詩]「鄙語不可棄 吾聞諸**獵師**」.
4) **야미(野味)** : 소박한 음식(맛). [中文辭典]「經烹調之野生禽獸 謂之**野味**」.

멀리까지 따라가지 못합니다."
하자, 현덕이 사례하고 헤어져 길을 따라 양성(梁城)으로 향했다.
이때, 갑자기 먼지가 해를 가리더니 한 장수가 왔다. 현덕은 그가 조조의 군사임을 알고, 손건과 함께 지름길로 하여 중군의 문기에 이르렀다. 조조를 보고 패성을 잃은 일과 형제들과도 흩어졌고, 처자식을 잃은 일들을 자세히 말하였다. 조조 또한 그 이야기를 듣고 눈물을 흘렸다. 한편 유안이란 사람이 처를 죽여서 대접했던 일을 이야기하니, 조조는 손건에게 금 백 냥을 가지고 가서 그에게 주게 하였다.
군사들이 제북에 이르니, 하후연 등이 영접해 영채 안으로 들였다. 그는 형 하후돈이 한 눈을 잃고, 병상에 누워 병조리를 하고 있다고 자세히 말한다. 조조는 그가 조리하는 곳에 가서 그를 보고는, 먼저 허도로 돌아가서 조리를 하라고 하였다. 그리고 한편으로는 사람을 시켜 여포가 지금 있는 곳이 어디인지 찾아보게 하였다.
탐마가 돌아와 알리기를,
"여포와 진궁, 그리고 장패는 태산의 도적들과 연합하여 함께 연주의 여러 군을 공격하기로 하였답니다."
하자, 조조는 곧 조인에게 3천의 병력을 이끌고 가서 패성을 치게 하였다. 조조는 친히 대군을 이끌고 현덕과 함께 여포가 오기를 기다렸다. 산동 앞에 이르러 소관(蕭關) 가까이에 이르자, 태산의 도적 손관과 오돈·윤례·창희 등이 3만여 병사들을 거느리고 가는 길을 막았다. 조조는 허저에게 나가 싸우게 했다. 4명의 장수들이 일제히 말을 타고 나오거늘 허저가 힘을 다해 분투하자 저들을 감당하지 못하고 각자가 패하여 달아났다. 조조는 승세를 타고 엄살하며 추격해 소관까지 이르자, 탐마가 나는 듯이 여포에게 보고하였다.
그때, 여포는 이미 서주에 돌아와 있었다. 진등과 함께 소패에 가서 구원하기로 하고 진규에게 서주를 지키게 했다.

진등이 떠나려 하자, 진규가 그에게 이르기를

“전에 조조는 일찍이 말하기를 동방의 일은 다 너에게 맡긴다고 하였느니라. 지금 여포가 패하였으니 저를 도모할 때가 되었다.”

하자, 진등이 대답하기를

“밖의 일은 제가 알아서 하겠습니다. 혹시 여포가 패하고 돌아와도 아버님은 곧 미축 일동과 같이 성을 지키시고, 여포를 입성시키지 마십시오. 그러면 제게 목을 벨 계책이 있습니다.”

하였다.

진규가 묻기를,

“여포의 처자식이 여기에 있고, 또 저의 심복들이 많은데 어찌하겠다는 게냐?”

하매, 진규가 말하기를

“저에게도 다 계책이 있습니다.”

하고, 이에 들어가 여포에게

“서주는 사면으로 공격을 받고 있고 조조는 반드시 힘을 다해 공격할 것입니다. 우리는 먼저 후퇴할 길을 생각해 두어야 합니다. 군량들을 하비성(下邳城)으로 옮기고 서주가 포위되면 하비에 양곡이 있으니 구원할 수 있을 것입니다. 주공께서는 어찌하시겠습니까!”

하니, 여포가 말하기를

“진등의 말이 옳소. 내 마땅히 가솔들을 옮겨 함께 가겠소.”

하며, 마침내 송헌과 위속에게 명하여 처자식과 전량들을 모두 하비로 옮기게 하고, 한편으로는 직접 군사들을 이끌고 진등과 함께 소관을 구하러 갔다.

반쯤에 이르러서 진등이 말하기를,

"제가 먼저 소관에 가서 조조병의 허실을 살펴보도록 허락해 주시면, 주공께서는 그 다음에 가시는 것이 좋겠습니다."
하매, 여포가 허락하였다. 진등은 먼저 소관에 이르니 진궁 등이 저를 맞았다.

진등이 대답하기를
"온후께서는 공등이 앞으로 가지 않는 것을 심히 의아해 하면서 책망하러 오겠다 합니다."
하니, 진궁이 권유하기를
"지금 조조의 병사들은 그 세력이 아주 커서 가볍게 행동을 못하고 있는 것입니다. 우리들이 관의 애구를 굳건히 지키고 있을 터이니, 주공께서는 소패성을 잘 보전하시는 것이 상책입니다."
하거늘, 진등이 고개를 끄덕였다. 늦은 시간이 되자 관에 올라 바라보니, 조조가 직접 관 아래까지 들어와 있는 것이 보였다. 이에 밤을 타 세 통의 편지를 화살에 매달아 쏘아 관 아래 떨어지게 하였다.

다음 날 진궁과 헤어져 나는 듯이 말을 달려 여포를 뵙고,
"관 위의 무리들은 다 관을 조조에게 바치고자 하기에 제가 진궁에게 지키도록 하였으니, 장군께서는 황혼 무렵에 가서 구응하기만 하면 될 것입니다."
하자, 여포가 말하기를
"공이 아니었으면 이 관을 잃을 뻔했구려."
하고, 곧 진등에게 말을 달려 먼저 소관에 가게 하고 진궁과 약속하여 내응하기로 하되, 횃불 드는 것으로 신호를 삼기로 하였다.

진등이 빠른 길로 가서, 진궁에게 보고하기를
"조조의 병사들이 이미 소로를 따라 관내에 들어갔소. 그러나 서주를 잃을까 두렵습니다. 공등은 빨리 돌아가는 것이 좋을 것입니다."

하자, 진궁은 드디어 군사들을 이끌고 관아를 버리고 달아났다. 그러자 진등은 관 위에 올라가 횃불을 올렸다. 그걸 본 여포는 어둠을 타고 짓쳐 이르렀다. 이리하여 진궁의 군사와 여포의 군사들이 어둠 속에서 서로를 엄살하였다.

조조가 횃불의 신호를 보고 일제히 짓쳐 이르러 승세를 타고 공격하였다. 손관 등의 무리들은 각자가 사방으로 흩어져 피해 버렸다. 여포는 날이 밝을 때까지 싸우다가 비로소 이 계책을 알았다. 그리고는 급히 진궁과 함께 서주로 돌아갔다. 성변에 이르러 문을 열라고 소리치자, 성 위에서는 활을 어지럽게 쏘아댔다.

미축이 적루 위에 올라서 외치기를,

"너는 본래 내 주군의 성지를 빼앗았으니, 이제는 마땅히 내 주군에게 돌려드려야 할 것이다. 너는 다시는 이 성에 들어오지 못한다."
하거늘, 여포가 크게 노하여

"진규는 어디 있느냐."
하니, 미축이 대답하기를

"내가 이미 저를 죽였다."
하매, 여포가 진궁을 돌아보며 또 묻기를,

"진등은 어디 있느냐?"
한다.

진궁이 말하기를,

"장군께서는 아직도 깨닫지 못하시고, 망령된 도적에 대해 물으십니까?"
하자, 여포가 군중 속에서 두루 찾아보았으나 끝내 발견할 수가 없었다. 진궁이 여포에게 급히 소패로 가자고 권하니, 여포가 그의 말을 따랐다. 반쯤 갔을 때에 한 떼의 군사들이 질풍같이[5] 몰려 왔다. 저들을 보니 고순과 장료였다.

여포가 저들에게 물으니 대답하기를,

"진등이 와서 주공께서 포위되어 있다면서 저희 등에게 급히 와서 구해 달라 하신다 하여 오는 길입니다."

하거늘, 진궁이 대답하기를

"이 또한 진등의 간계입니다."

한다.

여포가 노하며 말하기를,

"내 반드시 이 도적놈을 죽이고야 말리라!"

하고, 급히 말을 달려 소패성에 이르렀다.

그러나 성 위를 보니 모두 조조 병사들의 기호가 가득 꽂혀 있었다. 원래 조조는 이미 조인에게 성지를 습격하라 하였으므로, 군사들을 이끌고 성을 지키고 있는 것이었다. 여포는 성 아래에서 진등을 큰 소리로 꾸짖었다.

진등이 성 위에서 여포를 꾸짖기를,

"나는 한나라의 신하다. 어찌 너 같은 만적을 섬기겠느냐!"

하자, 여포가 크게 노하였다. 그리고 곧 성을 치고자 하는데, 갑자기 뒤에서 함성이 크게 일어나며 한 떼의 인마가 이르렀다. 앞에 한 장수가 섰는데 바로 장비였다. 고순이 말을 타고 나가서 맞았으나, 이길 수가 없게 되자 여포가 직접 나서서 싸웠다. 싸우고 있는 사이에 진 밖에서 함성이 다시 일어나더니, 조조가 직접 대군을 이끌고 짓쳐 왔다.

여포는 적을 당해내기 어려우리라 생각하고, 군사들을 이끌고 동쪽

---

5) **질풍(疾風)** : 진풍(震風). 사나운 바람. [莊子 天下]「禹沐甚雨 櫛**疾風**」「질풍심우」(疾風甚雨). [荊楚歲時紀]「去冬節一百五日 卽有**疾風甚雨** 謂之寒食 禁火三日 造餳大麥粥」.

을 향해 달아났다. 조조의 병사들이 뒤를 급히 추격해 왔다. 여포는 달아나면서 군사들이 지치고 말들이 핍절[困乏]함을 알았다. 그때 문득 섬광처럼 한 떼의 군사들이 길을 막고 나섰다.

앞에 한 장수가 말을 타고 청룡도를 비껴들며 큰 소리로,

"여포는 달아나지 말라! 관운장이 여기 있다!"

하거늘 여포는 당황한 채 싸웠다. 뒤에서는 장비가 급히 추격하고 있었다. 여포는 싸울 마음이 없어져, 진궁 등과 함께 죽음으로 길을 열어 지름길로 하비로 달아났다. 마침 후성이 군사들을 이끌고 와서 접응해 주었다. 관우와 장비는 서로 보며, 각자가 여포를 잡지 못한 것을 이야기 하면서 눈물을 뿌렸다.

운장이 말하기를,

"나는 해주(海州) 노상에서 군사들을 주둔시키고 있다가 소식을 듣고 여기에 온 것이네."

하니, 장비는 말하기를

"저는 망탕산에 들어가 있다가 오늘에서야 다행히도 형님을 만나게 되었습니다."

하였다.

두 사람들이 말을 마치자 함께 병사들을 이끌고 와서 현덕을 뵙고는 울며 땅에 엎드려 절하였다. 현덕은 일면으로 기쁘면서도 서러워하며, 두 사람을 데리고 가 조조를 만났다. 그리고 조조를 따라 서주에 입성하였다. 미축을 보고 가솔들이 무강함을 듣고 현덕은 크게 기뻐하였다. 진규 부자가 와서 조조를 뵈었다.

조조는 크게 잔치 자리를 마련하고, 장수와 병사들을 배불리 먹였다. 조조는 직접 가운데 앉고 진규를 오른쪽에 현덕을 왼쪽에 앉게 하였다. 그리고 장수들은 각각 직위에 따라 앉게 하였다. 잔치 자리가

파하자 조조는 진규 부자의 공을 치하하며, 더하여 10현의 녹을 받도록 봉하고 진등을 복파장군으로 삼았다.

한편, 조조는 서주를 얻고는 속으로 매우 기뻐하였다. 그리고는 기병하여 하비성을 공격할 일을 상의하였다.

정욱이 말하기를,

"여포는 이제 하비성 하나만 가지고 있을 뿐인 터에, 만약 심하게 저를 핍박하면 죽기로 싸울 것이고 또, 그는 원술에게로 갈 것입니다. 여포와 원술이 힘을 합치고 나면, 그 세력이 쉽게 공격하기 어려울 것입니다. 이제 가능한 사람을 시켜 회남으로 가는 길을 지키게 하여, 안으로는 여포를 방비하고 밖으로는 원술을 막아야 합니다. 하물며 이제 산동을 지키고 있는 장패와 손관의 무리들이 아직도 귀순하지 않고 있는데, 저들을 막자면 또한 급히 출병할 일이 아닙니다."

하였다.

조조는 말하기를,

"내 직접 산동의 제로(諸路)를 맡을 것이며, 회남 경로는 현덕에게 맡기려 하오."

하매, 현덕이 묻기를

"승상의 명을 받고 어찌 감히 어길 수 있겠소이까?"

하였다.

다음 날 현덕은 미축과 간옹을 서주에 있게 하고 손건·관우·장비 등의 군사들은 회남으로 가는 길을 지키러 가고, 조조는 직접 병사들을 이끌고 하비성을 공격하러 갔다.

이때, 여포는 하비성에 있었으나 군량이 넉넉하고 또 사수(泗水)가 험준한 것만 생각하며 스스로 믿어, 안심하고 앉아서 지키기만 하면 아무 걱정이 없다고 자만하고 있었다.

진궁이 말하기를,

"조조가 군사들을 이끌고 오고 있는데, 저들이 영채를 세우기 전에 이일격로만[6] 하고 보면 이기지 못할 리가 없습니다."

하니, 여포가 대답한다.

"나는 여러 번 패하였기 때문에 가볍게 나가지 않을 것이오. 저들이 공격해 오기를 기다리다가 그 후에 공격할 것이외다. 그러면 모두 사수에 빠져버릴 것이오."

하고, 끝내 진궁의 말을 듣지 않았다. 며칠이 지나자 조조의 군사들은 성 아래에 영채를 다 세웠다.

조조는 모든 장수들을 성 아래 모이게 하고, 큰 소리로

"여포는 나와 답하라."

하자, 성 위에 여포가 나타났다.

조조가 여포에게 말하기를,

"듣건대 봉선이 원술의 집안과 결혼을 하려 한다기에, 내 군사들을 이끌고 여기에 왔소이다. 무릇 원술은 대역의 큰 죄를 짓고 있고, 공은 이미 동탁을 토벌한 공이 있소이다. 지금 어찌하여 전공을 버리고 역적을 좇으려 하는 게요? 일찍이 성지가 파하면 후회해도 이미 늦을 것이외다. 만약 일찍 와서 투항하고 함께 왕실을 받들면, 봉후의 지위를 잃지 않을 것이외다."

---

6) **이일격로(以逸擊勞)** : 편안함으로 피로함을 침. 편히 쉬던 군사로 험로를 오느라 지친 조조의 군사를 공격 하라는 말임. 「이일대로」(以逸待勞)는 '편안함으로 적이 피로해지기를 기다렸다 침'의 말임. [孫子兵法 軍爭篇 第七]「以近待遠 **以佚待勞** 以食待飢 此治力者也」. [後漢書 馮異傳]「**以逸待勞** 非所以爭也 按逸亦作佚」.

하니, 여포가 대답하기를,

"승상께서 물러나시면 이 일을 의논할 용의가 있소이다."

하거늘, 진궁이 여포 곁에서 조조를 간적이라고 크게 꾸짖으면서 조조가 쓰고 있는 일산(日傘)에 활을 쏘았다.

조조가 진궁을 가리키며 다짐하기를,

"내 맹세코 네 놈을 죽일 것이다!"

하고, 마침내 병사들로 하여금 성을 공격하게 하였다.

진궁이 여포에게 권유하기를,

"조조의 병사들은 먼 길을 왔기 때문에, 전세가 오래 가지는 못할 것입니다. 장군은 보병과 기병을 데리고 성 밖에 나가 주둔하고 계시면, 저는 나머지 군사들을 이끌고 성문을 닫고 성내에서 지킬 것입니다. 조조가 장군을 공격하면 제가 병사들을 이끌고 가 배후를 공격할 것이고, 만약에 와서 성을 공격하면 장군께서 뒤에서 구원해 주십시오. 그렇게만 하면 열흘이 못 되어 조조의 군영에는 군량이 다해서, 단번에 파할 수 있을 것입니다. 이를 일러 기각지세라[7] 합니다."

하자, 여포가 긍정하며

"공의 말이 아주 옳소."

하고, 드디어 부에 돌아와 군기 등 병장기를 수습하였다. 때는 마침 겨울로 접어들고 있어서, 종인에게 분부하기를 솜옷을 입히게 하였다. 이때, 여포의 처 엄씨가 나오면서 묻기를,

"당신은 어디에 가시려 하십니까?"

---

7) 기각지세(掎角之勢) : 달리는 사슴의 뒷다리(掎)를 잡고 뿔(角)을 잡는 것처럼, '앞 뒤에서 적을 몰아칠 수 있는 태세'를 일컫는 말. '기각'은 '앞 뒤에서 서로 응하여 적을 견제함.' [左傳 襄公十四年]「譬如捕鹿 晋人角之 諸戎掎之」. [北史 爾朱榮傳]「曾啓北人 爲河內諸州欲爲掎角勢」.

하거늘, 여포가 진궁의 계책을 설명하였다.

엄씨가 말하기를,

“당신께서 온통 그에게 전권을 위임하고 처자식을 버려둔 채 단신으로 멀리 나가시고 나서 변이 생기면, 첩은 어찌 장군의 아내라 할 수 있습니까?”

하자, 여포는 주저하며 결심하지 못하고 3일 동안 망설이고 있었다.

진궁이 들어와 뵙고 말하기를,

“조조의 군사들이 사방을 에워싸고 있어서, 만약 일찍 나가지 않으면 틀림없이 곤란한 일을 당하게 될 것입니다.”

하니, 여포가 말하기를

“내 생각에 멀리 나가면 성을 굳게 지키지 못할 것 같소.”

하니, 진궁이 대답하기를

“근자에 전해 듣건대 조조의 군사들은 군량이 떨어져 사람을 보내 허도에 가서 양식을 가져오게 했으니, 조만간 그 장수가 이를 것입니다. 장군께서 정예병을 이끌고 가서 그 양도를 끊는다면, 이는 실로 묘한 계책이 될 것입니다.”

하거늘, 여포가 그 말을 듣고 그러리라 여겨, 다시 안에 들어가서 엄씨에게 이 일을 말하였다.

엄씨가 울면서 말하기를,

“장군께서 만약 나가신다면, 진궁과 고순 등이 어찌 굳게 성지를 지킨다는 말입니까? 만약에 실수하여도 돌이킬 수 없을 것입니다! 첩이 옛날 장안에 있을 때 이미 장군에게 버림받은 적이 있었으나, 그때는 다행히도 방서가 첩을 숨겨주어 다시 장군과 만날 수 있었습니다. 또 다시 첩을 버리시고 가려 하십니까? 그러나 장군은 앞길이 창창하신데, 바라건대 첩은 염려하지 마옵소서!”

하고 말을 마치고 통곡한다.

여포는 그 말을 듣고 나자 번민하며 결정하지 못하고 들어와 초선에게 알렸다. 초선이 말하기를,

“장군을 주인으로 모셨으니 주군께서는 가볍게 나가지 마시옵소서.”

하거늘, 여포가 대답하기를

“너는 염려할 것 없다. 내게 화극이 있고 또 적토마가 있는데 누가 감히 나에게 접근하겠느냐?”

하고 나가서, 진궁에게 이르기를

“조조 군사들의 양식이 온다는 것은 거짓이요. 이는 조조의 위계에 틀림없으니 내 쉽게 움직일 수 없소.”

하니, 진궁이 탄식한다.

“우리들은 죽어도 묻힐 땅이 없구나!”

하였다. 여포는 이날 종일 나가지 않고 엄씨·초선이와 같이 술을 마시면서 번민을 풀었다.

모사 허사(許汜)와 왕해(王楷)가 들어와 여포를 뵙고, 계책을 드리기를

“지금 원술은 회남에 있고 그 위세가 대단합니다. 장군께서는 지난날 일찍이 저와 혼담까지 있었으니, 이제 어찌 저에게 구원을 청하지 않으십니까? 그의 군사들이 와서 내외에서 협공을 하면, 조조를 파하는 것이 어렵지 않을 것입니다.”

하였다. 여포가 그의 계책을 따라서 그날로 편지를 써서 두 사람을 시켜 보냈다.

그때 허사가 말하기를,

“모름지기 일군으로써 나가도록 길을 터주는 것이 좋겠습니다.”

하자, 여포는 장료와 학맹에게 1천 병력을 이끌고 애구 밖까지 나가도록 해 주었다.

이날 밤 2경 쯤에 장료가 앞에 서고 학맹은 뒤에 있으면서 허사와 왕해를 보호하여 성을 나가게 하였다. 현덕의 영채 곁을 지날 때에 여러 장수들이 급히 추격하였으나, 미치지 못하고 이미 애구를 벗어났다.

학맹은 군사 5백을 거느리고 허사와 왕해를 따라 갔다. 장요는 남은 군사들을 데리고 돌아오는데, 애구에 이르렀을 때에 운장이 길을 막고 나섰다. 서로 어우러져 싸우려 하자, 고순이 병사들을 이끌고 나와 구응하여 성으로 들어갔다.

이때, 허사와 왕해는 수춘에 이르러 원술을 찾아뵙고, 여포의 서신을 드렸다.

원술이 묻기를,

"지난날에는 내 사자를 죽이고 나에게 혼인을 거절하더니, 이제 또 서로 친교를 맺자하니 무슨 까닭인가?"

하니, 왕해가 말하기를,

"이는 다 조조의 간계에 홀린 때문입니다. 원컨대 명상께서는 이 점을 살펴주시옵소서."

하니, 원술이 대답하기를

"네 주인이 조조의 군사 때문에 급해지지 않았다면, 어찌 딸을 내게 보내겠느냐."

하거늘, 왕해가 말하기를

"명상(明上)께서 지금의 여포장군을 구해주지 않으신다면, 순망치한에[8] 이를 것이오니 이는 또한 명공에게도 복이 되지 않을 것이옵니다."

---

8) **순망치한(脣亡齒寒)** : 서로 깊은 관계에 있음. 「순망치한」(脣亡齒寒)은 입술이 없으면 이가 시리다는 뜻으로, '가까운 두 사람 중에서 한 사람이 망하면 다른 사람도 그 영향을 받음'을 비유한 말. [左傳 僖公五年]「晉侯復假道於虞以

하매, 원술이 대답하기를
"봉선이 신의가 없는 짓을 반복하고 있으니, 먼저 딸을 보내면 그 후에 발병하겠다."
하였다. 허사와 왕해가 화해를 구하고 학맹과 함께 돌아왔다.

현덕의 영채 근처에 이르자, 허사가 대답하기를
"낮에는 지날 수 없으니 밤중에 우리 두 사람이 먼저 가고 학맹 장군은 뒤를 살피시오."

서로 의논하고 그렇게 하기로 약조를 하였다.

밤이 되어 현덕의 영채의 곁을 허사와 왕해가 먼저 지나갔다. 학맹이 다음으로 가려 하려던 때에, 장비가 영채에서 나와 길을 막았다. 학맹이 싸운 지 1합이 못 되어 장비에게 사로잡혔고 5백여 인마가 사로잡히거나 죽었다. 장비는 학맹을 묶어 데리고 와서 유비를 뵈었다.

현덕은 죄인을 압령해 가서 조조에게 보였다. 학맹은 혼인하기로 한 일을 자세히 말하였다. 조조는 대로하여 학맹의 목을 베고 각 영채에 고유를 전해서 마음을 바로잡고 방비를 하여, 여포나 그 군사가 지나가는 자가 있으면 군법에 따라 처리할 것이라 하였다. 각 영채가 송연해졌다.

현덕이 영채로 돌아와서, 관우와 장비에게 분부하기를
"우리들이 회남의 요충지를 담당하고 있으니, 두 아우들은 마땅히 조심조심하여 조조의 군령을 어기게 되는 일이 없도록 하게."
하자, 장비가 묻기를,
"적장 한 사람을 잡았는데도, 조조는 두터운 보상은 없고, 새삼스레

---

伐虢 宮之奇諫曰 虢 虞之表也 虢亡 虞必從之 諺所謂輔車相依 **唇亡齒寒**者 其虞虢之謂也」. [戰國策]「趙之於齊楚也 隱蔽也 猶齒之有唇也 **唇亡**則**齒寒** 今日亡趙則明日及齊楚」.

오히려 겁을 주다니 도대체 무슨 일입니까?"
하자, 현덕이 권유하기를
"아니네. 조조는 많은 군사들을 통제하고 있으니, 군령으로써 하지 않으면 어찌 군사들을 복종시키겠는가. 특별히 아우는 군령을 범하는 일이 없도록 하시게."
하거늘, 관우와 장비가 그렇게 하겠다 하고 나갔다.
한편, 허사와 왕해는 돌아와 여포를 뵈었다. 여포에게 원술이 먼저 딸을 보내야 군사를 일으켜 구원하겠다던 말을 자세하게 하였다.
여포가 묻기를,
"어찌 보낼 수 있을까?"
하고 물으니, 허사가 대답하기를
"지금 학맹이 잡혔으니, 조조는 우리의 형편을 잘 알고 있을 것이며, 미리 준비하고 있을 것입니다. 장군께서 직접 호송하시는 것이 상책입니다. 누가 감히 여러 겹 포위망을 뚫겠습니까?"
한다.
여포가 묻기를,
"오늘 빨리 데리고 가는 것이 어떻겠소?"
하자, 허사가 다시 대답하기를
"오늘은 흉살(凶殺)이 든 날이라서 가시면 안 됩니다. 내일은 아주 좋은 날이오니 술해시(戌亥時)에 떠나십시오."
하자, 장료와 고순이 3천 군마를 이끌고 작은 수레 한 량을 준비하자,
"내가 직접 2백여 리 밖까지 데리고 갈 터이니, 그 다음부터는 자네들이 호송해 가게."
하였다.
그날 밤 2경 쯤 되었을 때, 여포는 딸로 하여금 전신에 솜옷을 입히

고 그 속에 갑옷을 입혀 등에 엎고 화극을 들고 말에 올랐다. 성문을 열고 여포가 앞에 서서 나가고 그 뒤를 장료와 고순이 따랐다. 행렬이 현덕의 영채 앞에 이르자, 함성소리가 나며 관우와 장비가 나와서 길을 막았다.

그리고 막아서며 큰 소리로,

"못 간다!"

하며 나섰다. 여포는 싸울 마음이 없어 단지 벗어날 길만 살폈다. 현덕이 직접 군사들을 이끌고 짓쳐와 양군이 혼전을 벌였다. 여포가 비록 용맹이 있으나 한 여자를 등에 업고 있었고, 또 부상을 당할까 두려워 감히 포위망과 충돌할 수가 없었다.

그때, 후면에서 서황과 허저 등이 짓쳐 오자, 여러 군사들이 부르짖기를,

"여포는 도망가지 말라!"

하거늘, 여포가 너무 위급한 것을 보고 물러나 성으로 들어갔다.

현덕이 군사들을 거두자 서황 등도 영채로 돌아갔다. 이때, 여포의 군사들 중에는 단 한 사람도 지나간 사람이 없었다. 여포는 도로 성중으로 돌아와 마음이 우울해서 술을 마시며 지냈다.

한편, 조조는 성을 공격한 지 두 달이 되었으나 함락시키지 못하고 있는데, 문득 하내 태수 장양이 동시(東市)로 출병하여 여포를 구하고자 한다는 소식을 접하였다. 바로 그때 그의 부장 양추(楊醜)가 저를 죽이고 그의 수급을 바치려 하다가 도리어 장양의 심복 휴고(眭固)의 손에 죽고, 휴고는 견성(犬城)으로 달아났다고 알려 왔다. 조조는 소식을 듣고 곧 사환(史渙)을 보내 추격하여 휴고를 죽이라 하였다.

조조가 여러 장수들을 모아 놓고,

"장양 등이 자멸한 것은 실로 다행한 일이나, 북쪽엔 원소가 있고

동쪽에는 유표와 장수가 근심거리이니, 하비성을 오래 포위하고 있으면서 함락하지 못하고 있소. 내 여포를 버려두고 돌아가서 잠시 쉴까 하는데 어떻게들 생각하오?"
하니, 순유가 급히 나서며 말하기를
"안 됩니다. 여포도 여러 번 패하여 예기가 완전히 꺾였습니다. 군은 장수가 주가 되는 것이니, 장수가 힘을 잃으면 군사들은 힘써 싸우지 않는 법입니다. 진궁은 비록 지모가 있으나 더딥니다. 이제 여포의 기가 회복되지 못하고 진궁의 지모가 정해지지 않았으니, 빨리 공격하시면 여포를 사로잡을 수 있습니다."
하자, 곽가가 말하기를,
"저에게 한 가지 계책이 있어 하비성을 곧바로 파할 것이니, 20만 군사보다 나을 것입니다."
한다.
순욱이 묻기를,
"기수(沂水)와 사수((泗水)의 물을 트자는 말이 아니오?"
하니, 곽가가 웃으면서 말하기를
"바로 그것입니다."
한다. 조조가 크게 기뻐하며 곧 군사들에게 영을 내려 두 곳의 제방을 터뜨리게 하고는, 병사들 모두를 높은 언덕에 오르게 하고, 앉아서 물이 하비성을 휩쓰는 모습을 구경한다. 하비성에서 단지 동문만 물이 넘치지 않고 나머지 각 문들은 모두 물에 잠기고 말았다. 군사들이 이 소식을 나는 듯이 여포에게 알렸다.
여포는 대답하기를,
"나에게는 적토마가[9] 있으니, 물이 잠겨도 평지같이 갈 수 있는데 뭐가 두렵겠느냐!"

하였다.

그리고는 날마다 처첩들을 데리고 술을 마셨다. 주색이 지나쳐 몸이 많이 빠졌다.

하루는 스스로 거울을 보고는 놀라서,

“내가 주색에 빠져 몸을 망쳤구나! 오늘부터 시작해서 마땅히 술을 멀리 해야겠다.”

하고, 드디어 성중에 영을 내려 음주하는 자는 참한다 하였다.

한편, 후성은 말 15필이 있었는데 마부가 훔쳐 내어 현덕에게 바치고자 하는 것을 알고는, 뒤에 마부를 쫓아가 죽이고 말을 찾아 돌아왔다. 제장들이 후성의 한 일을 경하하였다.

후성은 대여섯 말의 술을 빚어 제장들과 함께 마시고자 하나, 여포에게 죄를 입을까 두려워 이에 먼저 술 다섯 병을 가지고 여포의 부중으로 가서 품하기를,

“장군의 위세를 빌어 잃어버린 말을 추격해 찾았습니다. 여러 장수들이 와서 축하하기에 술을 조금 빚었으나, 마시지 못하고 먼저 윗전께 조그만 뜻을 올립니다.”

하자, 여포가 대로하여 말하기를

“내가 금주령을 내렸는데 술을 빚어 놓고 마시려 하니, 함께 모의하여 나를 치려는 것이 아니냐?”

하고, 끌어내어 참하라 하였다. 송헌과 위속 등 여러 장수들이 함께

---

9) **적토마(赤兎馬)** : 하루에 천리를 간다는 준마(駿馬). 적기(赤驥)·절따말. 관운장(關羽)이 탔다는 준마의 이름인데 하루에 천리를 달린다 함. 「팔준마」(八駿馬). [辭源]「駿馬名(三國志 呂布傳) 布有良馬曰 **赤兎**」. 「천리마」(千里馬). [戰國策 燕策]「郭隗曰 古之人君 有以千金使涓人求**千里馬**者 馬已死 買其骨五百金而歸云云 朞年**千里馬**至者三」.

들어가 설득하였다.

여포는 말하기를,

"내 영을 범하였으니 마땅히 참수하여야 하나, 이제 여러 사람들의 낯을 보아 장 백 대에 처한다!"

하매, 여러 장수들이 또 읍소하여 장 50대를[10] 맞은 후에야 돌아왔다. 이 일로 하여 장수들이 모두 의기가 가라앉았다.

송헌과 위속 등이 후성의 집에 와서 보니, 후성이 울면서

"공들이 아니었으면 나는 죽었을 것이외다!"

한다.

송헌이 말하기를,

"여포 장군께서는 처자식만 생각하지 우리들은 초개같이 보고 있소."

하니, 위속도 말하기를

"적들이 포위한 성 안에서, 게다가 물이 성 주변을 잠기고 있으니, 죽는 날이 오래지 않을 것이외다."

하자, 송헌이 묻기를

"여포는 인의가 없는 사람이니, 우리들이 함께 달아나는 것이 어떻소?"

하거늘, 위속이 말하기를,

"달아나는 것은 장부의 할 일이 아니오. 여포를 사로잡아 조조에게 바칩시다."

하였다.

후성이 말하기를,

"나는 말을 찾은 것 때문에 책망을 당했는데 여포가 믿는 것이 적토마외다. 당신들 두 사람이 여포를 사로잡아 바친다면, 나는 먼저 저의

---

10) **장 50대[背花]** : 옛 형장(刑杖)의 이름 또는, 그로 인해 생긴 상처. [中文辭典]「**背花**爲棒所打傷處也」.

말을 훔쳐서 조조를 만나리다."
하고, 세 사람이 뜻을 정했다.

이날 밤 후성은 어둠을 타고 마원에 이르러, 저의 적토마를 훔쳐 나는 듯이 동문으로 달렸다. 위속은 곧 성문을 열어 나가게 하고, 저를 추격하는 척만 하였다. 후성은 조조의 영채에 이르러 적토마를 바치고, 송헌과 위속이 흰 깃발을 올리는 것을 신호로 삼아 문을 열 준비를 하고 있을 것이라는 사실을 자세하게 알렸다. 조조는 그 말을 믿고, 곧 서명한 방(榜) 수십 통을 성으로 쏘아 보냈다. 그 방에 다음과 같이 쓰여 있다.

대장군 조조는 특별히 조서를 받들고 여포를 정벌하려 왔다. 그러나 제 비록 대군에 저항하고 있으나, 성을 파하는 날에는 다 죽게 될 것이다. 위로는 장군에서부터 아래로 서민에 이르기까지, 여포를 사로잡아 오거나 저의 목을 바치는 자에게는 관직을 더하고 후한 상을 내릴 것이다. 이 방문으로 유고하는[11] 것이니 각자가 다 알아서 하라.

다음 날 날이 밝으면서 성 밖에서 함성이 땅을 울렸다. 여포가 크게 놀라 화극을 들고 성 위에 올라가 각 문을 점거하고, 후성이 달아나고 전마를 잃은 일을 들어 위속을 꾸짖고 치죄를 기다리라 하였다. 성 아래의 조조의 군사들은 성 위에 흰 깃발을 보고 힘을 다해 성을 공격하니, 여포도 직접 나와서 적과 싸웠다. 날이 밝을 때까지 싸우다가 낮이 되자 조조의 군사들은 잠시 물러갔다.

여포는 잠깐 문루에서 쉬다가 의자 위에서 깜빡 잠이 들었다. 송헌

---

11) **유고(諭告)** : 나라에서 결행할 어떤 일을 여러 사람에게 알려 줌. [史記 蕭相國世家]「塡撫**諭告**」. [漢書 武帝紀]「**諭告**所抵 無令重困」.

은 급히 좌우를 물리고 먼저 여포의 화극을 훔쳐내고, 곧 위속과 같이 움직여 여포를 단단히 묶었다. 여포는 잠 속에서 크게 놀라 깨어나 급히 좌우를 불렀으나, 모두 두 사람에게 쫓겨 가고 두 사람이 백기를 잡고 한 번 휘둘렀다. 조조의 군사들이 모두 성 아래 이르렀다.

위속이 크게 외치기를,

"이미 여포를 사로잡았다!"

하자, 하후연은 믿지를 않았다.

송헌은 급히 성 위에서 여포의 화극을 아래로 던졌다. 그리고는 성문을 활짝 열자 조조의 군사들이 일제히 들어왔다. 고순과 장료 등은 서문에 있었는데, 물에 둘러싸여 나오기 어려워 조조의 군사들에게 사로 잡혔다. 진궁은 남문으로 달아나가다 서황에게 사로 잡혔다.

조조는 입성하여 곧 영을 내려 성에 든 물을 빼게 하고, 방을 내어 백성들을 안돈시켰다. 한편으로는 현덕과 함께 백문루 위에 같이 앉고, 관우와 장비는 옆에 시립하였다. 그리고 사로잡은 무리들을 들이라 하였다. 여포는 비록 기골이 장대하나 밧줄에 단단히 묶여 있었다.

여포가 말하기를,

"묶은 줄이 너무 조이니 좀 느슨하게 해 주시오!"

하자, 조조는 "호랑이를 묶는데 단단히 하지 않을 수 있겠소."

하였다.

여포는 후성·위속성송헌 등이 다 곁에 서 있는 것을 보고, 저들에게 말하기를 "내가 너희들을 박대하지 않았거늘 어찌 나를 배반하느냐?"

하자, 송헌이 묻기를

"처첩의 말만 듣고서 장수들의 계책을 듣지 않았으면서, 어찌 박대하지 않았다 하시오?"

하자, 여포가 말이 없었다. 잠깐 있다가 여러 사람들에게 에워싸여 고순이 이르렀다.

조조가 말하기를,

"너는 무슨 할 말이 있느냐?"

하니, 고순이 대답이 없었다. 조조는 노하여 저를 참수하였다. 서황이 진궁을 압령해 오자, 조조가 말하기를

"공대는 그동안 안녕하셨소이까!"

하자, 진궁이 대답하기를

"너는 마음이 나쁜 꾀로 차 있어, 내가 너를 버린 것이다!"

하자, 조조가 묻기를

"내 마음이 바르지 못하면서, 공은 또한 어찌 여포를 섬겼소?"

하매, 진궁이 말한다.

"여포는 비록 계책은 없으나 너와 같이 거짓과 사술을 부리지는 않는다."

라고 하였다.

조조가 묻기를,

"너는 스스로 지모가 많다고 자위하더니 어찌 이 지경에 이르렀느냐?"

하자, 진궁이 여포를 돌아보며

"이 사람이 내 말을 따르지 않은 것을 한탄하오! 만약에 나의 말을 따랐다면 이렇게 잡혀오지는 않았을 것이다."

하였다.

조조가 묻기를,

"오늘의 일은 당연한 일이 아니오?"

하니, 진궁이 큰 소리로 대답한다.

"오늘날 내가 죽게 되었을 뿐이다!"

하자, 조조가 묻기를

"자네는 이렇게 죽는다 하지만 자네의 노모와 처자식은 어찌하려 하오?"
하였다.

진궁이 대답하기를,
"내 듣기로는 효로써 천하를 다스리는 자는 남의 부모를 해치지 않는다 했고, 어진 정사를 펴는 자는 남의 제사를 끊지 않는다 했소이다. 노모와 처자의 존망은 또한 명공께 있을 뿐이외다. 내 지금 사로잡혀 있으니 부디 속히 죽여주시오. 마음에 걸리는 일은 없소이다."
하매, 조조는 죽일 생각이 없었으나 진궁이 몇 걸음 계단을 내려가거늘, 좌우가 잡아끌었으나 멈추지 않았다. 조조는 일어나서 울며 저를 보냈다. 진궁은 뒤돌아보지 않았다.

조조는 종자들에게 이르기를,
"곧 공대의 노모와 처자를 허도로 보내 잘 돌보게 하라. 태만하게 하는 자는 참하리라."
하였다.

진궁은 그 말을 듣고도 입을 열지 않았고 목을 느려 형을 받았다. 주변이 모두 눈물을 흘렸으며, 조조는 관을 써서 시신을 담게 하고 허도에서 장사지내 주었다.

후세 사람이 이를 한탄한 시가 있다.

사나 죽으나 한 뜻이니
대장부 어찌 장하지 않으리!

生死無二志
丈夫何壯哉!

금석 같은 말을 듣지 않으매
공연히 동량재만 못쓰게 하는구나.
不從金石論
空負棟梁材.

주인을 보좌하는데 공경을 다하며
어버이를 하직함이 슬퍼라.
輔主眞堪敬
辭親實可哀.

백문루에서 죽던 그날에
공대 같은 이 또 있겠느냐.
白門身死日
誰肯似公臺.

조조가 진궁을 전송하려 문루에서 내려갔을 때에,
여포가 현덕에게 묻기를,
"공이 상객으로 앉아 있으면서 나는 죄인으로 뜰 아래 있는데, 어찌 한 마디 말이 없으시오?"
하자, 현덕은 고개만 끄덕였다.
조조가 다시 문루에 올라오자, 여포가 큰 소리로 청하기를
"명공께서 걱정하는 바는 여포보다 더한 자가 없다는 것이오나, 여포는 이미 장군에게 복속되었소. 공은 대장이 되고 여포는 부장이 된다면, 천하에 이루지 못할 것이 없을 것이외다."
하자, 조조가 현덕을 돌아보며

"어떻소?"
한다.
현덕이 묻기를,
"공께서는 정건양과 동탁의 일을 보지 않았습니까?"
하였다.
여포가 현덕을 쏘아보면서,
"이 신의가 없는 자야!"
한다.
조조가 누각아래 끌고 가 목매달라 하였다.
여포가 현덕을 돌아보며,
"이 귀 큰 놈아! 원문에서 화극을 쏘았던 일을 기억하지 못하느냐?"
하자, 갑자기 한 사람이 크게 외치면서
"여포는 한낱 필부이다! 죽으면 죽는 것이지 어찌 두려워하느냐!"
하며 나섰다. 여러 사람들이 저를 보니, 곧 도부수들에게 이끌려 나오는 장료였다.
조조는 여포를 목매어 죽이고 효수하였다.
후세 사람이 이를 한탄한 시가 있다.

넘실대는 물 도도히 하비성을 둘러싸니
그 해에 여포가 사로잡히었도다.
洪水滔滔淹下邳
當年呂布受擒時.

천리 가는 적토마도 간 곳이 없고
한 자루 방천극도 사라지고 없구나.

空餘赤免馬千里
漫有方天戟一枝.

맹호가 묶은 끈을 늦추어 달라니 허튼 소리
'매는 배부르게 먹이지 말라'란 말 틀림없네.
縛虎望寬今太懦
養鷹休飽昔無疑.

아내만 생각해 진궁의 말 듣지 않더니
애꿎게 '귀 큰 아이'만 꾸짖는구나.
戀妻不納陳宮諫
枉罵無恩大耳兒.

또 현덕에 관한 시도 있다.

사람 해치는 굶주린 호랑이 포승을 느슨하게 할 수 있나
동탁과 정건양의 피가 아직 마르지도 않았음에랴.
傷人餓虎縛休寬
董卓丁原血未乾.

현덕은 아비를 잡아 먹은 그 버릇 알고 있는데
살려두어 조조를 죽게 하지는 못하였구나?
玄德既知能啖父
爭如留取害曹瞞?

한편, 무사들이 장료를 끌고 왔다.
조조는 장료를 가리키며 말하기를,
"자네는 어디서 만난 것 같구려."
하자, 그가 대답하기를
"복양성에서 서로 만났는데 어찌 벌써 잊으셨소?"
하였다.
그제야 조조는 웃으면서 말하기를,
"자네는 본시 기억하고 있었구려!"
하매, 장료가 대답하기를
"그때가 안타깝소이다!"
한다.
조조가 또 묻기를,
"무엇이 안타깝다는 말이오?"
하자, 그가 말하기를
"그날 불길이 크게 일어나지 못함을 안타까워하는 것이오. 일찍이 당신 같은 국적을 태워 죽이지 못한 것이 안타깝다는 것이오!"
하거늘, 조조가 크게 노하여
"패장이 어찌 감히 나를 욕하다니!"
하며, 칼을 빼어 손에 들고 직접 장료를 죽이러 내려 왔다. 그러나 장료는 두려워하는 기색이 전혀 없이, 목을 느려 죽이기를 기다렸다.
조조의 뒤에서 한 사람이 그의 팔을 잡고 한 사람은 그의 앞에 꿇어앉으며, 말하기를
"승상께서는 잠시만 기다려 주십시오!"
한다.
이에,

애걸하는 여포는 구하려는 사람이 없더니
조조를 꾸짖는 장료는 오히려 살리려는구나.

乞哀呂布無人救
罵賊張遼反得生.

필경 장료를 구하려는 이는 누구일까. 하회를 보라.

## 제20회

조아만은 허전에서 사냥을 하고
동국구는 내각에서 조서를 받다.
曹阿瞞許田打圍
董國舅內閣受詔.

한편, 조조는 칼을 들어 장료를 죽이려 하는데, 현덕이 그의 팔을 잡고 관우는 조조의 면전에 꿇어앉았다.

현덕이 말하기를,

“이는 아주 진실한 사람이오니[1] 마땅히 쓸모가 있을 것입니다.”
하고, 운장이 청하기를

“제가 평소 문원이 충의지사임을 알고 있사오니, 원컨대 저의 목숨을 살려 주십시오.”
하자, 조조는 칼을 던지며

“나 또한 문원의 충의를 알고 있는 터이나 짐짓 해 본 것이외다.”
하고, 이에 직접 그 결박을 풀고 자기의 옷을 벗어서 그에게 입히고 상좌에 올려 앉혔다.

장료는 그 뜻에 감격하여 드디어 항복하였다. 조조는 그를 중랑장

---

1) **진실한 사람[赤心之人]** : 단심(丹心)한 사람. 어린 아이처럼 순수하고 정성스러운 마음씨를 가진 사람. 「적자지심」(赤子之心). 아무런 사(私)도 없는 순결한 마음씨. [孟子 離婁篇 下]「大人者 不失其**赤子之心**者也」.

에 삼고 관내후의[2] 관직을 주며, 그로 하여금 장패를 귀순시키라 하였다. 장패는 여포가 죽은 줄 알고 장료도 이미 항복한 뒤여서, 마침내 본부군을 이끌고 투항하였다. 조조는 그에게 후한 상을 내렸다. 장패는 또 손관·오돈·윤례 등을 투항시켰다. 오직 창희만이 귀순하지 않고 있었다.

조조는 장패를 봉하여 낭야상을 삼고, 손관 등에게도 각각 벼슬을 더하고 청주·서주·연해(沿海) 지방을 다스리게 했다. 그리고 여포의 아내와 딸을 허도로 돌아가게 하였다. 조조는 삼군들을 배불리 먹이고 영채를 뽑아 돌아갔다. 회군하는 길에 서주를 지나는데, 백성들이 길 옆에서 향불을 피우고 유사군(劉使君)에게 서주목을 맡겨 달라고 청원하였다.

조조가 말하기를,

"유사군은 공이 크므로 천자께 뵙고, 벼슬을 봉한 후에 돌아와도 늦지 않는다."

하니, 백성들이 머리를 조아리며 감사하였다.

조조는 거기장군 차주(車胄)를 불러 서주를 다스리게 하였다. 조조의 군사들이 허창으로 돌아오자, 출정했던 인원에게 각기 벼슬을 봉하고 상을 주었다. 그리고 현덕을 승상부의 왼쪽 가까운 집에 머물며 쉬게 해 주었다.

다음 날 헌제가 조회를 베풀었는데, 조조가 현덕의 공로를 아뢰고 그를 데리고 들어가 황제를 뵙게 하였다. 현덕은 조복을 갖추고 단지[3]

---

2) **관내후(關內候)** : 공적이 있는 자를 관중(關中)의 제후로 봉하되, 토지는 주지 않고 다만 녹봉만을 주었음. [續志]「**關內候**賜爵十九等 無土寄食在所縣民租多少各有戶數爲限」. [戰國策]「公孫衍 爲竇屢謂魏王曰 不若與竇屢**關內侯** 而令之趙」.

아래서 배알하였다.

헌제는 그를 전상으로 불러, 묻기를

"경의 조상은 누구인고?"

하자, 현덕이 아뢰기를

"신은 중산정왕의 후예요 효경황제의 현손으로, 유웅(劉雄)의 손자이고 유홍(劉弘)의 아들입니다."

하자, 헌제가 종족의 세보를 가져오라 해서 종정경에게 읽게 하였다.

효경황제께서 아들 14명을 낳으시니, 일곱 째 아드님이 중산정왕 유승(劉勝)이시라.

승이 육성정후 유정을 낳고 정은 패후 유앙(劉昻)을 낳고, 앙은 장후 유녹(劉祿)을 낳고 녹은 기수후 유연(劉戀)을 낳고, 연은 흠양후 유영(劉英)을 낳고 영은 안국후 유건(劉建)을 낳았으며, 건은 광릉후 유애(劉哀)를 낳고 애는 교수후 유헌(劉憲)을 낳고, 헌은 조읍후 유서(劉舒)를 낳고 서는 기양후 유의(劉誼)를 낳고, 의가 원택후 유필(劉必)을 낳았다. 필은 영천후 유달(劉達)을 낳고, 달은 풍령후 유불의(劉不疑)를 낳고, 불의가 제천후 유혜(劉惠)를 낳았으며, 유혜가 동군범령 유웅을 낳았다. 그 웅이 유홍을 낳았는데 그는 벼슬길에 나가지 않았으니, 유비(劉備)가 곧 유홍의 아들이다.

헌제가 세보를 살펴보니, 곧 유현덕은 헌제의 숙항(叔行)이매 기뻐하며 청해 편전에 들게 하고 숙질의 예를 하였다. 헌제는 속으로 생각

---

3) **단지(丹墀)** : 붉은 칠을 해서 단장(丹粧)한 대궐. 임금이 있는 전각의 아래를 이름. [漢書 百官志]「以丹朱漆地 謂之**丹墀**」. [宋書 百官志]「尙書郎奏事明光殿殿以胡粉塗壁 畵古賢烈士 以丹朱色地 謂之**丹墀**」.

하기를 '조조가 권력을 농단하고 있어 국사가 모두 짐의 뜻대로 되지 않고 있으니, 이제 영웅 숙부를 얻었으니 저는 짐을 도울 수 있을 것이다!' 하였다. 그리고 현덕을 좌장군 의성정후를 봉하시고, 잔치를 열어 환대하였다. 현덕은 사례하고 조정에서 나왔다. 이 일이 있은 후부터 사람들은 다 현덕을 '유황숙'(劉皇叔)이라 불렀다.

조조는 부중에 돌아오니 순욱 등 참모들이 들어와 말하기를,

"천자께서 유비를 황숙으로 인정하셨으니, 명공께 이로울 것이 없을 듯합니다."

하자, 조조가 말하기를

"저는 벌써부터 황숙으로 인정받았으니, 내가 천자의 칙지를 받아서 영을 내리면, 감히 이를 따르지 않을 수 없을 것이오. 하물며 내가 저를 허도에 붙잡아 두면 명분상으로는 임금과 가까운 곳에 있지만, 실제로는 내 손아귀 안에 있는 것이외다. 내 두려울 게 뭐 있겠소? 내가 염려하는 것은 태위 양표가 원술과 친척 관계에 있는 것이오. 만약에 원소와 원술 두 사람이 내응한다면, 해가 적지 않을 것이므로 당장 저를 없애야 하겠소이다."

하고, 조조는 몰래 사람을 시켜 양표가 원술과 내통한다고 무고하여, 양표를 하옥시키고 만총에게 저를 지키게 하였다.

그때는 북해태수 공융이 허도에 있을 때여서, 조조에게 말하기를,

"양표는 4대가 청렴한 집안인데, 어찌 원씨로 인해서 죄를 줄 법이 있으리이까?"

하거늘, 조조는 대답하기를

"이는 조정의 뜻이오."

하였다.

공융이 묻기를,

"성왕(成王)을 시켜 소공(召公)을 죽이게 하면서, 주공이 모른다고 말할 수 있소이까?"
하자, 조조는 할 수 없이 양표의 관직을 빼앗고 그를 고향으로 추방하였다.

그때, 의랑 조언(趙彦)은 조조의 전횡을 분개하여 상소를 올려 조조가 천자의 칙지를 받들지 못하도록 하고, 대신들의 치죄를 멋대로 하는 것을 탄핵하였다. 조조가 크게 노하여 곧 조언을 잡아들여 죽였다. 이에 문무 백관들이 모두 두려워하게 되었다.

모사 정욱이 조조에게 말하기를,
"지금 명공의 위명이 날로 높아가고 있는데, 어찌하여 이때를 타서 왕패의 업을[4] 하지 않으십니까?"
하자, 조조가 대답하기를
"조정에는 아직도 고굉지신이[5] 많이 있어서, 가볍게 행동할 때가 아니외다. 내 당장 천자에게 사냥에 나가시도록 청하여 동정을 보려 하오."
하였다.

이에 좋은 말과 이름난 매(名鷹)·뛰어난 사냥개(俊犬)를 고르고 그리고 활과 화살을 준비하여 먼저 병사들을 성 밖에 배치하고, 그 후에

---

4) **왕패의 업[王霸之事]** : 왕도와 패도에 관한 일. '왕도'는 임금이 마땅히 행하여야 될 일이고, '패도'는 인의를 가볍게 알고 권모술수만 숭상하는 일을 말함. 그러므로 「왕패의 일」은 '왕도와 패도로써 천하를 제패하는 일'을 가리킴. 「왕도여용수」(王道如龍首). 왕도의 심원함을 용에 비유한 것. [六韜]「夫**王**者之**道 如龍首** 高居而遠望 深視而審聽 示其形 隱其情」. 「패자」(霸者)는 패권을 잡아 패도로 세상을 다스리는 사람. [孟子 公孫丑篇 上]「以力假仁者霸 以德行仁者王 又云 **霸者**之民驩虞如」.

5) **고굉지신(股肱之臣)** : 임금이 가장 믿을 만한 신하. [史記 太史公 自序]「輔拂**股肱之臣**配焉 忠信行道 以奉主上」. [書經 禹書篇 益稷]「帝曰 臣作朕**股肱**耳目」.

조조가 궁전에 들어가 천자께 사냥 가기를 청하였다.

헌제가 말하기를,

"사냥은 정도(正道)가 아닐 것 같소."

하자, 조조는 청하기를

"옛 제왕들께서도 '춘수·하묘[6], 추미·동수라'[7] 하여, 철마다 교외에 나가셔서 무위를 천하에 보이셨습니다. 이제 사해가 시끄러운 때에, 마땅히 사냥을 빌어서 강무를[8] 해야 합니다."

하고 아뢰었다. 헌제가 감히 따르지 않을 수 없어, 곧 저를 따라 소요마(逍遙馬)에 올라 보조궁과 금비전을 가지고 난가를 갖추어 성을 나섰다. 현덕과 관우·장비 등은 각각 활을 메고 화살을 가지고 속에 엄심갑을[9] 입고 손에는 병기를 잡고, 수십여 기를 이끌고 어가를 따라 허창을 나섰다. 조조는 조황비전마(爪黃飛電馬)를 타고 십만 군사들을 이끌고 천자와 함께 허전(許田)에서 사냥을 하였다. 군사들을 배치하여, 사냥터를 에워싸게 하니 그 둘레가 2백여 리나 되었다.

조조는 천자와 함께 말을 나란히 하며 가는데, 단지 말의 머리만큼 떨어져 갔다. 그리고 그 뒤에는 모두 조조가 신임하는 장수들이 따랐

---

6) **춘수·하묘(春蒐·夏苗)** : 봄에 사냥하고 여름에는 모종을 함. '수·미'는 모두 짐승을 사냥하는 것인데 '蒐'는 봄에 새끼 배지 않은 놈을 사냥하는 것이고, '獮'는 가을에 보는 대로 잡는 것을 말함. [爾雅 釋天]「**春**獵曰**蒐**」. [穀梁 桓 四]「**春**曰**蒐** **夏**曰**苗** **秋**曰**獮** **冬**曰**狩**」.

7) **추미·동수(秋獮·冬狩)** : 가을과 겨울에는 사냥을 함. [左氏 隱 五]「故**春蒐** **夏苗** **秋獮冬狩** 皆于農隙以講事也」.

8) **강무(講武)** : 무예연습·전쟁훈련. [三國志 蜀志 諸葛亮傳]「乃治戎**講武** 以俟大擧」. [呂氏春秋 孟冬]「**講武**肄射御」.

9) **엄신갑(掩身甲)** : 가슴을 가리는 갑옷. 「엄신경」(掩身勁). [戰國策 韓策]「天下之强弓勁弩……射百發不暇止 遠者達胸 近者**掩心**」. [西京雜記 三]「則**掩心**而照之 則知病之所在」.

다. 문무 백관들은 멀리 떨어져 시중을 들게 되어 있었기 때문에, 누구도 감히 천자께 가까이 갈 수 없었다. 그날 헌제께서 말을 달려 허전에 이르니, 유현덕은 길가에서 배알하였다.

헌제가 말하기를,

"짐은 유황숙의 사냥 솜씨를 보고 싶소."

하자, 현덕이 말에 오르려 할 때에, 갑자기 풀숲에서 토끼 한 마리가 나와 급히 달아난다. 현덕은 활을 쏘아 단번에 그 토끼를 명중시켰다. 헌제가 갈채를 보내고 언덕배기를 지나는데, 갑자기 가시덤불 속에서 한 마리의 큰 사슴이 나와 달아났다.

헌제가 화살 세 발을 쏘았으나 맞지 않자, 조조를 돌아보며

"경이 쏘아 보시오."

하매, 조조가 천자의 보조궁과 금비전을 달라 하여, 한 번 힘껏 당겨 쏘아 사슴의 등에 정통으로 맞추니 사슴은 풀숲에 쓰러졌다. 모든 신하와 군사들이 금비전을 보고, 천자께서 맞춘 줄 알고 뛰면서 황제를 향해 만세를 부른다. 조조는 말을 타고 앞으로 나가 천자의 앞을 가로막고 이 축하를 받았다.

여러 사람들이 다 놀라서 어찌할 바를 몰랐다. 현덕의 뒤에 섰던 운장이 크게 노하여 누에 눈썹을 세우고 봉의 눈을 부릅뜨고서, 칼을 뽑아 말을 박차고 나가 조조를 베려 하였다. 현덕이 이를 보고 황망히 손을 들어 눈짓을 하였다. 관공은 형의 이런 모습을 보고 감히 움직이지 못하였다.

현덕이 몸을 일으켜 조조에게 칭하(稱賀)하여,

"승상의 귀신같은 활솜씨는 세상에 드물 것이외다."

한다.

조조가 웃으면서 말하기를,

"이는 모두가 천자의 홍복이외다."
하며, 말머리를 돌려 천자께 치하하면서, 끝내 보조궁을 돌려 드리지 않고 자신의 허리에 찼다. 사냥이 끝나고 허전에서 잔치가 벌어졌다. 연회가 끝나고 어가가 허도로 돌아왔다. 그리고 여러 사람들이 각각 돌아가 쉬었다.

운장이 현덕에게 묻기를,

"조조가 기군망상하기에[10] 내 저를 죽여 나라에 해를 끼치는 자를 제거하려 하였는데, 형님은 어찌해서 나를 만류하셨소이까?"
하자, 현덕이 조용히 말하기를

"그릇 속에 든 쥐를 잡으려 하나 그릇을 깨뜨릴까봐 못한다."[11]
는 말이 있네. 조조는 황제와 말 한 필의 거리에 있고 그의 심복들이 그를 둘러싸고 있는 터에, 아우가 만약 한때의 분노로 경거망동을 해서 일이 성사되지 못한다면 천자가 죽게 될 것이니, 이렇게 된다면 죄는 도리어 우리들이 받게 될 것일세."
하니, 운장이 말하기를

"오늘 저 도적을 죽이지 못한 것은 후에 반드시 화가 될 것입니다."
하거늘, 현덕이 당부하기를

"이는 비밀로 해야 하며 절대로 입 밖에 내서는 안 되네."
하고, 신신당부를 하였다.

---

10) **기군망상하기에[欺君罔上]** : 임금을 속임. 원래 '속임'을 뜻하는 것은 '기망'임. 「기하망상」(欺下罔上). [中國成語]「謂**欺**壓在**下** 蒙蔽上級」.

11) **그릇 속에 든 쥐를 잡으려 하나 그릇을 깨뜨릴까봐 못한다[投鼠忌器]** : 쥐를 잡으려 하지만 그릇을 깨칠까 염려된다는 뜻으로, '가까이 있는 간신을 제거하려다가 임금께 해가 될까 두려워함'의 비유임. [晋書 庾亮傳]「謝罪包骸 欲闔門**投鼠**山海」. [蘇舜欽 夏熱晝寢詩]「賓朋四散逐 **投鼠**向**僻藩**」.

한편 헌제께서는 궁으로 돌아와서 울며, 복황후에게

"짐이 즉위한 이후 간웅들이 계속 일어났소. 먼저 동탁의 재앙이 있었고 그 뒤에는 이각과 곽사의 난을 만나서, 보통 사람으로서는 받을 수 없는 고통을 나와 당신이 당하였소이다. 그 후에 조조를 얻어 그를 사직지신으로[12] 삼았더니, 뜻밖에도 혼자서 국권을 농간하며 위복을[13] 멋대로 할 줄 누가 알았겠소이까. 짐이 매양 저를 볼 때마다 마치 등을 가시로 찌르는 듯하오.[14] 오늘도 사냥터에서 저가 나서서 축하를 받으니, 무례함이 이미 도를 넘었소이다. 머지않아 반드시 모반이 있을 것이니, 우리 부부가 죽을 곳을 알 수가 없구려!"

하자, 복황후가 말하기를,

"조정에 가득한 공경들이 모두가 다 한조의 녹을 먹고 있는데, 한 사람도 나라를 구할 자가 없다는 말입니까?"

하며 말을 하고 있는데, 홀연 한 사람이 밖에서 들어오며,

"천자와 황후께서는 걱정하지 마십시오. 제가 한 사람을 천거하리니 그는 국적을 없앨 수 있을 것입니다."

---

12) **사직지신(社稷之臣)** : 나라의 안위를 맡을 만한 중신. [禮記]「有臣柳莊也者非寡人之臣 **社稷之臣**也」. [論語 季氏篇]「是**社稷之臣**也 何以伐爲」. [漢書 爰盎傳]「**社稷臣** 主在與在 主亡與亡」.

13) **위복(威福)** : 위력이 누르기도 하고 복덕으로 사람을 달래기도 함. 이 '일은 오직 임금만이 할 수 있는 것이나 조조가 이런 일을 하고 있음'을 개탄하는 뜻임. [書經 周書篇 洪範]「臣無有作**福**作**威**」. [通俗編 政治作威福]「荀悅漢紀 作**威福**結私交 以立彊于世者 謂之遊俠」.

14) **마치 등을 가시로 찌르는 듯하오[背若芒刺]** : 마치 가시로 등을 찌르는 듯함. '몹시 고통스러움'의 비유. 「망자재배」(芒刺在背). 망자(芒刺 : 풀끝)가 등을 찌르면 마음이 편치 않 듯이 공구(恐懼)하고 불안함을 이름. [漢書 霍光傳]「宣帝始立 謁見高廟 大將軍光從驂乘 上內嚴憚之 若有**芒刺在背** 後車騎將軍張安世代光驂乘 天子從容肆體 甚安近焉」.

하거늘, 헌제께서 저를 보니, 복황후의 아버지 복완(伏完)이었다.

헌제가 눈물을 훔치면서,

"황장(皇丈)께서도 역시 조조의 전횡을 알고 계셨습니까?"

하매, 복완이 말하기를

"허전에서 사슴을 쏘았던 일을 누군들 보지 못했겠나이까? 다만 만조 백관들 중에 조조의 종족이 아니면 그의 문하들입니다. 만약에 국척(國戚)이 아니면, 누가 적을 토벌하는데 충성을 다 하겠습니까? 노신은 힘이 없어서 이 일을 하기가 어렵습니다. 그러나 거기장군 국구 동승(董承)에게는 부탁할 수 있습니다."

하자, 헌제가 대답하기를

"동국구는 여러 번 국난에 나섰던 인물임을 짐도 잘 알고 있는 터이니, 궐내로 불러들여 함께 대사를 의논해 봅시다."

하였다.

이때 복완이 말하기를,

"폐하의 좌우가 다 조조의 심복들이오니, 일이 누설되면 화가 클 것입니다."

하자, 헌제가 묻기를

"그러면 어찌하는 게 좋겠소?"

한다.

복완이 아뢰기를,

"저에게 한 가지 계책이 있습니다. 폐하께서 금포 한 벌과 옥대 하나를 은밀히 동승에게 내리시되, 옥대 속에 밀지를 넣어 그에게 주시옵소서. 집에 돌아가 밀지를 보면, 이로써 밤낮으로 계획을 세울 터이니 이는 귀신도 모를 것입니다."

하니, 헌제가 그렇게 하기로 하고 복완은 물러갔다.

헌제가 한 통의 밀서를 손가락 끝을 깨물어서 피로 써서, 은밀하게 복황후에게 옥대의 자금친[15] 안에 넣고 꿰매게 하고 동승을 들게 하였다.

동승이 알현하자 헌제가 말하기를,

"짐은 밤마다 황후와 함께 패하의 고통을[16] 이야기하면서, 국구의 큰 공을 생각했다오. 그런 까닭에 특별히 들어오게 하여 위로하는 것이오."

하자, 동승이 머리를 조아려 사례한다. 헌제가 동승을 대전에서 데리고 나와 태묘에 이르러 공신각[17] 안을 돌아보았다. 헌제가 분향을 마치고 동승을 데리고 공신들의 화상들을 보았다. 화상들 중앙에 한나라 고조의 용상이 있었다.

헌제가 묻기를,

"우리 고조황제께서 어느 곳에서 일어나셨으며, 그리고 어떻게 창업을 정하신 것이오?"

하자, 동승이 놀라서 말하기를

"폐하께서 지금 신을 놀리십니까? 성조의 일을 어찌 모르고 있겠습니까? 고조황제께서는 사상의 정장(亭長)으로 일어나셔서 삼척검을 드시고 흰 뱀을 죽이고 의를 일으키셨습니다. 사해를 종행하시며 3년 만에 진나라를 멸망시키시고 5년 만에 초나라를 멸하신 후, 드디어 천하를 거두시고 만세의 왕업을 세우셨습니다."

---

15) **자금친(紫錦襯)** : 비단 속옷. 「친의」(襯衣)는 속옷(內衣)임. [集韻]「**襯** 近身衣」.

16) **패하의 고통[覇河之苦]** : 패하에서 당한 고통. 헌제가 낙양으로 올 때 패수(覇水)에서 겪었던 일을 이름.

17) **공신각(功臣閣)** : 나라를 위해 공을 세운 신하들을 기리는 누각. 당의 태종이 세운 기린각(麒麟閣)을 가리킴. [高力士傳]「太上皇移杖西內 高公患瘧 勅于**功臣閣**下避瘧」. [唐書 太宗紀]「十七年二月 圖功臣於**凌烟閣**」.

고 대답하였다.

헌제가 말하기를,

“조종께서는 이렇게 영웅이신데, 자손은 이토록 유약하다니 어찌 한탄하지 않겠소이까!”

하시고, 좌우의 두 중신의 상을 가리키며

“이 두 사람을 유후 장량(張良)과 찬후 소하(蕭何)가 아니오?”

하였다.

동승이 아뢰기를,

“그렇습니다. 고조께서 나라를 여실 때에 실제 이 두 사람의 힘을 입으셨습니다.”

하였다.

그때, 헌제가 돌아보니 좌우가 멀리 떨어져 있자, 이에 동승에게 은밀히 이르기를,

“경 또한 마땅히 이들 두 사람처럼 짐의 곁에 있어 주시오.”

하자, 동승이 아뢰기를

“저는 작은 공도 없는데 어찌 이를 감당하리까?”

하였다.

헌제가 말하기를,

“짐은 그대가 서도에서 어가를 구했던 공을 아직도 잊지 않고 있소. 그러나 그대에게 준 것이 없소이다.”

하며, 자기가 매고 있던 옥대와 전포를 가리키며, 말하기를

“경이 마땅히 짐의 이 금포와 옥대를 띠고 늘 짐의 좌우에 있듯이 생각하시오.”

하자, 동승이 머리를 조아려 사례하였다.

헌제가 금포의 옥대를 풀어 동승에게 주면서, 은밀히 말하기를

“경은 돌아가 이 옥대를 잘 살펴보시오. 그리고 짐의 뜻을 잊지 마오.”
하자, 동승이 뜻을 알고 금포를 입고, 옥대를 매고 헌제에게 인사를 드리고 공신각을 내려섰다.

일찍이 이 일을 조조에게 알리기를,

“헌제와 동승이 함께 공신각에서 이야기를 하였습니다.”
하자, 조조가 즉시 대궐로 향하였다. 동승이 공신각에서 나와, 겨우 궁문을 지나려다가 조조가 오는 것과 마주쳤다. 급히 몸을 피할 곳이 없어서 길가에 서서 예를 하였다.

조조가 묻기를,

“국구께서 어찌하여 궁궐에 오셨습니까?”
하매, 동승이 대답하기를

“마침 천자께서 부르셔서 왔더니 나에게 이 금포와 옥대를 주셨습니다.”
하니, 조조가 또 묻기를

“무슨 까닭으로 주셨을까요?”
하거늘, 동승이 대답하기를

“제가 지난날 서도에서 어가를 구한 일을 생각하시고 이를 주셨소이다.”
하였다.

조조가 말한다.

“옥대를 좀 보여 주시겠소?”
하자, 동승이 생각하되 반드시 옥대 속에 조서가 있을 것임을 알고, 조조가 이를 간파할까 두려워하여 머뭇거리며 풀지 않았다.

조조가 좌우에게 이르기를,

“빨리 가져오라!”

하더니, 잠시 보고는 웃으면서,
"과연 좋은 옥대이외다! 다시 금포를 벗어 보여주시오."
하였다. 동승은 속으로 두려웠으나, 감히 따르지 않을 수가 없어 마침내 금포를 벗어 주었다. 조조는 직접 손에 들고 햇볕에 비추면서 자세히 살피고는, 자기의 몸에 입고 옥대를 매었다.
그리고 좌우를 돌아보며,
"길이가 어떠냐?"
하자, 좌우가 말하기를
"잘 맞습니다."
하였다.
조조가 동승에게 이르기를,
"국구는 곧 이 도포와 옥대를 나에게 주시면 어떻겠소?"
하자, 동승이 말하기를
"천자께서 내리신 것이라서 감히 드릴 수가 없지만, 제가 별도로 만들어 바치겠나이다."
하자, 조조가 묻기를
"국구께서 이 금포와 옥대를 받으셨으니, 그 중에 무슨 모계가 들어있지나 않을까요?"
하자, 동승이 놀라면서
"제가 감히 어찌! 승상께서 그렇게 요구하시면 곧 바치겠습니다."
하자, 조조가 말하기를
"공께서 천자께 받은 것을 내가 어찌 빼앗겠소? 내 농으로 한 말이외다."
하고, 금포와 옥대를 벗어서 동승에게 돌려주었다.
동승이 조조와 헤어져 집에 돌아와 밤이 되자, 서원에 홀로 앉아서 금포를 자세히 뒤집어 보았으나 특별한 것은 없었다.

동승이 속으로 생각하기를,

"천자께서 나에게 금포와 옥대를 주시며 자세히 살펴보라 하셨으니, 틀림없이 다른 뜻이 없을 리가 없지 않은가. 이제 그 흔적을 찾을 수가 없으니 어찌하면 좋을까?"

하고, 또 옥대를 풀고 살펴보았으나 백옥이 영롱하고 소룡천화가[18] 있고 뒤에는 붉은 비단으로 대었는데, 바느질 솜씨가 단정하지만 별다른 물건은 없었다.

동승은 마음에 의문이 일어 옥대를 탁상 위에 놓고 다시 자세히 살폈다. 한참 동안 들여다보다가 지쳐 탁상에 엎드려 눈을 붙이고자 하는데, 문득 등불이 옥대 위에 떨어져 뒤판이 조금 타게 되었다. 동승은 깜짝 놀라서 손으로 문질렀으나 이미 한 군데서 구멍이 났는데 그 속으로 흰 비단이 조금 드러났는데, 핏자국이 희미하게 보였다. 급히 칼로 찢고 열어보니, 그 속에 천자께서 직접 혈서로 쓰신 조서가 들어 있었다.

조서의 내용은 다음과 같다.

짐이 듣건대 인륜 중에서 가장 큰 것이 부자 관계가 으뜸이고 존비(尊卑)가 다른 것은 군신간의 관계가 가장 중요한 것이다. 근래 도적 조조가 권세를 농단하고 군부를 속이고 억압하며 파당(黨伍)을 만들어서 조정의 기강을 무너뜨리고 있다. 그래서 지금까지 상주고 벌 준 일들은 모두가 짐이 한 것이 아니다.

---

18) **소룡천화(小龍穿花)** : 작은 용이 꽃 속에서 노닐고 있음. 본래 「천화」(穿花)는 '작은 꽃들이 사이 사이에 그려져 있음'을 뜻함. [杜甫 曲江詩] 「**穿花蛺**蝶深深見點水蜻蜓款款飛」. [白居易 早春寄令孤相公詩]「馬頭拂柳時廻轡 豹尾**穿花**暫亞槍」.

짐은 밤낮으로 이를 걱정하여 천하가 장차 위기에 처할까 걱정이다. 경은 나라의 충신이고 나의 지척(至戚)이니 마땅히 고조께서 겪으신 창업의 어려움을 생각하여, 충의를 함께 갖춘 지사들을 모아 간당들을 모두 없애고 사직을 안전하게 한다면 나라의 큰 다행이라!

손가락을 깨물어 피를 내어 조서를 써, 경에게 당부하느니 재삼 신중히 생각해 보라. 그래서 짐의 뜻을 따라다오!

건안 4년 춘 3월 조(詔)

동승(董承)은 읽고 나서 계속 눈물을 흘리며 그날 밤 한 잠도 자지 못하였다. 새벽에 일어나 다시 서원에 가서 헌제의 조서를 세 번씩이나 보고도 시행할 계책이 없었다. 마침내 책상 위에 조서를 놓고 조조를 없앨 계책을 깊이 생각하였다. 그러나 결정을 못하고 책상에 숨겨 놓고 누웠다. 그때 문득 시랑 왕자복이 왔다.

종인들은 자복과 동승의 사이가 두터운 것을 알고 막지 않고 서원으로 들여보냈다. 자복은 동승이 책상을 의지해 잠들어 있었는데, 소매 아래로 접은 비단에 '짐'이란 글자가 희미하게 보였다.

자복은 이상히 여겨 조용히 가져다 읽고 나서, 소매 속에 감추고 동승을 부르면서

"국구는 평안하신지! 어떻게 이리 잠만 자고 계신가!"

하거늘, 동승이 놀라 깨었으나, 조서가 보이지 않자 넋이 빠져 놀라 손발이 떨렸다.

자복이 말하기를,

"자네가 조공을 살해하려 하다니! 내 곧 가서 고변하겠소."

하니, 동승이 울면서 이르기를

"만약 형이 고변을 한다면 한실은 끝납니다!"

하매, 자복이 대답하기를

“내가 농으로 한 말이오. 우리 조상이 모두 한의 녹을 먹고 살았는데 어찌 충성심이 없겠소. 원컨대 형의 일에 조금이나마 도움이 되어 함께 국적을 토벌했으면 하외다.”

하였다. 동승은 그제서야 안심하며,

“형이 이런 생각을 갖고 있으시다니 나라의 큰 행운입니다.”

하자, 자복이 말하기를

“마땅히 밀실에서 함께 서약을[19] 하십시다. 그리고 우리 각자가 삼족을 버리고 한나라 천자께 은혜를 갚읍시다.”

하거늘 동승이 대희하여, 흰 비단 한 폭을 펼치고 먼저 서명하고 수결(手決)하니, 자복도 곧 서명하고 수결하였다.

서명이 끝나자 자복이 말하기를,

“오자란(吳子蘭) 장군은 나와 신의가 두터운 사람이니 함께 일을 도모합시다.”

하자, 동승이 대답하기를

“조정의 많은 대신들 중에 오직 장수교위 충집(种輯)과 의랑 오석(吳碩)은 나의 심복이라, 틀림없이 나와 함께 거사에 참여할 것이외다.”

하였다. 마치 의논을 하고 있는 터에 심부름하는 아이가 충집과 오석이 왔다고 하였다.

동승이 말하기를,

“이는 하늘이 나의 거사를 돕는 것입니다!”

하고, 자복에게 잠시 병풍 뒤에 피해 있게 하였다. 동승은 두 사람을 서원으로 데리고 들어가 자리를 잡고 차를 마셨다.

---

19) **서약[義狀]** : 맹세를 뜻하는 서약서. [說苑 建本]「桓公曰 今視公之**義狀** 非愚人」.

충집이 말하기를,

“허전의 사냥터에서 있었던 일을 공도 분개하십니까?”

하자, 동승이 말하기를

“비록 한탄할 일이나 어찌할 수 없지 않소.”

하니, 오석이 대답하기를

“나는 이 도적을 죽이기로 맹세하였소이다. 그러나 한탄스러운 것은 나를 도와줄 자가 없다는 것이외다!”

하자, 충집이 단호하게 말하기를,

“나라를 위해 해로운 자를 없애는데 비록 죽는다 해도 원한이 없소이다.”

하였다.

그때, 왕자복이 병풍 뒤에서 나오면서,

“당신들 두 사람이 승상을 죽이려 하다니! 내 당장 고변을 하겠소. 국구는 곧 증인이 되어 주시오.”

하였다.

충집이 노하며 말하기를,

“충신은 죽음을 두려워하지 않는 법이요! 우리들은 죽어서도 한나라의 귀신이 될 것이외다. 어찌 너와 같은 국적에게 아부하며 살랴!”

하였다.

이때, 동승이 웃으면서 말하기를,

“우리들은 이 일로 하여 두 분을 만나려 했소. 왕시랑의 말은 희롱입니다.”

하고, 곧 소매 속에서 조서를 내어 두 사람에게 보이자 읽고 눈물이 그치지 않았다. 동승은 드디어 서명을 청했다.

자복이 나가며 말하기를,

"두 분들은 여기서 잠깐 기다리시오. 내 가서 오자란을 청해 오리다."
하고 나갔다. 자복이 간 지 얼마 되지 않아서, 곧 자란과 같이 들어왔다. 함께 인사를 하고 서명을 하였다. 동승은 후당에서 모여 함께 술을 마셨다.

문득 서량태수 마등이 왔다고 알려 왔다.

동승이 대답하기를,

"내 병 중에 있다고 핑계하라. 저를 만나지 않겠다."
하자, 문지기가 돌아가 전했다.

그랬더니 마등이 크게 노하여,

"내가 밤에 와서 동화문 밖에 있는데, 그가(董承) 금포에 옥대를 하고 나가는 것을 직접 보았거늘, 무슨 까닭으로 병이 있다고 핑계대는가! 내 일이 없이 온 것이 아니거늘, 어찌하여 나를 만나려 않는가."
하자, 문리가 들어가 마등의 말을 자세히 고했다.

동승이 일어나며 말하기를,

"여러분들은 잠깐만 기다리시오. 잠시 제가 나갔다 오겠소이다."
하고, 곧 대청에 나가 맞아들였다.

인사가 끝나자 마등이,

"제가 천자를 뵈오려 들었다가 장차 돌아가려고 인사차로 왔는데, 어찌하여 만나려 하지 않으시는 게요?"
하자, 동승이 대답하기를

"제가 몸이 좋지 않아서 영접하지 못했소이다. 죄송합니다."
하였다.

마등이 말하기를,

"얼굴은 건강해 보여 병색은 없어 보입니다."
하거늘 동승은 대답할 말이 없었다. 마등은 소매를 떨치고 일어나서

계단을 내려가면서, 한탄하기를
"다 나라를 구할 자들이 아니군!"
하였다.
동승이 그 말에 감동하여 저를 붙들고 묻기를,
"당신은 누구더러 나라를 구할 사람이 아니라 하는 게요?"
하자, 마등이 대답하기를
"허전의 사냥 길에서 있었던 일들로 하여 나는 기가 차서 가슴이 미어집니다. 공은 국척의 한 사람으로 오히려 주색에 빠져 도적을 토벌할 생각을 않으니, 어찌 황실의 사람이 되어 나라를 재앙으로부터 붙들어 세울 생각을 안 하시오!"
하였다.
동승은 그것이 거짓인가 두려워 거짓 놀라는 체하며,
"조승상은 이에 나라의 기둥이 되는 사람이고 조정은 그에게 의뢰하는 바가 크거늘, 공은 어찌 이런 말을 하시오?"
하자, 마등이 크게 노하여 말하기를
"당신은 아직도 조조를 좋은 사람이라고 생각하고 있소?"
하자, 동승이 속삭이듯 말하기를
"사람의 이목이 많으니 목소리를 낮추시오."
하였다.
마등이 단호하게 말하기를,
"살고저 하며 죽음을 두려워하는 무리들과는 족히 큰 일을 논의할 수가 없지!"
하고, 말이 끝나자 또 몸을 일으켰다.
동승은 마등의 충의를 알고, 이에 말하기를
"공은 노여움을 푸시오. 제가 공에게 한 물건을 보여 드리리다."

하고, 마등을 서원으로 맞아들여 천자의 조서를 보여 주었다. 마등이 읽고 나서 머리털이 거꾸로 서고 입술을 깨물어 입에 피가 가득하였다.

동승이 말하기를,

"공이 만약 같이 움직인다면 나는 즉시 서량에 병사들을 빌어 외응하도록 하겠소."

하였다.

그러자 동승이 마등을 청하여 여러 사람들과 만나 보게 한 다음, 의장을 내어서 서명하게 하였다.

마등은 술로 삽혈 맹세를[20] 하면서,

"우리들은 죽기로 맹세하였으니, 약속을 저버리지 마십시다!"

하니, 앉아 있던 5인이 말하기를

"열 사람만 얻으면 대사를 거행합시다."

하자, 동승이 대답하기를

"충의지사는 많이 얻기가 어렵습니다. 만약에 그렇지 않는 사람을 들였다가는 도리어 죽게 될 것이오."

하자, 마등이 '원행노서부'를[21] 달라고 하여 살펴보았다.

유씨 종족들을 살펴보다가 이에 손뼉을 치면서, 말하기를

"어찌 이 사람과 함께 상의하지 않소이까?"

하자, 모두들 누구냐고 묻었다. 마등이 서서히 입을 열었다.

---

20) **술로 삽혈 맹세[歃血爲盟]** : 희생의 피를 입가에 바르며 맹세함. 서로가 맹세할 때에 희생(犧牲 : 소나 말)을 잡아 그 피를 나누어 마셨던 일을 이름. 「삽혈지맹」(歃血之盟). [戰國策 魏策]「今趙不救魏 魏**歃盟**於秦 是趙與强秦爲界也」. [三國遺事 卷一 太宗春秋公]「刑白馬而盟 先祀天神及山川之靈 然後**歃血爲文而盟**曰 往者百濟先王 迷於逆順 云云」.

21) **원행노서부(鴛行鷺序簿)** : 재직 관원들의 명부(名簿). [杜甫 秦州雜詩]「爲報**鴛行**舊 鷦鷯在一枝」. [劉禹錫 奉和司空裵相公中書郎事詩]「佇聞戎馬息 入賀領**鴛行**」.

그 사람은 누구일까.

이에,

국구 동승이 천자의 조서를 받았으니
종친이 나서서 한나라를 돕는도다.

本因國舅承明詔
又見宗潢佐漢朝.

마침내 마등의 말은 어떠한가. 하회를 보라.

## 제21회

### 조조는 술을 마시면서 영웅을 논하고
### 관공은 성을 열게 하여 차주를 참하다.

曹操煮酒論英雄
關公賺城斬車胄.

한편, 동승 등이 마등에게 묻기를
"공은 어떤 사람을 쓰려 하오?"
하고, 말하니 마등이 대답하기를,
"지금 유예주목 유현덕이 이곳에 있는 것을 보았는데, 왜 그에게 구하지 않으시오?"
하자, 동승이 도리어 묻기를
"이 사람이 비록 황숙이라고는 하지만, 지금은 조조에게 붙어 있으니 어찌 이 일을 기꺼이 받아들이겠소?"
하였다.
마등이 다시 말하기를,
"내가 보기에 지난날 사냥터에서 조조가 여러 군중들의 하례를 받을 때에, 운장이 현덕의 뒤에서 칼을 빼어 조조를 죽이려고 하였는데 현덕이 눈짓하여서 그치게 합디다. 현덕이 조조를 도모하고자 아니하는 것이 아니라, 조조의 심복들이 많기 때문에 힘이 미치지 못할까 염려한 때문일 것이오. 공이 시험 삼아 구해 보면 틀림없이 허락할 것이외다."

하니, 오석이 말하기를

"이 일은 그리 급히 서둘 일이 아닙니다. 마땅히 은밀하게 논의해야 할 것입니다."

하고 모두가 다 흩어졌다.

다음 날 칠흑의 어둠 속을 동승이 조서를 품에 품고 지름길로 현덕의 공관을 찾아갔다. 문리가 알리자 현덕이 나와 맞아 누각으로 청해 자리에 앉았다. 관우와 장비가 옆에 서서 시측하였다.

현덕이 말하기를,

"국구께서 이 깊은 밤에 여기에 오셨을 때는 틀림없이 까닭이 있어서일 겝니다."

하매, 동승이 은밀하게 말하기를

"밝은 날 말을 타고 방문하면, 조조가 보고 의심할까 두려워서 이렇게 밤에 찾아왔소이다."

하였다. 현덕은 술상을 내오게 해 같이 마시며 대접하였다.

그때, 동승이 말하기를

"전날 사냥터에서 운장이 조조를 죽이려 하던데, 장군께서 고개를 돌려 눈짓하여 물리치십디다. 무슨 까닭입니까?"

한다.

현덕이 놀라면서 말하기를

"공께서 그 일을 어찌 아셨습니까?"

하거늘, 동승이 대답하기를

"다른 사람들은 다 보지 못했겠지만, 나는 홀로 그것을 보았소이다."

하니, 현덕이 더이상 감출 수가 없어서 드디어 말하기를,

"내 아우가 조조의 참람한 행동을 보았기 때문에 노여움을 참지 못

한 것입니다."

하자, 동승이 얼굴을 가리고 울며

"조정의 신하 된 자들이 모두가 운장과 같다면 어찌 태평성대를 걱정하리이까!"

하거늘, 현덕이 이는 조조가 저를 시켜서 시험하러 온 것일까 두려워서, 이에 거짓으로 말하기를

"조승상의 치국을 어찌 태평성대가 아니라고 걱정하십니까?"

한다.

동승이 얼굴빛이 변하고 일어서며,

"공이 한조의 황숙이기에 흉금을 털어놓고[1] 말씀드리는데, 어찌 거짓말을 하시오."

하자, 현덕이 대답하기를

"국구께서 나를 속이시는가 두려워 시험해 본 것일 뿐입니다."

하거늘, 이에 동승이 의대의 조서를 현덕에게 보였다. 현덕이 보고 비분한 감정을 참지 못하였다. 동승이 또 의장을 내어 보이자, 여섯 사람이 서명을 하였는데 첫째는 거기장군 동승, 둘째 고부시랑 왕자복, 셋째 장수교위 충집, 넷째 의랑 오석, 다섯째 소신장군 오지란, 여섯째는 서량태수 마등 등이었다.

현덕이 말하기를,

"공이 이미 조서를 받들어 국적을 토벌하신다는데, 이 유비가 감히 조금이라도 힘을 보태지[2] 않겠습니까."

---

1) **흉금을 털어놓고[副肝歷膽]** : 간을 쪼개고 쓸개가 샘. 곧, '흉금(속마음)을 터놓고 말한다'는 뜻임. 「흉금」(胸襟). [劉伶 詩]「聞此消**胸襟**」. [李白 贈崔侍郎詩]「洛陽因劇孟 託宿話**胸襟**」.

2) **조금이라도 힘을 보태지[犬馬之勞]** : 아주 작은 노력. '견마'는 개나 말과 같

하니, 동승이 배사하고 곧 서명을 청하였다. 현덕 또한 '좌장군 유비'라 쓰고 수결을 하여 동승에게 주었다.

동승이 말하기를,

"아직도 세 사람을 더 청해서 열 사람이 모이면, 국적을 도모할 것입니다."

하자, 현덕이 신중하게 말하기를

"부디 천천히 준비해야 합니다. 그리고 가벼이 누설해서는 절대 안 됩니다."

하고, 5경이 될 때까지 함께 의논하다가 헤어졌다.

현덕은 또한 조조의 모해를 막기 위해 공관의 후원에, 직접 씨를 뿌리고 물을 주며 도회의 계교를[3] 삼았다.

관우와 장비 두 사람이 말하기를,

"형님께서는 천하의 일에는 관심이 없으시고 소인들의 일만 배우려 하시니[4] 어찌 된 일입니까?"

하거늘, 현덕이 말하기를

"이는 두 아우님께서는 알 바가 아니오."

하니, 두 사람은 다시 더 말을 꺼내지 않았다.

하루는 관우와 장비는 없고 현덕은 마침 후원에서 채소에 물을 주

---

이 천하고 보잘 것 없다는 뜻으로 '자기'를 아주 낮추어 일컫는 말임. 「犬馬心」.[史記 三王世家]「臣竊不勝**犬馬心**」. [漢書 汲黯傳]「常有**犬馬之心**」.

3) **도회의 계교[韜晦之計]** : 도광(韜光). 자기의 재능·능력 따위를 숨기거나 감추려는 계책. [舊唐書 宣帝紀]「歷太和 會昌朝 愈事**韜晦**」. [五色線]「早得美名必有所折 宜自**韜晦**」.

4) **소인들의 일만 배우려 하시니[學小人之事]** : 소인들의 일을 배우려 함. '생각이나 뜻을 크게 가지려 하지 않음'을 지적하는 말. 「소인」(小人)은 군자(君子)의 대개념으로서 덕이 없는 사람. [論語 顔淵篇]「君子之德風 **小人**之德草」. [論語 子路篇]「君子和而不同 **小人**同而不和」.

고 있는데, 허저와 장료가 십여 명을 데리고 후원에 들어오며
"승상의 명이 있어 사군을 곧 뫼시러 왔습니다."
하거늘, 현덕이 놀라 묻기를
"긴급한 일이라도 생겼소?"
하니, 더 크게 대답하기를
"모르겠습니다. 우리들은 단지 모셔 오라 하여 왔을 뿐입니다."
하였다.

현덕은 할 수 없이 두 사람을 따라 부중에 들어가 조조를 뵈었다.

조조가 웃으면서 묻기를,
"집에 들어 앉아서 큰 일을 꾸미시오?"
하거늘, 현덕이 놀라 얼굴이 흙빛이 되었다.

조조는 현덕의 손을 잡고 곧장 후원으로 가서,
"현덕공, 채마전 가꾸기가 쉽지 않으리다."
하매, 현덕도 겨우 마음을 놓고 답하기를
"일 없이 소일할 따름입니다."
하니, 조조가 말하기를
"마침 가지 끝에 매실이 푸르게 열매를 맺었소. 그걸 보니 지난 해 장수를 정벌하러 가던 길에서 물이 떨어져 장수와 병사들이 모두 목말라 했던 것이 생각났소. 그때 내 마음속에 한 계책이 떠올라 채찍으로 한 곳을 가리키며 '앞에 매화나무가 있다.' 했더니, 군사들이 다 이 소리를 듣고 입에 침이 생겨 갈증을 피했소이다.[5] 이제 청매(靑梅)를

---

5) '앞에 매화나무가 있다' 했더니, 군사들이 다 이 소리를 듣고 입에 침이 생겨 갈증을 피했소이다[前面有梅林] : 목이 마른 병졸이 신 살구 얘기를 듣고 입에 침이 고여 목마름을 풀었다는 고사. [世說 假譎]「魏武行役失汲道 軍皆渴 乃令曰 **前有大梅林** 饒子甘酸 可以**解渴** 士卒聞之 口皆出水 乘此得及前源」.

보니 감상하지 않을 수 없군요. 또 마침 빚은 술이 잘 익었기에 사군을 청해 정자에 모신 게요."

하였다. 현덕은 그제야 마음이 안정되었다.

조조를 따라 정자에 이르니, 이미 술상이 차려져 있었다. 상 위에는 청매가 놓여 있고 한 동이 거른 술이 있었다. 두 사람은 마주 앉아 회포를 풀며 양껏 마셨다.

술이 한참 돌자 갑자기 하늘이 어두워지더니 소나기가 몰려 왔다. 종인들이 하늘을 가리키며 용이 오른다고[6] 하거늘, 조조와 현덕은 난간에 기대서서 그것을 보았다.

조조가 묻기를,

"사군은 용이 변화를 부리는 것을 아시오?"

하자, 현덕은 대답한다.

"자세히 모릅니다."

하니, 조조가 말하기를

"용은 커졌다 작아졌다를 자유로 할 수 있고 오르고 숨는 것에 능하답니다. 커지면 구름을 일으키며 안개를 뿜어내고 작아지면 진개[7] 속에 숨고, 하늘로 오를 때에는 우주 사이로 날고 숨을 때는 파도 속에 머문답니다. 지금은 늦봄이니 용이 때를 타고 오를 때이니, 그건 마치 사람이 뜻을 얻으면 사해를 종횡하는 것이나 같습니다.

용은 그 물건 됨이 마치 세상의 영웅에 비견할 수 있으리다. 현덕공

---

6) **용이 오른다고[龍掛]** : 용오름. 여름에 깔때기 모양의 물기둥이 구름 속으로 감겨드는 모양을 이름. [避暑錄話]「吳越之俗 以五月二十日 爲分龍日 故五六月間 每雷起雲族……止雨一方 謂之**龍掛**」.

7) **진개(塵芥)** : 먼지와 티끌. 먼지나 겨자씨처럼 작은 것. [周伯琦 懷秀腦兒行]「王綱未旒綴 羣生手**塵芥**」. 「진애」(塵埃)는 먼지와 티끌. [史記 屈原傳]「浮游**塵埃**之外 不獲世之滋垢」. [韓愈 感春詩]「兩鬢雪白趨**埃塵**」.

은 오랫동안 사방을 다녔으니, 틀림없이 당세의 영웅을 알지 않겠소. 청컨대 말씀을 해 보시오."

하자, 현덕은 대답하기를

"저 같은 눈으로[8] 어찌 영웅을 알겠습니까?"

하자, 조조가 말하기를

"겸손해 하지 마시오."

하거늘, 현덕이 대답한다.

"제가 덕택에 여기 들어와 있고 또 조정에 나아가 벼슬을 하지마는, 천하의 영웅을 실제로 알지 못합니다."

한다. 조조가 또 묻기를,

"만약 그 면식은 모른다지만, 그의 명성은 들었을 것 아니오."

하매, 현덕이 대답하기를

"회남의 원술은 군사들과 군량이 풍족하니 가히 영웅이 되겠지요?"

하자, 조조는 웃었다. 그리고 말하기를,

"그는 무덤 속의 해골이외다. 내 늦게라도 꼭 사로잡을 것이오!"

한다.

현덕이 묻기를,

"하북의 원소는 대대로 명문거족이고 문중에 벼슬아치들이 많습니다. 지금 기주 지역에 웅거하고 있고, 부하 중에 일을 잘 하는 자가 매우 많으니 영웅이라 할 수 있겠지요?"

하니, 조조는 웃으면서 말하기를

"원소는 겉만 번지르르한 인물이외다.[9] 지모를 좋아는 하지만, 큰

---

8) **눈으로[肉眼]** : 평범한 사람의 눈[凡眼]. [王冕 詩]「世無伯樂**肉眼**痴 那識渥洼千里種」. [張羽 詩]「由來絕藝田天機 **肉眼**紛紛爭醜好」.

9) **겉만 번지르르한 인물[色厲膽薄]** : 외모는 엄격한 듯하나 간이 크지 못함.

일을 당하면 자기 몸을 사리고 작은 이익을 보게 되면 목숨도 잊어버리니 영웅이 아니외다."

한다.

현덕이 또 묻는다.

"그렇다면 한 사람, 팔준에[10] 들고 구주에[11] 이름을 떨치고 있는 유경승은 영웅이라 할 수 있을까요?"

하니, 조조가 말하기를

"유표는 허명무실하니 영웅이라 할 수 없소이다."

하였다.

현덕이 묻기를,

"한 사람이 있으니, 혈기가 강하고 강동의 영수인 손백부가 영웅이 아닌가요?"

하니, 조조 대답하기를

"그는 아비의 이름에 의지하니 영웅이 아니외다."

현덕이 또 묻기를,

"익주의 유계옥(劉季玉)은 영웅이라 할 수 있을까요?"

하자, 조조는 대답한다.

"유장은 비록 한나라의 종실이긴 하지만 집을 지키는 개일 뿐[12] 영

---

'외모에 비해 담대하지 못함'의 비유. 「색려내임」(色厲內荏)은 얼굴빛이 엄격하여 위엄이 있으나 내심은 빈약함의 뜻임. [論語 陽化篇]「子曰 **色厲而內荏** 醫諸小人 其猶穿窬之盜也與 · (集解)「爲**外自矜 而內柔佞**」.

10) **팔준(八俊)** : 이응(李膺) · 순욱(筍昱) 등 그 재주가 뛰어난 여덟 사람. [後漢書 黨錮傳]「李膺初雖廢錮 士大夫皆高其道 而汚穢朝廷 更相標榜 爲稱號 以竇武陳蕃劉淑 爲三君 言一世之所宗也 李膺荀昱……爲**八俊** 言人英也」.

11) **구주(九州)** : 태고 때부터 중국 전토(全土)를 구주로 나누었음. 전(轉)하여 중국 전토. [史記 孟子傳]「騶衍言中國 名赤縣神州 赤縣神州內 自有**九州** 禹之序**九州**是也 不得爲州數 中國外如赤縣神州者九 乃所謂**九州**也」.

웅이라 할 수 없지요."

현덕이 말하기를,

"장수·장노(張魯)·한수(韓遂) 등은 어떻습니까?"

하자, 조조가 손뼉을 치며 크게 웃으면서

"이들은 아주 녹록한 소인배들입니다.[13] 족히 이야깃거리도 되지 않습니다."

한다.

다시 현덕이 말하기를,

"이밖에 저는 실로 알지 못합니다."

하자, 조조는 영웅의 조건으로

"무릇 영웅이라 하려면 가슴에 큰 뜻을 품고 뱃속에는 좋은 계책이 있으며, 우주의 기미를 싸 감추고 천지의 뜻을 삼키거나 뱉는 사람이외다."

한다.

현덕이 묻기를,

"그에 해당되는 사람이 누구입니까?"

하니, 조조가 손으로 현덕을 가리키고 그 다음에는 자신을 가리키며,

"천하의 영웅은 오직 유사군과 이 조조뿐이외다."

하였다.

현덕은 그의 말을 듣고 놀라서, 손에 들고 있던 젓가락이 땅에 떨어

---

12) **집을 지키는 개일 뿐** : 원문에는 '**乃守戶之犬耳**'로 되어 있음. [禮記 少儀]「犬則執緤 **守犬**田犬 則授擯者 (疏) **守犬** 守禦宅舍者也」.

13) **녹록한 소인배[碌碌小人]** : 평범한 사람. 「녹록」은 '자기의 주견이 없이 남을 따름'의 뜻임. [史記 酷吏傳]「九卿**碌碌** 奉其官」. [後漢書 禰衡傳]「餘子**碌碌** 不足數也」.

지는 것도 깨닫지 못하였다.[14] 그때, 마침 하늘에서 비가 쏟아지고 천둥이 크게 일었다. 현덕은 조용히 머리를 숙여서 젓가락을 집어 들었다.

그러면서 말하기를,

"천둥소리에 놀라 젓가락을 떨어뜨렸습니다."

하니, 조조가 웃으며

"대장부가 천둥소리를 두려워하다니요?"

하거늘, 현덕이 대답하기를

"성인께서도 신뢰와 풍렬에[15] 낯빛을 고치셨다 하는데, 어찌 두렵지 않겠습니까?"

하고, 수저를 떨어뜨렸던 일을 둘러댔다.

조조는 더이상 현덕을 의심하지 않았다.

후인이 이를 예찬한 시가 있다.

호랑이 굴에서 구차하게 살고 있는데
영웅이라 이야기하니 놀라 죽겠네.
勉從虎穴暫趨身
說破英雄驚殺人.

교묘하게 천둥소리 빌어 꾸며내니

---

14) 손에 들고 있던 젓가락이 땅에 떨어지는 것도 깨닫지 못하였다 : 원문에는 '**手中所執匙筋 不覺落於地下**'로 되어 있는데, '몹시 놀람'을 비유한 말임. 「불각」(不覺)은 '깨닫지 못함'의 뜻. [唐書 魏徵傳]「帝曰 人苦**不自覺**」.

15) 신뢰와 풍렬(迅雷風烈) : 격렬한 우레소리와 사나운 바람. 공자 같은 성인도 '신뢰'를 만나면 얼굴색을 바꿈으로써 하늘에 대한 경외(敬畏)를 표시했음. [論語 鄕黨篇]「有盛饌 必變色而作 **迅雷風烈**必變」.

그 수기응변[16] 실로 놀랍구나.

巧借聞雷來掩飾

隨機應變信如神.

바야흐로 비가 멎고 두 사람이 후원을 거니는데, 두 사람이 손에 보검을 들고 정자 앞으로 돌진해 오는 것이 보였다. 좌우가 막고 서서 들어가지 못하게 하였다. 조조가 저를 보니 이에 관우와 장비였다.

원래 두 사람은 성 밖에서 활을 쏘다가 돌아왔는데, 허저와 장료가 와서 현덕을 청해 데리고 갔다는 소식을 듣고 황망히 뛰어든 것이었다. 현덕이 후원에 있다는 말을 듣고 걱정이 되어 뛰어든 것이었다. 그런데 현덕이 조조와 앉아 술을 마시자, 두 사람은 칼을 들고 시립하였다. 조조가 두 사람에게 어찌하여 왔는가 하고 물었다.

운장이 대답하기를

"승상과 형님께서 술을 드시고 계시단 것을 알고, 특별히 검무를 추어 드려 흥을 돋울까 해서 왔습니다."

하니, 조조가 웃으면서 말하기를

"여기는 '홍문연'이[17] 아닐세. 항장(項莊)과 항백(項伯)이[18] 왜 필요하겠

---

16) **수기응변(隨機應變)** : 「임기응변」(臨機應變). 그때 그때의 기회를 따라 변화에 맞게 처리함. [桃花扇 修札]「**隨機應變**的口頭 左衡右擋的齊力」.

17) **홍문연(鴻門宴)** : '홍문'은 신풍(新豊)에 있는 지명으로, 중국 초나라의 항우와 한나라의 패공이 홍구의 군문에서 가진 잔치를 이름. 여기서 항우의 신하 항장(項莊)이 유방을 죽이려고 칼춤을 추었음. [中文辭典]「沛公謝羽**鴻門** 羽留**宴** 范增潛使項莊舞劍 欲乘間擊殺沛公 項伯亦起舞 以身翼之 會樊噲帶劍擁盾入軍門 始得免 後世稱此會爲**鴻門宴**」. [大淸 一統志]「**鴻門阪**在臨潼縣東 後漢書郡國志 於新豊 有**鴻門亭** 孟康日 在新豊東十七里 舊大道北下阪口名也……寰宇記按關中記 **鴻門** 在始皇陵北十里 雍錄 **鴻門**在驪山北十里 縣志 縣東十五里 有項王營 卽**鴻門**也」.

나?"

하매, 현덕 또한 웃었다.

조조가 명하기를,

"술을 가져다가 저 두 '번쾌'에게[19] 주어, 놀란 가슴을 진정하게 하라."

하자, 관우와 장비가 배사하였다. 잠깐 더 있다가 자리가 파하자, 현덕은 조조에게 사례하고 돌아왔다.

운장이 말하기를,

"저희 둘 다 놀라 죽을 뻔하였습니다!"

하거늘, 현덕이 젓가락을 떨어뜨렸던 일을 이야기하자, 관우와 장비가 무슨 뜻이냐고 물었다.

현덕이 말하기를,

"내가 채소밭을 가꾸는 것은 조조로 하여금 내가 큰 뜻이 없음을 알리려는 것이었네. 그런데 뜻밖에 조조가 나를 가리키며 영웅이라 하기에 내 놀라서 젓가락을 떨어뜨렸으나, 조조가 의심할까 두려워 천둥이 두렵다고 말해 얼버무렸던 게야!"

하니, 관우와 장비가 말하기를

"형님은 진짜 고견을 가졌구려."

---

18) **항장과 항백이[項莊舞]** : 항우의 사촌 동생인 항장이 유방을 죽이려고 추었던 칼춤(劍舞). 여기서 번쾌가 나타나 유방을 구했음. 「홍문옥두」(鴻門玉斗). 유방이 항우와 신풍의 홍문에서 만났을 때 옥두(玉斗) 한 쌍을 아부범증(亞父范增)에게 기증했는데, 범증이 유방을 죽이는 것을 망설이는 항우 앞에서 칼을 빼서 옥두를 깨뜨린 고사. [虞美人草詩]「**鴻門玉斗**紛如雪 十萬降兵夜流血」. [故事成語考]「漢祖旣還 亞父撞**鴻門**之**玉斗**」.

19) **번쾌(樊噲)** : 한 고조 유방의 공신. 천하 장사로 비천한 신분이었으나 유방을 도와 공을 세우면서 연무공(燕武公) 되고 무양후에 봉해짐. 특히 홍문연에서 검무로 유방을 구함. [中國人名]「漢 沛人……項羽會沛公於**鴻門** 范增謀殺沛公 噲持盾直入譙讓羽 時日微噲 沛公幾殆 及定天下 累遷左丞相 封**舞陽侯**」.

하였다.

조조는 다음 날 또 현덕을 청하여 술을 마시는데, 사람이 와서 보고하기를 만총이 원소의 동정을 살피고 돌아왔다고 보고하였다. 조조가 그를 불러들여 물었다.

만총이 말하기를,

“공손찬은 이미 원소에게 패하였습니다.”

하거늘, 현덕이 다가서며 말하기를

“좀 자세히 말해 보시오.”

하자, 만총이 대답하기를

“공손찬이 원소와의 싸움에서 몰리자 성을 수축하고 보루를 쌓으며 위에 누각을 세웠는데, 높이가 열 길이고 이름을 ‘역경루(易京樓)’라 하였답니다. 그 다락 위에 곡식 30만 섬을 쌓아 놓고, 지키느라 군사의 출입이 그치지 않았습니다. 혹 원소에게 사로잡힌 자가 있어서 여러 사람들이 구해주자고 하자, 공손찬이 ‘만약에 한 사람을 구해주면 뒤에 싸우는 사람은 잡히면 구해주겠지 하면서 죽기로써 싸우지 않을 것이다.’ 하면서 끝내 구원병을 보내지 않았습니다. 이로 인해 원소의 군사들이 쳐들어왔을 때에 항복하는 자가 많았답니다.

공손찬은 세가 곤궁해지자 편지를 써서 허도에서 구원병이 오기를 기다렸으나, 뜻밖에도 중간에 원소의 군사에게 잡히게 되었습니다. 공손찬은 또다시 장연(張燕)에게 편지를 보내서, 불을 들어 보이는 것을 신호로 하여 내외에서 호응하기로 하였답니다. 그런데 편지를 가지고 가는 사람이 또 원소에게 사로잡혀서 성 내외에서 방화하여 적을 유인했습니다. 공손찬은 직접 나와서 싸웠으나 복병이 사방에서 나와 군마의 절반을 잃었답니다. 후퇴하여 성을 지키다가 원소가 땅을 파 공손찬이 있는 누각 아래까지 가서 불을 놓았습니다. 그는 달아날 길이 없자, 먼저 처자식을 죽이고 그 후에 자신은 목을 매 죽었답니다. 그리고 그가 살던 집은 모두 다 불에 타버렸답니다. 지금 원소는 공손찬의 군사들을 얻어서 그 세력이 대단하다 합니다. 원소의 동생 원술은 회남에 있으면서, 교만과 사치가 도를 넘고 있다고 합니다. 군사들과 백성들을 구휼하지 않고 있어서 백성들이 다 등을 돌리고 있습니다.

원술은 사람을 시켜 원소에게 제호(帝號)를 물려주겠다고 했더니, 원소가 옥새를 얻고 싶어해서 원술이 직접 옥새를 보내겠다고 약조했답니다. 지금 원술이 회남을 버리고 하북으로 가고자 하고 있는데, 만약 두 사람이 협력하게 되면 빨리 도모하기는 어려울 겝니다. 승상께 빌건대 빨리 도모하셔야 합니다."

고 말했다.

현덕은 공손찬이 이미 죽었다는 말을 듣고서, 지난날 자신을 천거했던 은혜를 생각하고 추모의 감정에 빠져 비감한 마음을 이길 수가 없었다. 또 한편 조자룡이 어찌 되었는지 알 수가 없어 마음을 놓지 못하고 있었다. 그리고 속으로 생각하기를 '나는 이때를 타서 몸을 뺄 계책을 세워야 하겠다. 다시 어느 때를 기다리랴?'고 생각하고 있었다.

마침내 몸을 일으켜 조조를 보고 말하기를,

"원술이 원소에게 투항한다면 반드시 서주를 지날 것입니다. 청컨대 저에게 일군을 주시면 중도에서 저들을 공격하겠소이다. 그렇게 하면 원술을 생포할 수 있을 것입니다."

하자, 조조가 웃으면서 말하기를

"내일 천자께 주청해서 곧 기병하도록 하시구려."

하였다.

다음 날 현덕이 천자께 아뢰었다. 조조는 현덕을 총독으로 하고 5만의 인마를 이끌게 했다. 또 주영(朱靈) · 노소(路昭) 두 사람을 데려가게 했다. 현덕이 헌제에게 인사를 드리자 헌제는 울면서 현덕을 전송했다. 현덕이 처소로 돌아오자, 밤을 도와 군기를 수습하고 말들을 살피고는 장군인을 차고 재촉하여 곧 떠났다. 동승이 급히 10여 리까지 나와 전송하였다.[20]

그때 현덕이 말하기를,

"국구께서는 잘 참고 계십시오. 제가 이번 길에는 틀림없이 천자의 명에 보답할 것입니다."

하자, 동승이 말하기를

"공은 늘 염두에 두시고 계시니 천자의 마음을 저버리지 마세요."

하며 헤어졌다.

관우와 장비는 말 위에서 묻기를,

"형님은 이번 출정을 어찌 이토록 서두르십니까?"

하자, 현덕이 대답하기를

"지금 나는 새장 속의 새요 그물 속의 고기일세. 이 일은 고기가 큰 바다에 들어가고, 새가 푸른 하늘을 나는 것과 같으니 새장과 어망에서 벗어나는 것과 같다네!"

하고, 관우와 장비에게 명하여 주영과 노소의 군마를 속히 행군하게 하였다. 그때 곽가와 정욱이 전량을 살피고 막 돌아왔다.

조조가 이미 현덕에게 진병하게 한 것을 알고, 황망히 들어가 간하기를

---

20) **10여 리까지 나와 전송하였다[十里長亭]** : 전송하고 이별하는 곳. 여행객들이 쉴 수 있도록 만든 정자로, 매 5리마다 단정(短亭) · 매 10리마다 장정(長亭)을 설치하였음. [孔白六帖]「十里一**長亭** 五里一**短亭**」.

"승상께서는 어찌하여 유비에게 총독군을 맡기셨습니까?"
하니, 조조가 대답하기를
"원술의 군사를 막기 위해서네."
하자, 정욱이 묻는다.
"옛날 유비를 예주목으로 삼을 때에, 저희들이 저를 없애자고 주청하였지만 승상께서 듣지 않으셨지요. 이제 게다가 병사까지 주셨으니, 이는 용을 바다에 놓아준 격이요 호랑이를 산으로 돌려보낸 격입니다. 뒤에 저를 제거하려 해도 할 수 없다는 것을 아십니까?"
하였다.
게다가 곽가가 말하기를,
"승상께서 유비를 따라가 죽이지는 않겠다 하더라도, 저로 하여금 임의로 가게 하신다면 그것은 옛사람이 이른 대로 '오늘 하루 적을 쫓지 않는다면, 만세의 우환이 될 것이다.'가 될 것이오니 잘 생각하셔야 합니다."
하자, 조조는 말이 없었다.
그리고 마침내 허저에게 명하여 장병 5백을 이끌고 먼저 가게 하여 힘껏 쫓아가서, 현덕을 돌아오게 하라 하니 허저는 명을 받고 떠났다.
한편 현덕이 가고 있는데 뒤쪽에서 먼지가 피어오르는 것을 보고, 관우와 장비에게 말하기를
"이는 틀림없이 조조의 추격병일 것일세."
하고, 마침내 영채를 세웠다. 그리고 관우와 장비에게 무기를 가지고 양편에 서게 하였다.
허저가 이르러 군사들의 위엄과 정예병들을 보고, 말에서 내려 영채로 들어가 현덕을 뵈었다.
현덕이 묻기를,

"공이 온 것은 무슨 일 때문이오?"

하자, 허저가 대답하기를

"승상의 명을 받고 장군께서 돌아오시면, 특별히 의논드릴 일이 있다 하셔서 왔습니다."

하자, 현덕이 대답하기를

"장수가 싸움터에 나가 있을 때에는 임금의 명을 받지 않을 수도 있는 법이오.21) 내가 직접 천자를 뵙고 또한 승상의 균지도22) 받았는데, 무슨 다른 의논할 것이 있겠소. 공은 빨리 돌아가 내 말을 승상께 전해주시오."

하자, 허저가 속으로 생각하기를 '승상께서 한동안 유비와 잘 지내시고 또 돌아올 때 저를 죽이라고 하지는 않으셨으니, 이번에 돌아가서 저의 말을 전하고 다시 명령을 기다려야겠다.' 생각하고, 현덕에게 인사를 하고 병사들을 데리고 돌아갔다. 돌아가서 조조를 뵙고 현덕의 말을 자세히 전했다.

조조가 결정을 못하고 있는데, 정욱과 곽가가 말하기를

"유비가 회병하지 않겠다는 것은 저가 변심했다는 것을 알 수 있는 것입니다."

하자, 조조가 대답하기를

"주영과 노소 두 사람이 저에게 있으니, 현덕이 감히 변심하지는 못할 것이오. 하물며 내가 이미 저를 보냈는데 어찌 이제 와서 후회하겠는가?"

---

21) **장수가 싸움터에 나가 있을 때에는 임금의 명을 받지 않을 수도 있는 법이오 [將在外 君命有所不受]** : 싸움터에 나가 있는 장수는 임금의 명을 듣지 않을 수도 있음. [孫子 九變篇 第八]「地有所不爭 **君命有所不受**」. [史記 司馬穰苴傳]「**將在外 君命有所不受**」. [同書 信陵君傳]「**將在外 主令有所不受**」.

22) **균지(鈞旨)** : 천자의 명령. [長生殿 收京]「小生接介云 領**鈞旨**」.

하고, 다시 현덕을 추격하지는 않았다.

후세 사람이 현덕의 이 일을 생각해서 쓴 시가 있다.

> 병사들 단속하고 말들을 이끌고 총총히 떠남은
> 속으로 의대에 있는 천자의 말씀을 생각함이라.
> 束兵秣馬去匆匆
> 心念天言衣帶中.
>
> 튼튼한 철롱을 뚫고 호표와 같이 달아남은
> 돈연히 금쇄를 열어젖히고 달리는 교룡이라.
> 撞破鐵籠逃虎豹
> 頓開金鎖走蛟龍.

한편, 마등은 현덕이 이미 가 버리고 또 급한 보고가 변방에서 온 것을 보고, 또한 서쪽 양주로 돌아가 버렸다. 현덕이 서주에 이르자 자사 차주가 나와 맞았다. 연석이 끝나자 손건과 미축 등 모두가 와서 뵈었다. 현덕은 집에 가서 가솔들을 만나보고, 한편으로는 사람을 보내 원술의 소식을 살폈다.

탐자가 와서 고하기를,

"원술은 사치가 심해서 뇌박과 진란 등이 다 숭산(嵩山)으로 가버렸답니다. 원술은 세력이 아주 쇠약해져 이에 서면으로 원소에게 제호를 이양하겠다는 글을 지어 보냈고, 원소가 사람을 보내 원술을 불렀다고 하옵니다. 그래서 원술은 인마와 궁중에서 임금이 쓰는 물건들을 수습해서[23] 먼저 서주로 오고 있다고 한답니다."

하였다.

현덕은 원술이 온다는 말을 듣고 관우와 장비 그리고 주영과 노소에게 5만 군을 주어 출전시켰는데, 바로 적의 선봉장 기영과 만났다. 장비는 이야기도 하지 않고 곧장 기영을 취하려 하였다. 싸움이 10여 합에 이르자 장비가 대갈일성하며, 기영을 찔러 말 아래로 떨어뜨리자 군사들이 달아났다.

원술이 직접 군사들을 이끌고 싸움에 나섰다. 현덕은 3로로 군사들을 나누었는데, 주영과 노소를 왼쪽에 관우와 장비를 오른쪽에 두고, 현덕은 직접 병사들을 이끌고 중앙에 있다가 원술과 만났다.

문기 아래에서 꾸짖으며 말하기를,

"너는 반역무도한 자라. 내가 이제 천자의 명조(明詔)를 받들고 너를 토벌하러 왔노라! 네가 당장에 손을 묶고 항복하면, 너의 범한 죄를 면해 주겠다."

하자, 원술이 소리치기를

"자리나 짜고 신이나 삼던 소인배야,[24] 어찌 감히 나를 가볍게 여기느냐!"

하고, 병사들을 몰아 급히 나왔다.

현덕은 잠시 물러나 좌우 양로의 군사들로 짓쳐 나가, 원술의 군사들을 시살하니 시체는 쌓여 들을 덮었고 피는 흘러 내를 이루었으며, 도망하는 병졸들은 이루 헤아릴 수조차 없었다. 또 숭산의 뇌박과 진란에게 군량과 시초를 겁략당하였다. 그래서 어쩔 수 없이 원술은 수

---

23) **궁중에서 임금이 쓰는 물건들을 수습해서[宮禁御用之物]** : 「범금」(犯禁). [史記 遊俠傳]「儒以文亂法 而俠以武**犯禁**」. [漢書 地理志]「**犯禁**寖多 至六十餘條」.

24) **자리나 짜고 신이나 삼던 소인배야[織蓆編屨小輩]** : 유비가 초야에 묻혀 있으면서 하던 일을 비난하는 말임. [孟子 滕文公 上]「其徒數十人 皆衣褐 捆屨**織席**以爲食」. [後漢書 李恂傳]「獨與諸生 **織席**自給」.

춘으로 돌아가려 하였으나, 도적 무리들의 습격을 받아 겨우 강정(江亭)으로 가서 머물렀다. 남은 1천여 무리들도 대게 노약자들 뿐이었다.

때는 한더위 무렵이고 군량도 다 떨어져 보리 30여 곡을 군사들에게 나누어 주고 나니, 가솔들은 먹을 것이 없어서 많은 수가 굶어 죽었다. 원술 자신도 거친 음식이어서 목에 넘어가지 않았다. 주방에 명하여 꿀물을 타서 가져오라[25] 하였다.

포인이[26] 아뢰기를,

"단지 혈수(血水) 뿐이오, 밀수가 어디 있겠습니까?"

하자, 원술이 평상 위에 앉았다가 외마디 소리를 지르고는 땅에 쓰러져 피를 한 말이나 쏟고 죽었다. 때는 건안 4년 6월이었다.

후세 사람의 시가 있다.

한 말년에는 병사들 사방에 일어나니
무단한 원술도 미친 듯이 일어났구나.
漢末刀兵起四方
無端袁術太猖狂.

여러 대 벼슬 지내던 가문은 생각도 않고
혼자서 제왕이 되고자 급히도 서둘렀네.
不思累世爲公相

---

25) **꿀물을 타서 가져오라[蜜水止渴]** : 원술이 한 말로 목이 마르니 꿀물을 타서 가져오라는 것으로, '적에게 쫓겨 속이 탐'을 암시함. [楚辭 王逸 九思]「吮玉液兮**止渴**」. [書言故事 果實類]「送人梅 日聊贈**止渴**」.

26) **포인(庖人)** : 주나라 때 요리의 일을 맡아보던 벼슬아치. 전(轉)하여 '요리하는 사람'. 「포정」(庖丁)·「포재」(庖宰). [莊子 道遙遊]「**庖人**雖不治庖 尸祝不越樽俎而代之矣」. [康熙字典]「宰屠也烹也 主膳羞者 日**膳宰** 亦日**庖宰**」.

便欲孤身作帝王.

강포하구나 쓸데없이 전국새만 자랑터니
교사할사 천상에 응했노라 망령되이 떠버렸네.

強暴枉誇傳國璽
驕奢妄說應天祥.

갈증에 밀수 생각 간절하나 얻을 수 없어
혼자서 빈 평상에서 피를 토하며 죽었네.

渴思蜜水無由得
獨臥空牀嘔血亡.

원술이 죽자 조카 원윤(袁胤)은 영구와 가솔들을 호위하여 여강으로 달아나다가, 서구(徐璆)의 손에 다 죽고 말았다. 서구는 옥새를 빼앗아 허도에 가서 조조에게 바쳤다. 조조는 크게 기뻐하며 서구를 고릉태수로 삼았다. 이리하여 옥새는 조조의 손에 들어가게 되었다.

한편, 현덕은 원술이 이미 죽은 것을 알자 표문을 내어서 조정에 올리고, 조조에게 편지를 써서 주영과 노소에게 허도로 돌아가게 하고 군마를 남겨 서주를 지키게 하였다. 그리고 한편으로는 직접 출성하여, 흩어져 있던 백성들에게 생업에 복귀하도록 초유(招諭)하였다.

이때 주영과 노소는 허도로 돌아가 조조를 보고 현덕이 군마를 서주에 머물게 하고 있다는 말을 하자, 크게 노하여 두 사람을 참하려 하였다.

순욱이 묻기를,

"병권을 유비에게 돌렸기 때문이지 두 사람 또한 어쩌겠습니까?"
하자 조조는 두 사람을 사면하였다.

순욱이 또 말하기를,

"편지를 써서 차주에게 저를 도모하라 하시지요."
하자, 조조가 그의 계책을 따라 은밀하게 사람을 시켜 차주에게 조조의 균지를 전했다. 차주는 균지에 따라 진등을 청해 상의하였다.

진등이 대답하기를,

"이 일은 아주 쉽습니다. 지금 유비는 성에서 나가 초민을 하고 있어서 며칠간 돌아오지 않을 겝니다. 군사들에게 옹성[27] 주변에 매복해 유비를 기다리는 척하다가, 그의 말이 이르면 한 칼에 참하면 됩니다. 제가 성 위에 있다가 후군들을 쏘면 대사를 이룰 수 있습니다."
하자, 차주가 그의 말대로 따랐다.

진등이 돌아가 아버지 진규를 뵙고 그 일에 대해 자세히 말씀드렸다. 진규는 진등에게 먼저 현덕에게 가서 알려주라고 하였다. 진등은 아버지의 명에 따라 나는 듯이 가는 길에 관우와 장비를 만나서 이런 사실을 알려 주었다. 원래 관우와 장비는 먼저 돌아가고 현덕은 뒤에 처져 있었다. 장비가 그 소식을 듣고 곧 시살하려 하였다.

운장이 말하기를,

"저들은 옹성 주변에 매복을 하고 우리를 기다릴 것이니, 이대로 가면 틀림없이 당할 것이네. 나에게 한 가지 계책이 있으니 차주를 죽일 수 있을 것일세. 밤을 타서 조군으로 꾸미고 서주에 이르면, 차주가 군사들을 이끌고 나와 맞을 것이니 그때 저를 죽이면 될 것이네."
하니, 장비가 그 말대로 하였다. 저들의 군사들은 본래 조조의 기호(旗

---

27) **옹성(甕城)** : 월성(月城). 성문 밖 월장(月墻). [元史 順帝紀]「詔京師十一門皆築**甕城** 造弔橋」. [武備志]「**甕城** 大城外之小城也」.

號)를 가지고 있었고 갑옷이 모두 같았다. 그날 밤 3경에 성변에 이르러 문을 열라고 외쳤다. 성 위에서 누구냐고 묻자, 여러 군사들이 조승상이 보낸 장문원(張文遠)의 인마라고 말했다.

차주에게 아뢰자 차주가 급히 진등을 청하여, 의논하기를

"만약에 영접하지 않으면 의심을 살 것이고, 또 나가서 맞아들이자니 혹 속임수가 있을까 걱정이 되오."

하고, 직접 성 위에 올라가서

"어두운 밤이라 분간하기 어려우니 날이 밝거든 다시 봅시다."

하자, 성 아래에서 응답하기를

"유비가 우리 온 줄을 알까 두렵소. 빨리 문을 여시오!"

하거늘, 차주가 결단을 내리지 못하고 있는데 성 밖 한쪽에서 문을 열라고 소리친다.

차주가 갑옷을 입고 말에 올라 1천여 군사들을 이끌고 성문을 나서 적교를 지나며, 큰 소리로,

"문원은 어디에 있느냐?"

하자, 불빛 속에서 운장이 칼을 들고 직접 차주를 맞으며, 큰 소리로

"필부가 감히 술수를 써서 우리 형님을 죽이려 하다니!"

하매, 차주가 크게 놀라 싸웠으나 몇 합 못 되어 당할 수가 없게 되자, 말머리를 돌려 곧 돌아갔다. 적교의 주변에 이르자 성 위에서 진등이 성 아래에 대고 어지럽게 화살을 쏘고 있어서 차주는 성을 끼고 달아났다. 운장이 급히 쫓아와서 손에 청룡도를 번쩍 들어 찍어 말 아래 떨어뜨렸다.

수급을 베어 손에 들고, 성문 위로 향해 소리치기를

"반적 차주는 내 손에 죽었다. 여러분들은 죄가 없으니 투항하면 살려 주겠다!"

하자, 여러 군사들이 무기를 버리고 투항하여 군민들은 모두 안전하였다.

운장이 차주의 머리를 가지고 가서 현덕을 맞으며, 해치려 했던 일과 참수한 전말을 자세히 말하니, 현덕이 크게 놀라며

"조조가 이렇게 나오니 어쩌면 좋겠는가."

하고 걱정하거늘, 운장이 대답하기를

"아우가 장비와 함께 싸우겠소이다."

하였으나, 현덕은 깊이 후회하며 마침내 서주로 돌아갔다. 백성들과 노부들이 다 나와서 길에 엎드려 맞았다. 현덕이 부중에 이르러 장비를 찾았으나, 장비가 이미 차주의 전 가족을 죽인 뒤였다.

현덕이 말하기를,

"조조의 심복을 죽였으니 어찌 무사할꼬?"

하자, 진등이 대답하기를

"저에게 한 가지 계책이 있습니다. 이 계책대로 한다면 조조의 군사들을 물러가게 할 수 있습니다."

하였다.

이에,

> 이미 호랑이 굴에서의 외로운 신세 면했으니
> 오히려 병란을 가라앉힐 묘책이 있도다.
> 旣把孤身離虎穴
> 還將妙計息狼煙.

진등이 무슨 계책을 내었는지는, 하회를 보라.

# 제22회

원소와 조조는 각각 삼군을 일으키고
관우와 장비는 각기 두 장수를 사로잡다.
袁曹各起馬步三軍
關張共擒王劉二將.

한편, 진등은 현덕에게 계책을 드렸다.

"조조가 두려워하는 것은 원소입니다. 원소가 호랑이처럼 기주·청주·유주 등 여러 군에 버티고 있고 백만의 군사들과 문무 백관과 무장들을 많이 거느리고 있으니, 어찌하여 편지를 써서 사람을 보내 구원을 청하지 않으십니까?"
하였다.

현덕이 말하기를,

"원소는 나와 교섭이 없었고, 지금 또 새삼 그의 아우를 패퇴시켰으니 어찌 기꺼이 돕겠소?"
하자, 진등이 대답하기를

"원소와 3대에 걸쳐 세교가 있는 사람이 하나 있습니다. 만약 그의 편지가 원소에게 이르기만 한다면, 원소는 틀림없이 도울 것입니다."
하거늘, 유비가 누구냐고 물었다.

진등이 말하기를,

"이 사람은 공에게 평소 예를 극진하게 하던 인물입니다. 어찌 그를 잊으셨습니까?"
하거늘, 유비가 깊이 생각하며 묻기를
"정강성(鄭康成) 선생이 아니신가요?"
하니, 진등이 웃으면서 말하기를
"그렇습니다."
하였다.

원래 정강성은 이름이 현(玄)으로 학문을 좋아하고 재주가 많아서, 일찍이 마융(馬融)에게 수학하였다. 마융이 매번 강학할 때마다 반드시 붉은 휘장을 쳐 생도들을 모아놓고, 뒤에다가 자신의 집 가기들을[1] 벌여 앉히고 또 시녀들을 좌우로 앉게 하였다. 그러나 정현은 그곳에서 강의를 듣는 3년 동안 곁눈질 한 번 하지 않았다. 마융은 이것을 매우 기특하게 여겼다.

학문을 이루고 돌아갈 때에, 마융이 탄식하며 말하기를
"내 학문의 깊은 뜻[奧義]을 얻은 것은 오직 정현 한 사람뿐이라!"
하였다. 정현의 집 가솔과 시비들조차 모두 모시를[2] 외울 수 있었다고 한다.

한 번은 한 여종이 정현의 뜻을 거슬러 뜰 아래 꿇어앉게 하였더니, 다른 시비가 저를 놀리느라고,
"'호위호니중'이라[3] 하자, 그 시비가 대답하기를 '박언왕소 하다가

---

1) **가기(歌妓)** : 성기(聲妓). 노래를 잘 부르는 기생. [孟浩然 春中喜王九相尋詩]「當杯已入手 **歌妓**莫停聲」. [張蠙 錢塘夜宴留別郡守詩]「屏閒佩響藏**歌妓** 幕外刀光入從官」.

2) **모시(毛詩)** : 시전(詩傳·詩經)을 일컫는 말. 제한(齊韓)의 이가(二家)의 시(詩)와 구별하기 위하여 모자(毛字)를 붙여 부름. [中文辭典]「謂**毛傳**之詩也」.

3) **호위호니중(胡爲乎泥中)** : 어찌하여 진흙탕 속에 들어있느냐는 뜻. [詩經 邶風篇 式微]「式微式微 胡不歸 微君之故 **胡爲乎中露**」.

봉피지노'호라.[4]"
하였다 하니, 그의 풍류가 대개 이와 같았다 한다.

환제(桓帝) 때에 정현은 벼슬이 상서였으나, '십상시의 난' 때에 관직을 버리고 전원에 돌아가 서주에 살고 있었다. 현덕이 탁군에 살 때에, 일찍부터 저를 스승으로 섬겨 오던 터다. 서주목이 되었을 때에는 때때로 여막에 찾아가 가르침을 받았으나, 그때에도 극진히 예의를 차리곤 했다.

현덕은 이 사람을 생각해내곤 크게 기뻐하여, 곧 진등과 같이 직접 정현의 집에 찾아가서 편지를 써 주기를 청했다. 정현이 쾌히 승낙하고 편지 한 통을 써서 현덕에게 주었다. 현덕은 곧 손건을 시켜 밤을 도와, 편지를 가지고 원소가 있는 곳으로 보냈다.

원소는 편지를 보고 나서 스스로 생각하기를,

"현덕이 내 아우를 쳐서 멸하였으니 저를 도와주어서는 안 되겠지만, 정상서의 명이 중하니 부득이 저를 구하지 않고 있을 수도 없구나."
하고 드디어, 문무 관원을 모아 놓고 병사를 일으켜 조조를 칠 것을 의논하였다.

그때 모사 전풍(田豐)이,

"여러 해 동안 군사들을 일으켜 백성들 모두가 피폐해 있고, 창고의 물품도 거의 없는 지경이니 다시 대군을 일으키는 것은 어렵습니다. 먼저 천자께 아뢰고 허락을 받지 못한다면, 조조가 우리의 가는 길을 막고 있다고 아뢴 뒤에, 군사들을 일으켜 여양(黎陽)에 주둔하십시오. 그리고 다시 하내(河內)에다 익주의 배를 증파시키고, 병장기를 보수하십시오. 그런 다음에 정병을 나누어 변방의 각처에 보내시면, 3년

---

4) **박언왕소 봉피지노(薄言往愬 逢彼之怒)** : 가서 하소연하다가 오히려 노여움을 당함. [詩經 邶風篇 柏舟]「亦有兄弟 不可以據 **薄言往愬 逢彼之怒**」.

내에 대사가 결정될 것입니다."
하였다.

모사 심배(審配)가 말하기를,

"그렇지 않습니다. 명공의 신무(神武)로써 하삭(河朔)의 강성한 무리들도 평정하였으니, 병사들을 일으켜서 조적을 토벌하는 것은 손바닥을 뒤집듯이 쉬운 일입니다.[5] 무엇 때문에 시간을 지연시킵니까?"
하자, 모사 저수(沮授)가 말하기를

"이길 수 있는 방책은 강성한 데만 있는 것이 아닙니다. 조조는 법령을 이미 시행하고 있으며 군사들을 강하게 훈련시켰기 때문에, 공손찬처럼 앉아서 당한 것과는 다릅니다. 이제 첩보부터 올리라는 좋은 계책을 버리시고 명분이 없는 일에 군사를 일으키려 하심은,[6] 명공을 위해서라도 취해서는 안 됩니다."
하였다.

모사 곽도(郭圖)가 나서며,

"아닙니다. 조조를 치기 위해 병력을 증강하는 것이 어찌 명분이 없습니까? 명공께서는 속히 대업을 일찍 이루셔야 합니다. 원컨대 정상서의 말을 따라 유비와 같이 대의를 세우셔 조적을 토벌한다면, 위로는 하늘의 뜻에 맞고 아래로는 민정에 맞는 일입니다. 그렇게만 된다면 실로 다행일 것입니다!"
하매, 네 사람의 논쟁이 정해지지 않았다. 원소는 주저하며 결단을 내

---

5) 손바닥을 뒤집듯이 쉬운 일입니다[如反掌] : 일이 썩 쉬움을 이름. [說苑 正諫篇]「變所欲爲 **易於反掌**」. [枚乘 書]「變所欲爲 **易于反掌** 安于泰山」.

6) 이제 첩보부터 올리라는 좋은 계책을 …… : 원문에는 '**今棄獻捷良策 而興無名之兵**'으로 되어 있음. 양책(良策): 상책(上策). [唐書 薛登傳]「斷無當之游言收實用之**良策**」. [王昌齡 述情詩]「朝薦抱**良策** 獨倚江城樓」.

리지 못하였다. 그때 허유(許攸)와 순심(荀諶)이 들어왔다. 원소가,

"두 사람은 다 견식이 높으니 이들의 주장을 들어보아야겠군."

하고 인사가 끝나자, 원소가 묻기를

"정상서가 편지를 보내와 나에게 기병하여 유비를 도우라 하는데, 조조를 공격하기 위해 기병하는 것이 옳겠소 그리하지 않는 것이 옳겠소?"

하자, 두 사람이 일제히 같은 소리로

"명공께서는 많은 군사로써 적은 군사를 공격하고 강으로써 약을 치면, 한조의 적을 토벌하여 왕실을 보호할 수 있으니 기병하는 것이 옳습니다."

하였다.

원소가 말하기를,

"두 사람의 생각이 내 생각과 같소."

하고, 곧 기병할 일을 의논하였다.

먼저 손건으로 하여금 정현에게 알리도록 하고, 아울러 현덕에게 접응할 준비를 하게 하였다. 일방으로는 심배와 봉기에게 군사를 이끌게 하고, 전풍·순심·허유 등을 모사로 삼고 양량·문추 등을 장군을 삼아, 마군 15만과 보군 15만 도합 정병 30만을 이끌고 여양을 향해 진군하게 하였다.

각각 나누어 진군하는 것이 정해지자, 곽도가 진언하기를

"명공께서 대의에 따라 조조를 치려 하시려면, 그동안의 조조의 죄를 열거하시는 것이 필수적입니다. 각 군에 격문을 보내서, 그의 죄상을 알리고 토벌에 나서야[7] 할 것입니다. 그렇게 한 연후에야 명정언

---

7) **죄상을 알리고 토벌에 나서야[聲罪致討]** : 먼저 죄상을 알리고 토벌에 나섬.

순이[8] 될 것입니다."

하자, 원소가 그의 뜻을 따라서, 드디어 서기 진림(陳琳)에게 격문을 초하게 하였다.

진림의 자는 공장(孔璋)으로 평소부터 재명이 있어, 영제 때에는 주부가 되고 그로 인해 하진(河進)에게 간하였으나 듣지 않아 결국에는 동탁의 난을 만났다. 익주로 피난 갔다가 원소에게 쓰임을 받아 기실이[9] 되었던 인물이다. 이날 진림이 명을 받고 격문을 초하는데, 그야말로 원필입취[10]하였다.

그 격문의 내용은 다음과 같다.

대개 들으매, 밝은 임금은 위급할 때를 고려하여 변화에 대응하고, 충성스런 신하는 곤란한 때를 생각하여 권세를 잡는다 하였다. 이는 비상한 사람이 있은 연후에는 반드시 비상한 일이 있음이라.[11] 비상한 일이 있는 다음에는 비상의 공을 세우는 것이니, 대저 비상이라 함은 진실로 비상한 사람이 헤아리는 바라.

---

8) **명정언순(名正言順)** : 명분이 정당하고 말이 이치에 맞음. [論語 子路篇]「**名不正** 則**言不順** 言不順則事不成」. (集注) 楊氏日 **名不當其實 則言不順** 言不順 則無以考實而事不成」.

9) **기실(記室)** : 「기실참군」(記室參軍)의 준말. 기록에 관한 사무를 맡아보는 사람. [漢書 百官志]「**記室**令史 主上表章 報書記」. [南史 宋彭城王義康傳]「司徒主簿謝宗素爲義康所狎 以爲**記室**」.

10) **원필입취(援筆立就)** : 붓을 들어 곧바로 쓰기 시작하여 완성함. '글을 잘 짓는다'는 의미임. 일필휘지(一筆揮之). [三國志 魏志 陳思王植傳]「**援筆立成**」. [南史 蔡景歷傳]「召令草檄 景歷**援筆立成** 辭義感激」.

11) **비상한 사람이 있은 연후에는 비상한 일이 있음이라[非常之事 非常之功]** : 비상시의 일을 하면 비상한 공을 세울 수 있다는 뜻으로, '비상시에는 비상한 방법을 써야 함'의 비유임. [三國志 魏志 杜畿傳]「夫欲爲**非常之事** 不可動衆心」. [韓非子 備內]「是故明王不擧不參之事 不食**非常之食**」.

옛적에 강성한 진나라에 임금이 유약하며, 조고가 권세를 잡고[12] 왕명을 써서 위복을[13] 멋대로 하였다. 그때 그는 백성들을 협박하고 위협하였으나, 어느 누구도 감히 바른 말을 못하였으며 결국은 망이궁에서 죽었도다[14]. 이 일은 나라가 망하는 오욕을 오늘에 남긴 것이어서 길이 역대에 삼갈 바이다. 여후 말년에는 여산(呂產)과 여녹(呂祿)이[15] 정권을 전횡(專橫)하여 안으로는 이군(二軍)을 겸령(兼領)하고 밖으로는 양(梁)과 조(趙)를 통솔하며, 국가의 모든 것을 천단하고 성금(省禁)의 일을 마음대로 하여, 신하가 임금을 능멸하니 내외가 한심하게 여겼다. 이에 강후(絳侯)와 주허후(朱虛候)가 군사를 일으켜, 오랑캐를 죽이고 폭도들에 맞서 태종(太宗)을 존립(存立)하게 되었다. 이로 인해 다시 왕도(王道)가 흥융하였으니, 이는 국가의 대신들이 권위가 있음을 밝힌 것이다.

사공(司空) 조조를 보자. 조부 중상시 조등은 좌관(左悺) 서황(徐璜)

---

12) **조고가 권세를 잡고[趙高執柄]** : 조고가 권력을 잡고 마음대로 휘두름. [史書 秦始皇紀]「**趙高**欲爲亂 恐群臣不聽 乃先說驗 **持鹿獻二世 曰馬**也 二世笑曰 丞相誤耶 謂鹿**爲馬** 問左右 左右或默 或言馬 以阿順**趙高** 或言鹿者 高因陰中諸言鹿者以法 後群臣皆畏**高**」.

13) **위복(威福)** : 벌을 주고 복을 주는 임금의 권력. [書經 周書篇 洪範]「臣無有作**福**作**威**」. [通俗編 政治作威福]「荀悅漢紀 作**威福**結私交 以立彊于世者 謂之遊俠」.

14) **결국은 망이궁에서 죽었도다[終有望夷之敗]** : 망이궁(望夷宮)은 진의 궁전 이름임. 진의 이세(二世) 호해는 조고(趙高)를 총애하였으나, 후에 조고의 핍박을 받아 결국 망이궁에서 자살한 일을 이름. [史記 秦始皇紀]「丞相趙高 殺二世**望夷宮**」.

15) **여후 말년에는 여산과 여녹이……[產祿專政]** : 한 고조 유방이 죽은 후 그의 아내 여후(呂后)가 조카들을 시켜, 국정을 장악하고 왕위를 찬탈하려 하기에 이르렀다. 그때 강후 주발(周勃)과 주허후 유장(劉章)이 연합하여 계책을 써서 여산 등을 죽이고, 한 고조의 아들 유항(劉恒)을 옹립하였는데 그가 곧 한 무제(漢武帝)임. 계년(季年)은 말년(末年). [左氏 隱 元]「惠公之**季年**」.

등과 같이, 요사한 일을 짓고 도철처럼[16] 수탈을 일삼으며 교화를 무너뜨리고 백성들을 학대하였다. 아비 숭(嵩)은 그의 양자로 들어가서 크며 지위를 얻고, 황금과 벽옥을 수레로 실어다 권문에 바친 자로, 정사(鼎司)를 훔쳐서 나라를 기울게 하였다.

조조는 비천한 가문의 자손으로 본래가 덕이 없고 사람됨이 교활·표한하며, 난을 좋아하고 재앙을 즐기는 인물이다. 막부는[17] 정병을 이끌고 매처럼 날아 흉역의 무리들을 소탕하였더니, 동탁이 뒤를 이어 관직을 침탈하고 나라를 점령하자 이에 칼을 뽑아 들고 북을 쳐 동하(東夏)에 영을 내려 영웅들이 몰려들자, 거짓된 자들을 버리고 어진 이를 등용하였다. 그런 때문에 조조와 의논하고 계책을 정하여 그에게 군권을 주었으니, 이를 일러 응견지재(鷹犬之才)가 가히 조아(爪牙)를 삼을 만하다 함이라.[18] 그러나 어리석게도 경박하고 생각이 짧아서[短略] 가벼이 나아가고 쉽게 물러나 많은 군사들을 죽게 하였다.

막부는 병사들을 나누고 정예의 장수에게 명하여 보완하게 하고 공군태수에게 연주자사를 제수하도록 표주하여, 호피(虎皮)를 씌우

---

16) **도철(饕餮)** : 욕심 사나운 악인. 재화나 음식을 탐내는 것을 이름. [左傳 文公十八年]「縉雲氏有不才子 貪於飮食 冐於貨賄 天下之民謂之**饕餮**. (杜注) 貪財爲**饕** 貪食爲**餮**」. [孔疏]「饕餮 是三苗 服虔案神異經云 **饕餮**獸名 身如牛人面 目在腋下食人」.

17) **막부(幕府)** : 장군(將軍)이 외지에서 군무를 집무하는 곳. 전(轉)하여 '절도사(節度使)의 집무소'를 뜻함. [史記 廉頗藺相如傳]「李牧者 趙之北邊良將也 常居代雁門備匈奴 以便宜置吏 市租皆輸入**莫府**」.

18) **응견지재가 가히 조아를 삼을 만하다 함[鷹犬之才·爪牙可任]** : 때로는 별것이 아닌 것이라도 중요한 일에 쓰일 수 있다는 뜻으로, '매우 쓸모 있는 사람이나 물건'의 비유로 쓰임. [詩經 小雅篇 祈父]「祈父 予王之**爪牙**」. [國語]「謀臣與**爪牙之士** 不可不養而擇」. [漢書 李廣傳]「將軍者 **國之爪牙**也」.

고 위풍을 돕게 하였으니 이는 진사일극지보를[19] 노린 것이다. 조조는 드디어 힘을 얻자 발호(跋扈)해서 흉악한 일들을 자행하여, 백성들의 고혈을 긁으며 잔인하게 어진 이들을 해쳤다.

옛 구강태수 변양(邊讓)은 영재로 이름이 알려졌으나 직언정색하고 아첨하지 않다가, 급기야 자신은 효수를 당하고 처자 등 일가는 도륙당하였다. 이로부터 사림 등이 통분해하고, 백성들의 원망이 높아졌다. 그래서 한 사람이 팔을 휘두르자 여러 주에서 함께 일어났다. 이로 인해 조조는 서주에서 패하고 땅은 여포에게 빼앗기게 되었다. 결국 그는 방황하며 있을 곳이 없게 되었다.

막부는 줄기를 강하게 하기 위해서는 가지를 약하게 하는 방법으로[20] 모반을 하는 무리를 받아들이지 않으려고, 깃발을 세우고 갑옷을 입고 자리를 박차고 정벌에 나섰다. 북소리 요란한 속에 여포의 무리들은 달아나 무너졌다. 이렇게 하여 조조가 죽을 지경에서 구해주고 다시 그에게 방백의 지위를 주었다. 막부는 연주의 백성들에게는 덕을 준 것이 없고 다만, 조조에게 발판을 마련해 준 것이 되었다. 후에 천자께서 환도하실 때에, 어가가 여러 도적[李傕·郭汜]들이 정사를 어지럽혔는데, 그때 북쪽 변방에 변고가 있어서 막부가 기주를 떠날 겨를이 없었다. 그러므로 종사중랑 서훈(徐勳)으로 하여

---

19) **진사일극지보(秦師一剋之報)** : 춘추시대 진(秦)의 대부 맹명(孟明)이 진(晉)에게 패하였으나, 왕은 그를 죄 주지 않고 다시 등용하여 결국 진나라와 싸워 이기게 했던 일. [中文辭典]「春秋秦人 名視 百里奚之子 穆公時 使將兵伐鄭晉人敗於殽函……濟河樊舟 取王官及郊 晉懼內封殽尸而返」.

20) **줄기를 강하게 하기 위해서는……[惟強幹弱枝之義]** : 중앙(천자)의 힘을 강하게 하기 위해서는, 지방(제후)의 세력을 약화시킨다는 뜻임. 「강간약지」(強幹弱枝). [後漢書 袁紹傳]「彷徨東裔 踏據無所 **幕府惟强幹弱枝之義** 且不登畔人之黨」. [文選 班固 西都賦]「蓋以**強幹弱枝** 隆上都而觀萬國」.

금 조조를 보내, 묘당을 보수하고 어린 임금을 호위하게 하였다.

그러나 조조는 곧 뜻이 방자해지고 천자를 겁박해서 천도를 하게 하여, 성금(省禁)을 장악하고 왕실을 비하하고 모욕하는 등 법을 어기고 기강을 문란하게 하였다. 앉아서 삼대를[21] 거느리고 조정의 제도를 전횡하였다. 벼슬자리를 마음 내키는 대로 주고 형벌이 그의 입맛에 맞춰 백성들을 죽였다. 사랑하는 사람에게는 오종을[22] 빛나게 하고, 미워하는 자는 삼족을 멸하였다. 모여서 수군거리는 자들을 잡아 죽이고, 몰래 모여 이야기하는 자들을 남 모르게 죽였다. 수많은 관료들은 입을 잠그고 길에서 만나면 눈으로 인사만 하게 되었다.

상서는 조회(朝會)를 기록하고 공경은 이미 마음 내키는 대로 채웠다. 그러므로 태위 양표가 이사를[23] 역임하고 높은 지위를 누렸다. 조조는 아주 작은 인연으로[24] 하여 저에게 형구를 씌워, 온갖 악행을 행하며[25] 헌법과 기강을 돌아보지 않았다. 또 의랑 조언(趙

---

21) **삼대(三臺)** : 한 고조 때의 관직. 상서(尙書)를 중대·어사(御史)를 헌대·알자(謁者)를 외대라 하였음. [中文辭典]「官名 謂**尙書**(中臺) **御史**(憲臺) **謁者**(外臺)」.

22) **오종(五宗)** : 고조·증조·조부·자·손의 오대(五代). [陳琳 爲袁紹檄豫州文]「所愛光**五宗** 所怨滅三族 (注) 濟日 **五宗** 謂上支高祖 下至玄孫也」.

23) **이사(二司)** : 태위 양표(楊彪)가 사공(司空)·사도(司徒) 등을 역임한 일을 이름. 동한(東漢)의 최고 관직은 태위·사도·사공으로 이를 삼공(三公)이라 하였음. [後漢書 袁紹傳]「太尉 揚彪 歷典**二司** 元綱極位」. [漢書 敍傳]「民具爾瞻困於**二司**」.

24) **아주 작은 인연[睚眦之怨]** : 아주 작은 원한. 원문에는 '**凡平日一餐之德 睢眦之怨**' 인데, '밥 한 끼 얻어먹은 은혜와 눈 한 번 흘긴 원한까지 다 갚다'의 뜻임. [史記 范睢傳]「一飯之德必償 **睚眦之怨**必報」. [漢書 孔光傳]「**睚眦之怨** 莫不誅傷」.

25) **온갖 악행을 행하며[五毒]** : 다섯 가지 형구(形具). 항양(桁楊)·가교(苛校)·질곡(桎梏)·낭당(鋃鐺)·고략(拷掠) 등을 이름. [初學記]「**桁楊苛校桎梏鋃鐺拷**

彦)은 충간과 직언을 하고 의로운 일을 하여 조정에서도 그의 뜻이 받아드릴 만하여 낯빛을 고치고 삼갔는데, 조조는 현자를 조정에서 빼앗고 언로를 막으려고 마음대로 잡아다 죽이고도 임금께 아뢰지 않았다.

또 양효왕(梁孝王)은 선제의 아우님으로 그의 능침도 존귀한 것이다. 그곳에 있는 나무들까지도 오히려 공경해야 하거늘, 오히려 조조는 병사들을 이끌고 직접 가서 분묘를 파헤치고 관에 들어 있는 시신을 헐어내어, 그 속에 들어 있는 금보를 약탈하는 등, 이 지경에까지 이르니, 성조께서 눈물을 흘리시고 백성들로 하여금 비감하게 하였다!

조조는 또 '발구중랑장'과 '모금교위'를 특설하여 도처에서 분묘를 파헤쳐 해골이 드러나지 않은 것이 없으니 몸은 삼공의 자리에 있으나 흉악한 놈의 행동은, 나라를 더럽히고 백성을 해쳐 그 독이 귀신에까지 미치고 말았다! 게다가 법령은 가혹하고 죄과는 다 갖추어 법망은 땅에 가 널리고 주살이[26] 길을 막으니, 손을 들면 그물에 걸리고 발을 내디디면 덫에 걸리는 형편이라. 이러므로 연주·예주의 백성들은 수심에 쌓이고, 장안에는 원망에 찬 한숨 소리가 들리는 것이다.

문헌을 두루 상고해 보매, 무도한 신하로서 그 탐학하고 잔포함이 조조에게 있어 가장 심하다 하겠다. 막부는 바야흐로 외환(外患)을

---

**掠**」. [後漢書 陳禪傳]「笞掠無算 **五毒**畢加」.

26) **주살이[矰繳]** : 주살. 싸움에서는 '화살의 꼬리에 실을 매어 쏘았다가 다시 거두어 쏠 수 있게 한 화살'. [史記 留侯世家]「橫絕四海 當可奈何 雖有**矰繳** 尙安所施」. [淮南子 脩務訓]「雁銜蘆而飛以備**矰繳**」. [漢書 顔注]「古云 矰短尖也 繳生絲縷也 以**繳**係**矰** 仰射高鳥 謂之代射」.

다스리느라 미처 조조를 훈계하지 못하고, 오히려 너그러이 용서함으로써 그가 회개할 것을 바랐노라. 그러나 조조의 이와 같은 야심은 가만히 모반할 궁리를 품고서, 마침내 국가의 동량을 꺾어 한실을 약하게 하고 충량정대한 사람들을 제거하여 전혀 자기만 효웅(梟雄) 노릇을 하려 할 뿐이라. 전자에 막부가 북을 치며 북정하여 공손찬을 칠 때, 사나운 도적이 완강히 버티어 막부의 포위 속에서도 1년을 항거하는데, 조조는 그 성지가 깨어지지 못하고 있을 즈음에 가만히 그와 서신을 교환하여, 밖으로는 왕사(王師)를 돕는 체하면서 안으로는 은근히 엄습하려 하였다. 그러나 마침 글을 가지고 가던 사자가 붙잡히고 공손찬 또한 죽음을 받고만 까닭에, 예봉이 꺾여 그 흉계가 좌절되었다.

이제 조조가 오창(敖倉)에 군사를 주둔하고 황하를 사이하여 진을 견고히 하고 있으니, 이는 마치 버마재비[螳螂]의 주둥이로 큰 수레의 나갈 길을 막는 격이라.[27] 막부가 이제 한실의 위령(威靈)을 받들고 천하의 도적을 치려 하매 긴 창이 1백만이요 사나운 호북의 기병들이[28] 1천 부대라, 중황(中黃)·하육(夏育)·호획(烏獲)의 용맹을 떨치고 양궁과 경노의 기세로 달려가니 이제 병주는 태행산을 넘고 청주는 제수(濟水)와 탑하(漯河)를 건너며 대군이 황하를 덮어 앞에서 그 뿔을 잡고, 형주는 완현(宛縣)·섭현(葉縣)으로 내려와 뒤

---

27) **수레의 나갈 길을 막는 격[御隆車之遂]** : 힘차게 가는 수레를 막으려고. 「당랑당거철」(螳螂當車轍)이란 말이 있는데, 당랑(螳螂 : 버마재비)이 수레를 막음의 뜻으로 '자기의 역량을 헤아리지 않고 대적(大敵)에게 함부로 덤벼드는 것'을 비유한 말. [莊子 人間世篇]「蘧伯玉日 汝不知夫**螳螂**乎 **怒其臂以當車轍**不知其不勝任也」. [駱賓王 文]「擇**螳蜋**之力 **拒轍**當車」.

28) **사나운 호북의 기병[胡騎]** : 사나운 병사들. [後漢書 袁召傳]「長戟百萬 **胡騎**千群」. [杜甫 吹笛詩]「胡騎中宵堪北走 武陵一曲想南征」.

에서 그 뒷다리를 채면, 그 거센 진군이 비할 바 없어서 마치 타오르는 불길에[29] 마른 갈대 잎을 태우며 창해를 엎어서 이글거리는 숯불에 붓는 것 같으리니, 어찌 멸하지 않을 자가 있으랴?

또 조조 수하의 군사들 중에서 가히 싸울 만한 자들은 다 유주·기주에서 나왔는데 전일의 나의 본부병들은 모두 처자를 그려 돌아갈 일만 생각하고 눈물을 흘리며 북쪽 하늘을 돌아보는 형편이요, 그 밖의 연주·예주의 백성들과 예전 여포와 장량 수하의 남은 무리들은 패망한 끝에 핍박을 받아 일시 굴종하고 있는 자로 저마다 상처를 입어 조조를 원수로 보고 있다. 만약에 군사를 몰아서 높은 언덕에 올라 북 치고 나팔 불며 흰 기를 들어 항복할 길을 열어놓으면, 반드시 흙담이 무너지고 기와가 깨지는 것처럼 무너지고 흐트러질 터이니,[30] 구태여 칼날에 피를 묻힐 것도 없으리라.

지금은 한실이 쇠잔하고 기강이 해이해져서, 금상께는 한 사람의 보필(輔弼)이 없고 고굉지신 중에는 적을 쳐서 꺾을 기세가 없다. 기내의[31] 걸출한 신하[簡練之臣]들은 모두 머리를 숙이고 날개를 접어서 의지할 바가 없으며, 비록 충의지사가 있다 해도 포학한 신하에게 핍박을 받으니 어찌 그 절개를 펴볼 수 있으랴?

또한 조조는 수하의 장병 7백 명으로 궁궐을 지키게 하니 명목은

---

29) **마치 타오르는 불길에[飛蓬]** : 솜처럼 바람을 타고 날아다니는 쑥. 「비봉승풍」(飛蓬乘風)은 쑥이 바람에 날려 흩어짐을 이르는 것으로, '사람이 좋은 기회를 타는 비유. [商君書 禁使]「**飛蓬**遇**飄風** 而行千里乘風」.

30) **흙담이 무너지고 기와가 깨지는 것처럼 무너지고 흐트러질 터이니[土崩瓦解]** : 흙담이나 기와처럼 무너지거나 흐트러짐. [史記 始皇紀]「天下**土崩瓦解**」. [鬼谷子 抵巇]「**土崩瓦解**而相伐射」.

31) **기내(畿內)** : 왕성을 중심으로 하여 시방 5백 리 이내의 임금이 직할하는 땅. [獨斷]「京師 天子**畿內**千里 象日月 日月躔次千里」.

숙위(宿衛)한다 일컬으나 실상인즉 천자를 구금하고 있는 것이라, 그 찬역하는 마음이 예서부터 싹틀까 두려우니 이는 곧 충신들의 간뇌도지할 때요 열사들이 공을 세울 기회라 어찌 힘쓰지 않을까보냐!

조조는 또 교명칭제하여[32] 사자를 보내며 각지에 군사를 보내라고 독려하고 있다. 변방 주군이 두려워하고 그를 잘못 믿어주면, 이는 민중의 뜻을 어기며 도적의 무리와 결탁하는 것이라 명성을 잃어 천하의 웃음거리가 될 것이니, 이는 명철한 이들이 취하지 않는 바라.

그날로 유주·병주·청주·기주 등 네 군을 일시에 진병할 것이다. 격문이 형주에 이르는 대로 곧 병사들을 수습하여 건충장군과 힘을 합쳐 함께 할 것이다. 그러므로 주군에서는 각별히 의병들을 정돈하여 경계에 나와서 무위를 드러내고, 아울러 사직을 바로 세운다면 비상한 공이 이에 드러날 것이다. 조조의 수급을 가져오는 자에게는 5천 호후를 봉하고 5천만 전을 상급으로 주리라. 수하의 편장·비장·장교들과 이속들 중에 항복하는 자에게는 죄를 묻지 않을 것이다.

널리 천자의 은혜를 펴서 모두 상을 내리며 이를 널리 알려라. 그리하여 모든 사람들이 성조(聖朝)가 어려움에 처해 있음을 알게 할지어다. 여율령.[33]

---

32) **교명칭제(矯命稱制)** : 칙지를 내리고 정사를 본다는 뜻으로, 조조가 '천자의 일을 하고 있음'을 이르는 말. '교명'은 칙지(勅旨)를 사칭하여 내리는 명령이고, '칭제'는 천자를 대신해 정사를 보는 것을 이름. 「교명」. [戰國策 齊策]「**矯命**以債賜諸民」. 「칭제」. [史記 呂后紀]「今太后**稱制**王昆弟諸呂 無所不可」. [漢書 呂后紀 顏注]「天子之言 一日制書 二日詔書 制書者 謂爲制度之命也……斷決萬機故**稱制**詔」.

33) **여율령(如律令)** : 명령이 떨어지자 곧. 「율령」(律令)은 나라에서 제정한 법률

원소는 격문을 보고 크게 기뻐하며, 곧 장수들에게 이 격문을 가지고 각 주군으로 가도록 하고 동시에 각 처 관진의 요처에 게시하도록 하였다.

격문이 전해진 허도에선 조조가 두통에 시달리고 있어 병상에 누워 있었다. 좌우가 이 격문을 내 보이자 조조가 모공이 송연해져서 온몸에 식은땀이 흘렀다.

그리고는 두통이 나은 줄도 모르고 병상에서 뛰어 일어나 조홍에게 묻기를,

"이 격문을 누가 지었다더냐?"

하고 물으니, 조홍이 대답한다.

"듣기에 진림이 지었다 합니다."

하매, 조조가 웃으면서 말하기를

"문사(文事)가 있는 자는 무략(武略)으로써 이를 보충해야 하는데, 진림은 문사는 비록 쓸 만하지만 원소의 무략이 부족하구나!"

하였다. 조조는 여러 모사들을 모아 놓고 적과 싸울 일을 의논하였다.

공융이 그 말을 듣고 와서, 조조에게 말하기를

"원소의 군세가 크니 더불어 싸우는 것은 어렵습니다. 저와 화해하는 것이 상책입니다."

하자, 순욱이 묻기를

"원소는 무용지물에 해당하는 인물인데, 어찌 화친을 논한단 말이오?"

하였다.

공융이 대답하기를,

---

로 그 대강을 표시함을 '율'이라 하고 조목별로 나눈 것을 '령'이라 함. '여'(如)는 '율'과 '령'처럼 시행하라는 뜻임. [史記 酷吏傳]「杜周曰 前主所是著爲**律** 後主所是疏爲**令**」. [藝文類聚]「杜預律序曰 **律令**以正罪名以存事制 二者相須爲用」.

“원소는 가진 땅이 넓고 백성들이 강하외다. 그의 부하 중에 허유·곽도·심배·봉기 등은 다 지모가 있는 장수입니다. 전풍과 저수는 다 충신들이요 안량과 문추 등은 용맹이 삼군에서 뛰어나며, 그 밖에도 고람(高覽)·장합(張郃)·순우경(淳于瓊) 등은 모두 명장들입니다. 어찌 별 볼 일이 없다 하오?”

하자, 순욱이 웃으면서 말하기를

“원소는 군사들이 많지마는 정돈되어 있지 않소이다. 전풍이 강하기는 하나 윗사람에게 대들기 잘하며, 허유는 욕심이 많으나 지모가 없으며 심배는 늘 젠 체해도 지모가 없고, 봉기는 과단성은 있으나 운용을 잘 못합니다. 이들은 힘은 있지마는 서로가 화합하지 못하니, 반드시 안에서 변괴가 생길 것이외다. 안량과 문추는 용맹하지만 한갓 필부에 지나지 않으니, 한 번 싸움에서 사로잡을 수 있을 것이외다. 그리고 나머지 무리들이 다 하잘 것 없는 인물들이니, 백만 군사를 가지고 있다고 하나 어찌 족히 말할 바가 되겠소이까!”

하자, 공융은 더 말을 하지 않았다. 조조가 웃으며 말하기를,

“모두가 순문약(荀文若)의 생각보다 나은 것이 없소.”

하고, 드디어 전군의 유대(劉岱)와 후군의 왕충(王忠)에게 군사 5만을 이끌고, 승상의 기호를 달고 서주로 가서 유비를 공략하게 하였다.

원래 유대는 옛 연주자사였으나, 조조가 연주를 빼앗자 항복하여 조조는 저를 편장을 삼아 쓰고 있는 인물로, 지금은 왕충과 함께 병사들을 거느리게 된 것이다. 그리고 조조 자신은 20만 대군을 거느리고 여양으로 진격하여 원소와 대적하였다.

정욱이 말하기를,

“유대와 왕충이 자신들의 소임을 다하지 못할까 걱정입니다.”

하니, 조조가 대답하기를

“나 역시 저들이 유비의 적수가 아님을 알고 있으나 우선 허장성세를 하는 것이오.”
하고, 분부하기를
“가벼이 나가지 말라. 내가 원소를 파할 때까지 기다리면 병사들을 이끌고 가서 유비를 칠 것이다.”
하자, 유대와 왕충은 병사들을 거느리고 갔다.

조조가 이끄는 병사들이 여양에 이르렀다. 양군은 80여 리 정도 떨어져서 각자가 해자를 깊이 파고 보루를 높게 쌓고는, 서로 버티면서 싸우지는 않았다. 8월부터 10월까지 버티고 있었는데, 원래 허유는 심배가 군사들을 통솔하는데 불만이 있고, 저수 또한 원소가 자신의 계책을 써주지 않는데 대해 원한을 품고 있었다. 그래서 이들은 각각 불화하여 공격을 도모하지 않고 있었다. 원소는 마음속으로 의혹을 품고 진병할 생각을 하지 않았다.

조조는 이에 여포의 수하 장수로 항복한 장패에게 청주와 서주 쪽을 지키게 하고, 우금과 이전에게 황하 가에 주둔하게 하였다. 그리고 조인으로 하여금 대군을 총독하게 하여, 관도(官渡)에 주둔하게 하였다. 조조는 일군을 이끌고 허도로 돌아갔다.

이때 유대와 왕충도 군사 5만을 이끌고, 서주에서 백여 리 떨어진 곳에 영채를 지었다. 중군에 거짓으로 조승상의 기호를 세웠으나, 감히 진병하지는 못하고 있었다. 다만 하북의 소식만을 기다리고 있었는데, 현덕도 조조의 허실을 알 수 없어서 쉽게 움직이지를 못하였다. 그러면서 하북의 소식을 탐문하고 있으니, 문득 조조가 사람을 보내어 유대와 왕충에게 나가 싸우라고 하였다. 두 사람은 영채에서 의논하였다.

유대가 말하기를,

"승상께서 싸우기를 재촉하시니 당신이 먼저 나가시오."

하자, 왕충이 대답하기를

"승상께서는 당신 보고 먼저 나가라 하셨소이다."

하니, 유대가 또 말하기를

"내가 주장인데 어찌 먼저 나가는가?"

하자, 왕충이 대답한다.

"나와 당신이 함께 군사들을 이끌고 나갑시다."

하였다.

이때, 유대가 말하기를

"나와 당신이 제비를 뽑아서 뽑힌 사람이 가도록 합시다."

하였다. 왕충이 먼저 '선(先)'자를 뽑아서 군사를 절반으로 나누어 서주를 공격하러 갔다. 현덕은 적의 군마가 왔다는 소식을 듣고 진등을 청해 의논하였다.

진등이 말하기를,

"본래 처음에는 비록 여양에 주둔하였으나, 저들 모사들이 불화해서 아직도 진군하지 않고 있소이다. 지금 조조가 어느 곳에 있는지를 알 수 없소이다. 듣건대 여양 군중에는 조조의 깃발이 없고, 도리어 이곳에 그의 깃발이 있으니 어찌된 일일까요?"

하자, 진등이 신중하게 말하기를

"조조는 위계가 많은 인물입니다. 틀림없이 하북에 무게를 두고 있을 것이어서, 직접 감독할 것입니다. 그러므로 일부러 깃발을 세우지 않고, 여기를 비우고 허장으로 깃발을 세운 것입니다. 내 생각에 조조는 틀림없이 여기에 없습니다."

하자, 현덕은 묻기를

"두 아우 중에서 누가 가서 저들의 허실을 알아오겠소?"
하니, 장비가 앞으로 나서며
"제가 다녀오겠습니다."
하자, 현덕이 말하기를
"자네는 성질이 급해서 보낼 수 없다네."
하자, 장비가 대답한다.
"만일 조조가 있다면 잡아 오겠소!"
관우가 나서며 말하기를,
"제가 가서 동정을 보고 오겠습니다."
하매, 현덕이 대답하기를
"운장이 가게 된다면 내 마음이 놓이오."
하였다. 이에 운장이 3천 인마를 이끌고 서주로 갔다.

이때가, 마침 겨울이어서 음산한 구름이 하늘을 덮고, 눈발이 어지럽게 흩날렸다. 군마들은 모두 눈을 무릅쓰고 돌진하였다. 운장이 말을 몰아 칼을 빼어 들고 나가서, 큰 소리로 왕충을 불렀다.

왕충이 나와서 묻기를
"승상께서 이곳에 계신데 어찌 항복하지 않느냐?"
하매, 운장이 말하기를
"승상께서 진중에 나오시면 내 직접 이야기하겠다."
하자, 왕충이 말하기를,
"승상을 네가 어찌 가볍게 여기느냐!"
하자, 운장이 크게 노하여 말을 몰아 앞으로 나가자, 왕충도 창을 꼬나 들고 나와 맞았다. 두 말이 서로 어울리자 운장은 말을 돌려 곧 달아났다. 왕충은 급히 뒤따랐는데, 산 언덕을 돌아가자 운장이 말을 돌려 큰 소리로 외치고 칼을 춤추며 곧장 취하였다. 왕충은 막으려 했으나 막지 못하고 도망치려 하는데, 운장이 왼손으로 보검을 들고 오른손으로 왕충의 갑옷자락을 움켜쥐고 안장에서 끌어내렸다. 그리고는 말 위로 올려 옆에 끼고 본진으로 돌아왔다. 왕충의 군사들은 사방으로 흩어져 달아났다. 운장은 왕충을 묶어 서주로 돌아가 현덕을 뵈었다.

현덕이 묻기를,

"네가 누구냐! 관직은 무엇이며 감히 조승상을 사칭하느냐!"

하자, 왕충이 대답한다.

"어찌 감히 사칭하겠습니까? 저에게 허장성세를 하라고 해서, 거짓 꾸미고 있었던 것입니다. 승상은 실제로 이곳에 계시지 않습니다."

하였다. 현덕은 저에게 의복과 음식을 주어 가두어 두게 하고, 유대를 잡을 때까지 기다려 다시 의논하기로 하였다.

운장이 말하기를,

"제가 알기에 형님께서는 화해하실 뜻이 계신 듯하여 저를 사로잡아 온 겝니다."

하니, 현덕이 이르기를

"나는 익덕이 성질이 급해 왕충을 죽일까 싶어 가지 못하게 한 것이외다. 이들을 죽이는 것은 실익이 없을 뿐 아니라, 살려두어 화해를 하려는 것이오."

하자, 장비가 나서며 말하기를

"둘째 형님께서 왕충을 잡아 오셨으니, 제가 유대를 생포해 오겠습니다!"

하거늘, 현덕이 웃으면서 대답하기를

"유대는 옛 연주자사였던 인물이다. 호뢰관에서 동탁을 칠 때에는 한 진(鎭)의 제후이기도 하였다. 지금 전군이 되어 나왔으니 가볍게 다룰 인물이 아니네."

하였다.
장비가 말한다.
"이런 놈을 어찌 그리 말씀하시오! 내가 둘째 형님처럼 곧 사로잡아 오겠소!"
하거늘, 현덕이 대답하기를,
"그의 목숨을 죽여서는 안 되네. 그렇게 되면 나의 대사가 잘못될 것이다."
하자, 장비가 말한다.
"저를 죽일 것 같으면 내 목숨을 내놓겠소!"
한다. 현덕은 마침내 장비에게 3천의 군사를 주었다. 장비는 병사들을 이끌고 전진하였다.
이때, 유대는 왕충이 잡혀 갔음을 알고, 성을 굳게 지키고 나가지 않았다. 장비는 매일 영채 앞에서 꾸짖었다. 유대가 장비가 왔음을 알고 감히 나갈 엄두를 더욱 내지 못하였다. 장비는 며칠째 지켜도 유대가 나오지 않자, 속으로 한 꾀를 내었다. '오늘 밤 2경쯤 해서 영채를 겁략하겠다.' 하고 낮 동안 장막에서 거짓으로 술을 마셔 군사 중에서 죄를 진 자를 찾아서 한 차례 친 다음에, 저들을 묶어 영중에 두고
"내가 오늘 밤 출병할 때에 목을 베어 제기에[34] 매달겠다!"
하고는, 은밀하게 좌우에게 시켜 놓아주게 하였다. 그 군사는 탈출하여 영채에서 달아났다. 지름길로 유대의 영채에 가서 영채를 치러 온다는 사실을 알렸다. 유대는 항복해 온 군사의 몸에 깊은 상처가 있는 것을 보고, 마침내 그 말을 믿게 되었다. 그리고는 영채를 비워두고 병사들을 밖에 매복시켰다. 이날 밤에 장비는 군사들을 세 길로 나누

34) **제기(祭旗)** : 출정하기 전에 거행하던 제례 의식에서 세워 놓는 깃발.

어 중간의 군사 30여 명을 시켜 영채를 겁략해 불을 지르게 하였다.

또 나머지 두 길의 군사들을 뽑아서 저들의 영채 뒤로 가서, 불길이 솟는 것을 신호로 삼아 협공하게 하였다. 3경쯤 하여 장비는 직접 정병을 이끌고 먼저 유대의 퇴로를 끊고, 중로의 30여 명은 영채에 들어가 불을 지르게 하였다. 유대의 복병이 짓쳐 오기를 기다렸다가 장비는 양로의 군사들을 일제히 내보냈다.

유대의 군사들은 모두 혼란에 빠져, 장비의 군사들이 어느 정도인지를 알 수가 없어 각자가 무너져 흩어졌다. 유대는 남은 군사들을 이끌고 혈로를 찾아 달아나다가 장비가 오는 것을 보았다. 좁은 길에서 만났으므로 돌아서 달아날 수도 없었다. 두 말이 어우러져 단지 한 합 만에 장비에게 사로잡혔고, 남은 군사들은 다 항복하였다. 장비는 사람을 시켜 먼저 서주에 보고하였다.

현덕이 그 소식을 듣고, 운장에게 이르기를

"익덕이 좀 덜렁대는 성질인데 계교까지 쓰게 되었으니, 이제 근심하지 않아도 되겠소이다."

하고, 이에 직접 성에서 나가 저를 맞이하였다.

장비가 말하기를,

"형님께서는 늘 내가 성질이 급하다고 말씀하셨는데 오늘은 어떻습니까?"

하자, 현덕이 묻기를

"말을 격하게 하지 않았다면 자네가 어찌 그런 꾀를 썼겠느냐?"

하니, 장비가 큰 소리로 웃었다.

현덕은 유대가 묶여 온 것을 보고 말에서 내려 포박을 풀며,

"제 아우 장비가 잘못 알고 모독한 것이 있으면, 바라건대 그 죄를 용서해 주시오."

하고, 맞아 서주로 들였다. 왕충도 풀려 나와 같은 자리에서 환대하였다.

현덕이 말하기를,

"전에 차주가 저를 해하려 했던 일이 있었는데, 어쩔 수 없이 저를 죽일 수밖에 없었소이다. 승상은 제가 모반한 것이나 아닌가 하고 의심하시고 계신 듯하여, 두 장군들을 보내 죄를 물으려는 것인 듯합니다. 저는 조승상의 큰 은혜를 입어 늘 그 은혜를 갚고자 하는 생각뿐인데, 어찌 감히 모반을 하겠소이까? 두 분께서 허도에 돌아가시면 제가 말씀드린 일들을, 잘 말씀드려 주시면 고맙겠소이다."

하자, 유대와 왕충이 함께 대답하기를

"사군께서 저희들을 살려 주신 은혜를 깊이 감사드립니다. 마땅히 승상께 말씀을 올리되, 저희 두 가솔들을 사군께서 보호해 주시고 계신 일들을 자세히 말씀드리겠습니다."

하며, 현덕에게 사례하였다.

그 다음 날 원래 이끌고 왔던 군마들을 도로 주고 성 밖으로 내보내 주었다. 유대와 왕충이 10여 리를 가지 못해, 장비가 길을 막으며 큰 소리로

"우리 형님은 사리도 몰라! 사로잡은 적장을 어찌 놓아 보내는가?"

하자, 유대와 왕충이 말 위에서 떨고 있을 뿐이었다.

장비가 눈을 부릅뜨고 창을 꼬나들고 급히 오는데 뒤에서 한 사람이 말을 타고 나는 듯이 오며, 큰 소리로

"무례하게 굴지 말라!"

하였다. 저를 보니 운장이었다. 유대와 왕충은 겨우 마음을 놓았다.

운장이 묻기를,

"이미 형님께서 놓아 보내시는데, 네가 어찌 그 명을 받들지 않느

냐?"
하자, 장비가 말하기를
"이번에 놓아 보내면 다음에 또 올 것이오."
하였다.
운장이 대답하기를,
"기다렸다가 다시 오면 그때 죽여도 늦지 않네."
하자, 유대와 왕충이 물러가겠다며
"곧 승상께서 저희들의 삼족을 멸한대도 다시는 오지 않겠소. 장군께서 너그러이 용서해 주시오."
하자, 장비가 나서며 말하기를
"곧 조조가 직접 오더라도 저를 죽여 한 놈도 돌려보내지 않으리라! 이번에 너희 두 목숨을 살려둔다!"
하자, 유대와 왕충이 쥐새끼 숨듯이 도망갔다.
운장과 익덕이 현덕을 보면서,
"조조는 틀림없이 다시 올 게요."
하자, 손건이 현덕에게 말하기를
"서주는 적의 공격을 받기 쉬운 곳이라 오래 있을 곳이 못 됩니다. 군사들을 소패와 하비성에 나누어 기각지세를 갖추고 조조를 막아야 합니다."
하자, 현덕이 그 말에 따라 운장에게 하비성을 지키되 감·미 두 부인을 하비성에 가 있게 하였다.
감부인은 본래 소패 사람이며 미부인은 미축의 누이다. 손건·간옹·미축·미방 등에게 서주를 지키게 하고, 현덕과 장비는 소패에 머물러 있었다. 유대와 왕충이 돌아가서 조조를 뵙고, 유비가 반역을 하지 않았음을 자세히 말하였다.

조조는 노하여 꾸짖기를,

"나라를 욕되게 한 놈들아, 살려 두어 뭐에 쓰겠는가!"

하고는, 좌우에게 명하여 끌어내어 참하라 하였다.

이에,

개와 돼지가 어찌 함께 호랑이와 싸우랴

물고기와 새우가 용과 싸운다는 게 무리한 일인 것을.

犬豕何堪共虎鬪

魚蝦空自與龍爭.

두 사람의 목숨은 어찌 되었는지 알 수가 없다. 하회를 보라.

## 제23회

### 예정평은 옷을 벗은 채 도적을 꾸짖고
### 길태의는 독약을 쓰고 형벌을 받다.

禰正平裸衣罵賊
吉太醫下毒遭刑.

한편, 조조는 유대와 왕충을 참하고자 하였다.

그러자 공융이 만류하며 말하기를,

"두 사람은 본래 유비의 적수가 아닙니다. 만약 저들을 참한다면 장수들의 마음을 잃을까 저어됩니다."

하자, 조조는 이에 그의 죽음을 사면해 주고 작록을 빼앗고 쫓아냈다. 그리고는 직접 현덕을 치기 위해 병사를 일으켰다.

공융이 권유하기를,

"이제 곧 겨울이 되어 추워집니다. 그러므로 군사를 일으켜서는 안 됩니다. 봄까지 기다려도 늦지 않을 것입니다. 먼저 사람을 시켜 장수와 유표를 항복시킨[1] 다음에 다시 서주를 도모해야 합니다."

하자, 조조는 그의 말에 따랐다.

먼저 유엽에게 가서 장수를 설득하게 하였다. 유엽이 양성(襄城)에

---

1) **항복시킨[招安]** : 항복 받은. 초항(招降)시키기 위해. 항복받기 위해. [鷄肋編]「宋建炎後 民間語云 欲得官 殺人放火受**招安**」. [歐陽修 詩]「曉咋計不出 還出**招安**辭」.

가서 먼저 가후를 만나 조조의 덕을 자세히 설명하자, 가후는 이에 유엽을 집에 머물게 하였다.

다음 날 와서 장수를 만나 조조가 유엽을 보내 귀순을 청한다는 말을 하였다. 바로 그때 문득 원소의 사자가 왔다고 보고하거늘 장수가 들어오게 했다. 사자가 원소의 편지를 올리매 장수가 읽어보니 역시 귀순하라는 뜻이었다.

가후가 사자에게 묻기를,

"최근에 병사를 일으켜 조조를 친다 하더니, 결과가 어찌 되었소?"

하니, 사자가 말하기를

"겨울이라 날씨가 추운 때라 잠시 싸움을 멈추고 있사옵니다. 이제 장군과 함께 형주의 유표가 국사(國士)의 풍모가 있기에 와서 청하는 것이외다."

하였다.

가후가 크게 웃으면서 말하기를,

"당신은 곧 돌아가 본초에게 말씀드리게. '너의 형제가 서로 용납하지 못하면서, 어찌 천하의 국사를 용납할 수 있는가?'"

하고, 면전에서 편지를 찢어버리고 사자를 꾸짖어 보냈다.

장수가 걱정하며 묻기를,

"지금은 원소가 강하고 조조가 약한데 이제 편지를 찢어버리고 사자를 꾸짖어 보냈으니, 원소가 만약 군사들을 이끌고 오면 당장 어찌하려 하오?"

하자, 가후가 대답한다.

"조조에게 가는 것이 좋겠습니다."

하였다.

장수가 묻기를,

"나는 전부터 조조와는 원수 지은 일이 있으니 어찌 저가 용납하겠소?"
하자, 가후가 대답하기를
"조조를 따라야 할 세 가지 이유가 있습니다. 무릇 조조는 천자의 조서를 받들어 천하를 정벌하는 것이니 마땅히 그를 따라야 하는 이유의 하나요, 원소는 강성하여 우리가 적은 군사들을 가지고 저를 따르면 반드시 우리를 중히 여기지 않을 것이고 조조는 약한 처지라 우리를 얻으면 틀림없이 기뻐할 것이니 이것이 둘째 이유이고, 조조는 왕패의 뜻을 갖고 있으므로 틀림없이 사사로운 원한을 풀고 사해에 덕을 밝히려 할 것이니, 이것이 조조를 따라야 할 셋째 이유입니다. 원컨대 장군께서는 의심을 갖지 마소서."
하자, 장수는 그의 말을 따르기로 하고 유엽을 만났다.
유엽이 조조를 많이 칭송하며, 말하기를
"승상께서 만약에 구원(舊怨)을 가지고 계시다면, 어찌 저를 보내서 장군과 정의를 맺으려 하시겠습니까?"
하자, 장수가 기뻐하며 곧 가후 등과 함께 허도에 가서 투항하였다. 장수는 조조를 보고 뜰 아래에서 절하였다.
조조는 황급히 붙들어 일으키고 손을 잡으며,
"작은 과실은 마음에 두지 맙시다."
하고, 드디어 장수를 봉하여 양무장군을 삼고 가후를 봉하여 집금오사를 삼았다. 조조는 곧 장수에게 편지를 써서 유표에게 귀순을 청하게 하였다.
가후가 말하기를,
"유경승은 명사들과 관계를 맺기 좋아하는 사람이니, 부디 문명이 있는 사람을 보내서 설득하면 귀순이 가능할 것입니다."
하였다.

조조는 순유에게 묻기를,

"누가 가는 게 좋겠소?"

하자, 순유가 대답한다.

"공문거(孔文擧)가 그 일을 담당할 만합니다."

하매, 조조가 그러리라 생각하였다.

순유가 나서서 공융에게,

"승상께서 문명이 있는 선비를 얻고자 하시는데 갈 만한 사람을 골라 보시지요. 공께서 이 일을 담당하시면 되지 않겠소이까?"

하자, 공융이 말하기를

"내 친구 중에 예형(禰衡)이 있는데, 자는 정평(正平)으로 그 재주가 나보다 열 배는 더할 것입니다. 이 사람은 마땅히 제왕의 좌우에 두시면 다만 사자[行人] 노릇에만 그칠 사람은 아닐 것이니, 나는 이 사람을 마땅히 천자께 추천할 것입니다."

하였다. 이에 헌제께 표주를 올리게 하였다.

그 글은 다음과 같다.

신이 듣자오니, 홍수(洪水)가 가득 흐르매 제요(帝堯)께서는 이를 다스리려고 사방에서 널리 현사와 준걸한 이들을 구하셨다 하였습니다. 옛날 세종께서 대통을 이으시고 장차 큰 기업을 넓히려 하실 때에 천하에 물어 현사들을 구하매, 여러 선비들이 구름처럼 몰려들었다 합니다. 폐하께서는 넓으신 성덕으로 기업을 이으셨습니다. 그러다가 이제 액운을 만나서 주야로 애쓰시고 계신 뒤에, 산악이 신을 내리시어[維嶽降神] 이인(異人)이 함께 나왔습니다.

처사인 평원의 예형은 당년 24세로 자는 정평이라 하는데, 자질이 양순하고 공명정대하며, 재주가 남보다 뛰어나서 처음 문예(文

藝)를 섭렵하오매 승당에서 오묘한 이치를 다 통달하였습니다. 한 번 보기만 하면 문득 입으로 외우며, 귀로 잠깐 들은 것은 마음속에 잊지 않사옵니다. 성품과 말은 이치에 합당하고, 생각하는 것마다 신령스러움이 있습니다.

홍양의 암산과[2] 안세의 기억력도[3] 예형에게는 기이할 것이 없을 것입니다. 충후정직하고 심지가 깨끗하며, 선을 보면 미치지 못함을 놀라고 악을 미워하는 것이 원수처럼 하고 있습니다. 임좌의 행적과[4] 사어의 절개도[5] 지나친 것이 아닙니다. 새매가 많다 해도 독수리 한 마리만 못합니다. 예형을 조정에 세우시면 틀림없이 볼만한 것이 있을 것이며, 그의 놀라운 웅변이 마치 샘솟듯하여 온갖

---

2) **홍양의 암산[弘羊潛計]** : 서한(西漢) 때의 이재가(理財家)인 상홍양(桑弘羊)이 모든 계산을 암산으로 했음을 이르는 것임. '잠계'는 '속으로 계산을 하는 것'의 뜻임. [中國人名]「漢 雒陽人 事武帝爲侍中 以心計用事 與事郭成陽 孔僅言利事 析秋毫……**弘羊**自以爲國家興權筦之利 代其功 欲爲子弟得官 怨望霍光」.

3) **안세의 기억력[安世默識]** : 서한 때의 승상인 장안세(張安世). 황제가 세 상자의 책을 읽게 하고 그 내용을 물었는데 그가 그 책들의 내용을 모두 기억하고 있었다 함. '묵식'은 '말 없이 속으로 깊이 이해하여 기억함'의 뜻임. [中國人名]「漢 湯子 字子儒 武帝幸河東 嘗亡書三篋 詔問莫能代 惟**安世**悉識之 具述其事 後得書相校 武帝奇其才 擢尙書令」.

4) **임좌의 행적[任座抗行]** : 전국시대 위(魏)나라 문후(文候)의 신하로, 임금이 간하는 말을 듣고 노여워하였을 때 나서서 간하는 신하의 말이 옳다고 말했던 행동. [中國人名]「文候問君臣日 寡人何如君也 皆日 仁君也 **任座**日 君得中山不以封君之弟 而以封君之子 何謂仁君 文候怒 座趨出……何以知之 對日 君仁則臣直 向者任座之言直 是以知之」.

5) **사어의 절개[史魚厲節]** : 사어는 위의 대부로 이름은 추(鰌), 자는 자어(子魚)임. 임금이 어진 거백옥(遽伯玉)을 중용하지 않고 어질지 못한 미자하(彌子瑕)를 중용하자, 죽기로써 간하여 간사하고 망령된 자를 대신으로 등용하지 못하게 하였다 함. [論語 衛靈公篇]「子日 直哉**史魚** 邦有道如矢 邦無道如矢 君子哉 遽伯玉 邦有道 則仕邦無道 則可卷而懷之」.

의혹과 맺힌 것을 그 자리에서 풀어 적을 굴복시키고도 남음이 있을 것입니다.

옛적에 가의는 속국의 시험을 받을 때 짐짓 선우를[6] 자책 귀순시키려 하였고, 종군은 긴 밧줄로 완강한 남월의 임금을[7] 묶어 오겠다 했습니다. 그들이 어려도 장한 기개를 보였기에, 전대(前代)에서 이를 가상하게 여겼습니다. 근자에는 노수(路粹)와 엄상(嚴象)이 역시 남보다 뛰어난 재주로 대랑(臺朗)을 제수[擢拜] 받았으니, 예형도 마땅히 그들과 비교할 수 있을까 하나이다. 만약에 용으로서 천구(天衢)에 뛰어 오르고 은하수에 날개를 떨치며, 옥황상제 계신 자미원(紫微垣)에 소리를 높이게 하고 무지개[虹蜺]에 드리울 수 있다면,

---

6) **가의 · 선우(賈誼 · 單于)** : 전한 때의 학자 겸 정치가. 문제(文帝) 때 부름을 받아 박사가 되었고, 해박한 지식과 정연한 논리로 원로들을 압도하여 태중대부(太中大夫)에 이르렀음. 흉노가 침입하자 공주를 선우의 왕후로 보내면서 화친을 도모하였는데, 이때 가의는 자신을 흉노의 관비로 보내주면 저들의 목을 베어 천자의 명을 받들게 하겠다고 말했다 함. 「가의」. [中國人名]「漢雒陽人……梁王墮馬死 誼自傷爲傅亡狀 哭泣歲餘亦死 世稱**賈太傅** 又稱**賈長沙** 以其年少 亦稱**賈生**」. [中文辭典]「帝欲任爲公卿 絳灌等忌而毁之……渡湘水 爲賦以弔屈原 蓋以自況也」. 「선우」(單于). 흉노가 자기들의 추장을 부르던 이름. [漢書 匈奴傳]「**單于**姓攣鞮氏 其國稱之曰 撑犁孤塗**單于**」. [史記 匈奴傳]「匈奴**單于**曰頭曼」.

7) **종군 · 남월(終軍 · 南越)** : 종군은 전한 때 제남(濟南) 사람으로 자는 자운(子雲)이며 박사제자(博士弟子)로 선발되었음. 조정에 글을 올렸는데 뛰어난 문장이 무제(武帝)의 눈에 띄어 간의대부까지 이르렀음. 남월과 화친하기 위해 문제는 종군을 사신으로 보내려 하였으나 자청해서 남월을 끌고 오겠다 했다 함. 종군이 가서 월왕을 설득했지만 남월의 재상 여가(呂嘉)가 속국이 되는 것을 받아들이지 않고, 군사를 풀어 왕과 사자를 모두 죽였다. 그때 종군의 나이 20여 세였다 함. 「종군기수」(終軍棄繻). [漢書 終軍傳]「軍字子雲 濟南人 少好學 以辯博能屬文聞於郡中 年十八 武帝選爲博士 步入關 關吏與軍繻 軍問以此何爲 吏曰爲復傳 還當合符 軍曰 丈夫西遊 終不復傳還 **棄繻**而去 及爲謁者 使行郡國 建節東出關 關吏識之曰 此使者 迺前**棄繻**生也 後擢諫大夫」.

족히 측근들의 선비로 하여금 사리를 밝게 하고 사방의[8] 화친을 더 돈독히 할 수 있을 것입니다.

천상의 음악에는[9] 반드시 천하의 장관이 있고, 황실과 황궁[帝室皇居]에는 반드시 비상한 보물이 쌓여야 하는 것입니다. 그러나 예형과 같은 선비는 절대로 많이 얻을 수는 없사옵니다. 격초와 양아는[10] 절묘한 자태 때문에 가무 음곡에 종사하는 이들이 탐내는 것이옵고, 비토와 요뇨는[11] 걸음이 빠르고 분방해서 왕량과 백락이[12] 다투어 구하는 바였습니다.

신들이 이를 어찌 다 주달하겠습니까? 폐하께서는 선비를 취하실 때에 매우 신중하게 하시니, 모름지기 시험해 보셔야 할 것입니

---

8) **사방[四門]** : 사방의 문. [書經 舜典]「賓于**四門 四門**穆穆(傳)**四門 四方之門**」.

9) **천상의 음악[鈞天廣樂]** : 선악(仙樂). '균천'은 천자가 사는 하늘의 중앙을 뜻함. 조간자(趙簡子)가 병이 나서 깨어나지 못하자 대부들이 두려워했으나, 의원 편작은 반드시 깨어날 것이라고 했다. 과연 깨어났으며 신들과 균천에서 놀았다 이야길 하고 후에 '균천광악'을 만들었다 함. [史記 趙世家]「趙簡子疾五日不知人 扁鵲觀之曰……與而神遊於**鈞天廣樂** 九奏萬舞」. [列子 周穆王]「淸都紫微 **鈞天廣樂**」.

10) **격초·양아(激楚·陽阿)** : 두 사람 다 고대의 명창(名唱)임. 「격초」. [後漢書 邊讓傳]「揚**激楚**之淸宮兮 展新聲而長歌」. 「양아」. [淮南子 俶眞訓]「足蹀**陽阿**之舞 (注) **陽阿**古之名倡也」.

11) **비토·요뇨(飛兎·騕褭)** : 둘 다 명마(名馬)의 이름임. [呂氏春秋 離俗]「**飛兎騕褭**古之駿馬也」. [淮南子 叔訓]「夫待**騕褭飛兎**而駕之」.

12) **왕량·백락(王良·伯樂)** : 두 사람 다 말(馬)을 잘 보기로 유명했다 함. 「왕량조보」(王良造父). [荀子 王霸篇]「**王良伯樂**者 善服馭者也 (楊倞注) **王良** 趙簡子之御 **字伯樂 造父** 周穆王之御 皆善御者也」. [孟子 滕文公篇 下]「趙簡子使**王良**與嬖奚乘」. 「백락일고」(伯樂一顧). 명마가 백락을 만나 세상에 알려진 것과 같이 현자가 지우(知遇)를 받음을 이름. [戰國策]「蘇代曰 客有謂**伯樂**曰 臣有駿馬欲賣 比三旦立于市 人莫與言 願子一顧之 請獻一朝之費 **伯樂**乃旋視之 去而顧之 一旦而馬價十倍」.

다. 원컨대 예형으로 하여금 갈의로써[13] 알현할 수 있게 하옵소서. 보시고 볼만한 것이 없으시다면, 신등이 폐하를 기망한 죄를 받겠습니다.

헌제가 표문을 보시고 조조에게 주었다.

조조가 곧 사람을 시켜 예형을 데려오게 했으나, 예가 끝나도 조조는 앉으라는 말을 하지 않았다.

예형이 하늘을 우러러 탄식하기를,

"천지가 비록 넓기는 하나 어찌 한 사람도 없는가!"

하였다.

조조가 묻기를,

"내 수하에 수십 인의 군사가 있고 그들은 다 당세의 영웅들인데, 어찌 사람이 없다 하느냐!"

예형이 대답하기를,

"어디 한번 들어봅시다."

하였다.

조조가 또 묻는다.

"순욱 · 순유 · 곽가 · 정욱 등은 기지가 깊고 지혜가 넓으니, 어찌 소하 · 진평에[14] 미치지 못하겠는가. 장요 · 허저 · 이전 · 악진 등은 그

---

13) **갈의(褐衣)** : 갈의(葛衣). 칡으로 짜서 만든 옷. [史記 平原君傳]「民**褐衣**不完糟糠不厭」. [史記 司馬遷自序]「夏日**葛衣** 冬日鹿裘」.

14) **소하 · 진평(蕭何 · 陳平)** : 한나라의 개국공신. 소하의 고사(蕭何故事). 한 고조 유방(劉邦)이 개국공신인 소하에게 내렸던 특전(임금을 배알할 때 이름을 부르지 않음 · 입조할 때에 종종걸음으로 걷지 않음 · 전상에 오를 때에도 칼을 차고 신을 벗지 않음). 「소하위상 강약획일」(蕭何爲相 顜若畫一)은 소하가 재상이 되어 정사를 보는 것이 한일자(一字)를 그은 것과 같이 분명하고 정제(整齊)함을

용맹함을 당할 사람이 없으니, 잠팽과 마무에[15] 미치지 못할까. 여건·만총 등은 종사로 삼고, 우금·서황 등을 선봉으로 삼았소이다. 하후돈은 천하의 기재(奇才)요 조자효(曹子孝)는 세간의 복장(福將)인데, 어찌하여 사람이 없다 하는가?"

하자, 예형이 말하기를

"공의 말씀은 맞지 않습니다. 이들은 제가 다 잘 압니다. 순욱은 조상이나 하고 문병에나 다니기에 필요한 인물이고, 순유는 분묘나 돌볼 사람입니다. 정욱은 관문이나 닫고 여는 일을 할 사람이고, 곽가는 글이나 읽고 시부나 지을 인물입니다. 장료는 북을 치거나 금고나 울릴 인물이고 허저는 소나 말을 먹일 인물입니다. 악진은 문초나 받고 편지나 읽게 할 사람이고, 이전은 편지나 전하거나 격문을 전하는데 필요한 사람입니다. 여건은 칼을 갈거나 창을 만드는데 필요한 사람이고, 만총은 술을 마시고 술을 담그는 데나 쓰일 인물입니다.

우금은 널빤지를 지고 가 담장이나 쌓을 인물이고, 서황은 돼지를 잡거나 죽일 인물이며, 하후돈은 '자기 몸만 위하는 장군'[完體將軍]이라 할 인물이며 조자효는 '돈만 긁어모으는 태수'라[16] 불려야 적당한 인물입니다. 그 나머지 인물들은 다 옷걸이[衣架]·밥주머니[食囊]·술통[酒桶]·고기부대[肉袋]일 뿐이외다."

---

이름. [史記 曹相國世家]「蕭何薨 參代何相 擧事無所變更 一遵何之約束 參薨百姓歌之日 **蕭何爲相 顜若畫一** 曹參代之 守而勿失 載其淸淨 民以寧一」.

15) **잠팽과 마무(岑彭·馬武)** : 두 사람 다 후한 광무제를 도와 왕망(王莽)의 대군을 격파하고 후한을 세우는 데 큰 역할을 한 사람임. 「잠팽」. [中國人名]「漢棘陽人 字君然 漢兵起 率象附更始 封爲歸德候」. 「마무」. 「漢 湖陽人 字子張 王莽末爲盜 後從光武破王尋等 擊破群賊 及卽位 封揚虛候」.

16) **돈만 긁어모으는 태수[要錢]** : 토전(討錢). 돈만 긁어모음. [福惠全書 刑名 詞訟 嗟拘]「諸凡照應 小事零星**要錢** 大事講寫規禮」.

하였다.

조조가 노하며 말하기를,

"너는 무엇에 능하냐?"

하고 묻자, 예형이 대답하기를

"천문지리에 한 가지라도 통달하지 못한 것이 없고, 삼교구류(三敎九流)를 모르는 것이 없소이다. 위로는 임금이 요순이 되게 할 수 있으며 아래로는 덕이 공자와 안자에 짝할 만하니, 어찌 속인들과 함께 논할 수 있겠소이까!"

하였다. 그때 장료가 곁에 있다가 칼을 빼어 저를 죽이려 하였다.

조조가 말하기를,

"내가 지금 한 사람의 고리가[17] 필요하오. 아침과 저녁에 조회를 드리고 잔치를 베풀 때에[18] 필요한 사람 말이오. 내 예형에게 그 직책을 주겠소이다."

하니, 예형이 사양하지 않고 대답하고는 가 버렸다.

장료가 말하기를,

"이 사람이 불손한 말을 하는데 어찌하여 저를 죽이지 않습니까?"

하자, 조조가 대답하기를

"이 사람은 평소부터 허명이 원근까지 들린 터라 오늘 내가 저를 죽이면, 세상이 틀림없이 내가 사람을 받아들이지 못한다고 말할 것이

---

17) **고리(鼓吏)** : 고수(鼓手). 북을 치는 관리. [三國志 魏志 荀彧傳注]「太祖聞其名 圖欲辱之 乃錄爲**鼓吏**」. [世說新語 德行]「禰衡被魏武謫爲**鼓吏**」.

18) **아침과 저녁에 조회를 드리고 잔치를 베풀 때[朝賀燕享]** : 임금께 하례를 하고 난 다음 벌이는 연회. 「조하」는 「조하례」(朝賀禮). 관원들이 조정에 나아가 임금께 하례함. 조조는 예형(禰衡)을 욕보이려고 부하를 시켜 예형을 고리(鼓吏 : 고수)로 등용하게 하고 북을 치게 함. [漢書 蕭望之傳]「匈奴單于 鄕風慕化 奉**朝賀**」. [史記 秦始皇紀]「**朝賀**皆自十月朔」.

오. 제가 잘난 체하기에 내가 고리를 삼겠다고 하여 저를 욕 준 것이외다."

하였다. 그 다음 날 조조가 성청(省廳)에서 손님을 접대하기 위해서, 고리에게 북을 치게 하였다.

전에 이 일을 맡아보던 고리가,

"북을 칠 때에는 반드시 새 옷으로 갈아입는 법이오."

하고 일러주었으나, 예형이 전에 입던 차림으로 들어 어양삼과[19]를 치니, 그 음조가 특히 절묘해서 둥둥하는 소리에서 금석성이[20] 났다. 앉아서 듣는 사람이 강개하여 눈물을 흘리지 않는 이가 없었다.

좌우가 나서서 꾸짖기를,

"어찌해서 옷을 갈아입지 않느냐!"

하자, 예형이 그 자리에서 일어나 전에 입던 옷을 벗어버리고, 알몸으로 서서 온 몸을 다 드러냈다. 앉아 있던 손님들이 다 얼굴을 가렸는데, 예형이 천천히 잠방이를 입으면서도 조금도 얼굴빛이 변하지 않았다.

조조가 꾸짖으면서,

"묘당 안에서 어찌 이리 무례하냐?"

하니, 예형이 대답하기를

"기군망상을 무례라 할 것이외다. 나는 부모에게서 받은 몸을 그대로 드러냈는데, 이것은 깨끗한 몸을 보였을 뿐이외다!"

하자, 조조가 또 묻는다.

"네가 스스로를 청백하다고 하면, 누구를 혼탁하다 하느냐?"

---

19) **어양삼과**(漁陽參撾) : 예형이 만들었다는 **'어양곡'[鼓曲]**과 **북장단**.

20) **금석성**(金石聲) : 종이나 경쇠소리. [文選 司馬相如 上林賦]「**金石之聲** 管籥之音」.

하자, 예형이 말하기를

"당신은 현우를 알지 못하니 이는 눈이 혼탁한 것이오, 시서(詩書)를 읽지 않았으니 이는 입이 혼탁한 것이외다. 또 충언을 받아들이지 않으니 이는 귀가 혼탁한 것이고, 고금에 능통하지 않았으니 이는 몸이 혼탁한 것이외다.

또 제후를 용납하지 않으니 이는 배가 혼탁한 것이며, 늘상 찬역할 마음을 가지고 있으니 이는 마음이 혼탁한 것이외다. 천하의 명사인 나를 고리로 삼아 쓰는데, 이는 오히려 양화가 중니를 업신여기는 꼴이요,[21] 장창이 맹자를 헐뜯는 격이외다.[22] 패왕의 업을 이루고저 하면서 이처럼 가벼울 수가 있소이까?"

하였다.

그때, 공융이 앉아 있다가 조조가 예형을 죽일까 두려워, 조용히 나가서 말하기를

"예형의 죄는 서미에[23] 해당되옵니다. 왕자의 꿈에는[24] 나타나지

---

21) **양화 · 경중니(陽貨 · 輕仲尼)** : 양화 같은 인물이 공자와 같은 성인을 업신여긴 일. 양화가 공자를 만나 보려고 했으나 공자가 만나주지를 않았다. 그러자 양화가 공자에게 삶은 돼지를 보냈다. 공자는 그가 밖에 나가고 없는 틈을 타서 사례하고 돌아옴으로써 양화를 만나지 않은 것을 이름. [論語 陽貨篇]「**陽貨**欲見**孔子** 孔子不見 歸孔子豚 孔子時其亡也 而往拜之 遇諸塗 謂孔子曰來 予與爾言曰 懷其寶而迷其邦 可謂仁乎 曰不可 好從事而亟失時 可謂知乎 曰不可 日月逝矣 歲不我與 孔子曰 諾 吾將仕矣」.

22) **장창 · 훼맹자(臧倉 · 毁孟子)** : 장창이 맹자를 헐뜯었던 일. 맹자의 제자 악정자(樂正子)가 노공평(盧公平)에게 맹자를 천거했으나, 장창이 상례 문제를 들어 험담을 해서 맹자가 노공평을 만나지 못했던 일. [孟子 梁惠王篇 下]「樂正子見孟子 曰克告於君 君爲來見也 嬖人有**臧倉**者沮君 君是以不果來也 曰行或使之 止或尼之 行止 非人所能也 吾之不遇魯侯 天也 臧氏之子 焉能使予不遇哉」.

23) **서미(胥靡)** : 노역에 처해질 죄수. [史記 殷紀]「說爲**胥靡** 築傳險」. [漢書 楚元王傳]「楚王戊淫暴 申公自生二人諫 不聽**胥靡**之」.

못할 것입니다.”
하니, 조조가 예형을 가리키며 말하기를
“너를 형주에 보낼 터이니, 유표가 와서 항복한다면 곧 너를 공경으로 삼겠다.”
하자, 예형이 가려 하지 않았다. 조조는 말 세 필을 준비하게 하고 두 사람이 겨드랑이를 끼고 가게 하였다. 문득 수하의 문무 관원에게 동문 밖에 술자리를 마련하라 이르고 저를 전송하였다.

순욱이 당부하며 말하기를,
“예형이 오더라도 자리에서 일어나지 말고, 그대로 앉아 계시도록 하시오.”
라고 일렀다. 예형이 이르러 말에서 내려 들어가 보니 여러 사람들이 다 단정하게 앉아 있거늘, 예형이 목 놓아 큰 소리로 울었다.

순욱이 묻기를,
“어찌하여 우는가?”
하자, 예형이 대답한다.
“죽은 송장들 사이로 가니 어찌 울지 않겠는가?”
하거늘, 여러 사람들이 말하기를
“우리가 모두 죽은 시체라면 너는 머리가 없는 귀신이겠구나!”
하였다.

이에 예형이 대답하기를,

---

24) **왕자의 꿈[明王之夢]** : ‘발탁해서 등용한다’는 뜻. 은나라 고종 무정(武丁)이 꿈을 꾸고, 현자 부열(傅說)을 얻어 재상으로 삼고 정사를 섭정하게 한 일을 가리킴. 부설은 노동형을 부과받은 ‘서미’로 노예들과 함께 부암(傅巖)에서 일을 하고 있었음. [書經 說命上]「**夢**帝賚予良弼 其代予言」. [李乂 奉和幸韋嗣立山莊侍宴應制詩]「祇應感發**明王夢** 遂得邀迎聖帝遊」.

"나는 한조의 신하라 조조의 무리들과는 함께 하지 않았거늘 어찌 머리가 없겠는가?"
하니 여러 사람들이 예형을 죽이려 하였다.
순욱이 급히 저들을 제지 하면서 말하기를,
"쥐새끼 같은 무리에게 어찌 칼을 더럽히겠소?"
하자, 예형이 대답하기를
"나는 쥐새끼라도 오히려 인성(人性)이 있으나, 너희 무리들은 한낱 나나니벌과 같을 뿐이다!"
하매, 여러 사람들이 한탄하며 모두 흩어졌다.
예형이 형주에 이르러 유표를 만나고 나서 그의 덕을 칭송하였으나, 실제로는 조롱하는 것이라 유표가 기뻐하지 않았다. 유표는 그에게 강하(江夏)에 가서 황조를 만나보게 하였다. 혹자가 유표에게 묻기를,
"예형이 주공을 희학(戱謔)하였는데, 왜 저를 죽이지 않소이까?"
하매, 유표가 말하기를
"예형은 조조를 여러 가지로 욕보였으나, 조조가 저를 죽이지 않은 것은 사람들의 신망을 잃을까 두려워해서이외다. 그러므로 나에게 저를 죽이게 하여, 나로 하여금 어진 선비를 죽였다는 누명을 씌우려는 것이오. 내가 저를 황조에게 보낸 것은 조조로 하여금 내가 있음을 알리려는 것이외다."
하자, 모든 사람들이 칭송하였다.
그때 원소가 보낸 사자가 이르렀다. 유표는 여러 모사들에게
"원소가 또 사자를 보내왔습니다. 그리고 조조는 또 예형을 보내와서 지금 여기에 있습니다. 어느 쪽을 좇아야 하겠소?"
하자, 종사 중랑장 한숭(韓嵩)이 나오며
"이제 두 영웅이 서로 버티고 있습니다. 장군께서 할 수만 있으면,

이를 틈타서 적을 파할 수 있습니다. 만약 그렇지 않으면, 좋은 쪽을 가려 저를 좇는 것이 상책입니다. 이제 조조는 용병을 잘하고 세상의 현사들이 많이 돌아갔으니, 그 세가 반드시 먼저 원소를 취하고 난 후에 병사를 옮겨 강동으로 향할 것입니다. 두렵건대 장군께서 막을 수 없다면 형주를 들어 조조에게 부좇는 이만 못할 것입니다. 그러면 조조는 반드시 장군을 무겁게 대할 것입니다."[25]

하자, 유표 말하기를

"자네, 먼저 허도로 가서 동정을 살펴보게. 그리고 다시 의논하세."

하거늘, 한숭이 대답하기를

"임금과 신하는 각기 정해진 분수가 있는 것입니다. 제가 지금 장군을 섬기고 있는 한에는, 비록 끓는 물이나 타는 불 속에 뛰어들라 해도[26] 오직 한 가지 명령만 있는 것입니다. 장군께서 만약에 위로 천자에게 순종하고 아래로는 조공을 따르겠다면 저를 보내십시오. 지금처럼 의심을 하고 있으면서 결정을 내리시지 못한 채 제가 서울에[京師] 올라가면, 천자께서 저에게 관직 하나는 줄 것입니다. 그렇게 되면 저는 천자의 신하가 되는 것이어서, 다시는 장군을 위하여 죽을 수는 없을 것입니다."

하자, 유표가 말하기를

---

25) **무겁게 대할 것입니다[重待]** : 상대를 공경함. [唐書 王疑傳]「賊席勝而驕 可指**重待**之愼 毋戰」.

26) **비록 끓는 물이나 타는 불 속에 뛰어들라 해도[赴湯蹈火]** : 끓는 물을 건너고 불을 밟는다는 뜻으로 '아주 어렵고 힘에 겨운 일이나 수난'을 비유함. [漢書 晁錯傳]「則得其財 以富貴寶 故能使其中 蒙矢石**赴湯火**」. [新論 辯樂]「楚越之俗好勇 則有**赴湯蹈火**之歌」. 「도화불열」(蹈火不熱)은 진인(眞人)은 불을 밟아도 조금도 데지 않고 자약(自若)함을 이름. [列子 黃帝篇]「列子問關尹日 至人潛行不空 **蹈火不熱** 行乎萬物之上而不慄 請問何以至於此 關尹日 是純氣之守也 非智巧果敢之列」.

"자네 또한 먼저 가서 저를 보시게. 내 따로 생각이 있소이다."
하자, 한숭은 유표와 하직하고 허도에 가서 조조를 뵈었다. 조조는 드디어 한숭을 시중에 봉하고 영릉(零陵) 태수로 보냈다. 순욱이 말하기를,
"한숭은 우리들의 동정을 살피러 왔고, 또 전혀 공이 없는데 이렇게 중한 직책을 주십니까. 예형 또한 아무 소식이 없는데, 승상께서는 사람을 보내어 묻지도 않으시니 어찌된 일입니까?"
하자, 조조는 대답하기를
"예형이 나를 크게 욕 먹였기 때문에 유표의 손을 빌어 저를 죽이려는 것인데, 특별히 물어볼 게 뭐가 있소."
하고는, 드디어 한숭을 형주로 돌려보내 유표를 설득하게 하였다.
한숭이 돌아와 유표를 보고 조정의 성덕을 칭송하면서 아들을 입시시키게 하라고 권하였다.
유표가 크게 노하며 말하기를,
"네가 두 마음을 품다니!"
하며 저를 참수하려 하였다. 한숭이 크게 부르짖으며,
"장군이 저를 버리셨지 제가 장군을 버린 게 아닙니다!"
하였다.
그때, 괴양이 말하기를
"한숭이 가기 전에 먼저 이런 말을 했습니다."
하자, 유표는 그를 사면하였다. 사람들이 와서 황조가 예형을 죽였다고 보고하였다.
유표가 그 까닭을 물으니, 대답하기를
"황조가 예형과 함께 술을 마셔 두 사람이 다 취했는데, 황조가 예형에게 묻기를 '자네가 허도에 있었으니 어떤 사람들이 있습디까?' 하자, 예형이 '큰 아이는 공문거(孔文擧)요 작은 아이는 양덕조(楊德祖)니,

이 두 사람을 제외하면 특별한 인물이 없소이다.' 했다. 이에 황조가 '나는 어떻소?' 하니, 예형이 '당신은 꼭 묘당의 신과 같아서, 비록 제사는 받지만은 영험이 없는 신과 같소이다!' 하자, 황조가 크게 노하여 '네놈이 나를 흙으로 빚은 신상으로[27] 생각하느냐!' 하고 마침내 저를 참수했는데, 예형은 죽는 자리에서도 욕하는 입을 다물지 않았다 합니다."

하였다.

유표가 예형이 죽었다는 소식을 듣고 또한 슬퍼했다.

그리고는 명하여 앵무주(鸚鵡洲) 가에 묻어 주게 하였다.

후세 사람이 이를 탄식한 시가 있다.

황조의 재주가 장자의 짝이 아니어서
예형이란 구슬이 이 강가에서 깨졌구나.
黃祖才非長者儔
禰衡珠碎此江頭.

지금도 앵무주를 지나갈 때에는
오직 무정한 푸른 물만 흐른다.
今來鸚鵡洲邊過
惟有無情碧水流.

한편, 조조는 예형이 죽었음을 알고는, 웃으면서 말하기를

"썩은 유생의 혀칼이[28] 도리어 저를 죽였구나!"

---

27) 네놈이 나를 흙으로 빚은 신상으로[土木偶人]: 흙이나 나무로 만든 사람. '어디 가도 쓸모가 없는 사람'의 비유.

하였다.

조조는 유표가 와서 항복하지 않자 곧 병사를 일으켜 저의 죄를 물으려 하였으나, 순욱이 간하기를

"원소도 평정하지 못하였고 유비도 멸하지 못하였는데, 다시 군사들을 강한(江漢)에 움직이려 하는 것은 오히려 심복(心腹)을 버리고 수족을 돌아보는 것입니다. 먼저 원소를 치고 또 유비를 멸하고 나면, 강한을 한꺼번에 평정할 수 있을 것입니다."

하자, 조조는 그의 뜻에 따랐다.

이때, 동승은 유현덕이 떠난 후부터 밤낮으로 왕자복의 무리들과 상의하여 왔으나, 시행할 만한 계책이 없었다. 건안 5년 정월 초하룻날 조회에서, 조조의 교만함과 횡포가 더욱 심해지는 것을 보고 분한 감정이 병이 되었다. 헌제는 국구가 병을 앓고 있음을 알고, 조정의 태의(太醫)를 보내서 병을 치료하게 하였다.

이 태의는 낙양 사람으로 성은 길(吉), 명은 태(太)이고 자는 칭평(稱平)이었는데, 사람들이 다 그를 길평(吉平)이라 불렀다. 그는 당시 이름난 명의였다. 길평이 동승의 부중에 들어가 약을 쓰고 병을 치료하였으며, 조석으로 떠나지 않았다. 일찍이 동승이 긴 한숨과 짧은 탄식을 하는 것을 보고도, 감히 물어보지 못하였다. 때마침 정월 보름이라 길평이 가려고 인사를 하자 동승이 그를 머무르게 하고 두 사람이 같이 술을 마셨다. 술자리가 새벽이 되자 동승이 피곤하여 옷을 벗지 않은 채 잠이 들었다. 문득 왕자복의 무리 네 사람이 찾아오자 동승이 나가

---

28) **썩은 유생의 혀칼이[腐儒舌劍]** : 썩은 선비에게는 혀가 칼이란 뜻이나, '지식인의 독설이 결국에는 자신을 파멸시킴'의 비유임. [史記 黥布傳]「上折隨何之功 謂何爲**腐儒**」. 「설검」. [中文辭典]「言語傷人猶如劍之鋒利」.

맞았다.

왕자복이 말하기를,

"일이 다 되었소이다!"

하자, 동승이 대답하기를

"이야기를 좀 해 주시오."

하니, 자복이 대답한다.

"유표가 원소와 손을 잡고 50만의 군사를 일으켜 함께 열 길로 나뉘어 짓쳐 오고, 마등은 한수와 손을 잡고 서량군 72만을 이끌고 북쪽을 따라 짓쳐 오고 있답니다. 조조는 허창에 있는 병마를 다 동원하여 각기 나눠 적을 맞아 싸우러 가서 성 안이 텅 비어 있답니다. 만약에 다섯 집의 종복들만 해도 1천여 명이나 되니, 오늘 밤 부중에서 잔치자리를 베풀고 정월 대보름을 경영하는 때를 틈타 상부를 포위하고 돌입하여 저를 죽입시다. 이 기회를 놓칠 수는 없습니다!"

하자, 동승이 크게 기뻐하며 곧 집안의 종복[家僮]들을 불러서 각각 무기를 수습하게 하고, 자신은 갑옷을 입고 창을 들고 말에 올랐다. 그리고는 내문(內門) 앞에서 모여 일시에 진병하기로 약속했다. 이윽고 2경이 되자 병사들이 모두 모였다. 동승은 손에 보검을 들고 단숨에 진입하니, 조조가 연회를 베풀고 있는 후당이 보였다.

동승은 큰 소리로 말하기를,

"조조 이 도적아, 달아나지 말라!"

하며, 칼을 들어 내리쳤다. 조조가 그 자리에서 쓰러졌다. 잠깐 사이에 깨니 남가일몽이라.[29] 입으로는 여전히 조조를 도적이라 꾸짖는

---

29) **남가일몽(南柯一夢)** : 남가지몽(南柯之夢) · 괴안몽(槐安夢). 이공좌(李公佐)의 [남가기](南柯記)에 나오는 내용으로, '부귀영화가 한 때의 꿈처럼 헛됨'을 뜻함. 당의 순우분(淳于棼)이 느티나무 밑에 누었다가 꿈에 남가군의 태수가

소리가 그치지 않았다.

길평이 앞으로 나서며 꾸짖기를,

"네가 조공을 해하려 하느냐?"

하자, 동승이 놀라고 두려워 말을 하지 못하였다.

길평이 말하기를,

"국구는 놀라지 마십시오. 저는 비록 의원이기는 하지만 늘 망해가는 한나라를 잊지 않고 있습니다. 제가 매일 국구께서 한탄하시는 것을 보면서도 감히 여쭙지 못했습니다. 잠시 꿈 속에서 하신 말씀으로 이미 속뜻을 보았습니다. 저에게 숨기지 마십시오. 혹시라도 저를 쓸 곳이 있으시면 비록 9족이 멸한다 해도 또한 후회하지 않을 것입니다."

하자, 동승이 얼굴을 가리고 울면서,

"당신의 말이 진심이 아닐까 두렵소이다!"

하니, 길평이 마침내 손가락 하나를 깨물어 맹세를 하였다.

이에 동승은 의대 속에서 조서를 내어 길평에게 보이며,

"이제까지 모의를 이루지 못한 것은 유현덕과 마등이 떠나버렸기 때문에, 시행할 방도가 없어서 이로 인해 병이 된 것이오."

하였다.

길평이 말하기를,

"여러분께서는 마음 쓰지 마십시오. 조조의 목숨은 내 손에 있습니다."

하거늘, 동승이 그 까닭을 물었다.

---

되어 영화를 누렸는데, 깨어보니 개미만 운집해 있었다는 고사. [異聞集]「**淳于棼**家居廣陵 宅南有古槐樹 棼醉臥其下 夢二使者曰 槐安國王奉邀 棼隨使入穴中 見榜 曰大槐安國 其王曰 吾南柯郡政事不理 屈卿爲守理之 棼至郡凡二十載 使送歸 遂覺 因尋古槐下穴 洞然明朗 可容一榻 有一大蟻 乃王也 又尋一穴 直上 **南柯** 卽棼所守之郡也」. [劉秉 春宵詩]「再取索琴聊假寐 **南柯靈夢**莫相通」.

길평이 대답하며 말하기를,

"조조는 늘상 두통에 시달리고 있고 통증이 골수에 들어, 두통이 일어나기만 하면 곧 저를 불러 치료를 받습니다. 조만간에 또 부를 것이니 독약을 쓰면 틀림없이 죽을 것입니다. 무엇 때문에 무기를 들겠습니까?"

하였다.

동승이 말하기를,

"그렇게만 한다면 한의 사직을[30] 구하게 될 것이고, 이는 다 당신 덕이외다!"

하자, 길평은 돌아갔다. 동승은 마음속으로 기뻐하며 후당으로 들어갔다.

그때, 우연히 가노 진경동(秦慶童)이 시첩 운영(雲英)과 으슥한 곳에서 정을 나누고 있는 것을 보고 대로하여, 좌우를 불러 저들을 잡아다 놓고 죽이려 하였다. 그때 부인이 권하여 저들은 겨우 죽음을 면하고, 각각 곤장 40대씩 맞고 경동은 묶어 냉방에 가둬 두었다. 경동은 이 일에 한을 품고 밤을 틈타 자물쇠를 끊고 담장을 넘어갔다. 그 길로 조조의 부중에 들어가 기밀한 일들을 고변하러 왔다고 하였다. 조조가 밀실로 불러들여 물었다.

경동은 말하기를,

"왕자복·오자란·충집·오석·마등 등 5명이 집안에서 기밀을 상의하였는데, 틀림없이 이는 승상을 모해하려는 것입니다. 주인께서

---

30) **사직(社稷)** : 나라·국가. 원래 사(社)는 '토신'(土神) '직'(稷)은 곡신(穀神)임. [禮記 祭儀篇]「建國之神位 右**社稷**而左宗廟」. [後漢書 禮儀志]「考經援神契曰 **社**者土地之主也 **稷**者五穀之長也 大司農鄭玄說 古者官有大功 則配食其神 故句農配食於**社** 棄配食於**稷**」.

흰 비단 한 폭에 그 위에 알 수는 없지만 무언가를 썼습니다. 최근에는 길평이 손가락을 깨물어 맹세까지 하는 것을 제가 다 보았습니다."
하자, 조조는 경동을 부중에 숨겨 두었다. 그러나 동승은 단지 도망해 다른 곳으로 갔거니 하고 더 이상 찾지를 않았다.

다음 날, 조조는 거짓 두통을 호소하고 길평을 불러 약을 쓰게 하였다.

길평이 생각하기를,

"이 도적놈아, 이제 너는 죽었다!"
하고 은밀히 독약을 숨겨 상부에 들어갔다.

그때, 조조는 침상에 누워 있으면서, 길평에게 약을 쓰라 하였다.

길평이 말하기를,

"이 병은 약을 한 번 잡수시면 나을 것입니다."
하고, 약탕관을 가져오게 하여 조조가 보는 앞에서 끓였다. 약이 반쯤 졸았을 때, 길평이 몰래 독약을 타서 직접 올렸다. 조조는 약에 독이 있음을 알고 일부러 약 먹기에 늑장을 부렸다.

길평이 또 말하기를,

"약은 따뜻할 때 잡수시고 땀을 내시면 곧 나으실 겝니다."
하니, 조조가 일어나며 말하기를

"너는 유학에 관한 책을 읽었을 터이니, 틀림없이 예의를 알 것이다. 군주가 병이 있어 약을 마실 때에는 신하가 먼저 맛을 보고, 아비가 병이 있어 약을 마실 때에는 자식이 먼저 마시는 법이다. 너는 나의 심복 중 한 사람인데, 어찌 먼저 맛을 보고나서 내오지 않느냐?"
하였다.

길평은 대답한다.

"약은 병을 다스리기 위한 것인데 다른 사람이 어찌 맛을 보겠습니까?"
하고, 길평은 일이 벌써 누설된 것을 알고 앞으로 나아가 조조의 귀를 잡고 그 약을 입에 부으려 하였다. 조조가 약 그릇을 쳐서 땅에 떨어뜨리니 땅에 깔린 벽돌장이 모두 깨져 버렸다. 조조가 미쳐 말을 하기도 전에, 좌우가 길평을 잡아 꿇렸다.

조조는 말하기를,

"내가 어찌 병이 있겠느냐. 특별히 너를 시험하려 한 것인데. 네가 과연 나를 해칠 마음을 가지고 있었구나!"

하고, 드디어 20여 명의 옥졸들을 불러 길평을 후원에 끌고 가서 고문을 하였다. 조조는 정자 위에 앉아 있고 길평이 땅바닥에 결박되어 끌려왔다.

그러나 길평은 얼굴빛이 변하지 않고 두려워하거나 겁먹은 기색이 전혀 없었다.

조조가 웃으면서 말하기를,

"네가 한낱 의원인 주제에 감히 나를 독살하려 하다니, 틀림없이 너를 교사한 자가 있을 것이다. 네가 그 사람을 이야기한다면 내 곧 너를 용서할 것이다."

하자, 길평이 조조를 꾸짖으며 대답하기를

"너는 기군망상하는 도적이어서 천하가 다 너를 죽이려 하는데, 어찌 나뿐이겠느냐!"

하였다.

조조가 재삼 물었으나 길평은 더욱 노해서,

"내 스스로 너를 죽이고자 하였는데, 어찌 나에게 시킨 사람이 있겠느냐? 이제 일을 이루지 못했으니 오직 죽을 뿐이다!"

하자, 조조는 더욱 노여워하며 옥졸에게 더욱 세게 치게 하였다. 매를 치기 두 시간여 만에 가죽이 터지고 살이 찢어져 피가 흘러 뜰 아래 가득하였다. 조조는 때려 죽이면 증거를 찾지 못할까 두려워, 옥졸에게 명하여 조용한 곳에 묶어 두게 하였다.

다음 날 연회를 베풀겠다고 전하게 하여, 여러 신하들을 청해 술을 마셨다. 그러나 오직 동승만이 병을 칭탁하고 오지 않았다. 왕자복 등은 다 조조가 의심할까 두려워서 모두 참석하였다. 조조는 후당에다 연석을 마련하였다.

조조는 술을 돌리며,

"좌중에 음악이 없으니 내 한 사람에게 시켜 여러분의 술을 깨게 하겠소이다."

하고, 20여 옥졸들에게 말하기를

"내게 끌고 오너라!"

하였다. 조금 있다가 큰 칼을 쓴 길평이 계단 아래 끌려 나왔다.

조조가 말하기를,

"여러분께서는 알지 못할 것입니다. 이놈이 악당들과 연결되어 조정을 배반하고 조조를 죽이려 하였습니다. 이에 실패하여 공초(共招)를 받으러 나왔습니다."

하매, 조조가 먼저 한 차례 매우 치게 하니 길평이 혼절하여 땅에 쓰러지자 물을 얼굴에 뿌렸다.

길평이 겨우 깨어나서 눈을 부릅뜨고 이를 갈며, 꾸짖기를

"도적아! 나를 죽이지 않고 다시 어느 때를 기다리느냐?"

하자, 조조가 말하기를

"함께 공모한 자들이 여섯이 있는데 너까지 일곱이냐?"

하자, 길평이 다시 크게 꾸짖었다.

왕자복 등 네 사람은 서로 얼굴만 쳐다보며[31] 마치 바늘방석에 앉

---

31) **서로 얼굴만 쳐다보며[面面相覷]** : 서로 얼굴만 쳐다봄. 말없이 서로 얼굴만 물끄러미 바라 봄. 크게 놀라서 어찌해야 좋을지 몰라 쳐다 봄. 「면면시처」(面面厮

아 있는 듯했다. 조조가 한 차례 또 치게 하고 일면 얼굴에 물을 뿌리게 하였다. 길평은 도무지 용서를 구할 뜻이 없어 보였다. 조조는 더 이상 공초(供招)를 하지 않고 끌어가게 하였다. 여러 사람들이 자리가 파하자 모두 흩어졌는데, 조조는 왕자복 등 네 사람을 남게 하여 술자리를 같이 하였다. 네 사람들은 다 넋이 빠져서 기다리고 있었다.

조조가 말하기를,

"본래 붙들려고 한 것이 아니라 무슨 일이 있는가 물어보려는 것이오. 당신들 네 사람이 동승과 의논한 일이 무엇이오?"

하자, 왕자복이 대답한다.

"특별히 의논한 일은 없소이다."

하거늘, 조조가 묻기를

"흰 비단에 쓴 것이 무엇이오?"

하매, 자복 등이 모두 숨기고 말하지 않았다.

조조는 진경동을 불러 대질을 시켰다.

자복이 말하기를,

"너는 어디에서 보았느냐?"

하자, 경동이 말하기를

"당신들이 사람을 피해서, 여섯 사람이 한 곳에 글을 쓰고는 어찌 아니라 하시오?"

하거늘, 왕자복이 대답하기를

"이놈은 국구의 시첩과 간통하고서는 죄를 피하려 주인을 무고하고 있는데, 어찌 저놈의 말을 들으십니까?"

하자, 조조가 묻기를

---

覷). [警世通言 第八卷]「崔寧聽得說渾家是鬼 到家中問丈人丈母 兩個**面面厮覷**走出門」.

"길평이 내 약에 독을 탄 일을 동승이 시키지 않았다면 누구겠소?"
하거늘, 자복 등이 다 알지 못한다고 하였다.

조조가 말하기를,

"오늘 저녁까지 자수한다면 용서할 것이나 만약에 일이 드러날 때까지 기다린다면 용서할 수 없소!"
하였다. 왕자복 등은 다 그런 일이 없다고 말하였다. 조조는 좌우에게 네 사람들을 가두게 하였다.

다음 날 여러 사람들을 데리고 동승의 집에 문병을 갔다. 동승은 나가 맞이하였다.

조조가 또 묻기를,

"무슨 연유로 간밤 연회에 참석하지 않으셨소?"
하자, 동승이 대답한다.

"신병이 낫지 않아서 가지 못했습니다."
하였다.

조조가 묻기를,

"아마 나라를 걱정하는 병이 아니오?"
하거늘, 동승은 아연했다. 다시 조조가 묻는다.

"국구께서는 길평의 일을 아시오?"
하자, 동승이 대답하기를

"알지 못합니다."
한다.

조조가 냉소하며 묻기를,

"국구께서 어찌하여 모르신단 말입니까?"
하고, 좌우에게 말하기를

"그놈을 끌고 오라. 국구의 병이 나으시게."

하자, 동승은 몸 둘 바를 알지 못하였다. 잠깐 있다가 20여 명의 옥졸들이 길평을 계하에 꿇렸다.

길평이 큰 소리로 꾸짖기를,

"조조 이 역적놈아!"

하자, 조조가 동승을 가리키며 말하기를

"이 사람이 일찍이 왕자복 등 네 사람을 찍어서 내 이미 저들을 정위에게[32] 내 주었소. 오직 한 사람만을 잡지 못하였소이다."

하면서, 길평에게 묻기를

"누가 너에게 내 약에 독을 넣으라 하더냐? 속히 불지 못할까!"

하매, 길평이 대답한다.

"하늘이 나에게 역적을 죽이라 하였다."

하니, 조조가 노하여 마구 치게 하였다.

길평의 몸은 형을 받지 않은 곳이 없었다. 동승은 그저 앉아서 저를 보기만 하였으나, 마음은 마치 칼로 베는 듯 아팠다.

조조가 또 길평에게 또 묻기를,

"너에게는 원래 손가락이 열 개가 있었을 터인데, 어찌해서 지금은 아홉 개만 있느냐?"

하니, 길평이 대답하기를

"입으로 씹어서 국적을 죽이겠노라고 맹세하였기 때문이다!"

하였다.

조조는 칼을 내어서 뜰 아래로 내려가 그의 아홉 손가락을 잘랐다.

그리고 말하기를,

---

32) **정위(廷尉)** : 죄인의 범법 행위와 죄의 경중·처벌을 심사하던 관직 또는 관서명. [史記 張釋之傳]「今既下**廷尉 廷尉**天下之平也」. [漢書 百官公卿表]「**廷尉** 秦官掌刑辟 有正左右監 秩皆千石」.

"한 번에 다 잘랐으니 네가 또 맹세를 하라."
하자, 길평이 대답한다.
"아직도 입이 있어 적을 삼킬 수 있고, 또 혀가 있으니 적을 꾸짖을 수 있다!"
하거늘, 조조가 그의 혀를 자르게 하였다.
길평이 시늉으로
"나는 이제 더 움직일 수가 없으니 공초하겠소. 나의 결박을 풀어주시오."
하자, 조조가 묻기를
"결박을 풀어주는 것이 무엇이 어렵겠느냐?"
하고, 마침내 그의 결박을 풀어주었다.
길평이 몸을 일으켜 궁궐 쪽을 보고 말하기를,
"신은 국적을 없애지 못하고 갑니다. 이는 천수(天數)이옵나이다."
하고 절하고 나서, 계단에 머리를 부딪쳐 죽었다.
조조는 그 시체를 찢어 효시(梟示)하니, 이때가 건안 5년 정월이다.
사관(史官)이 지은 시가 있다.

한조가 흥기할 힘이 없을 때
의원으로 나라 구하려던 길평이 있었네.
漢朝無起色
醫國有稱平.

간당을 죽이겠다며 맹세를 하고
몸을 던져 천자께 보답했구나.
立誓除姦黨

捐軀報聖明.

혹독한 형벌에도 말은 더욱 매섭고
참혹한 죽음에도 의기는 살아 있네.
極刑詞愈烈
慘死氣如生.

열 손가락마다 피가 줄줄 흘러도
천년토록 특이한 그 이름 우러르리.
十指淋漓處
千秋仰異名.

조조는 길평이 죽은 것을 보고 좌우에게 일러 끌고 가게 하였다.
그리고는 진경동을 면전에 불러 놓고,
"국구, 이 아이를 아시오?"
하자, 국구가 크게 노하며, 말하기를
"도망간 종놈이 여기 있었구나! 당장 저놈을 죽여라!"
하였다.
조조가 묻기를,
"저 놈이 모반을 고변한 놈이오. 이제 증인을 누가 감히 죽인단 말이오?"
하자, 동승이 대답한다.
"승상은 어찌하여 도망간 노비의 말만 믿으시오?"
하자, 조조가 말하기를
"왕자복 등이 이미 잡혀서 초사가[33] 명백해졌는데, 너만 아직까지 저항하느냐?"

하고, 곧 좌우를 불러 잡아들이라 하였다. 그리고 하인들에게 명하여 곧장 동승의 침실에 들어가 수색하게 하여 의대조와[34] 의장을[35] 찾아내었다.

조조가 보고 웃으면서 말하기를,

"쥐새끼 같은 무리들이 감히 이 같은 일을 하다니!"

하고, 명하기를

"앞으로 동승의 가솔들을 노비로 삼고 다 잡아다가 감금하라. 그리고 한 놈도 달아나지 못하게 하라."

하였다. 조조는 부중으로 돌아와 의조대와 의장을 여러 모사들에게 보이고, 어찌할까를 의논하였다. 조조는 끝내 헌제를 폐위시키고 새 임금을 세우자고 하였다.

이에,

두어 줄 피로 쓴 밀조가 허망하게 되었구나
한 장의 맹세들이 재앙을 불러왔다네.

數行丹詔成虛望
一紙盟書惹禍殃.

헌제의 목숨은 어찌 되었을까. 하회를 보라.

---

33) **초사(招辭)** : 공사(供辭). 죄인이 범죄 사실을 진술한 말.

34) **의대조(衣帶詔)** : 의대에 감춰서 나온 천자의 조서. [三國志 蜀志 先主傳]「時獻帝舅 車騎將軍董承 辭受帝**衣帶**中密**詔**」.

35) **의장(義狀)** : 맹세를 뜻하는 서약서. [說苑 建本]「桓公曰 今視公之**義狀** 非愚人」.

## 제24회

국적이 행흉하여 귀비를 죽이고
유황숙은 패배해서 원소에게로 가다.
國賊行兇殺貴妃
皇叔敗走投袁紹.

한편 조조는 의대의 조서를 보고 여러 모사들과 의논하여, 헌제를 폐위시키고 덕이 있는 이를 세우고자 하였다.

정욱이 간하기를,

"명공께서 능히 위세를 사방에 떨치고 천하를 호령할 수 있는 것은, 써 한조의 명호를[1] 받든다는 명분 때문입니다. 이제 제후들이 다 평정되지 않았는데, 폐립(廢立)의 행사를 치르는 것은 반드시 병란의 단초가 될 것입니다."

하자, 조조도 그 생각을 중지하였다. 다만 동승 등 다섯 사람들은 모두 전 가솔들을 압송하여 각 문에서 참하게 하였다.

이때, 죽은 자가 모두 7백여 인이나 되었다. 이 정황을 보는 관리나 백성들 모두가 눈물을 흘리지 않는 이가 없었다.

후세 사람이 이 일을 한탄한 시가 전한다.

---

1) **명호(名號)** : 명목(名目). [荀子 賦篇]「**名號**不美與暴爲鄰」. [春秋繁露 深察名號]「**名號**之正 取之天地 天地爲**名號**大義也」.

비밀한 조서가 의대 속에 감춰져
천자의 말이 금문에[2] 나가도다.

密詔傳衣帶
天言出禁門.

그 해에 일찍이 어가를 구했더니
오늘날 다시 성은을 계승하도다.

當年曾救駕
此日更承恩.

나라를 걱정하는 맘 병이 되었고
간적을 없애려는 맘 꿈에도 보이네.

憂國成心疾
除奸入夢魂.

그 충정은 오래오래 역사에 전하리니
성패를 다시 논해서 무엇하리오.

忠貞千古在
成敗復誰論.

또 왕장복 등 4인의 일을 한탄한 시가 있다.

짧은 흰 비단, 충성 모의에 서명함은

2) **금문(禁門)** : 궐문(闕門). 대궐의 문. [漢書 嚴安賈捐之贊]「嚴賈出入**禁門** 招權利死」. [王涯 宮詞]「**禁門**煙起紫沈沈 樓閣當中複道深」.

강개한 그 생각은 천자께 갚으리라.

書名尺素矢忠謀

慷慨思將君父酬.

삼족도 버렸으니 가련하구나 그 일이여

그 충성된 마음은 천추에 빛나리라.

赤膽可憐捐百口

丹心自是足千秋.

이때, 조조는 이미 동승 등 여러 사람을 죽였으나 분이 풀리지 않아서, 마침내 칼을 차고 궁중에 들어가 동귀비(董貴妃)를 시살하려 하였다. 귀비는 동승의 누이로 헌제의 총애를 받고 이미 회임한 지 다섯 달이 되어 가고 있었다. 그날 헌제는 후궁과 있었는데, 마침 복황후와 함께 동승의 일을 이야기하며 지금은 아직 알 수가 없다고 말하고 있었다. 문득 조조가 칼을 차고 입궁하고 얼굴에 노기가 있는 것을 보고, 헌제는 아주 놀라 얼굴빛이 변하였다.

조조가 묻기를,

"동승이 모반한 일을 폐하께서는 알고 계십니까?"

하자, 헌제가 말하기를

"동탁은 이미 죽었습니다."

하였다.

조조는 큰 소리로 말하기를,

"동탁이 아니라 동승입니다."

하니, 천자는 전율하면서

"짐은 사실을 알지 못하오."

하자, 조조가 대답하기를

"벌써 잊으셨습니까! 손가락을 깨물어 혈서를 쓰셨던 일을요?"

하자, 헌제는 대답하지 못하였다. 조조는 무사들에게 동비를 잡아오게 하였다.

헌제가 말하기를,

"동비는 임신한 지 5개월째요. 승상은 저를 불쌍히 보세요."

하자, 조조가 대답하기를

"만약 모반이 패배하지 않았다면 나는 이미 죽었을 것이외다. 어찌 저 여자를 살려 두겠습니까? 내게 후환이 될 터인데."

하자, 복황후가 말하기를

"냉궁(冷宮)에 가두었다가 분만을 하고 난 후에 죽여도 늦지 않을 것이오."

하자, 조조가 말한다.

"이 역적의 씨를 살려 두었다가는, 어미를 위해 복수를 할 것 아닙니까?"

하였다.

이때, 귀비가 울며 말하기를

"바라건대 몸은 죽으나 살이 드러나지 않게 해 주시오."

하자, 조조는 흰 깁 한 끝을 그녀의 앞에 깔았다.

헌제가 울며 귀비에게 이르기를,

"그대는 구천지하에서도[3] 짐을 원망하지 마세요."

하고, 말이 끝나자 눈물이 비 오듯한다.

복황후 또한 울음을 터뜨리자, 조조가 노하며

---

3) **구천지하(九泉之下)** : 땅 속. 저승. [阮瑀 七哀詩]「冥冥**九泉**室 漫漫長夜臺」. 「명도」(冥途). 죽은 사람이 가는 곳. 명토(冥土). [太平廣記]「**冥途**小吏」.

"아녀자와 같이 이 꼴이 무엇입니까?"
하고, 무사들에게 끌고 나가라 하였다. 그리고는 궁문 밖에서 목매어 죽게 하였다.

후세 사람이 동비의 일을 한탄한 시가 전한다.

> 춘전에서 성은을 받더니 또한 허망한 일이네
> 슬프다. 뱃속의 용종도[4] 함께 잃다니.
>
> 春殿承恩亦枉然
> 傷哉龍種竝時捐.

> 당당한 황제도 그녀를 구하기 어렵던가
> 얼굴을 가리고 하염없는 눈물만 흘리네.
>
> 堂堂帝主難相救
> 掩面徒看淚湧泉.

조조는 감궁관(監宮官)에게 이르기를,
"지금부터 외척·종족(宗族)으로 나의 명을 받지 않은 자가 입궁을 하게 되면 참하리라. 각별히 궁궐을 지키는데 엄히 하지 않는 자는 같은 죄를 묻겠다."
하고, 또 심복 3천여 명을 어림군(御林軍)으로 만들고, 조홍에게 저들을 거느리게 하여 방찰을[5] 강화하였다.

---

4) **용종(龍種)** : 천자의 자손을 이름. [杜甫 哀王孫詩]「高帝子孫盡隆準 **龍種**自與常人殊」. [故事成語考 朝廷]「**龍**之**種** 麟之角 俱譽宗藩」.
5) **방찰(防察)** : 방어·순찰. [後漢書 班固傳]「修其**防察** (注) **防禦**謂關禁」. [文選 班固 西都賦]「善日 揚雄尉箴日 設置山險 盡爲**防察**」.

조조는 정욱에게 말하기를,

“지금은 동승 등이 비록 죽었다 하나, 아직 마등·유비 등 여럿이 있으니 저들을 제거해야 하오.”

하자, 정욱이 대답하기를

“마등은 서량에 군사들을 주둔시키고 있어서 가볍게 취할 수가 없습니다. 다만 서신을 보내 위로하여 의심을 갖게 하지 않고 서울로 들어오게 유인하면, 제거할 수 있을 것입니다. 유비는 지금 서주에서 기각지세를[6] 이루고 있어, 또한 가벼운 적이 아닙니다. 하물며 지금 원소는 관도(官渡)에 병사를 주둔시키고, 항상 허도를 노리고 있습니다. 만약에 우리가 하루아침에 동정(東征)을 한다면, 유비는 틀림없이 원소에게 구원을 청할 것입니다. 원소가 빈틈을 타서 습격해 오면 어찌 저를 당하려 하십니까?”

하자, 조조가 말하기를,

“아니오, 유비는 영웅입니다. 만약에 지금 공격하지 않는다면, 그의 날개가 이루어지기를 기다리는 것이되 그때 가서는 좀체 도모하기 어려워질 게요. 지금 원소가 강하기는 하지만 많은 일에 의심하여 결행을 못하고 있으니, 그는 너무 걱정할 필요가 없지 않겠소?”

하고, 의논하고 있는 중에 곽가가 들어왔다.

조조는 묻는다.

“내 동정하여 유비를 도모하고자 하나 원소가 걱정인데 어떻소?”

하자, 곽가가 말하기를

---

6) **기각지세(掎角之勢)** : 달리는 사슴의 뒷다리(掎)를 잡고 뿔(角)을 잡는 것처럼, ‘앞 뒤에서 적을 몰아칠 수 있는 태세’를 일컫는 말. ‘기각’은 ‘앞 뒤에서 서로 응하여 적을 견제함’. [左傳 襄公十四年]「譬如捕鹿 晋人**角**之 諸戎**掎**之」. [北史 爾朱榮傳]「曾啓北人 爲河內諸州欲爲**掎角勢**」.

"원소는 성격이 느린데다가 의심이 많습니다. 게다가 데리고 있는 모사들은 각기 서로 투기에 빠져 있으니, 걱정하지 않아도 될 것입니다. 유비는 새로운 정예병을 꾸리고 있으나 군사들이 아직 마음속으로 따르지 않고 있어서, 승상께서 군사들을 이끌고 동정을 하신다면 단번에 결정할 수 있을 것입니다."
하자, 조조가 크게 기뻐하면서
"아주 내 생각과 같소."
하고는, 드디어 20만 대군을 일으켜 5로로 나누어 서주로 내려갔다. 이때, 세작들이 이 일을 탐지하여 서주에 알렸다. 손건은 먼저 하비성에 가서 관우에게 알리고, 소패에 가서 그 첩보를 현덕에게 알렸다.
현덕과 손건이 계획을 의논하기를,
"아무래도 원소에게 구원을 청해야 하겠소. 점차 위험해지리다."
하고, 이에 현덕이 한 통의 글을 닦아 손건을 하북으로 가게 하였다. 손건은 먼저 전풍을 만나 자세한 일의 전말을 이야기하고, 원소에게 인도해 주기를 청했다. 전풍은 곧 손건을 데리고 들어가 원소를 만나게 하여 편지를 올렸다. 그러나 원소의 모습이 아주 초췌하고 의관도 갖추지 않고 있었다.
전풍이 묻기를,
"오늘 주공께서 어찌하여 이러고 계십니까?"
하자, 원소가 대답하기를
"내가 곧 죽겠소!"
하거늘, 전풍이 또 묻기를
"주공께서 어찌 그런 말씀을 하십니까?"
하자, 원소가 말하기를
"내게 아들 5명이 있는데 가장 어린 놈이 아주 내 뜻을 잘 아오. 이제 그 놈이 개창으로[7] 거의 죽을 지경에 이르렀으니, 내 무슨 마음으로 다른 일을 의논하겠는가?"
하자, 전풍이 대답한다.
"지금 조조가 동정하여 유현덕을 치러 갔으므로, 허창은 텅 비어 있습니다. 만약 의병들을 데리고 빈틈을 타서 들어가면, 위로는 천자를 보위하고 아래로는 백성들을 구할 수 있을 것입니다. 이는 좀처럼 얻기 어려운 기회입니다. 오직 명공께서 용단을 내리십시오."
하였다.
원소는 다시 말하기를,
"나 또한 좋은 기회라 생각하나, 지금 내 마음이 심란하여 불리하지 않을까 걱정되오."
하자, 전풍이 또 묻기를
"무엇이 심란한 일이 있으십니까?"
하자, 원소가 말하기를
"내 5명의 아들 중에서 오직 이 아이가 가장 영특하였는데, 만약 이 놈에게 일이 생기면 나는 도저히 살 수 없을 것이오."
하며, 병사를 움직이는 일을 결정하지 못하고 있었다.
이에 손건에게 말하기를,
"자네가 돌아가 현덕을 뵙고 그 까닭을 말씀드리게. 만약에 일이 뜻대로 되지 않으면 그때 다시 내게 오게. 그러면 내가 도울 방법을 찾아보겠네."
하였다.
전풍은 땅을 치면서 말하기를,

---

7) **개창(疥瘡)** : 옴. 개선(疥癬). [中文辭典]「奇癢之皮膚病 有傳染性……亦稱**疥癬**」.

"이 얻기 어려운 때에 아들의 병 때문에, 좋은 기회를 놓쳐 대사를 버리다니! 애석하도다!"
하고, 발을 구르며 나갔다.

손건은 원소가 군사를 일으키지 않으려는 것을 보고, 밤을 도와 소패에 돌아와서 현덕을 보고 이 일을 자세하게 설명하였다.

현덕은 크게 놀라며 묻기를,

"일이 이렇게 되었으니 어찌한다?"
하자, 장비가 대답하기를

"형님께서는 걱정 마시오. 조조의 병사들은 멀리서 오니 틀림없이 피로할 것입니다. 저들이 이르자마자 먼저 저들의 영채를 겁박하면, 조조의 군을 파할 수 있을 것이오."
하였다.

현덕이 치하하면서, 말하기를

"평소에는 자네를 한낱 용기만 있는 줄로만 알았는데 전자에 유대를 생포할 때에도 자못 계책을 쓰더니, 오늘은 이 같은 계책을 내니 이는 병법 중에도 있는 일이네."
하고 그의 말에 따라, 병사들은 나누어 조조의 영채를 겁박하기로 하였다.

이때, 조조는 군사들을 이끌고 소패로 왔다. 그때에 심한 바람이 불더니 문득 아기가[8] 부러지는 소리가 들렸다. 조조는 곧 군사들을 그곳에 멈추게 하고 모사들을 모아놓고 길흉을 물었다.

순욱이 묻기를,

---

8) **아기(牙旗)** : 주장(主將)이나 주수(主帥)를 상징하는 깃발로, 깃대 끝에 상아로 장식한 큰 깃발. [三國志 吳志 周瑜傳]「裏以惟幕 上建**牙旗**」. [事物起源 戎容兵機部 牙旗]「黃帝出軍決日 **牙旗**者 將軍之精」.

"바람이 어느 방향에서 불어 왔으며, 부러진 깃발이 무슨 색입니까?"
하였다.

조조가 대답하기를,

"바람은 동남방에서 불어 왔고 부러진 아기는 청홍 두 가지 색이오."
하자, 순욱이 다시 말하기를

"특별한 일이 아니니 주공께서는 걱정 마세요. 오늘 밤 유비가 틀림없이 겁채하러[9] 올 것입니다."
하자, 조조는 머리를 끄덕였다.

갑자기 모개가 들어와 묻기를,

"이제 동남풍이 일어나고, 그 바람에 청홍의 아기가 부러졌습니다. 주공께서는 이것이 무슨 길흉의 조짐이라고 생각하십니까?"
하니, 조조가 말하기를

"공의 생각은 어떻소?"
하매, 모개가 대답하기를

"저의 어리석은 생각으로는, 오늘 밤 반드시 주공에게 겁채하러 올 사람이 있다는 뜻입니다."
하였다.

후세 사람이 이 일에 대해 한탄한 시가 전한다.

> 아 아! 황숙의 군사와 형세가 곤궁해지니
> 오로지 기습하여 쫓을 수밖에 없는데
>
> 吁嗟帝胄勢孤窮
> 全仗分兵劫寨功.

---

9) **겁채(劫寨)** : 적의 영채를 무력으로 쳐서 빼앗음. 「겁략」(劫掠). [後漢書 虞詡傳]「使入賊中 誘令**劫掠**」. [史記 高祖記]「**劫掠**代地」.

아기가 부러지는 징조를 무엇 때문에 보여
하늘은[10] 어찌하여 간웅을 살려 두었나?
爭奈牙旗折有兆
老天何故縱奸雄?

조조는 말하기를,
“하늘이 나를 돕고 있으니 곧 저를 방비해야겠소.”
하고, 마침내 병사들을 9대로 나누어, 단지 한 부대만 앞의 빈 영채를 지키게 하고 나머지 군사들로 하여금 팔면에 매복하게 하였다.

이날 밤 달빛이 흐렸다. 현덕은 왼쪽에 있고 장비를 오른쪽에 있게 하여, 군사들을 두 대로 나누어 발진하였다. 그리고 손건을 남게 하여 소패를 지키게 하였다.

이때, 장비는 자신의 계책이 받아들여지자 경기병(輕騎兵)을 앞에 세우고는 조조의 영채에 돌입하였다. 그러나 영채는 텅 비어 있고[11] 전혀 인마가 많지 않았다. 그러더니 사방에서 불길이 크게 일어나고 함성이 한꺼번에 일었다. 그제서야 장비는 계책에 빠진 것을 알고, 급히 영채 밖으로 나갔다. 정동에서 장료가 서쪽에는 허저가, 남쪽에서는 우금이 북쪽에서는 이전이 나왔다. 동남방에서는 서황 · 서남방에서는 악진 · 동북방에서는 하후돈이, 그리고 서북방에서는 하후연이 나서서 8면에서 군마가 짓쳐 왔다.

---

10) **하늘[老天]** : 일모(日暮) 때의 하늘. [趙翼 詩]「幾被**老天**呑 雲濃裏一村」. [杜甫 登樓詩]「可憐後主還祠廟 **日暮**聊爲梁甫吟」.

11) **영채는 텅 비어 있고[零零落落]** : 영락 · 조락(凋落). 권세나 살림이 줄어 보잘 것 없이 됨. [白居易 琵琶行]「暮去朝來顔色故 門前**零落**鞍馬稀」. [楚辭 離騷]「惟草木之**零落**兮」.

장비는 좌충우돌하면서[12] 앞을 막고 뒤를 막았다. 군사들을 이끌고 있는 장수들은 원래 조조 수하의 옛 군사들이어서 일이 이미 급하게 되자,[13] 거의가 다 투항하였다. 장비가 짓쳐 가다가 서황의 대군과 마주쳐 싸우려는데, 뒤쪽에서 악진이 급히 좇아왔다. 장비는 겨우 혈로를 뚫고 포위망에서 달아났다. 다만 수십 기만이 뒤를 따를 뿐이었다. 소패로 돌아가고자 하나 가는 길이 이미 끊겼다. 서주나 하비로 가려 하였으나, 또 조조의 군사들이 막고 있을까 두려웠다. 퇴로를 찾았으나 길이 없자 단지 망탕산을[14] 바라고 갔다.

한편 현덕은 군사들을 이끌고 영채를 치러 가까이 갔으나, 문득 함성이 크게 일더니 뒤쪽에서 일군이 뛰쳐나와 먼저 퇴로를 끊고 인마 절반을 채어갔다. 하후돈이 또 좇아왔다. 현덕은 포위망을 뚫고 달아나는데, 하후연이 뒤를 따라 급히 좇아왔다. 현덕이 뒤를 돌아보니, 겨우 30여 기만 따라오고 있었다. 급히 소패로 달아나려 했으나 벌써 성중에서 불길이 일어나고 있었다.

현덕은 하는 수 없이 소패를 버리고 서주나 하비로 가려 하였으나, 조조의 군사들이 산과 들을 가득 덮고 퇴로를 막았다. 현덕이 스스로 생각해도 돌아갈 길이 없자, 원소가 '혹시라도 뜻과 같이 되지 않을 때 와서 몸을 의탁하시오.' 하던 말을 떠올리고, '지금 만약 잠깐 동안

---

12) **좌충우돌(左衝右突)** : 동충서돌(東衝西突). 이리저리 닥치는 대로 마구 찌르고 치고받고 함. [桃花扇 修札]「隨機應辯的口頭 **左衝右擋的**膂力」.

13) **일이 이미 급하게 되자[事勢已急]** : 일의 형편이 이미 급하게 되었음. [史記 平準書]「**事勢之流** 相激使然」. [漢書 劉向傳]「**事勢**不兩大 王氏與劉氏 亦且不竝立」.

14) **망탕산(芒碭山)** : 망산과 탕산. 한 고조 유방(적제의 아들)이 미천할 때에 여기 숨어 든 적이 있었는데, 후에 흰 뱀을 죽이고 회병하여 천하를 얻게 되었다 함. [中國地名]「在江蘇碭山縣東南 接河南永城縣界 與碭山相去八里 漢高祖微時 嘗亡匿**芒碭山**中 有有皇藏峪 卽高祖所匿處」.

가서 저에게 의탁하지 않으면, 다른 방도가 없지 않은가.' 하고 마침내 청주 길을 바라고 달아나는데 또 이전이 길을 막아선다. 현덕은 필마로 정신없이 북쪽을 바라고 달아나자, 이전이 쫓아오던 장수를 포로로 잡고 가버렸다.

이때, 현덕은 필마단기로[15] 하루 3백 리 길을 달려서 청주성 아래에서 문리를 향해 소리쳤다. 문리가 그 이름을 묻고 와서 자사에게 보고한다. 자사는 바로 원소의 큰 아들 원담(袁譚)이었다. 담은 평소부터 현덕을 존경하던 터에 필마로 왔다는 소식을 듣고는, 곧 문을 열고 맞아들여 함께 공관으로 들이고 그 까닭을 물었다. 현덕은 싸움에 패하여 투항하게 된 사연을 자세하게 말하였다. 원담은 현덕을 관역에 머물게 하고는 편지로 아버지 원소에게 보고하고, 한편으로는 본부의 인마로써 현덕을 호송하게 하였다. 일행이 평원(平原)의 경계에 이르자, 원소가 직접 군사들을 이끌고 업군(鄴郡)의 30리까지 나와서 현덕을 영접하였다.

현덕이 사례하자, 원소가 황망히 예를 하며

"지난날 막내가 병을 앓고 있어서 구원해 드리지 못해, 마음이 편치 않았습니다. 오늘 다행히 이렇게 뵙게 되어, 평생 갈망하던 바를[16] 이루게 되니 큰 위안이 됩니다."

하자, 현덕이 말하기를

"곤궁해진 제가 오래전부터 문하에 몸의 의탁하고자 하였으나 기회

15) 필마단기(匹馬單騎) : 혼자서 말을 타고 옴. 「필마단창」(匹馬單鎗). '필마단기로 창을 들고 싸움터로 나간다'는 뜻임. [五燈會元]「慧覺謂皓泰日 埋兵掉鬭未是作家 **匹馬單鎗**便請相見」.

16) 갈망하던 바[渴想之思] : 간절하게 생각하고 있었음. 「갈앙지사」(渴仰之思). [法華經 壽量品]「心懷戀慕 **渴仰**於佛」. [佛國記]「不見佛久 咸皆**渴仰**雲集」.

가 없었습니다. 이제 조조의 침공을 받아 처자가 모두 저들의 손에 있사오나, 장군께서 사방의 선비들을 받아들이시고 계신 것을 생각하고 부끄러움을 무릅쓰고 왔습니다. 바라건대 받아주시면 맹세코 보답하겠습니다."

하자, 원소가 크게 기뻐하며 후히 대접하고 기주에 함께 있게 하였다.

이때, 조조는 그날 밤으로 소패를 접수하고 계속 진병하며 서주를 공격하였다. 미축과 간옹은 지키지 못하고 성을 버리고 달아났다. 진등이 서주를 조조에게 바쳤다. 조조는 대군을 이끌고 입성하여 백성들을 안돈시키는 일을 끝내고, 여러 모사들을 불러 하비성을 취할 것을 의논하였다.

그때, 순욱이 나서며 말하기를,

"관운장이 현덕의 가솔들을 보호하기 위해서, 죽기로써 이 성을 지키고 있습니다. 만약에 속히 취하지 못한다면 원소에게 빼앗길까 걱정됩니다."

하자, 조조가 대답하기를

"내 평소부터 운장의 무예와 사람됨을 아껴 왔으며 저를 얻어서 기용할 수 있으면 했는데, 만약 사람을 시켜 항복하게 하는 것만 못할 듯하오."

하였다.

곽가가 말하기를,

"운장은 의리가 깊은 사람입니다. 틀림없이 항복하지 않을 것입니다. 만약 사람을 보내 저를 설득시키려다가 해를 입을까 두렵습니다."

하자, 장하의 한 사람이 나서며

"저는 관우와 알고 있는 사이입니다. 제가 가서 저를 설득해 보겠습니다."

하였다. 저를 보니 장료라.

정욱이 나서며 말하기를,

"문원이 비록 운장과 전부터 아는 사이라고는 하나, 내 보기에는 운장은 말로써 설득될 인물이 아니외다. 저에게 한 계책이 있으니 관우로 하여금 진퇴의 길을 없게 하고 나서[17] 문원을 이용하여 설득하면, 반드시 승상에게 돌아올 것입니다."

하였다.

이에,

> 와궁을[18] 정비하여 호랑이를 쏘려 하고
> 맛있는 미끼를 달아 고기를 낚으려누나.
>
> 整備窩弓射猛虎
> 安排香餌釣鰲魚.

그의 계책이 어찌되었을까 알 수 없으니, 하회를 보라.

---

17) **진퇴의 길을 없게 하고 나서[進退無路]** : 진퇴양난(進退兩難). 이러지도 저러지도 못함. [左傳 僖公十五年]「慶鄭曰 今乘異座 以從戎事 **進退不可** 周旋不能」. 「진퇴유곡」(進退維谷). 앞으로 나아가지도 못하고 뒤로 물러서지도 못하여 어찌할 수 없음. [詩經 大雅篇 蕩桑]「人亦有言 **進退維谷**」. [董仲舒 士不遇賦]「雖日三省於吾身兮 猶懷**進退**之**惟谷**」.

18) **와궁(窩弓)** : 덫활. 옛날 사냥꾼들이 쓰던 복노(伏弩). 짐승이 다니는 풀숲에 설치하여 밟거나 건드리면 화살이 날아와 맞게 만든 장치. [明律 刑律 人命 窩弓殺傷人]「猛獸往來去處 穿作阬穽 及安置**窩弓** (纂注) 阬穽**窩弓** 皆所以陷取猛獸 則當防其傷人」.

## 제25회

토산에 주둔한 관공은 세 가지 일을 다짐받고
조조는 관공을 위해 백마의 포위망을 풀어주다.
屯土山關公約三事
救白馬曹操解重圍.

한편, 정욱이 계책을 드리기를,

"운장은 만인지적의[1] 영웅이니, 지모가 아니면 저를 잡을 수 없습니다. 이제 곧 유비의 수하로서 투항한 병사들을 하비성으로 보내, 도망해 왔다고 하고 성중에 매복하였다가 내응하게 하십시오. 그리고 관우가 나와 싸우게 하고 거짓 패하여 달아나는 척하며 다른 곳으로 유인하여, 정예병으로 귀로를 끊고 저를 설득하면 될 것입니다."

하자, 조조는 그 계책을 쓰기로 하고, 곧 서주의 항병 수십 명에게 하비성에 가서 관공에게 투항하게 하였다. 관우는 옛 자기의 병사들이어서 의심하지 않고 성내에 머물게 하였다.

다음 날 하후돈이 선봉이 되어, 군사 5천여 명을 이끌고 나가서 싸움을 돋우었다. 나오지 않자 하후돈은 곧 사람들을 시켜 성 아래에서 욕을 하며 꾸짖게 하였다. 그가 크게 노하여 3천의 인마를 데리고 성

---

1) **만인지적(萬人之敵)** : 수많은 사람을 당해낼 수 있는 뛰어난 장수. 군사를 쓰는 전술이 뛰어난 사람. [史記 項羽紀]「劍一人敵 不足學 學**萬人敵** 於是 項梁乃敎籍兵法」. [三國志 魏志 張飛傳]「咸稱羽飛**萬人之敵**也」.

을 나와 하후돈과 교전을 하였다. 싸움이 약 10여 합에 이르자 하후돈이 말을 돌려 달아났다. 관공이 약 20여 리를 급히 따라가다가, 하비성을 잃을까 걱정되어서 병사들을 이끌고 곧 돌아왔다.

그때, 함성과 방포소리가 일어나더니 왼쪽엔 서황·오른쪽엔 허저가 이끄는 양대가 퇴로를 막고 나섰다. 관공이 길을 뚫고 달아나자 양편의 복병들이 경노[2] 1백 장을 벌여 놓고 쏘는 화살이, 마치 비황과[3] 같았다. 관공이 더 나가지 못하고 군사들을 돌이키려 하자, 서황과 허저가 막고 나선다.

관공이 힘을 다해 두 사람을 물리치고 군사들을 이끌고 하비성으로 돌아가려 하였으나, 그때 하후돈이 또 길을 막고 짓쳐 온다. 관공은 늦도록 싸웠으나 돌아갈 길이 없었다. 다만 한 토산의 산꼭대기에 병사들을 주둔시키고 잠깐 동안 쉬게 하였다.

조조의 군사들이 단단히 토산을 에워쌌다. 관공이 산 위에서 하비성을 바라보니 불길이 충천하였다. 이때 거짓 투항한 병사들이 몰래 성문을 열자, 조조는 직접 대군을 이끌고 성중으로 들어왔다. 그는 횃불을 드는 것으로써 관공의 마음을 산란하게 하려고 하였다. 관공은 하비성에서 불길이 치솟는 것을 보자 당황하여 밤중이라도 몇 번 산을 내려가려 하였으나, 빗발치는 듯하는 화살에 쫓겨 올라왔다.

날이 밝아오자 관공은 군사들을 정비하여 산을 내려가려고 충돌하다가, 문득 한 사람이 말을 타고 산 위로 올라오는 것을 보니 장료였다.

관공이 그를 맞으며 묻기를,

---

2) **경노(硬弩)** : 센 쇠뇌. '쇠뇌'는 여러 개의 화살을 잇달아 쏘게 만든 활임. 「연노」(連弩). [漢書 李陵傳]「發**連弩** 射單于 (注) 服虔曰 三十弩共一弦也」.

3) **비황(飛蝗)** : 누리떼·황충. 하늘을 가릴만큼 큰 떼를 이루어 나는 메뚜기떼. [三國志 吳志 趙達傳]「達治九宮一算之術 應機如神 至計**飛蝗**射隱伏 無不中效」.

“문원이 적을 상대하러 왔소이까?”
하자, 장료가 대답하기를
“아닙니다. 친구의 옛정을 생각하고 뵈러 왔습니다.”
하고는 칼을 버리고 말에서 내렸다. 관공과 예를 끝내고 산정에 앉았다.
관공이 묻기를,
“문원은 나를 설득하러 온 것이 아니오?”
하자, 장료가 손을 저으며 대답하기를
“그렇지 않습니다. 지난날 형께서 저를 구해주셨으니, 오늘은 제가 어찌 형을 구해야 하지 않겠습니까?”
하였다.
관공이 묻기를,
“그렇다면 문원이 나를 도우러 온 것이오?”
하자, 장료가 대답한다.
“그것도 아닙니다.”
하였다.
관공이 또 묻기를,
“나를 돕지 않겠다면 여기 온 까닭이 뭐요?”
하자, 장료가 대답한다.
“현덕께서는 생사를 알 수 없고, 익덕 또한 생사를 확인하지 못하였습니다. 지난 밤 조공께서는 이미 하비성을 손에 넣었습니다. 군과 민이 전혀 사상자도 없었으며, 사람을 시켜 현덕공의 가솔들을 보호하고, 놀라게 하거나 소요가 없게 했습니다. 이런 일을 특히 형에게 알려 주려 왔습니다.”
하자, 관공이 크게 노하여
“이런 이야기를 나에게 하는 뜻은 나를 설득시키려는 것이나, 내가 비록 절지에 있지만 나는 죽음을 두려워하지 않네.[4] 자네는 그만 가보게. 나는 곧 산을 내려가 싸울 걸세."

하자, 장료가 크게 웃으면서 묻기를

"형의 이 말에 어찌 천하가 웃지 않겠습니까?"

하자, 관공이 도리어 묻기를

"나는 충의에 의해 죽는 것인데, 어찌 천하의 웃음거리가 되겠소?"

하자, 장료가 대답하기를

"형이 지금 죽는다면 세 가지 죄를 범하는 것입니다."

하니, 관공이 묻는다.

"자네가 또 나에게 세 가지 죄를 들어 설득하려는 것인가?"

하였다.

장료가 대답하기를,

"당초에 유사군과 결의형제를 할 때에 동생동사를 맹세하였습니다. 이제 사군이 패하고 있을 때 형이 곧 싸우다가 죽는다면, 오히려 사군은 다시 나와서 형을 구하려 할 것입니다. 그런데 형을 구하려 해도 구할 수 없게 된다면 어찌 그때의 맹세를 지킨다 할 수 있겠소. 그것이 한 가지 죄입니다. 유사군이 가솔들을 형에게 부탁하였습니다. 형이 이제 죽으면 두 부인이 의탁할 곳이 전혀 없게 되오이다. 이것은 유사군의 중요한 부탁을 저버리는 것이니 이것이 두 번째 죄입니다.

형은 무예가 출중하고 아울러 경사(經史)에 통달했으니, 사군과 함께 한나라의 왕실을 바로 세우려 하지 않고 헛되이 섶을 지고 불구덩이로 뛰어들려 하니[5] 필부의 욕망을 이루는 것으로 어찌 의로운 일을 이루

---

4) **죽음을 두려워하지 않네[視死如歸]** : 죽음을 마치 귀명(歸命)과 같이 여김. 죽는 것을 '두려워하지 않는다'는 뜻. 「시사여생」(視死如生). [莊子]「白刃交於前 **視死如生**者 烈士之勇也」. [漢書 鼂錯傳]「能使其衆蒙 矢石赴湯火 **視死如生**」.

겠소. 이것이 세 가지 죄입니다. 형이 이 세 가지 죄를 범하는 것을 아우가 부득불 말씀드리는 것입니다."
하였다.

관공이 한참동안 말이 없다가,

"자네가 말한 세 가지 죄가 나에게 있으니, 내가 어찌했으면 좋겠소?"
하자, 장료가 권유한다.

"지금은 사방이 다 조조의 군사들이니, 형이 투항하지 않는다면 곧 죽게 될 것입니다. 헛되이 죽는다면 이익이 될 것이 전혀 없습니다. 만약에 조조에게 투항하였다가, 유사군의 소식을 듣고 어디에 있는지 알게 되면 곧 찾아가세요. 그러면 첫째로 두 부인을 보호하게 되는 것이고 두 번째는 도원의 결의를 어기지 않게 되는 것이며, 셋째로는 유용하신 몸을 보존할 수 있을 것이니 형은 잘 생각해 보시지요."
하였다.

관공이 침음하다가 대답하기를,

"자네가 세 가지 이로운 점을 말하였으니 나에게 세 가지 약속을 해 주게나. 승상께서 이를 들어주신다면 나는 당장 갑옷을 벗을 것이나, 그렇지 않는다면 차라리 세 가지 죄를 지으면서라도 죽겠소."
하자, 장료가 묻기를

"승상께서는 도량이 넓으시니 어찌 들어주지 않겠습니까? 원하는

---

5) **헛되이 섶을 지고 불구덩이로 뛰어들려 하니[赴湯蹈火]** : 끓는 물이나 뜨거운 불도 가리지 않고 밟고 간다는 뜻으로, '아주 어렵고 힘 겨운 일이나 수난'을 일컫는 말. [漢書 晁錯傳]「則得其財 以富貴寶 故能使其中 蒙矢石**赴湯火**」. [新論 辯樂]「楚越之俗好勇 則有**赴湯蹈火**之歌」. 「도화불열」(蹈火不熱)은 진인(眞人)은 불을 밟아도 조금도 데지 않고 자약(自若)함을 이름. [列子 黃帝篇]「列子問關尹日 至人潛行不空 **蹈火不熱** 行乎萬物之上而不慄 請問何以至於此 關尹日 是純氣之守也 非智巧果敢之列」.

세 가지를 말씀해 보시지요."
하자, 관공이 말하기를
"그 하나는 나는 유황숙과 더불어 함께 한실을 세우자고 맹세하였소. 이제 한제에게 투항하는 것이지 조조에게 항복하는 것이 아니라는 것이고, 둘째는 두 형수가 황숙의 녹봉을 그대로 받게 해주고 일체의 사람들을 드나들지 못하게 해달라는 것이며, 마지막으로 유황숙이가 있는 곳을 알게 되면 천리만리를 가리지 않고 갈 것이오.

이 세 가지 중에 한 가지라도 들어주지 않으면 절대 항복하지 않겠소이다. 바라건대 문원께서는 빨리 돌아가서 회보해 주시오."
하자, 장료가 응낙하고 말에 올라 돌아가 조조를 뵙고, 먼저 한조에 항복하는 것이지 조조에게 항복하는 것이 아니란 말을 자세하게 하였다.

조조는 큰 소리로 웃으면서,
"나는 한조의 재상이니 한조는 곧 내가 아니겠소. 이는 들어 줄 수 있소."
하자, 장료가 또 말하기를
"유황숙의 두 부인에게 녹봉을 지급할 것과 아울러 아무도 그 처소에 드나들지 못하게 해 달라고 합니다."

조조는 대답하기를,
"나는 유황숙의 녹봉을 배를 더해 주겠소. 그리고 내외에게 드나드는 것을 엄금하는 것이 그의 가법이라니 그렇게 하겠소이다. 또 뭐가 의심나는 일이 더 있다 합디까?"
하였다.

장료가 말하기를,
"만약 현덕의 소식을 알게 되면, 아무리 멀다 해도 꼭 가겠다고 합니다.”

하자, 조조는 머리를 흔들며

“그러면 내가 운장을 길러 무엇에 쓰겠는가? 이 일은 따르기가 어렵구려.”

하였다.

장료가 묻기를,

“승상께서는 어찌 예양(豫讓)의 중인국사지론을[6] 듣지 못하셨습니까? 유현덕이 운장을 대한 것은 은혜가 두터운 것에 불과합니다. 승상께서 곧 더 두터운 은혜를 펴시어 그 마음을 얻는다면, 어찌 운장의 불복을 걱정하십니까?”

하자, 조조가 한참 있다가 말하기를

“문원의 말이 맞소. 내 이 세 가지 원하는 바를 다 들어주겠소이다.”

하자, 장료는 다시 산 위에 가서 관공에게 이를 알려 주었다.

관공이 말하기를,

“비록 그렇다 하나, 잠깐 승상께서 퇴군하시기를 청하오이다. 그래서 내가 입성하여 두 분 형수님을 뵙고, 일의 상황을 알려드리고 난 후에 투항하리다.”

한다.

장료가 다시 돌아와 이 말을 조조에게 말하자, 조조는 곧 전령을 보내 30리 밖으로 퇴군하게 하였다.

---

6) **중인국사지론(衆人國士之論)** : 예양(豫讓)이 지백(智伯)을 위해 조양자(趙襄子)를 죽이려 했던 명분. 예양이 범중행(范中行)을 섬겼으나 그는 자신을 일반인(衆人)처럼 대했으므로 자신은 범중행에게 일반인의 수준에서 보답했다. 그러나 지백은 자신을 국사(國士)로 대우했기에 국사의 예로 보답하려 했다는 것. [中國人名]「讓日 臣事范中行氏 范中行氏以**衆人遇臣 臣故以衆人報之 智伯以國士遇臣 臣故以國士報之**」.

순욱이 걱정하며 말하기를,
"안 됩니다. 사술일까[7] 걱정됩니다."
하자, 조조가 대답하기를
"운장은 의로운 사람이오. 틀림없이 믿음을 저버리지 않을 것이외다."
하고, 마침내 군사들을 이끌고 물러났다.

관공이 병사들을 데리고 하비성에 들어가 백성들이 편안하고 동요하지 않음을 보고, 마침내 부중에 들어가 두 형수를 뵈었다. 감부인과 미부인이 관공이 왔다는 전갈을 듣고 급히 나와 맞았다.

관공이 계단 아래에서 아뢰기를,
"형수 두 분을 놀라게 해서 죄송합니다."
하니, 두 부인이 말하기를
"유황숙께서는 지금 어디 계신가요?"
하매, 관공이 대답하기를
"가신 곳을 알 수가 없습니다."
하였다.

두 부인이 묻기를,
"아주버니는 장차 어찌하시렵니까?"
하거늘, 관공은 말하기를
"저는 성을 나와 죽기로써 싸웠으나 토산에 포위되어 있는데, 장료가 저에게 와서 투항을 권하였습니다. 나는 세 가지 약속을 하라 했더니, 조조가 이미 다 따르기로 해서 잠시 퇴병하였기로 제가 입성한 것입니다. 제가 일찍이 형수님들의 말씀을 듣지 못하여 감히 처단치 못했습니다."

---

7) **사술(詐術)** : 남을 속이는 술책. [劉向 戰國策 序]「棄孝公捐禮讓 而貴爭戰 棄仁義 而用**詐術**」.

한다.

두 부인이 또 묻기를,

“세 가지란 무엇입니까?”

하거늘, 관공은 세 가지 상황을 자세하게 말씀드리자, 감부인이

“어제 조조의 군사들이 입성하였을 때 우리들은 다 죽으리라 생각했습니다. 누가 털끝 하나 움직이지 않으리라 생각했겠습니까. 군사들은 한 사람도 들어오지 않았습니다. 아주버님께서 이미 허락하신 일을 굳이 저희 두 사람에게 물으십니까? 다음에 조조가 아주버니께서 유황숙을 찾아가지 못하도록 할까 걱정이 될 뿐입니다.”

하자, 관공이 말하기를

“형수님들께서는 마음 놓으세요. 저는 저대로 생각이 있습니다.”

하였다.

감부인이 대답하기를,

“아주버니께서 알아서 처리하십시오. 모든 일들을 저희에게 물을 필요가 없습니다.”

하였다.

관공은 인사를 하고 물러난 뒤, 드디어 수십 기를 이끌고 와서 조조를 뵈었다. 조조는 직접 원문 밖에까지 나와서 영접하였다. 관공은 말에서 내려 절을 하자 조조가 황망히 답례를 하였다.

관공이 말하기를,

“패장을 죽이지 않은 은덕을 깊이 감사하나이다.”

하자, 조조가 대답하기를

“내 평소부터 운장의 충의를 존경해 왔소이다. 오늘에서야 만나게 된 것을 다행으로 생각하오. 족히 평생의 소망을 이루었소이다.”

하자, 관공이 말하기를

“문원께서 대신 아뢴 세 가지 일을, 승상께서 허락해 주신 것에 감사드립니다. 꼭 지켜지게 해 주십시오.”
하자, 조조가 단호하게 말한다.
“내가 이미 한 말이니 어찌 어기겠소이까?”
하매, 관공이 말하기를
“저는 만약 유황숙이 있는 곳을 알기만 하면 비록 끓는 물이나 불길이라도, 반드시 찾아가서 저를 따를 것입니다. 이때에 인사를 올리지 못할지도 모르오니 원컨대 용서해 주십시오.”
하였다.
조조가 권유한다.
“현덕이 만약 어디에 살아 있다면 내 반드시 공을 가게 할 테요. 다만 어지러운 싸움 중에 돌아가셨을까 걱정됩니다. 공은 마음을 놓으시고 어디 계신지 물색을 해보시구려.”
하자, 관공은 배사하고 물러 나왔다.
조조는 연회를 베풀어 같이 마시고 이튿날 퇴군하고 허창으로 돌아왔다. 관공은 수레를 수습하여 두 분 형수를 태워 직접 수레를 호위하며 갔다. 오는 길에 관역에서 쉴 때마다 조조는 군신의 예를 어지럽히려고, 관공으로 하여금 두 형수와 같은 방에서 거처하게 하였다.
관공은 촛불을 밝히고 문 밖에 서서 저녁부터 날이 밝을 때까지 있었으나, 털끝만큼도 지루해하는 기색이 전혀 없었다. 조조는 관공의 이런 모습을 보고 더욱 감복하였다. 허창에 도착해서 조조는 한 저택을 내어 관공이 거주하게 하였다.
그러나 관공은 그 집을 나누어 두 집으로 만들고 안에는 늙은 군사 열 사람을 뽑아 지키게 하고, 관공은 스스로 외택(外宅)에서 거처하였다. 조조는 관공을 데리고 조정에 들어가 헌제를 뵈었다. 헌제께서 명하여 편장군을 삼았다. 관공이 황은에 사례하고 집으로 돌아왔다. 조조는 다음 날 대연을 베풀고 관공을 객례(客禮)로써 대하고 상좌에 앉게 하였다. 또 능금(綾錦)과 금은 그릇을 준비하여 보냈다. 그런데 관공은 이 물건들을 모두 두 형수에게 간수하도록 주었다.

관공은 허창에 돌아온 후부터 조조는 아주 극진하게 대우하였다. 소연은 3일에 한 번씩 대연은 5일에 한 번씩 베풀고, 또 미녀 10여 명을 보내 관공을 모시도록 하였다. 그러나 관공은 그들을 다 안으로 들여보내 두 형수들을 모시게 하였다. 또 3일에 한 번씩 내문 밖에서 몸을 굽혀 예를 하고 두 형수의 안부를 물었다.

두 부인은 유황숙의 일을 묻고,

"아주버니 돌아가세요."

해서야, 관공은 돌아와 쉬었다.

조조가 그런 이야기를 듣고서 또 한 번 탄복하였다.

하루는 조조가 관공이 입고 있는 녹색 전포가 아주 낡은 것을 보고, 곧 그의 몸의 크기를 재게 하여 다른 비단으로 전포 한 벌을 만들어 보냈다. 관공은 그 전포를 받아서 옷 속에 입고 그 위에 전에 입던 전포를 입었다.

조조가 웃으면서 말하기를,

"운장께서는 이 같이 검소하오?"

하자, 관공이 말하기를

"저는 검소하지 않습니다. 낡은 전포는 유황숙께서 주신 것이어서, 제가 늘 형님의 얼굴을 뵙는 것처럼 입고 있는 것입니다. 승상께서 새 전포를 내리셨다고, 감히 전에 형님이 주신 것을 잊지 않기 위해서 위에 입고 있는 것입니다."

하매, 조조가 감탄하며 말하기를

"참으로 의로운 선비로다!"
하였다.

그러나 입으로는 비록 칭찬하고 부러워했으나 마음속은 실상 기쁘지가 않았다.

또 한 번은 관공이 부중에 있는데,

"내원의 두 형수가 땅에 쓰러져 울고 있으나 무슨 일인지 알 수 없으니, 장군께서 속히 들어가 보시지요."
하였다. 관공은 옷을 갖추어 입고 내문[8] 밖에 꿇어앉아, 두 형수에게 무엇 때문에 슬피 우시느냐고 물었다.

감부인이 말하기를,

"어젯밤 내 꿈에 유황숙의 몸이 흙구덩이에 빠져서 있기에, 꿈을 깨고 나서 미부인과 꿈 이야기를 했습니다. 유황숙이 구천지하에[9] 빠져 있는 것만 같아서 이렇게 우는 것입니다."
하였다.

관공이 대답하기를,

"꿈에 일어난 일은 믿을 수가 없는 것입니다. 이는 두 분 형수께서 형님을 생각하고 계신 때문이오니 염려하지 마십시오."
하였다.

바로 그때에 조조가 사람을 보내서 관공을 연회에 참석하라 하였다. 관공은 형수들과 헤어져 조조에게 갔다. 조조는 관공이 눈물을 흘린 것을 알고 그 까닭을 물었다.

---

8) **내문(內門)** : 자질문. 안채의 방문. 궁중의 문의 이름. [宋史 李觀傳]「明堂非路寢 乃變其**內門**之名 爲東門南門 而次有應門 何害於義」.

9) **구천지하(九泉之下)** : 땅 속. 저승. [阮瑀 七哀詩]「冥冥**九泉**室 漫漫長夜臺」. 「명도」(冥途). 죽은 사람이 가는 곳. 명토(冥土). [太平廣記]「**冥途**小吏」.

관공은 말하기를,
"두 형수께서 형님을 생각하며 우셔서, 저도 마음이 좋지 않습니다."
하자, 조조가 웃으면서 위로하고는 거듭 술잔을 권하였다.
공이 취하자 자신의 수염을 쓰다듬으며,
"살아서 나라의 은혜에 보답하지 못하고, 형님을 배반하면서 살다니 쓸모없는 사람이 되는구나!"
하였다.
조조가 농담으로 묻기를,
"운장의 수염은 몇 올이시오?"
하고 물었다.
관공이 대답하기를,
"아마 수백 올이 되겠지요. 매 해 가을마다 네다섯 올씩 빠집니다. 그래서 겨울이 되면 끊어질까 저어되어 비단 주머니로 싸둔답니다."
하자, 조조가 비단으로 주머니를 만들어 관공에게 수염을 보호하라 주었다.
다음 날 이른 아침에 헌제를 알현하였다. 헌제가 관공이 가슴에 비단 주머니를 늘어뜨리고 있는 것을 보고, 그것이 무엇이냐고 물었다.
관공이 아뢰기를,
"신의 수염이 길어서 조승상이 주머니를 주어 수염을 넣고 있습니다."
하자, 헌제가 그 자리에서 풀으라 해서 풀었는데 수염이 배까지 내려왔다.
헌제가 말하기를,
"진짜 미염공(美髯公)이로구나!"
하였다.
이로 인해 사람들은 다 관공을 '미염공'이라 불렀다. 하루는 조조가

공을 연회에 초청하였다. 잔치가 파한 후에 조조가 공을 전송하다가, 공의 말이 수척한 것을 보고 말하기를,

"공의 말이 뭣 때문에 저렇게 여위었소?"

하고 묻기에, 관공이 대답하기를

"제 몸이 너무 무거워서 그렇게 여위었는가 봅니다."

하자, 조조가 좌우에게 명하여 준비하고 있던 말 한 필을 가져오게 했다. 조금 있다가 말을 끌고 왔는데, 그 말은 몸이 마치 숯불처럼 온몸이 붉고 모습이 아주 늠름해보였다.

조조가 그 말을 가리키며,

"공은 이 말을 아시오?"

하거늘, 관공이 대답하기를

"여포가 타던 적토마가[10] 아닙니까?"

하자, 조조가 말한다. 그리고

"그렇소이다."

하고는, 안장과 고삐를 갖추고 관공에게 보냈다.

관공이 거듭 사례하자, 조조는 기뻐하지 않으면서

"내 여러 번 미녀와 금백을 보냈으나 공이 절을 한 적이 없소이다. 그런데 내가 말을 선물하자 이에 기뻐서 거듭 절을 하니, 어찌 사람은 천하게 여기고 가축은 귀하게 생각하오?"

하자, 공이 말하기를

---

10) **적토마(赤兎馬)**: 준마(駿馬). 적기(赤驥)·절따말. 관운장(關羽)이 탔다는 준마의 이름인데 하루에 천리를 달린다 함. 「팔준마」(八駿馬). [辭源]「駿馬名(三國志 呂布傳) 布有良馬日 **赤兎**」. 「천리마」(千里馬). [戰國策 燕策]「郭隗曰古之人君 有以千金使涓人求**千里馬**者 馬已死 買其骨五百金而歸云云 朞年**千里馬**至者三」.

"나는 이 말이 하루에 천 리를 간다고 알고 있습니다. 이제 다행히도 그런 말을 얻었으니, 만약에 형님께서 계신 곳을 알게 되면 하루 만에 가서 얼굴을 뵈올 수 있기 때문입니다."
하자, 조조가 놀라며 속으로 후회하였다. 관공은 사례하고 돌아갔다.
후세 사람이 이 일에 대해 탄식한 시가 있다.

위엄은 삼국을 기울일 만한 영웅호걸
한 집을 둘로 나눠 살던 의기도 높을시고.
威傾三國著英豪
一宅分居義氣高.

간상 조조가 거짓 예로써 마음을 사려 하나
어찌 관우가 조조에게 항복하지 않을 걸 모르는가.
奸相枉將虛禮待
豈知關羽不降曹.

조조가 장료에게 묻기를,
"내가 운장을 박대한 일이 없거늘, 저가 늘상 갈 마음만 품고 있으니 어찌된 일이오?"
하자, 장료가 대답한다.
"제가 가서 그 속뜻을 알아보겠습니다."
하고, 다음 날 가서 관공을 만났다. 인사가 끝나고 장료가 말하기를
"내가 형님을 조조에게 천거하였는데, 무슨 불편한 일이라도 있으십니까?"
하자, 관공이 말하기를

"승상의 후의에 마음 깊이 감사하고 있소. 다만 내 몸이 비록 이곳에 있으나, 마음은 유황숙의 생각으로 가득 차 있어 그를 잊지 못하기 때문이외다."
하였다.
장료가 묻기를,
"형의 말이 옳지 않소. 처세를 할 때에 경중을 나누지 못함은 장부가 아니지요. 현덕이 형을 대하던 것이 아마도 승상보다 낫지는 못했을 것인데, 어찌 떠날 생각을 하시오?"
하자, 공이 말하기를
"나는 진실로 조공께서 나에게 심히 후대하고 있음을 압니다. 그리고 나도 유황숙에게 후의를 받았고 함께 죽기를 맹세한 관계요, 그러므로 배반할 수는 없소. 내가 죽을 때까지 여기에 머물지는 않을 것이오나, 반드시 공을 세워서 조공에게 보답한 뒤에 가겠소이다."
하였다.
장료가 묻기를,
"현덕이 벌써 세상을 버렸다면, 공은 어디로 돌아가려 합니까?"
하자, 관공이 대답한다.
"원컨대 지하에서라도 유황숙을 따라야지요."
하였다. 장료는 관공이 끝내 머물러 있지 않을 것을 알고 이에 물러나와 조조를 보고 사실대로 알렸다.
조조가 탄식하며 말하기를,
"주인을 섬기되 그 근본을 잊지 않고 있으니, 이는 천하의 의사(義士)로구려!"
하고 탄식하였다.
순욱이 말하기를,

“저가 공을 세운 다음에 가겠다 했으니, 만약에 저가 공을 세우지 못하면 가지 않을 것입니다.”
하자, 조조가 그러리라 생각했다.

한편, 현덕은 원소의 처소에 있으면서 조석으로 괴로워했다.
원소가 묻기를,
“현덕은 어찌하여 늘 괴로워하십니까?”
하자, 현덕이 대답하기를
“두 아우들의 소식을 모르고 있고 아내가 모두 조적에게 있어서, 위로는 나라의 은혜를 갚지 못하고 아래로는 한 집안을 보존하지 못하고 있으니 어찌 걱정이 없겠습니까?”
하였다.
원소가 말하기를,
“나는 진병하여 허도에 가려는 생각을 한 지 오래 되었소. 이제 바야흐로 봄이라 날이 따뜻해졌으니 병사를 움직일 좋은 기회요.”
하고, 곧 조조를 파할 계책을 의논하였다.
전풍이 간하기를,
“전 번에 조조가 서주를 공격해올 때에 허도가 텅 비어 있었으나, 그때에는 진병하지 못했습니다. 이제 이미 서주가 무너졌고 조조의 군사들은 기세가 충천하여, 가볍게 공격할 수가 없습니다. 그러므로 오래 지키는 수밖에 없습니다. 그러면서 틈이 생길 때까지 기다렸다가 움직이는 것만 못합니다.”
하자, 원소는 말하기를
“내 생각해 볼 터이니 기다려 보게나.”
하고, 현덕에게 의향을 묻기를

"전풍은 나에게 굳게 지키기만 하라는 군요. 어떻게 생각하시오?"
하자, 현덕은 대답한다.
"조조는 임금을 속이고 있는 도적입니다. 명공께서 만약에 저를 공격하지 않는다면 천하에 대의를 잃을까 걱정됩니다."
하자, 원소가 말하기를
"현덕의 말이 옳소이다."
하고 마침내 군사를 일으키고자 했다.
전풍이 또 간하자 원소는 노하여,
"자네들은 문을 가지고 무를 경시하고 있지만, 나에게 대의(大義)를 잃게 할 수는 없네!"
하였다.
전풍이 머리를 조아리며 말하기를,
"저의 말씀을 가납하지 않는다면, 출사하셔도 불리할 것입니다."
하자, 원소는 노하여 저를 참하고자 하였다. 현덕이 애써 권하는 바람에 겨우 옥에 갇히게 되었다. 저수는 전풍이 하옥되는 것을 보고 종족들을 모아놓고 재산을 다 나누어 주며, 결연히 말하기를
"내가 군사들을 따라가서 싸움에서 이긴다면 위세가 더할 수 없을 것이나, 만약 패한다면 일신을 보전하지 못할 것이다."
하자, 종족들이 다 눈물을 흘렸다.
원소는 대장 안량을 선봉에 서게 하고 '백마현'(白馬縣)으로 진격하게 하였다.
저수가 말하기를,
"안량은 성품이 편협하므로 용감하기는 하지만, 혼자 중임을 맡을 수는 없습니다."
하자, 원소는 대답하기를

"저는 나의 상장이니 너희들이 생각할 필요가 없다."
하고, 대군을 이끌고 출발하여 여양에 이르렀다. 동도태수 유연(劉延)이 급히 편지를 써서 허창에 알렸다. 조조는 군사를 내어 적을 막을 일을 의논하였다.

관공이 들어 알고는 상부에 들어가 조조에게,

"승상께서 군사를 일으키신다 하니, 제가 앞에 서겠습니다."
하였다.

그러나 조조가 말하기를,

"장군께서 걱정할 필요까지는 없소이다. 조만간 일이 생기면 도움을 청하리다."
하여, 관공은 그냥 물러 나왔다.

조조는 15만의 군사들을 이끌고 3대로 나누어 나가는데, 도중에 또 유연이 급히 보낸 편지를 받았다. 조조는 먼저 5만의 군사들을 데리고 직접 백마로 가 토산에 의지하여 영채를 세웠다. 산에서 바라보니 앞에는 너른 내와 광야가 펼쳐져 있는데, 안량의 정병 10만이 진을 치고 있었다.

조조는 놀라서, 여포의 옛 장수였던 송헌을 보고,

"나는 자네가 여포의 수하의 맹장이라고 알고 있네. 이제 가서 안량과 한 번 싸우게나."
하자, 송헌이 명을 받고는 창을 들고 말에 올라 곧장 돌진하였다. 안량은 칼을 빗기 들고 말을 탄 채 문기 아래 서 있었다. 송헌의 말이 이르는 것을 보고는, 안량이 큰 소리를 지르면서 말을 몰고 나가 맞았다. 싸움이 3합이 못되어 칼을 들어 송헌의 목을 진전에 떨궜다.

조조는 크게 놀라며 말하기를,

"참으로 용장이구나!"

하자, 위속이 대답하기를

"나의 동료를 죽였으니 가서 원수를 갚게 해 주십시오."

하매 조조가 허락하였다. 위속이 말에 올라 창을 들고 곧장 출진하여 안량을 크게 꾸짖었다. 안량이 응대를 하지 않고 곧장 나와 두 말이 어울려 한 합 만에, 칼 빛이 빛나더니 위속을 말 아래로 떨구었다.

조조가 묻기를,

"이번에는 누가 나가 저와 싸우겠느냐?"

하니, 서황이 대답하고 나가서 안량과 20합을 싸웠으나 패하고 본진으로 돌아왔다. 여러 장수들이 다 떨었다. 조조는 군사들을 거두어 가자 안량 또한 군사들을 물렸다. 조조는 두 장수가 계속 죽는 것을 보고는 내심 큰 걱정이 되었다.

"제가 한 사람을 천거해서 안량을 처치하겠습니다."

하자, 조조가 묻기를 그게 누구냐고 했다.

정욱이 대답하기를,

"관공이 아니면 안 됩니다."

하자, 조조가 말하기를

"나는 저가 공을 세우면 유비에게 갈까 걱정하고 있소."

하니, 정욱이 나서며 대답한다.

"유비가 만약에 살아 있다면 틀림없이 원소에게 갔을 것입니다. 지금 운장을 시켜서 원소의 군사들을 파한다면, 원소는 틀림없이 유비를 의심해 죽일 것입니다. 유비가 죽고 나면 운장이 어디로 가겠습니까?"

하자, 조조가 크게 기뻐하며 드디어 사람을 시켜 관공을 청해오라 하였다. 관공은 즉시 들어가 두 형수에게 하직 인사를 드렸다.

두 형수가 말하기를,

"아주버님께서는 지금 가시면, 유황숙의 소식을 알아오세요."

하였다. 관공이 응낙하고 나가서 청룡도를 들고 적토마에 올랐다. 종자 수 명을 이끌고 곧 백마에 이르러 조조를 만났다.

조조가 말하기를,

"안량이 연이어 두 장수를 죽였으나 그 용맹을 당해낼 자가 없어서, 특히 장군을 청해 의논하려 하오."

하자, 관공이 대답하기를

"제가 나가서 형편을 보겠습니다."

하자, 조조가 술을 권하였다. 그때 문득 안량이 나와서 싸움을 돋구었다. 조조가 관공을 데리고 토산 위에 올라가 보았다. 조조는 관공과 같이 앉고 여러 장수들은 둘러 서 있다. 조조가 산 아래를 가리키며 안량이 펼치고 있는 진세를 가리키는데, 기치가 선명하고 창과 칼이 삼엄하게 둘러 서 있어 엄정하고 위세가 있었다.

그때, 조조가 이르기를,

"하북의 인마가 이토록 장엄하오!"

하자, 관공이 대답한다.

"제가 보기에는 마치 토계와견일[11] 뿐입니다."

하니, 조조가 또 가리키며 대답하기를

"휘장 아래에 수놓은 금갑을 입고 칼을 들고 말을 타고 서 있는 자가 안량이외다."

하거늘, 관공이 눈을 들어 한 번 보고는 조조에게

"내가 보기에 안량은 목에 표식을 꽂고[12] 목을 팔려 하고 있습니다!"

---

11) **토계와견(土鷄瓦犬)** : 흙으로 빚은 닭과 개로 곧, '허수아비'란 뜻이나 '물을 만나면 곧 무너지고 말 것'이란 비유임. 본래 「토와」는 '자고새'(鷓鴣)의 이칭이기도 함. [中文辭典]「**鷓鴣**之異稱」. [古今注]「**鷓鴣**出南方 向日而飛 畏霜露 早晩希出」.

하거늘, 조조가 신중하게 말하기를

"가볍게 볼 인물이 아니오."

하였다.

관공이 몸을 일으키며,

"제가 비록 재주가 없으나 여러 군사들 속에 들어가 그 목을 가져다 승상께 바치겠습니다."

하자, 장료가 다짐하기를

"군중에서는 농담이 없는 법이외다. 운장은 저를 우습게 보지 마시오."

하였다. 관공이 분연히 말에 올라 청룡도를 들고 산 아래로 내려갔다. 봉의 눈을 부릅뜨고 누에 눈썹을 곧추 세우고 적진으로 곧장 들어가니, 하북의 군사들이 물결이 열리 듯하였다.

관공이 곧장 안량에게 달려가니 안량은 바로 휘개(麾蓋) 아래 있다가 관공이 짓쳐 오는 것을 보고, 막 물으려 할 때에 관공의 적토마가 달려와 벌써 눈앞에 다가왔다. 안량은 미처 손 쓸 새도 없이 운장의 칼에 맞아 말 아래로 떨어졌다. 곧 말에서 내려 안량의 수급을 베어 가지고 말목에 달고 몸을 날려 말에 올라 칼을 휘두르며 진을 나서는데, 마치 무인지경에 들어가는 것 같았다.

하북의 군사와 장수들은 크게 놀라서 싸우지도 못하고 혼란에 빠졌다. 조조의 군사들은 승세를 타고 공격하니 죽은 자는 헤아릴 수 없었고 마필과 기계 등을 수없이 빼앗았다. 관공이 말을 산 위로 몰아오매 여러 장수들이 다 칭찬하고 축하하였다. 관공이 안량의 수급을 조조

---

12) **표식을 꽂고[揷標]** : 표지를 꽂음·깃발[軍旗]을 꽂음. 옛날에 팔아야 할 물품이나 사람의 몸에 풀을 꽂아(插草) 표시하던 풍습에서 온 말. 원문에는 '**如插標賣首**'로 되어 있음. 「삽화」(插花). [梁簡文帝 答新渝後書]「九梁**插花** 步搖爲古」. [袁昻 古今書評]「衛恒書 如**插花**美女 舞笑鏡臺」.

에게 드렸다.

조조가 말하기를,

"장군은 참으로 신인이외다!"

하자, 관공이 대답한다.

"제가 어찌 말씀거리가 되겠습니까! 제 아우 익덕은 백만 군중 속에서 적장의 목을 베 오는 것을, 마치 주머니 속에서 물건을 꺼내는 듯한답니다."13)

하자, 조조가 크게 놀라 머리를 돌려 좌우에게 말하기를

"지금 이후로 장익덕을 만날 것 같으면 가벼이 대적하지 말아라."

하였다. 그리고 옷깃에 그의 이름을 기록해 두라고 하였다.

한편, 안량의 패군들은 되돌아서 도망하다가 중도에서 원소와 만나 적장은 얼굴이 붉고 수염이 길며 큰 칼을 쓰는데, 혼자서 진중에 들어와 안량의 목을 베어 갔다고 자세히 설명하고, 그래서 대패하였다고 말했다.

원소가 놀라 묻기를,

"이 장수가 누군고?"

하자, 저수가 말하기를

"이는 필시 유현덕의 아우 관운장입니다."

하자, 원소가 대로하여 현덕을 가리키며, 말하기를

"자네의 아우가 내가 아끼는 장수를 베었으니 틀림없이 자네와 모의를 했을 것이렸다. 자네를 살려 둘 수 없다!"

---

13) **마치 주머니 속에서 물건을 꺼내는 듯한답니다[探囊取物]** : 낭중취물(囊中取物). '자기의 주머니에서 물건을 꺼낸다'는 뜻으로, '손쉽게 할 수 있음'을 비유하는 말임. [五代史 南堂世家]「李穀曰 中國用吾爲相 取江南如**探囊中物**耳」. [黃庭堅 李少監惠硯詩]「**探囊**贈硯 頗宜墨 近出黃山非遠求」.

하고, 도부수(刀斧手)를 불러 현덕을 끌어내어 참하라 하였다.

이에,

처음에는 바야흐로 상객으로 대접 받더니
이날에는 어찌해 계단 아래 죄수가 되었나.
初見方爲座上客
此日幾同階下囚.

현덕의 목숨은 어찌 되었을까. 하회를 보라.

## 제26회

원본초는 패하여 군사와 장수를 잃고
관운장은 인을 걸고 금은을 놓아두고 가다.
袁本初敗兵折將
關雲長挂印封金.

한편, 원소가 현덕을 참하려 하자, 현덕이 조용히 나아가 말하기를
"명공께서는 한쪽의 말만 들으시고 지금까지의 정을[1] 끊으려 하십니까? 저는 서주에서 패하여 둘째 아우의 생사를 알지 못하고 있습니다. 천하에 외모가 같은 사람이 많을 터인데, 어찌 얼굴빛이 붉고 긴 수염의 사람이라 하여 곧 관우라고 할 수 없지 않습니까. 명공께서는 어찌하여 잘 살피지 않으십니까?"
하였으나, 원소는 자기의 주장이 없는 사람이라 현덕의 말을 듣고, 저수에게 말하기를,
"내가 자네의 말을 잘못 들어 괜한 사람을 죽일 뻔하였네."
하고, 마침내 현덕을 청하여 상좌에 앉기를 청하였다. 그리고 안량의 원수를 갚을 일을 의논하였다.
장막에서 한 사람이 나오면서 말하기를,
"안량과 저는 형제입니다. 이제 조적에게 피살되었으니, 제가 어찌

---

1) **지금까지의 정[向日之情]** : 지금까지 지켜오던 정리. 「향일」(向日)은 '지난번'의 뜻임. [唐書 韓瑗傳]「瑗上言 遂良受先帝顧託 一德無二 **向日**論事 至誠懇切」.

그 한을 풀어주지 않을 수 있겠습니까?"
하기에, 현덕이 저를 보니, 신장이 8척이요 얼굴은 마치 해치와[2] 같았으니, 하북의 명장 문추였다.

원소가 크게 기뻐하며,

"자네가 아니면 안량의 원수를 갚지 못할 것이다. 내 10만의 병사를 주겠으니 곧 황하를 건너서 조적을 추살하게."
하자, 저수가 말하기를

"안 됩니다. 지금은 마땅히 군사들을 연진(延津)에 주둔하고 나누어 관도를 지키는 것이 상책입니다. 만약에 가볍게 여겨 황하를 건넜다가, 행여라도 변이 생기는 날에는 군사들을 돌릴 수가 없을 것입니다."
하였다.

원소가 노하여 말하기를,

"자네들은 모두가 군심을 해이하게 하고 시간만 끌어 대사에 방해만 하는구나! 어찌 '군사들의 행동은 신속해야 한다'는 말을 모르는가?"
하니, 저수가 탄식한다.

"윗사람은 자기의 뜻만 내세우고 아랫사람들은 전공에만 매달리니, 유유히 흐르는 황하여, 내 또다시 건널 수 있을까?"
하고, 마침내 병을 핑계 대고 의논하는 자리에 나가지 않았다.

현덕이 말하기를,

"그동안 제가 대은을 입고 갚을 길이 없었습니다. 제 생각에는 이번에 문추장군과 함께 했으면 합니다. 그 이유는 첫째 명공의 덕을 갚기 위함이고, 둘째로 가서 운장인지 확실히 살피려는 것입니다."

---

2) **해치(獬豸)** : '해태'의 원말. 전설적인 짐승으로 옳고 그름을 판단하여 안다고 하는 짐승[神獸]인데, 재판정의 석상으로 새겨 세웠음. [中文辭典]「獸名 似牛一角 亦作**解廌獬廌 貐豸**」. [校勘記]「閩本 監本解作邂 毛本作**獬 豸**作廌」.

하니, 원소가 기뻐하며 문추와 현덕에게 함께 전부를 이끌게 하였다.
　문추가 말하기를,
　“현덕은 패장이라 군사들의 사기에 불리합니다. 주공께서 꼭 저가 가기를 원하신다면, 저에게 3만의 군사를 나눠 주어서 뒤에 따르게 하겠습니다.”
하였다.
　이에 문추는 직접 7만의 군사들을 이끌고 앞에 가고, 현덕에게는 3만을 이끌고 뒤에 따라오게 하였다.
　이때, 조조는 운장이 안량의 목을 베어오자, 그에 대한 흠모와 존경의 마음이 배가 되었다. 그래서 조정에 표주를 올려 운장을 봉하여 한수정후로 삼고 인을 새겨서 관공에게 보냈다. 갑자기 원소가 대장 문추로 하여금 황하를 건너게 하여, 이미 연진에 웅거하였다는 제보가 들어왔다. 조조는 먼저 사람을 보내 서하(西河)의 백성들을 옮기게 하고, 그 후에 직접 군사들을 이끌고 가서 저들을 맞았다. 장수들에게 영을 전하여, 후군으로써 전군을 삼고 전군으로 후군을 삼은 후, 군량과 양초들을 먼저 가게 하고 군사들이 그 뒤에 있게 하였다.
　여건이 말하기를,
　“양초를 먼저 보내고 군사들을 뒤에 보내심은 무슨 까닭입니까?”
하고 묻자, 조조가 대답하기를
　“양초가 뒤에 있으면 저들에게 약탈당할까 하여 먼저 보냈소이다.”
하자, 여건이 또 묻기를,
　“오히려 갑자기 적군을 만나면 어찌하실 생각입니까?”
하자, 조조는 말하기를
　“또한 적군이 도착할 때를 기다려 보면 그 이유를 알게 될 게요.”
하였다. 여건은 마음속에 의혹을 풀지 못하였다.

조조는 군량과 치중을 강둑을 따라 연진에 이르도록 하라고 하였다. 조조는 후군에 있으면서 전군이 지르는 함성을 듣고서 급히 사람들을 시켜 알아보게 했더니, 보고하기를,

"하북의 대장 문추의 병사들이 이르자 아군이 다 양초를 버리고 사방으로 흩어져 달아났는데, 후군 또한 멀리 있으니 장차 어찌하면 좋겠습니까?"
하였다.

조조는 채찍으로 남쪽 언덕을 가리키며,

"잠시 저곳으로 피하라."
하자, 인마들이 급히 언덕 위로 달아났다. 조조는 군사들에게 다 갑옷을 벗고 잠시 쉬게 하고 말들도 풀어 놓게 하였다. 그때 문추의 군사들이 쓸어왔다.

여러 장수들이 말하기를,

"적들이 옵니다! 급히 말들을 수습하여 백마로 후퇴해야 합니다!"
하였다.

순욱이 급히 제지하며 말하기를,

"이는 정히 적들의 미끼일 뿐인데, 무슨 까닭으로 군사를 물리느냐?"
하자, 조조는 급히 순욱을 보며 눈으로 웃었다. 순욱은 그 뜻을 알고 다시는 말하지 않았다. 문추의 군사들은 이미 뺏은 양초와 수레들과 말들을 모아왔다. 그러던 중에 군사들은 대오를 잃고 서로가 어우러져 혼란스러웠다.

조조는 영을 내려 병사와 장수들에게 일제히 언덕에서 내려가 저들을 공격하라 하였다. 문추의 군사들은 대혼란에 빠지고 말았다. 조조가 사면으로 싸고 들어가자 문추는 몸을 돌려 혼자서 싸우는데, 군사들은 서로 짓밟히고 난리였다. 문추가 그것을 금하려 하였으나 안 되자 말머리를 돌려 달아났다.

조조는 흙더미 위를 가리키며,

"문추는 하북의 명장이다. 누가 저를 사로잡아 오겠느냐?"

하자, 장료·서황 등이 나는 듯이 말을 달려 나오며, 큰 소리로 외치기를

"문추는 도망가지 말라!"

하였다.

문추가 머리를 돌려 두 장수가 급히 쫓아오는 것을 보고, 철창을 옆에 끼고 활에 화살을 먹여 장료를 향해 쏘았다.

서황이 큰 소리로

"적장은 활을 쏘지 말라."

고 외쳤다. 장료는 머리를 숙이고 급히 피했으나 화살 하나가 투구에 맞아 끈이 끊어져 버렸다. 장료는 힘을 내어 다시 급히 쫓다가 또 문추가 쏘는 화살에 뺨을 맞고, 그 말이 앞말굽을 꿇어 그만 땅에 떨어지고 말았다. 문추가 말을 돌려 다시 오는 것을 서황이 급히 큰 도끼를 휘둘러 막아서며 짓쳐 나갔다.

문추 후면의 군마들이 일제히 이르자, 서황은 적의 형세가 만만치 않음을 보고 말머리를 돌려 돌아갔다. 문추가 강변을 따라 급히 오는데, 갑자기 10여 기의 기마병이 깃발을 날리며 오더니, 한 장수가 앞에서 칼을 들고 나는 듯이 왔다. 이는 관운장이었다.

큰 소리로 말하기를,

"적장은 달아나지 말라!"

하고 외치며 문추의 말과 어울렸다. 3합이 못되어 문추는 속으로 겁을 먹고 말머리를 돌려 요하 쪽으로 달아났다. 관공의 말이 빨라 문추를 쫓으며, 뒤에서 칼을 들어 문추를 베어 말에서 떨어뜨렸다. 조조는 언덕 위에서 있다가 관공이 문추를 벤 것을 보고는 크게 인마를 몰아갔다. 하북의 군사들은 태반이 물에 빠지니, 조조는 양초와 마필을 빼

앗아 돌아왔다. 운장은 몇 기만을 이끌고 동충서돌하여 짓쳐 나갔는데, 유현덕이 3만 군사들을 이끌고 뒤따라 도착하였다.

앞서 보냈던 탐마가 와서 보고하기를,

"이번에도 또 얼굴이 붉고 수염이 긴 자가 문추를 죽였습니다."

하였다. 현덕은 황망히 말을 몰아가서 보았다. 강 너머에서 한 떼의 인마들이 오가기를 나는 듯이 하며, 깃발 위에 쓰기를 '한수정후 관운장'이란 7자가 쓰여 있었다.

현덕이 속으로 천지신명께,

"내 아우가 정말 조조의 진영에 있었구나!"

하고, 감사드리며 불러볼 수 있기를 기다렸다.

그러나 그때 조조의 대부대가 몰려와서 병사들을 수습해 갔다. 원소는 관도에서 접응하며 아래에 영채를 쳤다.

곽도와 심배가 들어와 원소를 보고 말하기를,

"이번에도 또 관우란 자가 문추를 죽였습니다. 유비가 거짓 알지 못하는 체하는 것입니다."

하자, 원소가 크게 노하여 꾸짖기를

"이 귀 큰 도적놈이 어찌 감히 이같이 하느냐!"

하였다. 잠시 후에 유비가 오자, 원소는 저를 끌어내어 참하라 하였다.

현덕이 묻기를,

"저에게 무슨 죄가 있습니까?"

하자, 원소가 말하기를

"네가 고의로 네 동생을 시켜 나의 장수를 또 죽이고도, 어찌 죄가 없다 하는가?"

하였다. 현덕이 대답한다.

"한 마디만 하고 죽겠습니다. 조조는 원래 저를 싫어했습니다. 이제 제가 명공께 있는 것을 알고 명공을 도울까 두려워하여 특히 관우를 시켜 두 장수를 죽인 것입니다. 그러면 명공이 반드시 노할 것을 알고, 명공의 손을 빌어서 저를 죽이려는 것입니다. 원컨대 명공께서는 깊이 헤아려 주십시오."

하자, 원소가 대답하기를

"현덕의 말이 옳소. 자네들이 몇 차례나 나로 하여금 현자를 해한다는 이름을 듣게 하는구나."

하며 좌우를 소리쳐 물리치고, 현덕을 청해 상좌에 앉게 하였다.

현덕이 사례하며 말하기를,

"명공의 관대한 은혜를 입었으나, 무엇으로서도 갚을 길이 없습니다. 제가 심복을 시켜 밀서를 운장이 보게 한다면, 그로 인하여 저의 소식을 들으면 저는 틀림없이 밤을 도와 올 것입니다. 그리고 명공을 보좌할 것입니다. 그러면 함께 조조를 죽이고 안량과 문추의 원수를 갚는 것이 어떻습니까?"

하자, 원소는 크게 기뻐하며

"내 운장을 얻는다면 안량·문추보다 열 배나 힘이 될 것이외다."

하였다.

현덕이 편지를 썼으나 가지고 갈 사람이 없었다. 원소는 군사들을 무양 물리고, 영채를 수십 리까지 치고는 병사들을 살피며 움직이지 않았다. 조조는 이에 하후돈을 시켜서 관도의 애구를 지키게 하고, 직접 군사들을 이끌고 허도로 돌아갔다. 관료들과 병사들을 위해 큰 연회를 베풀고 운장의 공을 치하하였다.

그리고 여건에게 이르기를,

"전일에 내가 양초를 앞에 두게 한 것은 적에게 미끼를 던진 계책이었는데, 순공달만이 내 마음을 알더군!"

하자, 여러 장수들이 모두 탄복하였다.

서로 술을 마시고 있는데 문득,

"여남에 황건적[3] 유벽(劉辟) · 공도(龔都) 등이 창궐해서, 조홍이 여러 번 싸웠으나 불리해져 구원병을 청하고 있습니다."

하거늘, 관공이 듣고 나아가 말하기를

"제가 나가서 작은 힘이나마 보태어,[4] 여남의 도적을 없앨까 합니다."

하자, 조조가 대답하기를

"운장께서는 큰 공을 세웠는데 아직 넉넉하게 갚지도 못하고 있는 차에, 어찌 다시 적을 정벌하는 노고를 끼치겠소이까?"

하였다.

관공이 또 말하기를,

"저는 너무 오래 쉬고 있으면 틀림없이 병이 생깁니다. 다시 가게 해 주십시오."

하자, 조조가 저를 장하게 여겨 군사 5만을 주고 우금 · 악진 등으로 부장을 삼게 하여 다음 날 곧 떠나게 하였다.

순욱이 권유하기를,

"운장이 늘상 유비에게 가려고만 하는데, 오히려 소식이라도 알면 틀림없이 가려 할 것입니다. 자주 출정하게 하는 것은 삼가셔야 합니다."

---

3) **여남에 황건적[汝南 黃巾賊]** : 중국 후한(後漢) 말에 '태평도'라는 종교를 세워 반란을 일으킨 무리. 두목은 장각(張角)이고 모두 머리에 누런 복건을 썼으므로 붙여진 이름인데, 이들이 일으킨 반란을 '황건의 난'[黃巾之亂]이라 함. [中文辭典]「東漢末 張角聚衆倡亂 號**黃巾賊**」. [三國志 魏志 武帝紀]「光和末 **黃巾**起 拜騎都尉潁川賊」.

4) **제가 나가서 작은 힘이나마 보태어[犬馬之勞]** : 남에게 '자기가 바치는 노력'을 아주 겸손하게 일컫는 말. '견마'는 개나 말과 같이 천하고 보잘것없다는 뜻으로 '자기'를 아주 낮추어 일컫는 말임. 「犬馬心」. [史記 三王世家]「臣竊不勝**犬馬心**」. [漢書 汲黯傳]「常有**犬馬之心**」.

하자, 조조가 말하기를

"이번에 공을 세우면 내 다시는 적을 상대케 하지 않으리다."

하였다.

이때, 운장은 군사들을 통솔해 가서 여남 가까이에 진을 쳤다. 그날 밤 야영을 하고 있는데 두 사람의 세작을 잡아 왔다. 운장이 보니 그 중 한 사람은 아는 사람이었는데 바로 손건이었다.

관공이 좌우를 꾸짖어 물리고, 손건에게 묻기를

"공과 헤어진 뒤로는 소식을 전혀 몰랐는데, 오늘 어찌해 여기에 온 게요?"

하자, 손건이 묻기를

"저는 도망한 뒤로 여남을 떠돌다가 다행히 유벽을 만나서 의탁하고 있습니다. 지금 장군께서는 어찌하여 조조에게 가 계시며 감·미 부인 두 분께서는 별고가 없으신지 아십니까?"

하였다.

관공은 그동안 지내온 사정을 상세하게 이야기하였다.

손건이 말하기를,

"근자에 듣기에 현덕공은 원소에게 가서 투항하셨다던데, 편히 계신지는 알지 못합니다. 지금 유벽·공도 두 사람은 원소에게 귀순하여 함께 조조를 치려합니다. 다행히 장군께서 여기에 오셨다기에 특히 적은 군대를 이끌고 세작 행세를 하여 장군께 와서 알려드리는 것입니다. 내일 싸움에서 두 사람은 거짓으로 일진을 패한 체하고 달아날 터이니, 공은 속히 두 부인을 모시고 원소에게로 가셔서 현덕공을 만나 보십시오."

하자, 관공이 대답하기를

"형님께서 원소에게 계신다는 것을 알았으니, 내 반드시 밤을 도와서라도 갈 것이오. 다만 내가 원소의 두 장수를 죽였으니 무슨 변이나 있지 않을까 걱정이오."
하자, 손건이 말하기를
"내가 먼저 가서 저들의 허실을 탐지해서 다시 장군께 알려드리리다."
하였다.

관공이 처연히 말하기를,
"내 형님을 다시 볼 수만 있다면 비록 만번 죽더라도 사양하지 않겠소. 이 길로 허창에 돌아가서 곧 조조에게 하직하리다."
하고, 그날 밤 손건을 몰래 보냈다.

다음 날 관공이 병사들을 이끌고 나가자 공도가 갑옷을 입고 나왔다. 관공이 말하기를,
"너희들은 무엇 때문에 조정을 배반하느냐?"
하자, 공도가 말하기를
"너는 주인을 배반한 놈으로 어찌 되레 나를 꾸짖느냐!"
하매, 관공이 묻기를
"내가 누구를 배반했다는 게냐?"
하자, 공도가 말하기를
"유현덕이 원본초의 진영에 있는데, 너는 조조를 따르고 있으니 어찌된 일이냐?"
하였다.

관공은 다시 더 말을 하지 않고 말을 박차고 칼을 휘두르며 앞으로 나갔다. 공도가 곧 달아나자 관공이 급히 그를 뒤쫓았다.

공도가 몸을 돌려 관공에게 말하기를,
"옛 주인의 은혜를 잊지 마시오. 공이 빨리 앞으로 나아가면 내 여양을 양도하리다."

하거늘, 관공은 그 뜻을 알고 군사들을 몰아 엄살하였다. 유벽과 공도 두 사람이 거짓 패한 척하고 사방으로 흩어져 달아났다. 운장은 주현을 얻고 백성들이 안돈되자 군사를 돌려 허창으로 돌아왔다. 조조는 성 밖까지 나와서 영접하고 수고한 군사들에게 상을 내렸다.

연회 자리가 파하자 운장은 집으로 돌아와서, 문밖에서 두 형수를 찾아뵈었다.

감부인이 말하기를,

"아주버니께서 두 번 출전하셨는데, 황숙의 소식을 아셨습니까?"

하자, 관공이 공손히 대답하기를

"아닙니다."

하고 물러 나왔다.

두 부인이 문 안에서 통곡하며,

"황숙께서 세상을 버린 게야! 아주버니께서 우리 두 사람이 걱정할까봐 소식을 듣고서도 말을 하지 않는 게야."

하며 통곡하는데, 관공을 수행했던 한 늙은 군사는 울음소리가 그치지 않자 문 밖에서 고하기를,

"부인께서는 울음을 그치시옵소서. 주인께서는 하북의 원소 진영에 계십니다."

하자, 부인이 말하기를

"너는 어찌해서 아느냐."

하자, 늙은 군졸이 말하기를

"관장군을 따라 출정했다가 진중에서 그런 말을 하는 사람이 있었습니다."

하자, 부인은 급히 운장을 불러 꾸짖으며,

"황숙께서는 일찍이 아주버님을 짐으로 생각하신 적이 없는데, 그

대는 지금 조조의 은혜를 받고 계시니까 지난날의 정의를 아주 잊으셨습니까. 왜 사실대로 저에게 알리지 않으십니까. 무슨 까닭이라도 있습니까?"
하고 캐물었다.
관공은 할 수 없이 머리를 조아리며 말하기를,
"형님은 지금 확실히 하북에 계십니다. 제가 감히 형수님께 알리지 않은 것은 일이 누설될까 걱정함입니다. 일은 모름지기 천천히 도모해야 합니다. 빨리 해결하려고 해서는 안 됩니다."
하니, 감부인이 말하기를
"아주버님께서 빨리 처리해 주세요."
하매, 관공은 물러나며 계책을 깊이 생각하였다. 그래서 앉으나 서나 불안하였다.
원래부터 우금은 유비가 하북에 있는 것을 탐지하고 조조에게 보고하였다. 조조는 장료에게 관공이 알고 있는지를 알아보라 하였다.
관공이 근심에 싸여 앉아 있으려니까, 장료가 들어와 축하하기를
"형께서 진중에서 현덕의 소식을 들었다기에 특히 축하하려 왔소이다."
하자, 관공이 대답하기를
"옛 주인께서 비록 살아 계시긴 하나 아직 만나 뵙지를 못하였는데 뭐가 기쁠 것이 있소이까?"
하거늘, 장료가 말하기를
"공과 현덕의 사귐은 저와 형의 사귐과 비교하면 어떻소이까?"
하고 묻는다.
관공이 말하기를,
"나와 형은 친구간의 우정이나 나와 현덕공과의 관계는 벗이며 형제이고, 또 형제이면서도 주종의 관계이니 어찌 함께 논할 수 있겠소?"

하였다.

그때, 장료가 묻는다.

"지금 현덕공이 하북에 계시니 형은 가셔야 할 것 아니오?"

하자, 관공이 말하기를

"지난 날의 말을 어찌 거역할 수 있겠소? 문원은 모름지기 나를 위해서 승상께 전해주시오."

하였다.

장료는 관공의 말을 돌아가 조조에게 고하였다. 조조가 말하기를,

"내게 저를 머물게 할 계책이 있소이다."

하였다.

이때, 관공이 깊이 생각하고 있는데 문득 친구가 찾아왔다고 하였다. 청해 들였으나 서로 알지 못하는 사이였다.

관공이 묻기를,

"공은 뉘시오?"

하자, 상대가 대답하기를

"저는 원소의 부하로 남양 사람 진진(陳震)입니다."

한다.

관공은 크게 놀라며 급히 좌우를 물리고 묻기를,

"선생께서 여기에 오셨으니 틀림없이 할 일이 있어서가 아닙니까?"

하자, 진진은 한 통의 편지를 관공에게 내밀었다.

관공이 그 편지를 펴보니, 그 내용은 아래와 같았다.

> 내가 그대와 더불어 도원에서 맺은 결의에서 함께 죽자고 맹세하였더니, 지금 중도에서 서로 어그러져 은혜와 의를 끊어야 한단 말이오? 자네는 반드시 공명을 취하고자 하고 부귀를 도모하려 하

오? 자네가 원하는 것은 나의 목을 드려 공을 세우려 하는 것인가!
편지로 다 말할 수가 없구려.
오직 죽음을 기다릴 뿐이로다!

관공이 편지를 읽고 나서, 관공이 크게 통곡하며
"제가 형님을 찾고자 하지 않은 것이 아닙니다. 계신 곳을 알지 못한 것일 따름입니다. 어찌 부귀를 도모하고 옛 맹세를 배반한다 하십니까?"
하자, 진진이 말하기를
"현덕공께서는 공에게 간절히 바라는 바가 있습니다. 공은 이미 옛 서약을 배반하지 않으셨으니, 마땅히 속히 가서 뵈십시오."
하자, 관공이 대답하기를
"인생천지간에 처음과 끝이 없으면 군자라 할 수 없습니다. 내가 올 때에 분명히 밝혔으니, 갈 때에도 분명하게 할 것입니다. 이제 내가 편지를 써서 드릴 터이니 번거롭지만 공이 먼저 형님께 알리시오. 제가 곧 조조에게 인사를 드리고, 두 분 형수님을 모시고 가서 뵙겠다고 해 주시오."
하자, 진진이 묻는다.
"조조는 허락하지 않을 것입니다. 그렇게 되면 어찌하시려 하시오?"
하자, 관공이 대답하기를
"내 차라리 죽을지언정 오래 여기에 머물러 있지는 않을 것이오."
하였다.
그제서야 진진이 말하기를,
"공은 속히 회답을 써 주시오. 유공께서 간절히 기다릴 것이외다."
하자, 관우가 편지를 썼는데 대강 다음과 같다.

듣건대, 의리는 마음을 저버리지 않고 충은 죽음을 돌아보지 않는다[5] 합니다. 제가 어려서부터 책을 읽어 조금의 예와 의에 대해 압니다.

양각애와 좌백도의 일을[6] 보고는 세 번 탄식하고 눈물을 흘리지 않을 수 없었습니다. 전에 하비성을 지키다가 안으로는 군량미가 없고 밖으로는 원병이 없어서 곧 죽고자 했습니다만, 두 형수를 보호해야 하는 중임이 있어 감히 의를 위하여 목숨을 끊지 못했습니다. 그래서 잠시 여기 와서 몸을 의탁하고 있으면서 훗날을 기약하고 있는 것입니다.

최근에 여남에 갔다가 겨우 형님의 소식을 알게 되었습니다. 곧 조조와 헤어져 두 형수님을 모시고 갈까도 하였습니다. 제가 만일 다른 마음을 품고 있다면, 신이 나를 벌할 것입니다. 마음속의 사연을 다하고 싶어도 글[筆楮]로써는 다 할 수가 없습니다. 뵙고 인사드릴 기회가 있을 것입니다.

엎드려 깊이 살피시기만 바랍니다.

진진이 편지를 가지고 돌아갔다.

관공은 내실에 들어가 두 형수에게 고하고, 곧이어 승상부에 가서

---

5) 의리는 마음을 져버리지 않고 충은 죽음을 돌아보지 않는다 : 원문에는 '**義不負心 忠不顧死**'로 되어 있음. [三國志 魏志 臧洪傳]「**義不背親 忠不違君**」.

6) 양각애와 좌백도의 일(羊角哀·左伯桃) : 두 사람 다 전국시대 사람으로 서로가 막역지우(莫逆之友)였음. 두 사람이 초(楚)나라로 가다가 풍설을 만나게 되었는데 둘 다 가려다가는 죽겠으므로, 좌백도가 옷을 벗어서 양식과 함께 양각애에게 주고 자기는 굶고 얼어 죽었다. 양각애는 초나라에 가서 대관이 된 후 그곳에 와 좌백도의 시체를 찾아 장사를 지내 주었다. 그날 밤 꿈에 나타나서 말하는 것을 믿고 죽은 벗의 은혜에 보답하였다는 고사. '벗과의 우의를 위해서는 목숨도 바친다'는 예로 쓰임. [列士傳]「與**羊角哀**爲死友 聞楚王賢 往見之 道遇雨雪 計不俱全 乃謂角哀曰……遂啓樹發**伯桃**之屍 改葬之 喟然曰 吾友之所以死 惡俱盡無益 而名不顯於天下也 今我寧用生爲 亦自殺也 楚國之人聞之 莫不流涕」.

조조에게 하직 인사를 드리려 했다. 조조는 관우가 온 것을 알고 문에 사람을 만나지 않는다는 팻말을[7] 걸어 놓았다. 관공은 앙앙(怏怏)한 심정으로 돌아섰다. 지난 날 따르던 사람을 시켜 거마를 수습하게 하고, 아침 저녁으로 살피게 하였다. 그리고 집에 분부하여 가지고 있는 물건들을 다 남겨 놓게 하고, 무엇 하나도 가지고 가지 못하게 하였다.

다음 날 다시 상부에 하직 인사를 하러 갔으나, 문에 역시 회피패가 걸려 있었다. 관공은 계속 여러 차례 찾아갔으나, 매번 조조를 만날 수가 없었다. 이에 장료의 집을 찾아가서 그 일을 말하고자 하였으나, 장료 또한 병을 핑계대고 나오지 않았다.

관공은 생각하기를,

"이는 조승상이 내가 가는 것을 허락하지 않는다는 뜻이라고 생각한다. 그러나 내가 갈 뜻을 이미 정해졌는데, 어찌 다시 머무를 수 있는가." 하고, 한 통의 편지를 써서 조조에게 하직 인사를 드렸다.

> 저는 젊어서부터 황숙을 섬겨 왔고, 함께 죽고 살기를 맹세하였습니다. 하늘도 땅도 실제로 그 말을 들었을 것입니다. 지난 날 하비성을 지키지 못하였을 때 승상께 세 가지 일을 청원한 바 있습니다.
>
> 그 일에 대해서는 이미 승상께서 허락하셨습니다. 이제 주군께서 원소의 군중에 계신 것을 안 까닭에, 지난 날의 맹세를 회고하건데 어찌 그 맹세를 어길 수 있겠습니까? 승상께 받은 은혜가 비록 두텁지마는 옛 의리를 버릴 수는 없습니다.[8] 특히 이 편지를 드리는

7) **사람을 만나지 않는다는 팻말[迴避牌]** : 회피(回避)하는 팻말. 사람을 만나지 않겠음을 팻말에 표시한 것. [漢書 蓋寬饒傳]「刺舉無所**迴避**」. [晉書 姚戈仲載記]「屢獻讜言 無所**迴避**」.

8) **승상께 받은 은혜가 비록 두텁지마는 옛 의리를 버릴 수는 없습니다[新恩雖厚**

마음을 감찰하시길 엎드려 빕니다.
보은하지 못한 남은 일들은 다른 날을 기다리겠습니다.

쓰기를 다하고 봉투를 봉한 후에 사람을 시켜 승상부로 보냈다. 그러면서 한편으로는 여러 차례 받은 금은들을 하나하나 봉하여 창고에 두게 하고, 한수정후인을 당상(堂上)에 걸어 놓은 후 두 분 형수를 청하여 수레에 태웠다. 관공은 적토마에 올라 손에는 청룡도를 들고, 지난날 따라왔던 역인(役人)들만으로 수레를 호위하게 하고 지름길을 따라 북문을 나갔다. 문리(門吏)들이 막고 나섰지만 관공이 노해 눈을 부릅뜨고 지르는 큰 소리에 다 물러났다.

관공은 이미 북문을 나서자 종자들에게,

"너희들은 수레를 호송하고 먼저 가거라. 추적해 오는 자는 내가 담당할 테다. 부디 두 부인을 놀라게 하지 말아라."

고 분부하였다.

그리고 따르는 사람들을 데리고 관도(官道)로 나아갔다.

한편 조조는 관공의 일을 정하지 못하고 의논을 하고 있었는데, 좌우가 관공이 글월을 올렸다고 고하는 것이다.

조조가 즉시 보더니 크게 놀라며,

"운장이 기어이 갔구려!"

하였다.

그때, 북문을 지키는 장수의 첩보가 날라왔다.

"관공이 말리는 것도 물리치고 성문을 나갔는데, 수레와 말을 탄 자 20여 명이 모두 북쪽으로 갔습니다."

---

**舊義難忘**] : 원문에도 '**新恩雖厚 舊義難忘**'으로 되어 있음. '새로 입은 은혜가 두텁지만 옛 의리를 잊을 수는 없음'의 뜻임.

하였다.

또 관공이 머물던 집에서도 사람이 와서 보고하기를,

"관공이 승상께서 내리신 금은 등속을 모두 봉하여 놓고, 미녀 10명에게는 내실에 가 있으라 했답니다. 그리고 '한수정후'의 인을 당상에 걸어 두고 갔습니다. 승상께서 내리신 인력들은 한 사람도 데리고 가지 않고, 다만 원래 따라왔던 사람들만 데리고 자신의 짐만 꾸려 북문을 나갔습니다."

하였다.

조조와 모두가 다 놀라워하고 있는데, 한 장수가 몸을 일으키며 말하기를,

"저에게 3천의 군사를 주시면, 가서 관우를 사로잡아다가 승상께 바치겠습니다."

하거늘, 저를 보니 채양(蔡陽)이었다.

이에,

만 길이나 되는 교룡의[9] 굴에서 벗어나려 하는데
또다시 3천의 이리와 호랑이 병사를 만나누나.
欲離萬丈蛟龍穴
又遇三千狼虎兵.

채양이 급히 관공의 뒤를 추적하려 하는데, 과연 어찌 될 것인가. 하회를 보라.

---

9) **교룡(蛟龍)** : 상상의 동물로 뱀처럼 생겼는데 비늘이 있고 알을 낳는다고 함. 일설에는 '악어'(鰐魚). [廣雅 釋魚]「有鱗日 **蛟龍** 有翼日 應龍」. [三國志 吳志 周瑜傳]「恐**蛟龍**得雲雨 終非池中物」.

## 제27회

미염공은 천 리 길을 필마단기로 달려가고
한수정후는 오관을 지나며 여섯 장수를 베다.
美髥公千里走單騎
漢壽侯五關斬六將.

한편, 조조의 부하 여러 장수들 중에서 장료를 제외하고는 서황이 운장과 교분이 있었고, 나머지는 모두가 그를 존경하였다. 유독 채양만이 관공을 따르지 않아서, 오늘 그가 간다는 소식을 듣고는 저를 추격하고자 하였다.

조조가 말하기를,

"옛 주인을 잊지 않고 있고 또, 오고 가는 것이 분명하니 참으로 대장부로다. 너희들은 다 저를 본받아야 한다."
하며 채양을 꾸짖어 쫓아가지 못하게 했다.

정욱이 대답하기를,

"승상께서 관우를 심히 후대했건만 이제 저가 인사도 없이 가며, 허튼 소리를 늘어놓아 승상의 위엄을 모독하였으니 그 죄가 큽니다. 만약 저가 원소에게로 간다면 이는 호랑이에게 날개를 달아주는 격입니다.[1] 저를 추격하여 죽여서, 써 후환을 없애야 합니다."

1) 이는 호랑이에게 날개를 달아주는 격입니다[虎添翼] : 호랑이에게 날개를 달아 준다는 뜻으로, '더 좋은 여건을 만들어 줌'에 비유하는 말임. 「위호부익」

하자, 조조가 말하기를

“내 지난 날 이미 그가 떠나는 것을 허락한 터에 어찌 신의를 저버리겠소? 저는 저대로 주인이 있는 법이니 추격하지 마시오.”

하였다.

그리고 장료에게 이르며 말하기를,

“운장이 내가 준 금을 모두 봉인하고 인을 방에 두었다니 재물로서도 저의 마음을 움직이지 못하였소. 또 작록으로도 그 뜻을 바꾸지 못하였으니, 이런 사람을 나는 깊이 존경하오. 내 생각에 저가 멀리 가지 않았을 터이니, 내가 저에게 성의를 표하고 개인적인 정을 나누고 싶네. 자네가 먼저 가서 잠시만 기다리게. 그리고 나를 대신해서 저와 전송길을 가주시게. 노비와 옷가지를 주어서 뒷날을 기념하고 싶으이.”

하자, 장료가 명을 받고 단기로 먼저 떠났다. 조조가 수십 기병을 이끌고 뒤따라 왔다.

이때, 관운장은 적토마를 탔기 때문에, 하루에 천 리를 갈 수 있어서 급히 쫓아도 따라잡을 수가 없을 것이었다. 그러나 수레를 호송하고 있어 말을 빨리 몰지 못하고 고삐를 잡고 천천히 가고 있었다.

그러자 문득 뒤에서 큰 소리로,

“운장, 잠깐만!”

하는 소리가 들렸다. 운장이 머리를 돌려 보니 장료가 말을 박차며 오는 것이 보였다.

관우가 수레를 모는 종인에게 말해 큰 길을 바라고 급히 가게 했다. 그리고는 적토마를 세우고 청룡도를 잡고 묻기를,

---

(爲虎傅翼)은 ‘나쁜 사람을 도움’의 뜻임. [逸周書 寤儆]「無**爲虎傅翼** 將飛入宮押人而食」.

"문원이 나를 돌아오라고 쫓아오는 건 아니겠지요?"
하자, 장료가 말하기를
"아니외다. 승상께서 형이 먼 길을 가는 것을 아시고 오셔서 전송하시고자 하며, 나로 하여금 잠시 머무르시게 하여 왔습니다. 특별한 다른 뜻은 없소이다."
하였다.

관공이 말하기를,
"곧 승상의 철기(鐵騎)가 오겠구나. 내 죽기로써 싸울 수밖에!"
하고는, 말을 탄 채 다리 위에서 바라보았다.

조조가 10여 기만을 이끌고 오는 것이 보였다. 조조가 나는 듯이 앞에 오고 그 뒤를 허저 · 서황 · 우금 · 이전 등이 따랐다. 조조는 관우가 칼을 빗겨 쥐고 말을 탄 채 다리 위에 서 있는 것을 보고, 여러 장수들에게 말을 세우고 좌우에 벌여 서게 하였다. 관공은 여러 장수들의 손에 무기를 들지 않은 것을 보고 비로소 마음을 놓았다.

조조가 말하기를,
"운장께서는 어찌 그리 빨리 가시오?"
하자, 운장은 말 위에서 몸을 굽혀 인사를 하고는
"제가 전에 승상께 말씀드린 대로 주군이 하북에 계시기로 급히 가지 않을 수 없었습니다. 여러 차례 승상부에 들러서도 뵈올 수가 없어서 편지로 인사를 드리고 갑니다. 하사하신 금과 인(印)을 모두 승상께 돌려드렸습니다. 승상께서도 전날의 말씀을 잊지 마시기 바랍니다."
하였다.

조조가 대답한다.
"내가 천하의 신의를 얻고자 하는데 어찌 전에 한 말을 어기겠소? 다만 장군께서 가는 도중에 쓰실 것들을 챙겨 드리고 전송이나 하려고 왔소이다."
하자, 한 장수가 곧 말을 몰고 와서 황금을 접시에 올려 바친다.
관공이 말하기를
"저는 그동안 여러 가지로 은혜를 받아서 아직도 남은 것이 있습니다. 이 황금은 두었다가 장수와 군사들에게 상금으로 주시지요."
한다.
조조가 묻기를,
"특히 적은 것으로써 대공의 하나라도 갚으려 하는데 굳이 사양하실 필요가 있겠소?"
하자, 관공이 다시 말하기를
"변변치 못한 공로를 어찌 이렇게 말씀하십니까."
하매, 조조가 웃으면서 말하기를
"운장은 천하의 의사외다. 내가 복이 없어서 머무르게 하지는 못하나, 금포나 한 벌 드려서 나의 마음을 표현할까 하오."
하자, 한 장수가 말에서 내려 두 손으로 금포를 받들고 왔다. 운장은 다른 일이 있을까 걱정되어 말에서 내리지 못하고, 청룡도의 칼끝으로 금포를 받아 몸에 걸치고, 말머리를 돌려 인사하기를
"승상께서 내리신 전포를 고맙게 받습니다. 훗날 다시 뵐 날이 있겠지요."
하고, 마침내 다리를 건너 북쪽을 향해 갔다.
허저가 말하기를,
"저 사람이 저토록 무례한데, 왜 사로잡지 않습니까?"
하자, 조조가 대답하기를
"저는 다만 한 사람이고 나는 수십여 장수들이니, 어찌 의심을 두지 않겠느냐? 내 이미 말을 하였으니 쫓아서는 안 되오."

하고, 조조는 자신이 여러 장수들을 이끌고 성으로 돌아오면서 탄식하며 운장에 대한 생각을 그치지 않았다.

조조가 돌아간 뒤의 이야기는 더하지 않는다.

이때, 관공은 수레가 있는 곳으로 와서 약 10리쯤 갔으나 수레가 보이지 않았다. 운장은 내심 당황하여 말을 몰아 사방으로 수레를 찾았다. 문득 산 위에 한 사람이 보이더니 큰 소리로,

"관장군, 잠시 멈추시오!"

하기에 운장이 눈을 들어 보니 한 젊은 소년이 거기 있었다. 그 젊은 이는 누런 두건에 비단옷을 입고 창을 들고 말에 걸터앉았는데, 말목에 수급 하나를 늘어뜨리고 백여 명의 보졸들을 이끌고 섰다.

관공이 묻기를,

"너는 누구냐?"

하니, 소년은 창을 버리고 말에서 내려 땅에 엎드려 절을 하였다.

운장은 이게 속임수인가 의심하며 말고삐를 당겨 세우고 칼을 들고, 묻기를

"장수는 이름을 밝혀라."

하니, 그 소년이 대답하기를

"저는 본래 양양(襄陽) 사람으로 성은 요(廖)이고 이름은 화(化)라 하며 자가 원검(元儉)입니다. 난세에 세상을 떠돌다가 5백여 무리들을 모아 약탈로 생활을 하고 있습니다. 저의 패거리 두원(杜遠)이 산에서 내려와 순찰을 돌다가 잘못 알고, 두 부인을 산 위에 모시고 있습니다. 내가 종자에게 물어서 비로소 대한 유황숙(大漢劉皇叔)의 부인임을 알았습니다. 또 장군께서 호송하고 이곳에 이르렀다 하기에, 제가 즉시 호송하여 산을 내려왔습니다. 두원은 말씨가 불손하여 제가 저를

죽였습니다. 그리고 수급을 드리고 죄를 청하려고 왔습니다."
하거늘, 관공이 다시 묻기를

"두 부인은 어디에 계시냐?"

하니, 요화가 말하기를

"지금 산중에 계십니다."

하거늘, 관공은 급히 산에서 내려오시게 하라 하였다. 잠시 후에 백여 명이 수레를 에워싸고 내려왔다.

관공은 말에서 내려 칼을 놓고 차수하며[2] 수레의 앞을 잡고, 문후하기를

"두 분 형수께서는 얼마나 놀라셨습니까?"

하자, 두 부인이 말하기를

"만약 요화 장군이 보호해 주지 않았다면, 두원에게 욕을 당할 뻔하였습니다."

하였다.

관공이 좌우에게 묻기를,

"요화가 어찌 부인을 구하였느냐?"

하니, 좌우가 말하기를

"두원이 겁략하여 산으로 끌고 가서, 요화와 각기 한 사람씩 나누어 아내로 삼고자 하였습니다. 요화는 근본이 누구인지를 묻고는 살려두고 정중히 모시려 하였는데, 두원이 따르지 않자 요화에게 죽임을 당한 것입니다."

하였다. 관공이 그 말을 듣고 요화에게 깊이 사례하였다.

---

2) **차수(叉手)** : 공수(拱手). 고대의 예절의 한 가지. 두 손을 가슴 앞에 맞잡고 공경의 뜻을 나타내는 것을 이름. 본래는 '두 손을 어긋매겨 마주 잡음'의 뜻임. [辭源]「拱手日 **叉手**」. [三國志 魏志 諸葛誕傳]「**叉手**屈膝」.

요화는 부하들로 하여금 관공을 호송하겠다고 자청하였다. 관공은 깊이 생각해 보니 이 사람들이 본래 황건의 일당인 것을 알고는, 같이 데리고 가서는 안 될 것 같아 사례하고 곧 떠났다. 요화 또한 보내면서 금맥을 보냈으나 관공은 받지 않았다. 요화는 헤어져 같이 온 무리들을 이끌고 산 속으로 갔다.

운장은 조조가 전포를 주었던 일들을 두 형수께 고하고 수레를 재촉하여 앞으로 갔다. 해가 저물어 한 마을에 들어가 쉬었다. 집 주인은 나와 맞는데 머리와 수염이 거의 백발이었다.

주인이 묻기를,

"장군의 존함을 알려 주시지요."

하매, 관공은 예의를 표하면서

"저는 유현덕의 아우 관우라 합니다."

하자, 노인이 묻기를

"안량과 문추를 벤 그 관공이 아니십니까?"

하거늘, 관공이 말하기를

"그렇습니다."

하였다.

이에 노인이 크게 기뻐하며 곧 집안으로 맞아들였다.

관공이 말하기를,

"수레에 두 부인이 타고 계십니다."

하자, 노인은 곧 아내를 불러 나가 맞게 하였다. 두 부인이 초당에 이르자 관공은 또 손을 모으고 서서 두 부인의 곁에 섰다.

노인이 공에게 앉기를 청했으나, 공이 대답하기를

"존경하는 형수께서 계신데 어찌 감히 앉겠습니까?"

하자, 노인의 아내가 두 부인을 모시고 내실로 들어가 대접하고 노인은 초당에서 관공을 환대하였다.

관공이 노인의 함자를 물으니, 노인이 대답하기를

“저는 성이 호(胡)이고 이름은 화(華)라 합니다. 환제 때에 일찍이 의랑이 되었고 치사[3] 후에는 귀향하여 삽니다. 지금 아들 호반(胡班)이 형양태수 왕식(王植)의 밑에서 종사로 있습니다. 장군께서 만약에 그곳을 지나시게 되면, 저의 편지를 아들에게 전해주실 수 있습니까?”

하자, 관공이 이를 약속하였다.

다음 날 일찍이 아침 식사를 마치고, 두 형수를 수레에 타게 하고 호화의 편지를 챙긴 다음 헤어져 낙양으로 가는 길을 취하였다. 앞에 한 관에 이르니 동령관(東嶺關)이었다. 그 관을 지키고 있는 장수는 성이 공(孔)이고 이름은 수(秀)였는데 5백의 군사들을 이끌고 관을 지키고 있었다. 그날 관공의 수레가 관으로 올라가자, 군사들이 이를 즉각 공수에게 고하니 공수가 나와 관공 일행을 맞았다. 관공이 말에서 내려 공수에게 예를 올렸다.

공수가 묻기를,

“장군께서는 어디에서 오십니까?”

하거늘, 관공이 말하기를

“나는 조승상을 떠나 하북으로 형님을 찾아가는 길입니다.”

하였다.

공수가 대답하기를,

“하북 원소는 이곳을 다스리는 승상과 대적하고 있습니다. 장군께서 그리로 가는 데는 반드시 조승상의 증명이 있어야 합니다.”

하거늘, 관공이 말하기를

---

3) **치사(致仕)** : 늙어서 벼슬을 사양하고 물러남. [公羊 宣元]「古之道不卽人心退而**致仕** (注) **致仕**還祿位於君」. [漢書 平帝紀]「年老**致仕**者」.

"길이 너무 바빠서 문빙을[4] 받아오지 못했소이다."
하자, 공수가 말한다.
"증명서가 없으니 사람을 승상께 보내서, 품한 후에 가시게 하겠습니다."
하자, 관공이 또 말하기를
"품의할 때까지 기다리다 가면, 우리의 일정에 차질이 생길 것이외다."
하였다.
공수가 대답하기를,
"법이 그러하니 어쩔 수 없습니다."
하거늘, 관공이 묻기를
"너는 내가 관을 지나가지 못하게 하려는 게냐?"
하니, 공수가 대답한다.
"당신이 꼭 여기를 지나겠다면 노소들을 인질로 잡겠습니다."
하였다. 관공이 크게 노하여 칼을 들어 치려 하자 공수는 관아 안으로 들어가 버렸다. 그리고는 북을 쳐 군사들을 모으고 갑옷을 입고 짓치며 관으로 나오며 크게 외치기를,
"녜가 감히 지나가겠는가!"
하였다.
관공이 수레를 잠시 물리고 아무 말도 하지 않은 채 말을 몰아 칼을 휘두르며 곧바로 공수를 취하였다. 공수가 창을 느려 나와 맞아 두 말이 서로 어울려 단지 한 합이 못 되어서 관공의 칼 빛이 일어나는 곳에 공수가 두 동강이 나서 말에서 떨어지고, 군사들은 곧 모두 달아났다.

---

4) **문빙(文憑)** : 증명서. 증거가 될 만한 문서. [水滸傳 第五十五回]「受了行軍統領官**文憑** 便教收拾鞍馬軍器起身」.

관공이 말하기를,

"병사들은 달아나지 말아라. 내 공수를 죽인 것은 부득이한 일이고, 너희들은 관계가 없다. 너희들 뭇 사람의 입을 빌어 조승상에게 알려라. 공수가 나를 죽이려 해서 내 저를 죽인 것이라고 말하거라."

하니, 여러 군사들이 다 말 앞에 와서 예를 올렸다.

관공은 곧 두 부인을 태우고 출발하여 낙양을 바라보고 떠났다. 이 일은 낙양태수 한복(韓福)에게 전해졌다. 한복은 급히 여러 장수들과 의논하였다.

아장[5] 맹탄(孟坦)이 말하기를,

"이미 저가 승상의 문빙이 없으니 아마도 사사로운 길일 것입니다. 만약에 저를 막지 않는다면 죄책을 받을 것이외다."

하였다.

한복이 대답하기를,

"관공은 용맹한 장수라 안량과 문추가 다 저에게 죽었소. 힘으로는 저를 막을 수 없소이다. 단지 계책을 써야 저를 사로잡을 수 있을 것 같네."

하자, 맹탄이 말하기를

"나에게 한 가지 계책이 있습니다. 먼저 장수들이 녹각(鹿角)으로 관의 입구를 막아놓고 저가 올 때까지 기다리면, 소장이 군사들을 이끌고 저와 싸우겠습니다. 제가 거짓 패하여 저의 추격을 유인하면, 그때 공이 몰래 활을 쏘십시오. 만약에 관우가 말에서 떨어지거든 곧 사로잡아 허도로 압송해 올려 보내면, 틀림없이 중상을 받을 것입니다."

하고 의논을 마치고 있는데, 관공의 수레가 도착했다고 알려왔다.

---

5) **아장(亞將)** : 부장(部將) · 차장(次將). [漢書 陳平傳]「平爲**亞將** 屬韓王」. [五代史 康懷英傳]「事朱瑱爲**牙將**」.

한복은 활에 화살을 먹이고 천여 명의 군사를 이끌고 관구에 배열하였다. 그리고 묻기를,

"거기 오는 사람은 뉘시오?"

하자, 관공이 말을 탄 채로 몸을 숙여 말하기를,

"나는 한수정후 관우요. 길을 좀 빌리려 하오."

하니, 한복이 묻기를

"승상의 문빙이 있소이까?"

하거늘, 관우가 대답하기를,

"일이 급해 받지 못했소이다."

하였다.

한복이 말하기를,

"나도 승상의 명을 받들고 이 관문을 지키고 있습니다. 오가는 간세배들을 한결같이 지키고 있는데, 만약 문빙이 없다면 곧 쥐새끼처럼 도망가는 것이 아니오."

하자, 관공이 노하여 대답하기를

"동령을 지키던 공수도 이미 나에게 죽었다. 너 또한 죽고 싶으냐?"

하니, 한복이 말하기를

"누가 가서 나를 위해 저놈을 사로잡을꼬?"

하거늘, 맹탄이 말을 몰고 나와 양손에 칼을 휘두르며 관공을 취하려 하였다. 관공은 수레를 조금 물리고 말을 박차고 나와 맞았다. 맹탄은 3합이 못되어 말을 돌려 달아났다. 관공이 급히 저를 쫓았다. 맹탄은 관공을 유인할 생각이었으나 관공의 말이 빠른 것은 미처 생각하지 못하여 이미 추격당해 한 칼에 두 동강이 났다.

관공이 말고삐를 당겨 돌아오는데, 한복이 문루 뒤에 숨어 있다가 힘껏 활을 쏘았다. 그 화살은 관공의 왼쪽 팔에 정통으로 맞았다. 공

은 입으로 화살을 빼내자 피가 그치지 않았다. 그대로 말을 몰아 한복에게 달려들어 군사들을 쳐 흩어지게 했다. 한복이 급히 달아나려 하였으나, 관공이 손을 들어 칼을 내려치자 머리부터 어깨가 맞아 말에서 떨어졌다. 관우는 군사들을 헤치고 수레를 호위하였다.

관공은 천으로 화살의 상처를 묶어 피를 멈추게 하고, 길에 몰래 숨어 있는 자가 있을까 두려워 오래 머물지 못했다. 밤을 도와 기수관(沂水關)까지 왔다. 관을 지키는 사람은 병주(并州) 사람으로 성이 변(卞), 이름은 희(喜)라 하였는데 유성추를[6] 잘 다루었다. 원래 황건적의 무리로서 조조에게 투항하였는데, 뽑혀 기수관을 지키고 있었다.

그때, 관운장이 도착했다는 소식을 알고 한 계책을 세웠다. 관 앞에 있는 진국사(鎭國寺)에 도부수 2백여 명을 매복시켜 놓고 관공을 유인하여 이르면, 술잔을 드는 것을 신호로 하여 죽이기로 하였다. 도부수를 매복시키는 일이 끝나자 관에서 나가 관공을 영접하였다. 관공도 변희가 영접 나온 것을 보고 곧 말에서 내려 인사를 하였다.

변희가 말하기를,

"장군의 이름이 천하에 진동하니, 누군들 경앙하지 않겠습니까? 이제 유황숙께로 돌아가시고 계시니, 진정한 충의를 보는 듯합니다!"

하자, 관공은 공수와 한복을 죽일 수밖에 없었던 사정을 설명하였다.

변희는 대답하기를,

"장군께서 저들을 죽인 것은 옳은 일입니다. 제가 승상을 뵙고 대신해서 잘 말씀드리겠습니다."

하자, 관우는 매우 기뻐했다. 함께 말에 올라 기수관을 지나 진국사 앞에 이르러 말에서 내렸다. 여러 중들이 종을 울리며 환영하였다. 원

---

6) **유성추(遊星槌)** : 성추(星鎚). 긴 쇠사슬 양 끝에 쇠뭉치가 달린 무기. [中文辭典]「兵器名 以繩兩端各緊鐵鎚 一以擊敵人 一以自衛 謂之**流星鎚** 卽**飛鎚**」.

래 이 진국사는 한나라 명제(明帝) 때 어전향화원(御前香火院)으로 본사에는 스님이 3십 여 명이었다. 안에 한 스님이 있었는데 곧 관공과는 동향인으로 법명은 보정(普淨)이라 하였다.

이때 보정은 이미 변희의 뜻을 알고 있어서, 관공 앞에 나아가 묻기를

"장군께서 포동(蒲東)을 떠나신 지 몇 년이나 되었습니까?"

하자, 관공이 대답하기를

"거의 20년이 다 되었습니다."

하였다.

보정이 또 묻기를,

"빈승을 알아보시겠습니까?"

하매, 관공이 말하기를

"떠난 지 여러 해가 되어 알 수가 없습니다."

하니, 보정이 대답한다.

"빈승은 장군과 강 하나를 격하고 있었습니다."

하였다.

변희는 보정이 고향을 떠난 이야기를 하고 있는 것을 보고는, 비밀이 샐까 걱정되어 꾸짖으며

"내가 장군을 연회에 모시고자 하는데, 너희 중들이 무슨 말이 그리 많으냐!"

하자, 관공이 말하기를

"아니오. 멀리서 고향 사람을 만났으니, 어찌 옛이야기를 하지 않을 수 있소이까?"

하자, 보정이 관공을 청해 방장에서[7] 차를 대접하였다.

---

7) **방장(方丈)** : 주지가 거처하는 방. [釋氏要覽]「**方丈** 蓋寺院之正寢也」. [白居易 詩]「**方丈**若能來問病」.

관공이 말하기를,

“두 분 부인께서 수레에 계시니 먼저 차를 드리는 것이 좋겠소.”
하자, 보정이 차를 먼저 부인께 드리라고 한 후에 관공을 청해 들어갔다. 보정이 손으로 차고 있던 계도를[8] 들고는 눈으로는 관공을 보았다. 관공은 그 뜻을 알아차리고 좌우에게 명하여 칼을 가지고 급히 따르게 하였다. 변희는 관공을 청하여 법당에서 연회를 베풀었다.

관공이 말하기를,

“변장군께서 나를 초청해 주시니 진실로 감사하외다. 그러나 이것이 좋지 않은 뜻은 아니겠지요?”
하자 변희는 미처 대답을 못하였다. 관공은 벌써부터 벽 속에 도부수들이 있는 것을 알고 있었기에,

변희를 크게 꾸짖으며,

“내 너를 좋은 사람으로 알았더니 어찌 이런 짓을 하느냐!”
하자, 변희가 일이 누설된 것을 알고 크게 소리쳐,

“모두 나서라.”
하자, 좌우들이 손을 쓰려 하였으나 다 관공의 칼에 찔리고 말았다.

변희가 법당을 내려가 회랑을 따라 달아나자, 관공이 칼을 버리고 청룡도를 들고 와서 쫓았다. 변희는 몰래 유성추를 날렸다. 관공은 칼로써 유성추를 막고 달려 들어가 변희를 두 동강 내었다. 그리고 급히 몸을 돌려 형수가 있는 곳으로 갔다. 군사들이 형수들을 둘러싸고 있었으나 관공이 오는 것을 보고는 사방으로 흩어져 달아났다.

관공은 사방으로 군사들을 쫓아내고, 보정에게 감사하기를

---

8) **계도(戒刀)** : 계칼. 중들이 차고 다니던 패도(佩刀)로 중들은 살생을 할 수 없기 때문에 ‘계도’라 함. [僧史略上]「禪士持澡罐 漉囊錫杖**戒刀**斧子針筒 此皆爲道具」. [西廂記 楔子]「**戒刀**頭近新來鋼蘸 鐵棒上無半星兒土漬塵緘」.

"스님이 아니었으면 저는 벌써 도적들에게 죽었을 것이외다."
하자, 보정이 말하기를
"빈승은 이곳에 있기가 어려울 것이니, 의발을[9] 수습해 다른 곳으로 떠도는 구름처럼 가야겠습니다. 뒤에 다시 뵈올 기회가 있을 터이니, 장군께선 몸을 잘 보중하소서."
하였다.

관공은 거듭 사례하고 수레를 호위하며 형양(滎陽)으로 진발하였다.

형양태수 왕식은 한복과 천척 간이었다. 관공이 한복을 죽였다는 소식을 듣고는 몰래 관공을 죽일 의논을 하고, 사람을 시켜 관을 굳게 지키게 하였다. 관공이 도착할 때를 기다려서, 왕식은 관에 나가서 기쁜 듯이 웃으면서 관공을 맞았다. 관공이 형님을 찾아 떠난 일을 이야기 하자, 왕식이 말하기를
"장군께서 먼 길을 오셨고 부인들께서 수레 위에서 피곤하실 터이니, 입성하여서 관역에서 하룻밤 쉬었다 가시지요. 내일 길을 떠나셔도 늦지 않을 것입니다."
하자, 관공은 왕식의 은근한 뜻을 보고 마침내 두 형수께 입성하시도록 하였다. 관역에는 침구 등 모든 것들이 다 갖추어져 있었다. 왕식은 공을 연회에 초청하였으나, 공은 사양하고 가지 않았다. 왕식은 사람을 보내 잔치 음식을 관역까지 보냈다. 관공은 길을 오느라고 피곤하여 두 분 형수께서 음식을 받게 하고 정방(正房)에 들어가 쉬고 있었다. 종자들 또한 각자 편안히 쉬게 하고 말들도 배불리 먹였다. 관공은 자신도 갑옷을 벗고 쉬고 있었다.

이때, 왕식은 은밀하게 종사 호반(胡班)을 불러 말하기를

---

9) **의발(衣鉢)** : 가사와 바리때. 곧 사승(寺僧)의 표가 되는 물건. [見聞錄]「欲君傳老夫**衣鉢**爾」. [通信編 服飾 傳衣鉢]「按傳**衣鉢** 本釋家故事」.

“운장은 조승상을 배반하고 도망가는 길이다. 게다가 오는 길에 태수와 관을 지키는 장수들을 죽였으니, 죽어도 죄가 가볍지 못할 것이다! 그런데 이 자는 무술이 뛰어나 대적하기 어렵다. 너는 오늘 저녁 1천 군사들을 점고하여 관역을 포위하라. 각 군사들마다 횃불을 하나씩 들고 한밤중까지 기다리다가, 일제히 불을 질러서 누구고 간에 모두 태워 죽여라! 나 또한 직접 군사들을 이끌고 가서 접응하겠다.”
하였다.

호반이 말을 받들고 곧 군사들을 점고하고 나서 몰래 마른 땔감을 가지고 관역의 문에 배치해 놓고, 약속한 시간에 거사하기로 하였다.

그런데 호반이 생각하기를,

“나는 오래전부터 관운장의 명성을 들었으나, 그 모습이 어떻게 생겼는지 알지 못하니 몰래 가서 살펴보리라.”
하고, 관역에 이르러 역리에게 묻기를

“관장군은 어느 곳에 계시오?”
하니, 문리가 대답하기를

“정청에서 책을 읽는 이가 그 사람이외다.”
하였다. 호반이 은밀히 정청 앞에 이르러 보니, 관공이 왼손으로 수염을 만지며 등불 아래 책상에서 책을 읽고 있었다.

호반이 보고 탄식하기를,

“참으로 천인이로다![10)]”
하고 있는데, 공이 누구냐고 물었다.

호반이 들어가 절하며 말하기를,

“저는 형양태수의 수하로 장군을 모시고 있는 호반이라 합니다.”

---

10) **천인(天人)** : 신선(神仙). 재주나 용모가 비상하게 뛰어난 사람을 이름. [漢書 班固傳]「往者王莽作逆 漢祚中缺 **天人**致誅」. [漢書 故事 神相類]「**天人**佑助」.

하고 대답하니, 관공이 말하기를
"허도성 밖에 사는 호화의 아들이 아니냐."
하매, 호반이 대답한다.
"그렇습니다."
하자, 공이 종자를 불러 짐 속에서 편지 한 통을 꺼내 호반에게 주게 하였다.

호반이 보고 나서, 탄식하기를
"하마터면 충성되고 어진 이를 죽일 뻔하였구나!"
하고, 드디어 관공에게 고하기를
"왕식은 나쁜 마음을 품고 장군을 해하려고 몰래 관역의 사방을 포위하고 한밤중에 불을 지르게 하였습니다. 지금 제가 먼저 가서 성문을 열겠으니 장군께선 급히 수습하여 성을 나가십시오."
하였다. 관공이 크게 놀라서 급히 갑옷을 입고 칼을 들고 말에 올라, 두 형수에게 수레에 오르시게 하고는 모두가 관역을 빠져나갔다.

과연 군사들이 모두 횃불을 들고 명령을 기다리고 있었다. 관공은 급히 성변에 이르러서 보니 성문은 이미 열려 있었다. 관공은 수레를 재촉하여 급히 성문을 나갔다. 호반은 돌아가 불을 질렀다. 관공의 행렬이 수 리에 이르지 못해 뒤에서 불빛이 비치더니 인마가 급히 따라왔다.

맨 앞에 오던 왕식이 큰 소리로,
"관우는 달아나지 말라!"
하거늘, 관공이 말고삐를 당기며, 큰 소리로 꾸짖기를
"이 못난 놈아! 내 너와 원수진 일이 없거늘, 네 무엇 때문에 사람을 시켜 나를 태워 죽이려 하였느냐?"
하였다. 왕식이 말을 박차며 창을 꼬나들고 관공에게 달려들었다.

그러나 관공의 칼에 왕식은 두 동강이 나고, 그를 따르던 군사들이 모두 급히 흩어졌다. 관공은 수레를 재촉해 가면서 호반에게 감사해 마지 않았다.

일행이 활주(滑州) 경계에 이르자, 유연에게 보고한 사람이 있어서 그가 수십 기를 이끌고 성에서 나와 맞이하였다.

관공은 말 위에서 몸을 굽혀 인사를 하고, 말하기를

"태수께서는 무강하십니까?"

하니, 유연이 묻기를

"공께서는 지금 어디로 가시려 하십니까?"

하거늘, 관공이 대답한다.

"승상께 하직하고 가서 형님을 찾으려 합니다."

하였다.

유연이 또 묻기를,

"현덕께서는 지금 원소에게 가 계시지 않습니까? 원소는 승상의 원수인데 어찌해 공이 가도록 하셨습니까?"

하거늘, 관공이 말하기를

"지난 날 일찍이 언약한 바 있었소."

하였다.

유연이 대답하기를,

"지금 황하를 건너는 애구에 하후돈의 부장 진기(秦琪)가 지키고 있습니다. 장군이 지나갈 수 없게 될까 걱정입니다."

하자, 관공이 청하기를

"태수께서 배 한 척을 내어 주셨으면 합니다."

하자, 유연이 말하기를

"비록 배가 있다 해도 감히 드릴 수 없습니다."

하였다.

관공이 묻기를,

“나는 이미 안량·문추 등을 죽여서 그대의 액을 없애 드렸습니다. 오늘 배 한 척을 구해달라는데 거절하는 것은 어찌된 일이오?”

하니, 유연이 말하기를

“하후돈이 아마도 틀림없이 나를 죄 주려 할 것이 걱정이 되어서입니다.”

하자, 관공이 유연이 쓸모없는 인물임을 알고 마침내 수레를 재촉해 앞으로 갔다.

황하의 애구에 이르자 진기가 군사들을 이끌고 나와,

“거기 오시는 분은 누구시오?”

하거늘, 관우가 대답하기를

“한수정후 관우요”

하자, 진기가 묻는다.

“어디로 가려는가.”

하였다.

관우가 말하기를,

“하북으로 형님 유현덕을 찾아가오. 나를 좀 건너게 해 주시오.”

하니, 진기가 말하기를

“승상의 문빙은 어디 있소?”

하거늘, 관공이 대답하기를

“나는 승상의 절제를[11] 받지 않았소이다. 그러니 문빙이 있을 리가

---

11) **절제(節制)**: 승락·조절. 지휘관할. 원래는 ‘방종하지 않도록 자기의 욕망을 제어함’의 뜻임. [荀子 議兵]「桓文之**節制** 不可以敵 湯武之仁義」. [唐書 郭英乂傳]「哥舒翰 見之曰 是當代吾**節制**者」.

있소?"
하였다.
진기가 말하기를,
"저는 하후돈 장군의 명령을 받고서 관애를 지키고 있습니다. 지금 곧 날개를 달고 날아간다고 해도 갈 수가 없소이다!"
하거늘, 관공이 크게 화를 내면서
"네놈은 내가 도중에서 나를 막을 자가 죽은 줄을 아느냐?"
하니, 진기가 말하기를
"네놈은 이름 없는 장수들만 죽였으니, 어디 감히 나를 죽이겠느냐?"
하거늘, 관공이 노해
"네놈이 안량과 문추에 비하느냐?"
하자, 진기가 크게 노하여 말을 몰아 칼을 들고 곧장 관공을 취하려 했다. 두 말이 서로 어울리기 한 합 만에 관공의 칼이 번뜩이더니 진기의 머리가 떨어졌다.
관공이 말하기를,
"나를 막는 자는 다 죽었다. 남은 군사들은 놀라 달아나지 말라. 속히 배를 대어 내가 황하를 건너게 하라."
하니, 군사들이 배를 강기슭에 대었다. 관공은 두 형수에게 배에 오르도록 청해 강을 건넜다. 황하를 건너면 곧 원소가 지배하는 곳이다. 관공은 관애(關隘) 다섯 곳을 지나오면서 장수 여섯 명을 죽였다.
후세 사람들이 이를 찬탄한 시가 있다.

인을 걸고 금을 봉해 승상을 하직하고
형님을 찾아 먼 먼 길 바라며 돌아가네.
掛印封金辭漢相

尋兄遙望遠途還.

적토마를 타고 하루 천 리를 가면서
청룡언월도를 가진 채 오관을 나왔네.
馬騎赤兔行千里
刀偃靑龍出五關.

그 충의 개연히 우주에 가득 차니
영웅은 이로부터 강산에 진동하네.
忠義慨然沖宇宙
英雄從此震江山.

홀로 오며 오관참장 대적할 이 없으니
지금에 이 일을 시로만 읊조리네.
獨行斬將應無敵
今古留題翰墨間.

관공이 말 위에서 탄식하기를,

"나는 오는 길에 사람을 죽이려 하지 않았는데 이렇게 되었구나. 조조가 이를 알면 틀림없이 나를 은혜를 모르는 자로 생각하리라."

하고 있는데, 문득 한 사람이 말을 타고 북쪽에서 달려오며, 크게 부르짖기를

"운장은 잠시 멈추시오!"

한다. 운장이 말고삐를 잡고 당기며 보니 손건이라.

관공이 말하기를,

"자네 여남에서 헤어졌는데 그간 소식이 어떠하신가?"
하자, 손건이 대답하기를,
"유벽과 공도가 장군께서 허도로 돌아가신 뒤에 다시 여남을 빼앗았습니다. 저를 하북에 보내 원소와 결의를 맺고 현덕과 함께 조조를 파할 계책을 세웠습니다. 가보니 하북의 장수들이 서로 질시하고 있음은 생각도 못하였습니다. 전풍은 아직도 감옥에 있고 저수는 쫓겨나 쓰이지 못하고 있었으며, 심배와 곽도는 각자가 권력 다툼으로 정신이 없고 원소는 의심이 많아 줏대를 가지지 못하고 있습니다. 그래서 제가 유현덕과 상의하여 우선 이곳에서 빠져나가기로[脫身之計] 하였습니다.
지금 유황숙은 여남으로 가서 유벽을 만나고 있을 것입니다. 장군께서 아시지 못할까 걱정이 되고 또한 도리어 원소가 있는 곳에 이르시면 혹 위해를 당할지도 모르는 일이어서, 특히 저를 보내 영접하라 하셨는데 다행히도 여기서 뵙게 되었습니다. 장군께서는 속히 여남에 가셔서 유황숙을 만나소서."
하였다. 관공은 손건에게 부인을 뵙게 하였다.
부인들이 그간의 동정을 묻자, 손건이 자세히 말하기를
"원소는 두 번이나 유황숙을 참하려 하였지만, 다행히도 몸을 빼어 여남에 가 계시니 곧 뵙게 될 것입니다."
하자, 두 부인은 다 얼굴을 가리고 눈물을 흘렸다. 관공은 손건의 말대로 하북으로 가지 않고 지름길로 여남으로 갔다. 막 가려 하는데 뒤에서 먼지가 일어나고 한 떼의 인마가 급히 쫓아왔다.
선두에 선 하후돈이 큰 소리로 말하기를,
"관우는 도망가지 말라!"
한다.

이에,

여섯 명의 장수들이 관을 지키다 죽었거늘
한 떼의 군사들이 또 길을 막고 싸우려 하네.

六將阻關徒受死
一軍攔路復爭鋒.

관우는 어떻게 해 여기서 빠져나갈 것인가. 하회를 보라.

# 제28회

채양을 참하여 형제간의 의혹을 풀고
고성에서 만나 주인과 신하의 의리를 세우다.

斬蔡陽兄弟釋疑
會古城主臣聚義.

한편, 관공은 손건과 함께 두 형수를 호위하며 여남으로 떠났는데, 뜻밖에도 하후돈이 3백여 기를 이끌고 뒤따라 추격해 왔다.

손건이 수레를 보호하며 먼저 가고, 관공은 몸을 돌려 말고삐를 잡고 칼을 들고 묻기를

"네가 나를 급히 쫓아 왔으니 승상의 큰 도량에 누를 끼치는 것이 아니냐?"

하자, 하후돈이 말하기를

"승상께서 명문으로[1] 전한 문빙이 없고 네가 오면서 사람을 죽였다. 더구나 내 부장을 참하였으니 무례하기가 그지없다. 내 직접 와서 너를 사로잡아 승상께 바치고 처분을[2] 기다리겠다!"

하고, 말을 마치자 곧 말을 박차며 창을 꼬나들고 싸우려고 하였다.

---

1) **명문(明文)** : 명백하게 되어 있는 문구. 중서. [漢書 韋玄成傳]「經傳無**明文**」. [朱子全書 易]「乾之爲馬 坤之爲牛 說卦有**明文**矣」.

2) **처분[發落]** : 일을 결정하여 끝냄. [覽世名言 奪錦樓]「都齊入府堂 聽侯**發落**」. [福惠全書 刑名部 問擬]「侯批允**發落**」.

그때, 뒤에서 한 필 말이 나는 듯이 오며 큰 소리로
"운장과 싸우면 안 됩니다!"
하거늘, 관공이 고삐를 잡고 움직이지 않았다. 달려온 사자가 품에서 공문을 내어 보였다.
하후돈에게 이르기를,
"승상께서는 관장군의 충의를 높이 사고 계시며, 가는 길에 관애에서 길을 막을까 걱정하고 계십니다. 그래서 저를 보내서 특히 공문을 보내신 것이며, 저에게 여러 곳을 돌라 하셨습니다."
하였다.
하후돈이 또 말하기를,
"관우가 도중에서 관을 지키는 장수들을 죽인 것을 승상께서 아시느냐?"
하자, 온 사자가 말하기를
"이 일은 아직 모르고 계십니다."
하였다.
하후돈이 대답하기를,
"그렇다면 내가 저 자를 사로잡아 가서 승상께 보여야겠다. 승상께서 저를 놓아주시는지 기다려 봐야지."
하였다.
관우는 노하여 말하기를,
"내가 어찌 너 따위를 두려워 하겠느냐?"
하며, 말을 박차며 칼을 들고 나와서 곧장 하후돈을 취하려 하였다. 하후돈 또한 창을 꼬나들고 나와 맞섰다. 두 말이 서로 어울려 싸우기 10합이 못 되어서 한 말을 탄 사람이 나는 듯이 달려오며, 큰 소리로
"두 분 장군께서는 잠깐 싸움을 그치세요!"

한다.

하후돈이 온 사자에게 묻기를,

"승상께서 관우를 사로잡아 오라시더냐?"

하니, 사자가 대답하기를

"아닙니다. 승상께서는 관을 지키는 장수들이 장군을 가지 못하게 막을까 걱정하시고, 또 저에게 공문을 가지고 돌게 한 것입니다."

하자, 하후돈이 말하기를

"승상께서 저자가 길에서 사람을 죽인 것을 아시더냐?"

하니, 사자가 대답하기를

"알지 못하고 계십니다."

하거늘, 하후돈이 말하기를

"저가 사람을 죽인 일을 모르고 계시다니, 저를 놓아 보낼 수는 없다."

하고 수하의 군사들을 지휘하여 관공을 포위하라 하였다. 관공이 대로하여 칼을 춤추며 맞아 싸웠다.

두 사람이 어울려 싸우려 하는데 진의 후미에서 한 사람이 말을 타고 나는 듯이 와서, 크게 외치기를

"운장·원양 두 분은 싸움을 멈추시오!"

하거늘 보니 장료였다. 두 사람이 각각 말을 멈춰 세웠다.

장료가 가까이 와서 말하기를,

"승상의 균지를[3] 가지고 왔소이다. 운장이 관을 지키는 장수들을 죽인 것을 들으셨기에, 그가 가는 길을 막을까 걱정되어 특별히 나에게 각 관애에서 저를 임의로 가게 하라고 알리라 해서 왔소이다."

하매, 하후돈이 말하기를

---

3) **균지(鈞旨)** : 정승이 낸 의견이나 명령. 균교(勻敎). 정승이 낸 의견이나 명령. [長生殿 收京]「小生接介云 領**鈞旨**」.

“진기는 채양의 생질이오. 그가 나에게 부탁하였는데 그가 관우에게 죽었단 말이외다. 어찌 그냥 보낼 수 있소이까?”
하였다.

장료가 대답하기를,
“내가 채장군을 찾아뵙고 오해를 풀게 하리다.”
하였다.
“이미 승상께서 넓으신 도량으로 운장을 가게 하라 하셨으니, 공등은 승상의 뜻을 저버리지 마시오.”
하자, 그때서야 하후돈은 군마를 물리겠다고 약속하였다.

장료가 묻기를,
“운장께서는 지금 어디로 가려하십니까?”
하자, 운장은 대답하기를
“형님께서 또한 원소의 진영에 계시지 않다 듣고, 여기저기 찾아다니는 길이오.”
하거늘, 장료가 묻는다.
“지금 현덕공이 있는 곳을 모르신다면 다시 승상께 돌아가는 것이 어떻겠소?”
하니, 관공이 웃으면서 말하기를
“어찌 그럴 수 있겠소. 문원이 돌아가 승상을 뵙거든 내가 사죄하더라고 전하시오.”
하고 말을 마치자, 관우와 장료는 손을 잡고 헤어졌다.

이때, 장료와 하후돈은 군사들을 이끌고 각자 돌아갔다.

관공은 급히 수레를 쫓아가 손건에게 이 일을 이야기하며 두 사람은 고삐를 나란히 하였다.[4] 길을 떠난 지 수 일이 지났을 때 문득 큰 비가 내려서[5] 행장이 모두 젖었다. 그때 산 쪽을 바라보니 산 언덕의 주변에 한 장원이 있었다. 관공이 일행을 데리고 거기에 이르러 하룻밤 자기로 하고 갔다. 장원 안에서 한 노인이 나와서 일행을 맞았다. 관공이 온 뜻을 자세하게 설명하였다.

노인이 말하기를,

"저는 곽(郭)가라 하는데 명은 상(常)이고 여러 대째 여기 살고 있소이다. 전부터 높으신 이름을 들었사온데 다행히도 직접 뵙게 되었습니다."

하고, 양을 잡고 술을 내어 대접하였다. 두 분 부인은 후당에서 쉬게 하였다. 곽상이 관공과 손건을 데리고 들어가 술을 마셨다. 일변 짐들을 말리고 한편으로는 말들을 먹이게 하였다. 황혼 무렵이 되자 한 소년이 여러 사람을 데리고 장원으로 들어오더니 초당으로 올라왔다.

곽상이 불러 말하기를,

"애야, 장군님께 인사 올려라."

하고,

"제 자식입니다."

하였다.

관공이 묻기를

"어디서 오느냐"

---

4) **고삐를 나란히 하였다[竝馬而行]** : 말고삐를 같이하고 감. 「병비이행」(竝轡而行). [湘素雜記]「劉公佳話云 賈島初赴於京師 一日於驢上 得句云 鳥宿池邊樹 僧推月下門……吟哦時時引手作 推敲之勢……島具對 所得詩句云云 韓立馬良久 謂島曰 作敲字佳矣 遂與**竝轡而歸**」. [中文辭典]「**竝轡** 訣二馬同進也」.

5) **큰 비가 내려서[大雨滂沱]** : 큰 비가 좍좍 쏟아짐. 「방타」는 '비가 몹시 내리는 모양'의 뜻임. [詩經 小雅篇 漸漸之石]「月離于畢 俾**滂沱**矣」. 「대우경분」(大雨傾盆). [陸游詩]「黑雲塞空萬馬也 轉盼白雨如**傾盆**」. [蘇軾 詩]「黑雲白雨如**傾盆**」.

고 하였더니, 곽상이 말하기를

"사냥에서 돌아오는 길입니다."

소년은 관공에게 인사를 하고는 곧 나갔다.

곽공이 눈물을 흘리며 말하기를,

"저는 주경야독하면서[6] 집안을 꾸리고 있습니다. 저것밖에 아들이 더 없는데 본업에 힘쓰지 않고, 오직 사냥 다니면서 노는 것을 일로 생각하고 있습니다. 이것 때문에 가문이 불행합니다."

하였다.

관공은 묻기를,

"바야흐로 지금은 난세입니다. 만약에 무예에 능하면 또한 공명을 얻을 수 있는데 어찌 불행하다 합니까?"

하자, 곽상이 대답하기를

"저놈이 무예를 익혔다면, 이는 곧 뜻이 있는 사람일 것입니다. 그러나 지금 유탕(游蕩)에만 빠져서 하지 않는 짓이 없으니, 그래서 이 늙은이가 걱정하는 것입니다."

하였다. 관공 또한 탄식할 뿐이었다. 밤이 깊어지자 곽상이 인사를 하고 나가자 관공과 손건도 잠자리에 들었다. 갑자기 후원에서 사람소리와 말울음 소리가 들렸다. 관공이 급히 종인을 불러 물으니 종인이 도시 대답이 없거늘, 손건과 같이 칼을 빼어 들고 가보니, 곽상의 아들이 땅에 넘어져 있고 곽상이 부르짖으며 종인이 장객들과[7] 싸우고

---

6) **주경야독하면서[耕讀]** : 「주경야독」(晝耕夜讀)·「주경야송」(晝耕夜誦). 낮에는 농사를 짓고 밤에는 글을 읽는다는 뜻으로, '바쁜 틈을 타서 글을 읽어 어렵게 공부함'의 비유. [魏書 崔光傳]「家貧好學 **晝耕夜誦** 傭書以養父母」. 「주경」. [相牛經]「此南方**晝耕之法**」. 「야독」. [李相隱 酬令狐郎中詩]「朝吟讀客枕 **夜誦**漱僧瓶」.

7) **장객(莊客)** : 장원에 소유되어 있는 사람. 장원의 모든 잡역을 맡아 하고 장주와 그 가족을 보호하는 일을 함. [中文辭典]「大農戶俗稱莊家 其所傭之工役

있었다.

공이 그 까닭을 물으니, 종인이 말하기를

"이놈들이 적토마를 훔치러 왔는데 말에 차여 쓰러졌습니다. 우리들이 울부짖는 소리를 듣고 일어나 순찰하다 보니, 장객들이 도리어 몰려 와서 싸우게 된 것입니다."

하였다.

공이 노하며 말하기를,

"쥐새끼 같은 놈들이 어찌 감히 내 말에 손을 대려 하다니!"

하며 혼내주려 하는데, 곽상이 달려와서 말하기를

"못난 자식이[8] 이런 일을 하였으니, 만 번 죽어야 할 일입니다! 늙은 아내가 이놈을 끔찍이 사랑하고 있사오니, 제발 장군께서 자비심을 베풀어 용서해 주십시오!"

하자, 관공이 말하기를

"조금 전에 노옹이 말씀하신대로 진짜 못난 놈이구려. 자식을 아는 이는 아비만 같지 못하다더니[9] 내 노옹의 얼굴을 봐서 내 저를 용서하리다."

하고, 종인에게 말을 잘 돌보라 하고 장객들을 꾸짖어 돌려보내고는 손건과 같이 초당에 돌아와 쉬었다.

다음 날 곽상 부부가 초당 앞에서 절을 하며, 사례하기를

---

俗稱**莊客**」.

8) **못난 자식[不肖]** : 못나고 어리석은 사람. 사람은 하늘의 뜻으로 생기기 때문에 하늘을 닮지 못했다는 뜻으로 '불초'라 함. [中庸 第四章]「子曰 道之不明也 我之紙矣 賢者過之 **不肖**者不及也」. [史記 五帝紀]「堯知子丹朱之**不肖**」.

9) **자식을 아는 이는 아비만 같지 못하다더니[知子莫如父]** : 지자막약부(知子莫若父). 자식에 대해 가장 잘 아는 이는 아버지임. [貞觀政要 三]「**知子莫如父**」. [管子 大匡]「鮑叔曰 先人有言 **知子莫若父** 知臣莫若君」.

“못난 아들놈이 장군의 위엄을 모독하였던 일을 용서해 주셨으니, 그 은혜에 깊은 감사를 올립니다.”
하거늘, 관공이 명령하여
“저를 불러오시오. 내 바른 말로 가르치리다.”
하니, 곽상이 대답하기를
“그놈이 새벽녘에 무리배들과 어울려 나갔기 때문에, 어디 간 줄을 모릅니다.”
하였다.

관공은 곽상에게 치하하고, 두 분 형수를 수레에 태우고 장원을 나섰다. 손건과 나란히 가며 수레를 호위하고 산길을 따라 가기를 30여 리에 못 미쳐서, 산의 배후에서 백여 명이 몰려 나왔다. 우두머리 같은 두 사람은 말을 타고 있었다. 앞에 선 그 사람이 머리에 황건을 두르고 몸에 전포를 입고 있었고, 뒤에 있는 사람은 곽상의 아들이었다.

머리에 황건을 두른 사람이 말하기를,
“나는 천공장군 장각의 부장이다. 거기 오는 자는 적토마를 내놓아라. 그러면 너희들을 지나가게 해주겠다.”
하거늘, 관공이 크게 웃으면서 말하기를
“무식한 도적놈들! 너희들은 이미 장각을 따라 도적이 되었으니, 또한 유비·관우·장비 세 사람의 이름을 들었을 게 아니냐?”
하니, 황건을 쓴 놈이 말하기를
“나는 다만 얼굴이 붉고 긴 수염을 가졌다는 관운장의 이름을 들었을 뿐, 그의 얼굴은 알지 못한다. 너는 도대체 누구냐?”
하거늘, 공이 칼을 멈추고 말에 올라 수염을 쌌던 주머니를 푸니 긴 수염이 보였다. 그 사람이 안장에서 내리며 곽상의 아들 머리를 잡고 말 앞에서 절을 하였다.

관공이 그의 이름을 물으니, 아뢰기를

"저는 성이 배(裴)이고 이름은 원소(元紹)라 합니다. 장각이 죽은 뒤부터 따르는 주인이 없어서, 산림의 무리들을 모아 이곳에 숨어 있으면서 도적질을 하고 있습니다. 오늘 아침 이놈이 와서 한 지나는 과객이 천리마를 타고 와서 우리 집에 묵고 있다 하기에, 제가 와서 그 말을 빼앗으려 하였습니다. 그러나 장군님을 만나리라고는 생각지도 못하였습니다."

하며, 그 놈과 곽상의 아들이 땅에 엎드려 애걸하였다.

관공이 말하기를,

"내 너의 아비의 얼굴을 보아 너를 용서한다!"

하니, 곽상의 아들이 머리를 싸매고 쥐새끼처럼 가 버렸다.

관공이 배원소에게 묻기를,

"너는 내 얼굴을 모르면서 어떻게 내 이름을 아느냐?"

하니, 원소가 대답하기를

"여기서 20여 리 떨어진 곳에 와우산이 있는데 산 위에 관서인 한 사람이 있습니다. 성은 주(周)이고 이름은 창(倉)이라 하는데 두 팔로 천근을 들며 가슴이 딱 벌어지고 규염을[10] 가졌습니다. 그 모습이 아주 헌걸찬데 원래는 황건 장보의 부하로 있다가 그가 죽자, 사람들을 끌어모아 지내고 있습니다. 그가 저에게 일찍이 여러 번 장군님의 위명을 이야기해 주었으나 뵈올 방법이 없는 것을 한탄하였습니다."

하였다.

관공이 말하기를,

---

10) **규염(虯髥)** : '규룡(虯龍 : 용의 새끼)이 도사린 모양 같은 수염'의 뜻으로 꼬불꼬불한 수염. [五代史 皇甫遇傳]「遇有勇力 **虯髥**善射」. [杜甫 送王砅詩]「次問最少年 **虯髥**十八九」.

"산 속에서 지내는 것은 호걸이 발붙일 곳이 아니다. 공 등은 지금부터는 각자 사악한 것을 버리고 바른 길로 돌아가시오. 다시는 자신의 몸을 그런 곳에 빠지지 않게 하시게."
하자, 원소가 절하며 사례하였다. 마침 이 이야기를 하는 중에 한 떼의 인마가 오는 것이 보였다.
원소가 말하기를,
"저 사람이 틀림없이 주창일겝니다."
관공이 말을 세운 채 기다렸다. 과연 한 사람이 보이는데, 얼굴이 검고 키가 크며 창을 가지고 말을 타고서 무리들을 이끌고 이르렀다. 관공을 보자 놀라고 기뻐하며,
"관장군이시다!"
하고, 급히 말에서 내려 길가에 엎드려, 말하기를
"주창 인사 올립니다."
하였다.
관공이 묻기를,
"장군은 어떻게 나를 알아서 왔소이까?"
하니, 주창이 대답하기를
"지난날 황건 장보를 따를 때 일찍이 존안을 뵈었습니다. 그때는 몸을 그릇 도적의 무리에 둔 것을 한하며 따르지 못했습니다. 오늘에서야 뵙게 되어 실로 다행입니다. 원컨대 장군께서는 저를 버리지 마시고 보졸로라도 따르게 해 주십시오. 곁에서 채찍이나 등자를 들고 따르게만 해 주시면 또한 감읍하겠나이다."
하거늘, 관공이 그 뜻이 간절함을 보고
"자네가 만약 나를 따른다면 네 수하들은 어찌하려느냐?"
하니, 주창이 말하기를

"원하는 자는 모두 데리고 가고 원치 않는 자는 보낼 것입니다."
하거늘, 수하들이 다 말하기를
"따르겠습니다."
하였다. 관공이 말에서 내려 수레 앞에 가서 두 형수에게 품하였다. 감부인이 말하기를,
"아주버님께서 허도를 떠날 때부터 지금까지 혼자서 여기까지 왔습니다. 오는 동안에 여러 가지 어려운 일이 있었는데, 일찍이 군마가 따르는 것이 필요했습니다. 먼저 요화가 따르려 했으나 아주버님께서는 저를 거절하셨습니다. 이제 어찌 유독 주창의 무리입니까? 우리 아녀자들은 소견이 얕으니 아주버님께서 알아서 하세요."
하였다.
공이 대답하기를,
"형수님의 말씀이 옳습니다."
하고, 주창에게 말하기를
"이 관우는 정이 없어서가 아니라 어찌 두 부인의 말을 좇지 않겠느냐? 너희들은 산중으로[11] 돌아가 내가 형님을 찾을 때까지 기다리고 있으면 반드시 부르겠다."
하자, 주창이 머리를 조아리며 말하기를
"저는 일개 분변이 없는 놈이어서[12] 잘못하여 도적이 되었습니다.

---

11) **산중으로[綠林]** : 도둑[火賊]의 소굴. 「녹림호걸」(綠林豪傑)·「녹림호객」(綠林豪客). 형주(荊州)에 녹림산이 있는데 전한(前漢) 말에 망명하는 자가 많이 이곳으로 모여서 '도적'의 이칭(異稱)이 되었음. [漢書 王莽傳]「南郡張霸 江夏羊牧 王匡等起雲杜**綠林** 號曰下江兵」. [通俗編 草木綠林]「後漢書劉玄傳 諸亡命取藏于**綠林**中 按(注)謂 **綠林**地名……後人竟稱 此輩爲**綠林**」.
12) **분변이 없는 놈이어서[粗莽之夫]** : 거칠고 분별이 없는 사내. 「조솔」(粗率)은 「추솔」(麤率)로 '거칠고 까불어서 차근차근 하지 못함'의 뜻임. [朱子全書

이제 장군을 만나서 마치 하늘의 해를 본 듯합니다. 어찌 차마 다시 잘못되는 길을 가겠습니까? 만약 여러 사람이 따르는 것이 불편하시면, 이들을 다 배원소에게 가게 하겠습니다. 그리고 저 혼자서 걸어서라도 따르겠습니다. 장군의 뒤를 따를 수만 있다면 비록 만 리 길이라도 사양하지 않겠습니다!"
하자 관공이 다시 이 말을 두 형수에게 고하였다.

두 부인이 말하기를,

"한 두 사람이 따르는 것이야 무방하겠지요."
하였다. 관공이 이에 주창에게 따르던 무리들을 모두 배원소에게 가게 하였다.

배원소가 말하기를,

"저 또한 장군을 따르겠습니다."
하거늘, 주창이 말하기를

"자네가 만약 가게 되면 따르던 무리들이 다 흩어지게 될 것이네. 지금은 저들을 데리고 있게. 내가 관장군을 따라가서 머물 곳이 있게 되면, 곧 와서 자네를 데려 갈 것이다."
하자, 원소는 내키지 않아 하며 일행과 헤어졌다.

주창은 관공을 따라서 여남으로 떠났다. 행차가 떠난 지 수일 만에 산성 하나가 보였다.

관공이 그곳 사람에게,

"여기가 어디오?"
하자, 그 지방 사람이 말하기를

---

論語]「凡事**粗率** 不能深求細繹那道理」. [南史 孔顗傳]「衣冠器用 莫不**祖粗率**」.

"이 성의 이름은 고성(古城)입니다. 몇 달 전에 성은 장이고 이름은 비라 하는 한 장군이 왔는데, 수십 기를 이끌고 와서 현관을 쫓아내고 성을 차지하고 있으며 군사들을 초모하고 말과 군량들을 모으고 있습니다. 지금 3천에서 5천 정도의 인마가 있어서 사방에서 대적할 사람이 없습니다."
하였다.

관공은 기뻐하며,
"내 아우가 서주를 잃고 헤어진 후 어디 있는지 알지 못하였더니, 누가 여기 있을 줄 알았겠소!"
하고, 손건을 시켜 성에 들어가 알리고 와서 두 분 형수를 맞으라 하였다.

이때, 장비는 망탕산에서[13] 달포 간 있다가 현덕의 소식을 듣기 위해 나갔는데, 우연히 고성을 지나게 되었다. 현에 들어가 양곡을 빌리려 하였으나 현관이 듣지 않으매 장비는 노해서 현관을 내쫓고, 인수를 빼앗아 성지를 점령하여 임시로 몸을 붙이고 있었다. 그날 손건이 관공의 명을 받고 입성하여 장비를 만났다.

인사가 끝난 후 자세히 말하기를,
"현덕은 원소가 있는 곳에서 떠나 여남으로 갔습니다. 지금 운장께서 허도에서 두 분 형수님을 모시고 이곳에 왔으니 장군께서 나가 맞으시지요."
하자, 장비는 듣고 나서 아무 말도 없이 곧 일어나 갑옷을 입고 창을

---

13) **망탕산(芒碭山)** : 망산과 탕산. 한 고조 유방(적제의 아들)이 미천할 때에 여기 숨어 든 적이 있었는데, 후에 흰 뱀을 죽이고 회병하여 천하를 얻게 되었다 함. [中國地名]「在江蘇碭山縣東南 接河南永城縣界 與碭山相去八里 漢高祖微時 嘗亡匿**芒碭山**中 有有皇藏峪 卽高祖所匿處」.

들고는 말에 올라 1천여 기를 이끌고 곧장 북문을 나섰다. 손건은 의아하였으나 감히 묻지 못하고 다만 장비를 따라 성을 나섰다. 관공은 장비가 오는 것을 보고 기쁨을 이기지 못하였다. 칼을 주창에게 맡기고 말을 몰고 와서 맞으려 하였다. 장비는 고리눈을 부릅뜨고 범의 나룻을 거스른 채, 마치 우레와 같은 목소리로 고함을 치면서 장팔사모를 휘두르며 관우를 겨누고 내지른다.

관공이 크게 놀라 계속 황급히 피하며, 소리 지르기를

"아우는 무슨 까닭으로 이러는가. 어찌 도원결의를 잊었는가?"

하자, 장비가 말하기를

"너는 의리가 없는 놈이다! 무슨 면목으로 와서 나를 보려 하느냐!"

하였다.

관공이 말하기를,

"내가 의리가 없다고?"

하니, 장비가 대답하기를

"너는 형님을 배반하고 조조에게 항복하여 후에 봉해져 작록을 받고도 이제 나를 속이려 왔느냐! 내가 이제 너와 함께 죽겠다!"

하거늘, 관공이 말하기를

"자네는 아무것도 모른다. 내가 설명하기 어려우니 두 분 형수께서 이곳에 계시니까 네가 직접 물어 보거라."

하였다.

두 부인이 이야기를 듣고, 발을 올려 말하기를

"셋째 아주버니 왜 이러십니까?"

하자, 장비가 말하기를

"형수님들께서는 가만히 계십시오. 내가 의리 없는 놈을 죽이는 것을 보세요. 그런 연후에 두 분을 성으로 모시겠습니다."

하매, 감부인이 말하기를

"둘째 아주버님께서 셋째 아주버님이 계신 곳을 알지 못하여 잠시 조조에게 몸을 의탁하고 있었던 것입니다. 이제 형님이 여남(汝南)에 계신 것을 알고, 특별히 험저를 마다하지 않고 우리들과 함께 여기에 이르렀으니, 셋째 아주버님께서는 오해하지 마세요."

한다.

또 미부인이 말하기를,

"둘째 아주버님께서 지금까지 허도에 있었던 것은 원래부터 어쩔 수 없었던 일입니다."

하자, 장비는 묻기를

"형수님들께서는 저의 속임수에 넘어가지 마세요! 충신은 차라리 죽을지언정[14] 욕을 보지는 않을 것입니다. 대장부로서 어찌 두 주인을 섬긴단 말입니까?"

하자, 관공이 말한다.

"아우는 나를 잘못 생각하지 말게나."

하자, 손건이 말하기를

"운장은 특히 장군을 찾아오신 것이오."

하니, 장비가 소리를 지르며,

"네가 그런 말을 할 수 있느냐! 그가 어찌 좋은 마음이 있겠나! 필시 나를 잡으러 온 것일세!"

하거늘, 관공이 대답하기를

"내가 만약에 자네를 잡으러 왔다면 군마를 데리고 왔을 게 아니냐?"

---

14) 충신은 차라리 죽을지언정…… : 원문에는 '**忠臣寧死而不辱 大丈夫豈有事二主之理**'로 되어 있음. 「대장부」(大丈夫). [孟子 滕文公 下]「富貴不能淫 貧賤不能移 威武不能屈 此之謂**大丈夫**」. [史記 高祖紀]「嗟乎**大丈夫** 當如此也」.

하니, 장비가 손을 들어 가리키매,
“저기 오는 게 군마가 아니고 무엇이냐?”
하였다.
관공이 돌아보니 과연 먼지가 이는 것이 보이더니, 한 떼의 인마가 이르렀다. 바람이 나부끼는 깃발은 조군임이 틀림없었다.
장비가 크게 화를 내며,
“네가 이제 감히 나에게 어찌할 테냐?”
하며, 장팔사모를 빼어들고 곧 찌르려 한다.
관공이 급히 이를 저지하며,
“아우는 잠깐 멈추게. 내 자네에게 저기 오는 장수를 베어서 내 뜻을 보여 주겠네. 그러면 나의 진심을 알 걸세.”
하자, 장비가 대답하기를
“네가 과연 진심이 있다면 내가 북을 세 번 치는[15] 동안에 곧 오는 장수를 베어야 한다!”
하자 관공이 응낙하였다. 잠시 후 조조의 군사가 이르렀다.
앞에 선 장수는 채양으로 칼을 빼어들고 말을 몰아오면서,
“네가 내 생질 진기를 죽이고 여기까지 도망쳐 왔구나! 내 승상의 명을 받들어 너를 잡으러 왔다!”
하였다.
관공은 다른 말은 하지 않고 칼을 들어 찔렀다. 장비는 직접 북을 치고 있었다. 그러나 북을 한 번 치기도 전에 관공의 칼날이 일어나는 곳에 채양의 머리는 땅에 떨어졌다. 여러 군사들은 다투어 모두 달아

---

15) **북을 세 번 치는[三通]** : 북을 999번 치는 동안을 말하는데 333번 치는 것이 일통(一通)임. [後漢書 光武帝紀]「傳吏疑其僞乃權鼓數**十通**」. [李靖 衛公兵法]「日出日沒時 撾鼓一千挝 三百三十三挝爲**一通**」.

났다. 관공은 인기를[16] 잡은 군사에게 온 연유를 물었다.

그 군사가 말하기를,

"채양이 장군께서 생질이 죽었다는 소식을 듣고, 아주 노하여 장군과 싸우려 왔습니다. 그러나 승상께서는 허락하지 않으시며, 그에게 여남으로 가서 유벽을 치라 하셨습니다. 여기에서 장군을 만날 것이라고는 생각도 못하였습니다."

하였다.

관공은 그 말을 듣고 장비의 앞에 가서 그 일을 자세히 말하였다. 장비는 관공이 허도에 있은 때의 일을 그 군사에게 자세히 물었다. 그 군사는 처음부터 끝까지를[17] 상세히 말하였다. 장비는 자세히 듣고 나서 겨우 관공을 믿게 되었다.

이야기하고 있는 사이에, 문득 성중에서 군사가 와서 보고하기를

"성의 남문 밖에 수십 기가 급박하게 오고 있으나, 누구인지는 모르겠습니다"

하거늘, 장비가 마음속으로 의아해 하면서 곧 남문으로 가서 보니 과연 수십 기가 가벼운 활과 짧은 화살을 가지고 왔다. 장비를 보자 말에서 내리는데 보니 미축과 미방이었다. 장비도 말에서 내려 서로 인사를 하였다.

미축이 말하기를,

---

16) **인기(認旗)** : 군기. 깃발에는 금수를 그려 각 군영의 표식으로 삼아 휘하 군사를 지휘·호령하는데 썼음. [通典]「**認旗**遠看難辨 卽每營各別畫禽獸 自爲標記」. [通鑑後 梁均王紀 胡注]「凡行軍主將各有旗 以爲表識 今謂之**認旗**」.

17) **처음부터 끝까지[從頭至尾]** : 전후수말(前後首末). 처음부터 끝까지의 동안. [論語 鄕黨篇]「揖所與立 左右手 衣**前後** 襜如也」. [詩經 大雅篇 緜]「予曰 有**先後** 予曰 有奔奏 予曰 有禦侮」. [孔融 聖人優劣論]「馬之駿者 名曰騏驥……寧能**頭尾**相當 八脚如一 無有**先後**之覺矣」.

"서주에서 흩어진 뒤부터 우리 형제는 고향으로 가 피해 있었습니다. 사람을 시켜 여기 저기 알아보니 운장은 조조에게 항복한 줄 알았고, 주공께서 하북에 계시다는 것과 간옹 또한 투항해서 하북으로 간다는 것을 알았으나 장군께서 이곳에 계신 줄은 까마득히 몰랐습니다. 어제 길에서 한 상인을 만났는데 그들이 장비란 이름을 가진 장수가 있는데 모양은 이렇게 생겼고 지금 고성을 차지하고 있다는 말을 듣고, 우리 형제는 틀림없이 장군일 것이라고 생각하고 찾아왔는데 다행히 만나게 되었습니다!"
하였다.

장비가 말하기를,

"운장 형님께서 손건과 두 분 형수를 모시고 방금 도착하였소. 또 큰 형님께서 계신 곳도 알게 되었소이다."
하자, 두 사람이 크게 기뻐하고 함께 와서 운장을 만나고 두 분 부인도 뵈었다. 장비는 드디어 두 분 형수를 청하여 성으로 모셨다. 아문에 이르러 두 부인이 지난 일을 설명하자 장비는 큰 소리로 울면서 관우에게 절을 올렸다. 미축과 미방 또한 함께 감상에 잠겼다.

장비는 스스로 헤어진 이후의 일을 말하고, 한편 잔치를 베풀어 축하하였다.

다음 날 장비는 관공과 같이 여남에 가서 현덕을 보고자 하였다.

그러나 관공이 말하기를,

"아우님은 두 분 형수를 보존하고 잠시 성에 있게나. 나와 손건이 먼저 형님의 소식을 알아보겠네."
하자, 장비가 그렇게 하기로 하였다. 관공과 손건이 수십 기만을 이끌고 달려서 여남에 이르니, 유벽과 공도가 나와 맞았다.

관공이 묻기를,

"유황숙께서는 어디 계시오?"

하니, 유벽이 말하기를

"황숙께서는 이곳에 오셔서 며칠 있다가 우리의 군사가 적은 것을 보시고는 다시 하북의 원소에게 상의하러 가셨소이다."

하였다. 관공이 서운해 하자, 손건이 말하기를

"염려하실 일이 아닙니다. 수고스럽지만 한 번 더 하북에 가셔서 유황숙께 알리고 함께 고성으로 돌아가시면 되지 않겠습니까."

하자, 관공이 그의 말대로 유벽과 공도에게 하직하고 고성으로 와 장비에게 이 일을 알렸다.

장비는 곧 하북으로 돌아가고자 하였으나, 관공이 말하기를

"여기 한 성이 있고 이곳이 곧 우리들이 편안히 있을 수 있는 곳이니 가벼이 버려서는 안 되네. 내 손건과 같이 원소가 있는 곳에 돌아가서 형님을 찾아뵈올 것이니 와서 다시 상의 하자꾸나. 자네는 굳게 이 성을 지키시게."

장비가 묻기를,

"형님은 안량과 문추를 죽였는데 어찌 그곳에 가려 하시오?"

하자, 관공이 대답하기를

"상관없다. 내가 거기에 가서 형편을 살펴보겠네."[18]

하고, 주창을 불러 묻기를

"와우산의 배원소가 있는 곳이 어디냐. 그리고 군사가 얼마나 되느냐?"

---

18) **거기에 가서 형편을 살펴보겠네[見機而變]** : 기회를 보아서 요령 있게 대처하겠다는 뜻. [書言故事 評論類]「識事之微曰 **見機**」. 「견기이작」(見機而作). '빌미를 보고 기다리지 않는다'는 뜻임. [後漢書 劉焉傳]「庶乎**見機而作** (注) **幾者 微吉之見**」. [易經 繫辭 下]「君子**見機而作** 不俟終日」.

하니, 주창이 말하기를,
"약 4, 5백 명쯤 됩니다."
하거늘, 관공이 말하기를
"내가 지금 가까운 길로 가서 형님을 찾아가려 한다. 너는 와우산에 가서 군사들의 일부만 데리고 큰 길로 따라가 합세하거라."
하자, 주창이 명을 받고 갔다. 관공이 손건과 함께 2십여 기만을 데리고 하북으로 갔다.
그들이 경계에 이르자, 손건이 말하기를
"장군께서는 쉽사리 들어가셔서는 안 됩니다. 여기서 잠깐 쉬고 계세요. 제가 먼저 들어가 황숙을 뵙고 따로 일을 상의하겠습니다."
하자, 관공의 그의 말에 따르기로 하고 손건이 먼저 갔다. 앞마을을 바라보니 한 곳에 장원이 있어, 곧 종인들과 같이 그곳에서 투숙하기로 하였다. 장원에서는 한 노인이 지팡이를 끌고 나와서 관공에게 인사를 하였다.
공이 사실대로 말하자, 노옹이 말하기를
"저는 성이 관(關)가이고 이름은 정(定)이라 하옵고, 오래전부터 대명(大名)을 들었사오나 이렇게 뵙게 되어서 다행입니다."
하고, 두 아들에게 나와 뵙게 하였다. 기꺼이 관공을 유숙하게 하고 종자들도 모두 장원에 유숙하게 하였다.
한편 손건은 혼자서 기주에 들어가 현덕을 뵙고, 지난 일을 자세히 말씀드렸다.
현덕이 말하기를,
"간옹 또한 이곳에 있는데 은밀히 불러서 의논해 봅시다."
하더니, 조금 있다가 간옹이 왔다. 손건과 서로 인사를 나누고 몸을 뺄 계책을 함께 의논하였다.

간옹이 말하기를,

"주공께서 내일 원소를 만나시면 형주에 가서 유표를 설득해 함께 조조를 치도록 계획을 세워놓고 오겠다고 말씀하셔서, 탈출할 구실을 만드십시오."

하자, 현덕이 동의하며 묻기를

"이 계책이 참으로 묘책이구려! 그런데 공이 나와 함께 갈 수 없으니 어쩌지요?"

하니, 간옹이 말하기를,

"저 또한 몸을 뺄 계책이 있습니다."

하여, 의논이 이루어졌다.

다음 날 현덕이 들어가, 원소를 보고

"유경승이 형양 아홉 개 군을 잘 지키고 있으며 군사가 정예하고 군량이 풍부하니, 서로 약속하여 함께 조조를 공격하게 하십시다."

하자, 원소가 대답하기를

"만약 유표를 얻기만 하면 유벽보다 낫지요."

하며, 마침내 현덕에게 갔다 오라 하였다. 원소가 말하기를,

"근자에 들으니 운장이 조조에게서 떠났다 하던데 하북으로 오려 하지 않을까요. 내 저를 죽여 써 안량과 문추의 원한을 갚을 것이오!"

하였다.

현덕이 묻기를,

"명공께서 먼저 저를 쓰시고자 하셔서 내가 부른 것인데 이제 또 저를 죽이시려 하십니까? 안량과 문추가 두 마리의 사슴이라면 운장은 한 마리의 호랑이 격입니다. 두 마리 사슴을 잃고라도 범 한 마리를 얻는다면, 어찌 한탄할 일이겠습니까?"

하자, 원소가 웃으면서,

"내가 정말 저를 아꼈기에 농담을 한 것이외다. 공이 다시 사람을 시켜 속히 오라 하세요."
하였다.

현덕이 말하기를,

"곧 손건을 보내서 부르면 올 것입니다."
하자, 원소가 기뻐하며 현덕의 말을 따랐다.

현덕이 나가자 간옹이 나와서,

"현덕이 이번에 가면 틀림없이 돌아오지 않을 겁니다. 제가 함께 따라 가겠습니다. 그 이유의 하나는 같이 유표를 설득하려는 것이고, 다른 하나는 현덕을 감시하려는 것입니다."
하자, 원소는 그러리라 싶어 곧 간옹에게 현덕과 같이 가라 하였다. 곽도가 원소에게 간하기를,

"유비는 전에도 가서 유벽을 설득하였으나 성사시키지 못하였습니다. 이제 또다시 간옹과 함께 형주에 가게 하시면 틀림없이 돌아오지 않을 것입니다."
하자, 원소가 대답하기를

"자네는 너무 걱정하지 말게. 간옹은 식견이 있는 사람이야."
하자, 곽도가 한숨을 지으며 나갔다.

한편, 현덕은 손건에게 먼저 성을 나가서 관공에게 소식을 전하게 하였다. 한편 간옹과 함께 원소에게 인사를 하고 말에 올라 성을 나갔다. 일행이 지경의 경계에 이르자 손건이 나와 맞아, 같이 관공이 머물고 있는 장원으로 갔다. 관공은 문에 나와 맞으며 절을 하였다. 그리고는 유비의 손을 잡고 울음을 그치지 못하였다. 관정의 두 아들도 곧장 초당의 앞에 나와 절을 하였다. 현덕이 그의 이름을 물었다.

관공이 말하기를,

"이 사람은 저와 성씨가 같으며 아들이 둘 있는데 장자는 관영(關寧)으로 문을 배우고, 둘째 관평(關平)은 무를 배우고 있습니다."
하였다. 관정이 묻기를,
"지금 저의 어리석은 생각으로는 둘째를 보내 관장군을 따르라 할까 하는데, 식견이 모자라니 용납이 되겠습니까?"
하자, 현덕이 말하기를
"나이가 몇 살입니까?"
하니, 관정이 대답하기를
"열여덟입니다."
하자, 현덕이 또 묻는다.
"이미 주인의 후의를 입었는데 제 아우에게는 아직 아들이 없으니, 지금 주인장의 아들을 동생의 아들로 삼으면 어떻겠소?"
하자, 관정은 크게 기뻐하며 곧 관평으로 하여금 관공에게 아버지의 예를 올리게 하고 현덕을 백부로 모시게 하였다. 현덕은 원소의 추격이 걱정되어 급히 행장을 수습하여 떠났다. 관평은 관공을 따라 나서서 모두가 같이 몸을 일으켰다. 관정은 일 마정까지[19] 나와 배웅하고 돌아갔다.

관공은 길을 와우산으로 잡아 가는 중에 문득 상처를 입은 주창이 10여 기를 이끌고 왔다. 관공이 저를 데리고 가 현덕을 뵙게 하였다. 그리고는 어찌해서 상처를 입었는지를 물었다.

주창이 말하기를,
"제가 미처 와우산에 이르기 전에 먼저 한 장수가 혼자서 말을 타고

---

19) **일 마정[一程]** : 일로(一路). [白居易 壽安歇馬詩]「春衫細薄馬蹄輕 一日遲遲進**一程**」. 본래 '程'은 「路途 · 塗程」을 뜻함. [何景明 鎭遠詩]「旅筐衣裳少 **秋程**風雨多」.

와서 배원소와 싸웠는데 싸움이 1합이 못되어 저를 찔러 죽이고, 수하의 사람들에게 모두 항복받고 산채를 점령하였습니다.

주창이 거기에 도착하여 먼저 있던 부하들을 불렀으나, 여기 이들을 제외하고 나머지는 모두 두려워하여 산채를 떠나려 하지 않았습니다. 주창은 화가 나서 그 장수와 교전을 하였는데, 승패가 여러 번 있었으나 몸의 세 군데나 창에 찔려 주공께 와서 아뢰는 것입니다."

하자, 현덕이 말하기를

"그 사람의 모습이 어찌 생겼더냐? 이름은 무엇이라 하더냐?"

하자, 주창이 대답하기를

"아주 웅장하였으나 이름을 알 수 없습니다."

하였다.

이에 관공은 말을 몰아 앞에 서고 현덕이 그 뒤를 따라 지름길로 하여 와우산에 왔다. 주창이 산 아래에서 큰 소리로 꾸짖으니, 그 장수가 갑옷을 입고 창을 들고 말을 몰아 산을 내려왔다.

현덕이 채찍을 쳐서 말을 앞으로 나오며, 큰 소리로

"게 오는 것이 자룡이 아니신가?"

하자, 그 장수가 현덕을 보더니 급히 말에서 내려 길가에 엎드린다. 과연 그는 조자룡이었다. 현덕·관우가 함께 말에서 내려 인사를 하고 그가 여기에 오게 된 까닭을 물었다.

조운이 말하기를,

"제가 주군과 헤어진 뒤로 공손찬은 간하는 말을 듣지 않다가 싸움에 지자 스스로 불에 타 죽었습니다. 원소가 여러 번 불렀으나, 제 생각에 원소는 사람을 쓸 줄 아는 인물이 아니라 생각하고 가지 않았습니다. 그 후에 서주에 와서 주군에게 투항하려 생각했으나 주군께서 서주를 잃고 운장은 이미 조조에게 귀순하였으며, 주군께서는 또 원소에게 가 있다는 소식을 들었습니다. 저는 여러 번 사군을 뵈려 하였지만 원소가 이상하게 볼까 겁이 났습니다. 그래서 여러 곳으로 떠돌아 다녔으나 몸을 의탁할 만한 곳이 없었습니다.

전에 우연히 이곳을 지나다가 배원소가 산에서 내려와 나의 말을 빼앗으려 하여서 저를 죽였습니다. 그리고 이곳을 빌려 몸을 의탁하고 있던 차입니다. 근자에 들으니 익덕이 고성에 있다 하기에 가서 그에게 투항하려 하였으나 실상을 알지 못하던 차에 다행히도 사군을 만나게 된 것입니다!"

하였다. 현덕이 크게 기뻐하며 지금까지 있었던 일을 설명하였다.

현덕이 말하기를,

"내 처음에 자룡을 볼 때부터 그리던 마음을 버리지 못하고 있었소이다. 오늘 다행히도 서로 만나게 되었구려."

하자, 조운이 대답하기를

"제가 사방을 떠돌면서 주군을 가려 섬겨 보았으나, 사군과 같은 이를 만나지 못하였습니다. 이제 주군을 따라 평생을 함께 하겠습니다. 비록 간뇌도지한다[20] 하여도 한이 없습니다!"

하였다. 그날로 산채를 불 지르고 군사들을 이끌고 현덕을 따라 모두가 고성으로 갔다.

장비와 미축·미방 등이 일행을 영접해 성안으로 들어갔다. 그리고 각자가 서로 인사를 하였다. 두 분인이 운장이 겪었던 일들을 자세히 말하자 현덕은 감탄했다. 이에 소와 말을 잡아 먼저 천지신명께 사례하고 그 후에 두루 여러 군사들을 위로하였다. 현덕은 형제들이 다

---

20) **간뇌도지(肝腦塗地)** : 뱃속의 간과 머리의 골이 으깨어져 땅에 바른다는 말로, '참혹한 죽음을 당함'의 비유. [史記 劉敬傳]「使天下之民**肝腦塗地** 父子暴骨中野」. [漢書 蘇武傳]「常願**肝腦塗地**」. [戰國策 燕策]「擊代王殺之 **肝腦塗地**」.

모이고 장수와 보좌진 중 빠진 사람이 없었다. 또 조운 같은 장수를 얻었고 관우는 아들과 주창 등 두 장수를 얻어 기쁨이 컸다. 며칠 동안 잔치를 베풀었다.

후세 사람이 이를 예찬한 시가 있다.

그때는 수족의 손톱이 갈던 이들
묘연히 소식마저 끊긴 채 지냈네.
當時手足似瓜分
信斷音稀杳不聞.

오늘은 군신들 의로써 다시 모였으니
용호가 모두 풍운을 만난 듯하구나.
今日君臣重聚義
正如龍虎會風雲.

그때, 현덕·관우·장비·조운·손건·간옹·미축·미방·관평·주창 등과 마보군을 합쳐 4, 5천이었다. 현덕은 고성을 버리고 가서 여남을 지키고자 하였는데 마침 유벽과 공도가 사람을 보내 청하였다. 이에 현덕은 군사들을 일으켜 여남에 주둔하고, 군사들을 모으고 말을 사들여 서서히 세력을 펴기 시작하였다. 이에 관한 이야기는 더 하지 않겠다.

한편, 원소는 현덕이 돌아오지 않자 크게 노하여 군사들을 일으켜 저를 토벌하려 하였다. 곽도가 말하기를,

"유비는 걱정할 것이 없습니다. 조조가 가장 강한 적이므로 어찌하던 조조를 제거하시면 됩니다. 유표는 비록 형주에 웅거하고 있지마는

강한 대상은 아닙니다. 강동의 손백부는 위엄이 삼강(三江)을 누르고, 영지 또한 6군에 연해 있으며 뛰어난 신하[謀臣]와 무사들이 아주 많습니다. 그러니 사람을 보내 저와 연합을 하여 함께 조조를 치시지요."
하였다.

원소는 그의 말에 따라 곧 편지를 써서, 진진(陳震)을 사자로 삼아 가서 손책을 만나게 하였다.

이에,

> 하북에서 영웅이 가버리니
> 강동에선 호걸이 또 나타나네.
> 只因河北英雄去
> 引出江東豪傑來.

그 일이 어떻게 되었는지 알 수가 없다. 하회를 보라.

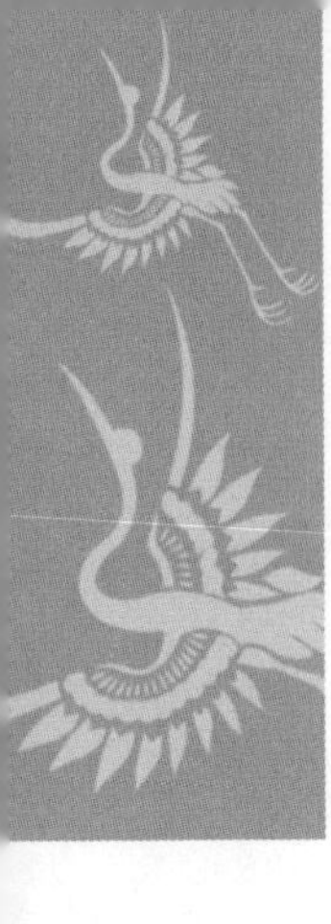

## 제29회

소패왕은 노하여 우길을 참하고
푸른 눈의 아이가 앉아서 강동을 이끌다.
小霸王怒斬于吉
碧眼兒坐領江東.

한편, 손책은 강동을 제패한 뒤부터 정병들을 갖추고 군량을 비축하였다. 건안 4년 여강을 취하고 유훈(劉勳)을 격파하였으며, 우번(虞翻)을 시켜 예장에 격문을 보내서 태수 화흠(華歆)을 투항하게 하였다. 이로부터 성세가 크게 떨쳐 장굉(張紘)을 허도에 보내 임금님께 표주를 올렸다.

조조는 손책이 강성해짐을 보고, 탄식하여 말하기를

"사자의 새끼와는 싸우기 어렵게 되었구나!"

하고, 마침내 조인(曹仁)의 딸을 손책의 아우 손광(孫匡)과 혼인시키는 것을 허락하였다. 그리고 두 집안이 결혼을 하게 하고 장굉을 허창에 있도록 하였다. 손책은 대사마가 되고자 하였으나 조조는 이를 허락하지 않았다.

손책은 이 일을 한탄하며 늘 허도를 응징하려는 마음을 가지고 있었다. 이때에 오군태수 허공(許貢)이 몰래 허도에 있는 조조에게 편지를 보냈다.

그 대강의 내용은 다음과 같다.

손책은 그 용맹함이 옛날 항우와 같습니다. 마땅히 조정에 영총을[1] 드러내게 하기 위해 서울로 불러 올리소서. 저를 외진에 두는 것은 후환이 될 것입니다.

편지를 가지고 강을 건너려 하다가, 강을 지키는 장사의 손에 들어가게 되었다. 그리하여 손책에게 끌려갔다. 손책은 글을 보고 크게 노하여 그 사신을 참하고, 사람을 보내서 거짓으로 허공과 의논하기를 청하게 하였다.

허공이 도착하자 손책이 편지를 꺼내 보이며, 꾸짖기를

"네가 나를 사지로 보내려 하는 것이냐!"

하고 무사를 시켜 저를 교살하게 하자, 허공의 가솔들은 모두 흩어져 달아나고, 그 집에 있던 가객(家客) 세 사람이 허공의 원수를 갚고자 하였으나 곧 기회를 잡지 못하였다.

하루는 손책이 군사들을 이끌고 단도(丹徒)의 서산으로 사냥을 갔다. 그때, 급히 한 마리의 큰 사슴이 뛰거늘 손책이 말을 산 위로 몰아가며 급히 쫓았다. 바로 그때 수풀 속에서 세 사람이 창을 들고 활을 가지고 서 있는 것을 보았다.

손책이 말고삐를 당기며 묻기를,

"너희들은 웬 사람이냐?"

하니, 저들이 대답하기를

"저희들은 한당(韓當)의 군사들입니다. 여기에서 사슴을 잡으려고 합니다."

---

1) **영총(榮寵)** : 은총(恩寵). 임금의 은혜로운 사랑. 큰 벼슬. [後漢書 李通傳]「天下略定 通甚欲避**榮寵** 以病上書乞身」. [三國志 魏志 田疇傳]「天子方蒙塵未安 不可以荷佩**榮寵**」.

하거늘, 손책이 말고삐를 채며 가고자 하는데, 한 사람이 창을 들어 손책의 왼쪽 허벅지를 바라보며 찍으려 하였다. 깜짝 놀란 손책이 급히 차고 있던 칼을 뽑아 말 위에서 찍으려 하는데, 칼날이 빠져 갑자기 땅에 떨어지고 손에는 칼집만 있었다.

한 사람이 속히 활에 화살을 먹여 쏘매 화살이 손책의 뺨에 정통으로 맞았다. 손책은 얼굴의 화살을 빼내고 활을 잡고 그 사람을 쏘자 그자는 땅에 쓰러졌다. 남은 두 사람은 창을 들고 손책을 향해 어지러이 찌르면서, 소리치기를

"우리는 허공의 식객이다. 특히 여기 와서 주인의 원수를 갚으려고 하는 것이다!"

하였다.

손책은 무기가 없어서 활로써 저들을 막으며, 달아나려 하였다. 저들 두 사람은 죽기로 싸우며 물러나지 않았다. 손책은 몸에 여러 군데 창에 찔리고 말 또한 부상을 당했다. 아주 위급한 지경에 정보가 몇 사람을 이끌고 이르렀다.

손책이 큰 소리로 말하기를,

"저놈들을 죽여라!"

하자 정보가 데리고 온 사람들이 일제히 달려들어, 허공의 식객들을 난도질하였다. 손책을 보니, 얼굴은 피로 범벅이 되었고 상처가 깊었다. 정보가 이에 칼로 전포를 찢고 보니 속에 상처가 있어 오회(吳會)로 돌아가 치료를 하였다.

후세 사람 중에 이 식객들을 예찬한 시가 있다.

손책의 지혜와 용기 강동에 뛰어났으나
산 속의 사냥에서 위기를 겪었다네.

孫郎智勇冠江湄

射獵山中受困危.

허씨 집 세 사람 식객, 죽음으로 의를 지키니

목숨 바친 예양도 기이할 게 없도다.

許客三人能死義

殺身豫讓未爲奇.

한편, 손책이 부상을 입고 돌아오자, 사람을 시켜 의원 화타를[2] 찾아 치료하려 하였다. 그러나 그가 이미 중원으로 간 것을 생각하지 못하였다. 다만 그의 도제들만[3] 오나라에 있어서 그들에게 치료하게 하였다.

그의 도제가 말하기를,

“화살 끝에 독약이 묻어서 그 독이 뼈속 깊이 스며들어 적어도 백일 동안 정양을 해야만, 비로소 걱정이 없겠습니다. 만약에 노기가 끓어오르면 그 상처는 치유되기 어려울 것입니다.”

하였다.

그러나 손책은 성격이 아주 급해서 그날로 곧 낫지 못하는 것을 한스러워 하였다. 겨우 20여 일이 되자, 문득 장굉의 사자가 허창에서

---

2) **화타(華佗)** : 중국 위(魏)나라 때의 명의. [三國魏志 方伎傳]「**華佗** 字元化」. (裴松之 注)「**佗**別傳日 劉勳女左膝有瘡 癢而不痛 瘡悠復發 如此七八年 迎佗使視 佗以繩繫犬頸 使走馬牽犬 向五十里 因取刀斷犬腹 以向瘡口 須臾 有若蛇者從瘡中出 七日愈」.

3) **도제(徒弟)** : 제자·문인. 직업에 필요한 지식·기능을 배우려고 남의 밑에 종사하는 사람. [釋氏要覽]「學者以兄弟事師 得稱弟子 又云**徒弟** 謂門**徒弟**子略之也」. [陳摶詩]「堪嗟繼踵無**徒弟**」.

돌아왔다는 소식을 듣고는 손책이 불러 물으니, 사자가 말하기를

"조조는 주공을 심히 두려워하여 장막의 모사를 불러 물으매 모두가 경복하였으나, 오직 곽가 한 사람만이 불복하고 있습니다."

하자, 손책이 묻기를

"곽가가 무엇이라 하더냐?"

하자, 사자가 감히 그대로 말을 못하였다.

손책이 노하여 계속 묻자, 사자가 사실대로 말하기를

"일찍이 곽가가 조조에게 말하기를 '주공께서는 두려워할 것이 없습니다. 그저 방비를 하지 않아도 됩니다. 손책은 성격이 급하고 지모가 적은 필부의 용기를 지녔을 뿐입니다. 며칠 있으면 반드시 소인들의 손에 죽을 것입니다.'라고 하였습니다."

하니, 손책이 듣고 크게 화를 내며 말하기를

"필부가 어찌 감히 나를 재느냐! 내 맹세코 허창을 취하리라!"

하고 병이 낫기도 전에 출병할 것을 의논하였다.

장소가 간하기를,

"의원이 주공께서 백 일 동안 움직이지 말아야 한다고 경계하지 않았습니까. 지금 한 때의 분노로 인해, 스스로 만금과도 같은 몸을 가벼이 하려 하시나이까?"

하였다.

이야기 중에 문득 원소가 보낸 사자 진진이 이르렀다. 손책이 불러들여서 저에게 물었다. 진진이 원소가 동오를 결속하기 위해서, 외응(外應)해 주었으면 한다는 이야기를 자세히 하였다. 그리고 함께 조조를 치려 한다는 것도 말했다. 손책이 크게 기뻐하며 그날로 여러 장수들을 성루에 모아 놓고, 잔치를 베풀고 진진을 환대하였다. 술이 거나해질 무렵, 문득 여러 장수들이 서로가 귓속말을 하면서 누각 아래로

몰려 내려갔다.

손책이 이상하게 여겨 그 까닭을 물으니, 좌우에서 대답하기를,

"우신선이란 이가 있어서 지금 누각을 따라 아래로 지나간다 하여, 여러 장수들이 절을 하러 가는 것이랍니다."

하기에 손책도 몸을 일으켜 난간에 기대어 저를 보니, 한 도사가 보이거늘 몸에는 학창의를[4] 입고 손에는 지팡이를 짚고서 길 가운데 서 있는데, 백성들이 모두 향을 피우고 길에 엎드려 경배를 올렸다.

손책이 노하여 말하기를,

"이 사람이 도대체 어떤 요인(妖人)이냐? 빨리 내 앞에 잡아 오거라."

하니, 좌우가 대답하기를

"이 사람은 성이 우(于)씨요 이름을 길(吉)이라 하옵고 동쪽에 살면서 여기에 자주 오십니다."

하였다.

"두루 부수를[5] 행하여 여러 사람들의 병을 고쳐주고 있는데 영험이 있어서, 세상에서는 저를 신선이라 부릅니다. 가벼이 저를 모독해서는 안 됩니다."

하자, 손책은 더욱 화를 내며 말하기를

"속히 잡아 오렸다. 어기는 자는 참하리라!"

하자, 좌우가 어쩔 수 없이 모두 아래로 데려와서 우길을 에워싸고 누각에 올랐다.

---

4) **학창의(鶴氅衣)** : 도포(道袍). 학의 털로 만든 웃옷. 「학창구」(鶴氅裘). [晉書 王恭傳]「王恭 字孝伯 大原晉陽人……嘗被**鶴氅裘** 涉雪而行 孟昶窺見日 神仙中人也」. [晉書 謝萬傳]「萬著白綸巾**鶴氅裘** 履版而前 旣見與帝 共談終日」.

5) **부수(符水)** : 황로(黃老 : 도교에서 황제와 노자)에서 부적을 태운 물을 마시게 하여 병을 치료하였음. [能改齋漫錄]「制作**符水**以療病」. [宋書羊欣傳]「素好黃老 常手自書章 有病不服藥 飮**符水**而已」.

손책이 꾸짖기를,

"미친 짓으로 어찌 감히 사람의 마음을 현혹하느냐!"

하매, 우길이 대답하기를

"빈도는 낭야궁의 도사로, 순제 때에 산에 들어와 약초를 캐면서 양곡천 물 위에서 신서(神書)를 얻었는데 '태평청령도'(太平靑領道)라 합니다. 무릇 백여 권에 이르는데 모두가 사람들의 질병을 다스리는 것입니다. 제가 이 책을 얻어 오직 하늘을 대신해서 선화에[6] 힘쓰며, 여러 사람을 구원하고 있습니다. 일찍이 사람들의 재물을 털끝만큼도 취하지 않았는데, 어찌 인심을 선동하고 혹세무민한다 하십니까?"

하였다.

그러나 손책이 말하기를,

"네가 터럭 끝만큼도 사람에게서 취한 것이 없다 하였더냐. 의복이며 음식이며 돈은 어디서 얻었느냐? 너는 곧 황건적 장각의 아류이다. 지금 내가 벌을 주지 않는다면 필시 뒤에 화가 있을 것이다."

하며, 좌우를 꾸짖어 저를 참하라 하였다.

장소가 간하기를,

"우도인은 강동에서 수십 년간 살면서도, 전혀 죄를 범한 일이 없사오니 저를 죽이시면 안 됩니다."

하자, 손책이 말한다.

"이런 요사한 인물들을 내가 죽여 없애려는 것이니, 어찌 개나 돼지를 죽이는 것과 다르겠느냐!"

하였다. 여러 사람들이 애써 간하고 진진 또한 나서서 권하였다.

그러나 손책의 노여움은 가시지 않아 저를 옥중에 가두게 하자, 그

---

6) **선화(宣化)** : 선정(善政) 등을 널리 폄. [漢書 宣帝記]「或以酷惡爲賢 皆失其中 奉詔**宣化**如此」. [抱朴子]「**宣化**以濟俗」.

제서야 모두들 흩어지고 진진도 관역으로 돌아와 편히 쉬고 있었다.

손책은 부중으로 돌아갔다. 일찍이 내시들 중에서도 이 이야기를 전해들은 사람들이 있어 손책의 어머니 오태부인도 더불어 모두 알게 되었다.

부인이 손책을 후당으로 불러서 이르기를,

"나는 네가 우신선을 감옥에 가둔 일을 들었다. 이 사람은 일찍이 의원으로서 질병을 많이 고쳤다 하여 군민들이 모두 경앙(敬仰)해하고 있다는데, 해를 가함은 옳지 않은 것이다."

하거늘, 손책이 말하기를

"이 같은 요인들은 능히 요술로써 백성들을 현혹시키고 있사오니 없애지 않을 수 없습니다."

하자, 부인께서 재삼 풀어주기를 권하였다.

손책이 대답하기를,

"어머님께서는 외인들의 망령된 말을 듣지 마십시오. 제가 알아서 처리하겠습니다."

하고는, 옥리에게 우길을 불러 내여 신문하겠다고 하였다.

원래 옥리들은 모두가 우길을 존경하고 믿고 있어서, 옥중에 있을 때에도 칼을 씌우지 않았다. 손책이 저를 불러낼 때에만 쇠고랑을 채우고 목에 가쇄를[7] 한 후에 나왔다. 손책은 이를 알자 크게 노하여 옥리를 심하게 야단치고 나서, 우길에게 가쇄를 채워 하옥하게 하였다. 장소 등 여러 사람들이 연명으로 연판장을 돌려 손책에게 구명하며, 우신선의 목숨을 살려줄 것을 애걸하였다.

---

7) **쇠고랑을 채우고 목에 가쇄를[枷鎖]** : 죄인에게 칼을 씌우고 족쇄를 채움. 목과 손목에 채우는 수가(手枷)와 발목에 채우는 족쇄(足鎖)가 있음. [北史 流求國傳]「獄無**枷鎖** 惟用繩縛」.

손책이 또 말하기를,

“여러분들은 다 지식인들인데 어찌 사람을 분별하지 못하시오. 옛날 교주자사 장진(張津)은 사교를 믿어 거문고를 타며 분향을 하고, 늘 붉은 수건으로 머리를 싸매고 스스로 전장에 나가는 군사들의 위세를 돕는다 했다가, 끝내는 적군들에게 죽고 말았소이다. 이런 인물은 전혀 쓸모가 없으나 여러분 스스로가 깨닫지 못하는 것뿐입니다. 내 우길을 죽이고자 하는 것은 사악한 일을 금하고 혼미한 데서 깨어나게 하려는 것입니다.”

하였다.

여범(呂範)이 묻기를,

“저는 평소에 우도인이 능히 풍우를 내리게 할 수 있음을 알고 있습니다. 지금 바야흐로 가뭄이 심하니 어찌 비를 내리게 하여 그 죄를 속해 주려 않으십니까?”

하자, 손책이 말하기를

“내 또한 이 요인(妖人)이 어찌하는가 보려 하오.”

하고, 드디어 옥중에서 우길을 나오게 하여 그 가쇄를 풀게 하였다. 그리고 연단에 올라 비를 빌게 하였다. 우길이 명을 받고 곧 목욕을 하고 옷을 갈아입고는 스스로 몸을 묶어 뜨거운 햇볕 속에 있으니, 저를 보려는 백성들이 거리를 가득 메웠다.

우길이 백성들에게 이르기를,

“내가 삼척의 비를 빌어 백성들을 구해드리리다. 그러나 나는 죽음을 면치는 못할 것입니다.”

하였다.

백성들이 다 말하기를,

“만약 영험이 있다면 주공께서도 반드시 경복할 것이외다.”

하자, 우길이 대답하기를

“기수가[8] 이에 이르렀으니, 도망할 수 없을까 두렵소이다.”

하였다.

조금 있자 손책이 친히 단 중앙에 이르러, 명령하기를

“만약 오시까지 비가 오지 않으면 곧 우길을 태워 죽이겠다.”

고 하며, 먼저 백성들에게 마른 나무들을 쌓아 놓고 기다리게 하였다. 오시가 되자 광풍이 몰아치더니 바람이 지나는 곳에 사방에 구름이 점점 모여들었다.

손책이 말하기를,

“시간이 이미 오시에 가까워졌으나, 쓸데없는 구름만 있을 뿐 비가 내리지 않으니 이는 진정 요인이다!”

하며, 좌우의 장수들로 하여금 우금에게 쌓아 놓은 시초(柴草)에 사방에서 불을 당기게 하니 불꽃이 바람을 타고 일어났다.

문득 검은 연기 한 줄기가 지나며 공중을 가득 채우더니, 천둥소리가 요란하며 번개가 치고 큰 비가 쏟아 붓듯이 내려[9] 순식간에 시가지가 온통 물바다였다. 개울에 모두 물이 차고 삼척 감우가[10] 내렸다.

우길은 시초더미 위에 누워 하늘을 우러러 보면서 큰 소리를 지르니, 구름이 걷히고 비가 멎더니 다시 해가 보였다. 이에 관리들과 백

---

8) **기수(氣數)** : 길흉과 화복의 운수 · 절기와 도수. [宋史 樂志]「天地兆分 **氣數**爰定 律厥**氣數** 通之以聲」. [中文辭典]「俗於人之命運及凡事之若有前定者 亦謂之**氣數**」.

9) **큰 비가 쏟아 붓듯이 내려[大雨如注]** : 큰 비가 붓듯이 옴. 「대우방타」(大雨滂沱). 「방타」는 ‘비가 몹시 내리는 모양’의 뜻임. [詩經 小雅篇 漸漸之石]「月離于畢 俾**滂沱**矣」.

10) **삼척 감우(三尺甘雨)** : 시우(時雨). 꼭 필요할 때 알맞게 오는 비. [詩經 小雅篇 甫田]「以御田祖 以祈**甘雨**」. [管子 四時]「然則柔風**甘雨** 乃至」.

성들이 모두 우길을 시초더미 위에서 끌어내려서, 그를 묶은 줄을 끄르고 절하며 칭사하였다. 손책은 관민들이 함께 물속에서 절하는 것을 보고, 의복을 돌보지 않고 크게 노여워하며 꾸짖기를,

"날이 개고 비가 내리는 것은 천지의 정해진 운수이다. 요인이 우연히 그 틈을 탄 것인데, 너희들은 어찌하여 이에 미혹되느냐!"

하며 보검을 잡고 좌우에게 속히 우길을 참하라 명하였다.

여러 백성들이 힘써 간하였으나, 손책은 노여워하며

"너희들이 다 우길을 따라서 모반하려는 것이냐!"

하자, 여러 백성들이 다시 더 말을 못하였다.

손책이 무사들에게 단칼에 우길의 목을 잘라 땅으로 떨어뜨렸다. 그때 한 줄기 푸른 기운이 동북쪽으로 뻗치며 사라졌다. 손책은 그 시체를 저자에 버리라고 호령함으로써 요망한 죄를 다스리게 하였다.

이날 밤에는 비바람이 불더니 새벽에는 우길의 시체가 보이지 않았다. 시체를 지키고 있던 군사들이 손책에게 보고 하자, 손책이 노하여 시체를 지키던 군사들을 다 죽이려 하였다. 문득 한 사람이 뜰 앞에서 천천히 걸어오기에 저를 보니 우길이었다. 손책이 노하여 칼을 빼서 저를 찌르고자 하다가 홀연 땅에 쓰러졌다. 좌우가 급히 안으로 들여다 누이니 한 시간 쯤 뒤에 겨우 깨어났다.

오태부인이 와서 병자를 보면서 말하기를,

"내 아들이 신선을 죽이더니, 결국 이런 화를 당하는구나."

하자, 손책이 웃으면서 대답하기를

"제가 어려서부터 아버지를 따라 출정할 때마다 사람 죽이기를 삼나무를 베듯하였는데, 일찍이 화를 당한 적이 있습니까? 요인을 죽이게 한 것은 큰 화를 끊어 버리는 것이오니, 어찌 도리어 제게 화가 미친다 하십니까?"

하거늘, 부인이 말하기를

“네가 믿지를 않으니까 일이 여기에 이른 것이다. 이제 좋은 일로써 재앙을 다스려야 한다.”

하였다.

손책이 묻기를,

“내 명은 하늘에 달린 것일 뿐 요인이 결코 화를 만들어 내지는 못할 것입니다. 어찌하여 재앙이라 하십니까?”

하자, 부인은 계속 권하였으나 믿지 않았다.

이에 자신이 좌우에게 비밀히 선한 일을 닦아 재앙을 풀게 하였다.

이날 밤 2경에 손책이 내실에서 누워있는데, 문득 음풍이 몰아쳐 일더니 등불이 꺼졌다 다시 켜졌다. 등불 아래에서 보니 우길이 침상 앞에 서 있었다.

손책이 크게 꾸짖기를,

“내 평생에 요망한 무리들을 벌하여 천하를 바로 잡으려 하였도다! 네가 이미 음귀가 되어 어찌 감히 나에게 접근하느냐?”

하고 침상 머리에 있던 칼을 던지려 하였으나, 홀연 보이지 않았다. 오씨 부인이 그 이야기를 듣고 번민으로 잠을 이루지 못하였다. 손책은 이에 병을 앓으면서 어머니를 찾아 그 마음을 위로코자 했다.

모친은 손책에게 말하기를,

“성인께서 말씀하시기를 ‘귀신의 덕이 성하구나!’,[11] 하셨고, 또 ‘너는 상하 귀신에게 기도하라.’ 하셨으니 귀신의 일을 믿지 않을 수 없다. 네가 우신선을 죽였으니 어찌 응보가 없겠느냐? 내 이미 사람을

---

11) 귀신의 덕이 성하구나! : 원문에는 ‘**鬼神之爲德 其盛矣乎**’로 되어 있음. [中庸第一六章]「子曰 **鬼神之爲德 其盛矣乎**」. (章句) 「程子曰 **鬼神**天地 功用造化之迹也」.

시켜 군에 있는 옥청관에서 초제를[12] 지내게 하였으니 네가 직접 가서 빌어라. 그러면 무사할 것이다."
하였다.

손책은 어머니의 명을 거역할 수 없어서 마지못해, 가마를 타고 옥청관에 이르렀다. 도사가 나와 맞아들이고는 손책에게 향을 피우게 하였다. 손책이 분향을 하면서도 절을 하지는 않았다. 홀연히 향로 중의 연기가 흩어지고 성기어 한 줄기 화개[13] 모양이 되더니 윗자리에 우길이 단정하게 앉아 있는 것이다. 손책이 노하여 그에게 침을 뱉고는 전각에서 나왔다. 그러나 또 우길이 전문 앞에 서서 손책을 화난 눈으로 바라보고 있었다.

손책이 좌우에게 묻기를,

"너희들도 요귀를 보았느냐."

하자, 좌우가 다 아뢰기를

"보지 못하였습니다."

하거늘, 손책이 화가 나서 허리에 차고 있던 칼을 뽑아 우길에게 던졌다. 한 사람이 칼을 맞고 넘어졌다.

사람들이 저를 보니 전날 우길을 죽였던 군사였다. 저가 칼을 뇌수에 맞고 일곱 구멍에서[14] 피를 흘리며 죽었다. 손책이 저를 장사지내게 하라 명하였다. 그리고 막 관을 나서는데 우길이 관문으로 달려

---

12) **초제(醮祭)** : 별을 향하여 지내는 제사. [漢書 郊祀志]「宣帝時 或言 益州有金馬碧鷄之神 可**醮祭**而致」.

13) **화개(華蓋)** : 의장의 하나로 비단으로 만든 산개(傘蓋). [古今注]「**華蓋**黃帝與蚩尤戰 常有五色雲氣 金枝玉葉 止於帝上 有華蘤之像 故作**華蓋**」.

14) **일곱 구멍[七竅]** : 사람의 얼굴에 있는 일곱 개의 구멍으로 눈·코·귀·입의 일곱개 구멍을 말함. [靈樞脈度篇]「**七竅** 耳目鼻(各二)口(一)」. [莊子 應帝王]「皆有**七竅** 以視聽食息」.

들어오는 것이 보였다.

손책이 말하기를,

"이 옥청관이 요괴가 숨어 있는 곳이냐!"

하고, 관 앞에 앉아서 무사 5백여 명에게 이 관을 헐어버리게 하였다. 무사들이 막 지붕에 올라가 기와를 들려 하자, 문득 우길이 옥상에서 있으면서 기와를 땅으로 던졌다.

손책이 크게 노해 본관의 도사를 끌어내게 하고는 전각을 불태우게 하였다. 불길이 일어나는 곳을 보니 또한 우길이 화광 가운데 있었다. 손책이 노하여 부중으로 돌아오니, 또 우길이 문 앞에 서 있는 것이 보였다. 손책은 부중에 들어가 삼군을 점고하고 성 밖에 나가 영채를 지었다. 그리고는 여러 장수들을 불러, 원소를 도와 병사를 내어서 조조를 협공할 것을 상의 하려 했다.

여러 장수들이 모두 말하기를,

"주공께서 옥체가 편치 않으신데 경거망동하지 마옵소서. 병이 낫거든 출병하여도 늦지 않을 것입니다."

하였다.

이날 밤에 손책이 영채 안에서 자고 있는데, 또 우길이 머리를 풀어 흐뜨린 채 왔다. 손책은 장중에서 저를 꾸짖기를 그치지 않고 있었다. 이튿날 오태부인이 전령을 보내 손책을 부중으로 돌아오라 명하셨다. 손책이 들어가 어머님을 뵈니, 손책의 용모가 아주 초췌해 있었다.

오태부인이 울면서 말하기를,

"아들이 많이 상했구나!"

하시자, 손책은 곧 거울을 가져오게 하여 자신의 모습을 비춰보았다. 과연 형용이 아주 쪽 빠져 있는 것을 보고는 놀라지 않을 수 없었다. 좌우를 돌아보며 묻기를,

"내가 어찌하여 이토록 초췌해졌는고!"

하는데, 말이 끝나지도 전에 문득 우길이 거울 속에 서 있었다. 손책은 거울을 깨뜨리며 큰 소리를 지르자, 금창이[15] 터져서 땅에 쓰러졌다. 오태부인이 부축해서 안으로 들이게 하니 잠시 후에 깨어났다.

손책이 탄식하며 말하기를,

"내 다시 살지는 못할 것이로다!"

하고, 장소 등 여러 사람들과 아우 손권을 누워 있는 탑전에 불러서 부탁하기를,

"천하가 바야흐로 어지러운 이때에, 오월(吳越)의 군사들을 거느리고 삼강의 견고함을 이용한다면 큰 뜻을 펼 수 있을 것이오. 자포(子布) 등은 내 아우를 잘 도와주시게."

하며, 인수를[16] 손권에게 주면서 말하기를

"만약 강동의 군사들을 일으켜서, 두 진영 간에 결판을 내어 천하를 두고 다투는 것은 네가 나보다 낫지 못하겠지만, 어진 인물을 쓰고 능력이 있는 사람에게 일을 맡겨서 각자가 힘을 다해 강동을 보전하는 데는 나는 너만 못할 것이다. 너는 마땅히 부형 창업의 어려움을 생각하여 스스로 잘 도모하라!"

하였다.

손권이 큰 소리로 울며 인수를 받고 절하였다.

손책은 어머니에게 부탁하기를,

---

15) **금창(金瘡)** : 칼이나 화살 등 금속의 날에 다친 상처. [六韜 龍韜 王翼]「方士三人主百藥 以治**金瘡**」. [晉書 劉曜載記]「使**金瘡**醫李永療之」.

16) **인수(印綬)** : 인끈. 관인(官印). 이는 '기패(旗牌)'와 함께 신분과 권능을 증명하는 도구임. [史記 項羽紀]「項梁持守頭佩其**印綬** 門下大驚擾亂. [漢書 百官公卿表]「相國丞相 皆**金印紫綬**」.

"저는 명수가 이미 다 되어, 어머님을 봉양하지 못하게 되었습니다. 이제 인수를 아우에게 전했으니, 바라건대 어머님께서는 조석으로 저를 가르쳐 주소서. 부형의 옛 친구들을 가볍게 대접하지 않도록 해 주소서."
하니, 어머니가 대답하기를
"네 아우가 나이가 어려서 걱정이며 큰 임무를 감당하지 못할까 걱정되지만, 이제 다시 어찌하겠느냐?"
하였다.
손책이 또 말한다.
"아우는 재주가 나보다 열 배는 나아 능히 큰 일을 감당해낼 것입니다. 나라 안의 일을 결정하지 못하면 장소에게 묻게 하시고, 밖의 일을 결정하지 못할 때에는 주유에게 묻게 하세요. 주유가 여기 없어서 직접 부탁할 수 없음이 한입니다."
하고, 다른 아우들을 불러 부탁하기를,
"내가 죽은 후에 바로 너희들은 중모(仲謀)를 잘 도와라. 종족 중에 감히 딴 마음을 품는 자가 있다면 너희가 함께 저를 처벌하라. 만약 골육 간에 역모를 하는 자가 있으면 조상의 무덤에 함께 안장하지 말아라."
하자, 여러 아우들이 울며 명을 받들었다.
또 부인 교씨(喬氏)를 불러서 이르기를,
"나와 당신이 불행하게도 중도에서 헤어지게 되나, 당신은 어머니에게 효도와 존경을 다하시오. 조만간에 처제가 들어와 만날 것이니, 그때에 주랑에게 부탁해서 마음을 다해 내 아우를 도와주시오. 그리고 우리 둘 사이의 평소에 아름답던 관계를 버리지 말라 하시구려."
하고, 말을 마치자 눈을 감았다. 그때 그의 나이 26세였다.

후세 사람 중에서 저를 예찬한 시가 있다.

혼자 동남땅에서 싸울 땐
'소패왕'이라 불리더니라.
獨戰東南地
人稱「小霸王」.

계략을 꾸밀 땐 호랑이처럼 웅크리고
대책을 결행할 땐 마치 매가 나는 듯하네.
運籌如虎踞
決策似鷹揚

위엄은 삼강에 떨치며
이름이 사해에 들렸도다.
威鎮三江靖
名聞四海香.

죽음에 임해 큰 일을 남기니
모든 걸 주랑에게 걸고 있네.
臨終遺大事
專意屬周郎.

손책이 죽자 손권이 시체 앞에서 통곡하였다.
장소가 말하기를,
"이때는 장군께서 곡만 하고 있을 때가 아닙니다. 마땅히 일방으로

도 상사를 치워야 하겠지만, 또 한편으로는 국가의 대사를 다스려야 합니다."

하자, 손권은 눈물을 거두었다. 장소는 손정(孫靜)에게 상사를 주장하게 하고, 손권을 당으로[17] 청해 문무 관원들의 하례를 받게 하였다.

손권은 나면서부터 모난 턱에 입이 크고 눈빛이 푸르며 수염이 붉었다. 옛날 한나라의 사신 유완(劉琬)이 오나라에 들어왔을 때에 손씨 형제들을 보고, 남에게 말하기를

"내 손씨 형제들을 두루 보니 비록 각자 재기가 뛰어나지만 다 각각 복록과 작록은 같지 않은데, 오직 중모가 그 형용이 괴이하고 골격이 비상해서 이에 크게 귀하게 될 표상이며 또 장수하겠으나, 여러 형제들이 그에 미치지 못할 것이오."

했다고 한다.

한편 당시 손권은 손책의 유명을 받아 강동의 일들을 장악하였다. 그러나 세상을 경영하는 일은 정하지 않고 있었는데 사람이 와서 보고하기를, 주유가 직접 파구(巴丘)에서 군사들을 이끌고 오군으로 돌아온다 하였다.

손권이 말하기를,

"공근이 이미 돌아온다니 나는 근심이 없어졌다."

고 말하였다.

원래 주유는 파구를 지키고 있었는데, 손책이 화살을 맞았다는 소식을 듣고 안부를 물으려고 오군에 왔다가 손책이 죽은 것을 알고 밤

---

17) **당(堂)** : 당실(堂室). 높은 기대(基臺) 위에 있는 전각. '당'은 바깥 대청, '실'은 안 대청임. [宋 李如圭 儀禮釋官]「**堂室**之名制 不盡見於經 官必南嚮 廟在寢東 皆有門」.

을 도와 상사에 참여하려 온 것이었다. 그때는 주유가 손책의 시체 앞에서 곡을 하고 있었는데, 오태부인이 나와서 유언을 전했다.

주유는 땅에 엎드린 채, 대답하기를

"감히 견마의 힘을 다해서라도 죽기로써 그 말씀을 계승하겠습니다."

하였다. 조금 있자 손권이 들어왔다.

주유가 인사를 마치자, 손권이 말하기를

"원컨대 공께서는 선형(先兄)의 유명을 잊지 마세요."

하자, 주유가 머리를 조아리며 말하기를

"원컨대 죽기로써 지기의 은혜를 갚겠나이다."[18]

하였다.

손권이 묻기를,

"이제 부형의 유업을 계승하려면, 앞으로 어떤 계책을 세워야 할까요?"

하자, 주유가 대답한다.

"예로부터 사람을 얻는 자는 번성하고 사람을 잃는 자는 망한다 하였습니다.[19] 지금 할 일은 먼저 고명하고 식견이 높은 이들의 보필을 받는 것입니다. 그런 연후에야 강동이 안정될 것입니다."

하자, 손권이 말하기를

"먼저 선형의 유언이 안의 일은 자포에게 부탁하였고, 밖의 일은 공근에게 당부하였습니다."

하니, 주유가 대답하기를

---

18) **죽기로써 지기의 은혜를 갚겠나이다[肝腦塗地]** : '참혹한 죽음'을 당함의 비유. [史記 劉敬傳]「使天下之民**肝腦塗地** 父子暴骨中野」. [漢書 蘇武傳]「常願**肝腦塗地**」. [戰國策 燕策]「擊代王殺之 **肝腦塗地**」.

19) **사람을 얻는 자는 번성하고 사람을 잃은 자는 망한다** : 원문에는 '**得人者昌 失人者亡**'으로 되어 있음. [孟子 滕公文 上]「爲天下**得人**者 謂之仁」. [論語 衛靈公]「子日 可與言而不與之言 **失人** 不可與言而與之言 **失言**」.

“자포는 어진 사람이니 족히 큰 일을 담당할 수 있을 것이나, 저는 자격이 없어서 부탁한 중임을 감당하지 못할까 걱정됩니다. 원컨대 한 사람을 천거해서 장군을 도울까 합니다.”
하자, 손권이 그게 누구냐고 물으매, 주유가 대답하기를

“성은 노(魯)씨요 이름은 숙(肅)이라 하며 자를 자경(子敬)이라 하는데, 임회의 동천(東川) 사람입니다. 이 사람은 가슴 속에 도략을[20] 품고 있으며, 뱃속에는 기모(機謨)가 숨겨져 있습니다. 일찍 아버지를 잃고 어머니를 섬기기를 지극한 효성으로 하였고, 집이 몹시 부자여서 재산을 써서 가난한 이들을 구제하였습니다.

제가 거소에서 지낼 때에 수백 인을 데리고 임회를 지나다가 양식이 떨어져서 노숙의 집 두 곳간에 각각 삼천 곡이 있다는 말을 듣고, 가서 도움을 청하자 노숙은 즉시 한 곳간을 주었습니다. 그는 강개함이 이와 같았습니다. 평생에 좋아하는 것이라고는 칼 쓰기[擊劍]와 말 타기고 활쏘기[騎射]뿐이옵니다. 고향을 떠나 곡아(曲阿)에 우거하면서 조모가 돌아가시자 돌아가 동성에서 장례를 치렀습니다. 그의 친구 유자양(劉子揚)은 저에게 소호에 가서 정보(鄭寶)에게 투항하자고 언약하였는데, 노숙은 주저하다가 가지 못했답니다. 이제 주공께서 속히 저를 부르세요.”
하였다.

손권은 크게 기뻐하며, 곧 주유에게 저를 모셔오게 하였다. 주유가 직접 가서 노숙을 뵙고 인사가 끝나고 손권이 사모하는 정에 대해 자

---

20) **도략(韜略)** : 육도삼략(六韜三略). 중국의 병법서의 고전. ‘육도’는 태공망이 지었다는 문도·무도·용도·호도·표도·견도 등 60편이고, ‘삼략’은 상·중·하 3권으로 되어 있다 함. [耶律楚材 送王君王西征詩]「五車書史豈勞力 **六韜三略** 無不通」. [丁鶴年 客懷詩]「文章非豹隱 **韜略**豈鷹揚」.

세히 말하였다.

노숙이 말하기를,

"근자에 유자양이 나와 소호에 가기로 약조를 하여, 내 그곳으로 가려하외다."

하였다.

주유가 대답하기를

"옛날 마원(馬援)은 광무에게 이르기를, '지금 세상에 단지 임금이 신하를 선택할 뿐 아니라 신하 또한 임금을 선택한다.' 하였소이다. 이제 손장군께서 어진 이를 가까이 하고 선비를 예로 대하며, 뛰어난 재주를 갖춘 이를 찾는다 하니 이는 세상에서 흔치 않은 일이외다. 족하께서는[21] 다른 생각할 것 없이 나와 같이 동오로 가십시다."

하였다. 노숙은 그 말을 따라 주유와 함께 와서 손권을 뵈었다. 손권 또한 심히 저를 존경하며 그와 함께 이야기하기를 하루 종일 하여도 싫증을 내지 않았다.

하루는 여러 관리들이 다 흩어진 뒤에, 손권은 노숙과 함께 술을 마셨다. 늦어서야 한 자리에 누웠다. 밤에 손권이 노숙에게

"지금은 바야흐로 한실이 기울어져 위험에 처해 있고, 사방에서 소요가 일어나고 있습니다. 나는 부형의 유업을 계승하려 하니 환공(桓公)과 문공(文公)의 일이[22] 생각납니다. 공은 저에게 어떤 가르침을 주시려는지요."

---

21) **족하(足下)** : 같은 또래 사이에서 상대방을 높여 일컫는 말. [漢書 高帝紀]「**足下**必欲誅無道」. [史記 項羽記]「奉白璧一雙 再拜獻大王**足下**」. 본래는 '상대의 발 아래'란 뜻임.

22) **환문의 일[桓 · 文之事]** : 패도(覇道). 환공(桓公)과 문공(文公)이 춘추시대 패업을 이룬 일. [孟子 梁惠王篇 上]「仲尼之道 無道**桓文之事**者」.

하자, 노숙이 말하기를,

“옛날 한 고조는 의제의[23] 일을 높이려 했으나 곧 항우가 방해되었습니다. 지금은 조조를 항우에 비할 수 있습니다. 장군께서는 어떻게 해서 환공과 문공이 되어보려 하십니까? 노숙은 아무리 생각해도 한실을 부흥시키는 것은 불가능할 것 같고, 조조는 끝내 제거할 수 없다고 생각합니다. 장군을 위해 계책을 낸다면 오직 강동을 솥발처럼 굳게 세워[24], 써 천하의 형세를 살피는 방법이 있을 것입니다.

지금 북방에는 일이 많으니, 이 틈을 이용하여 황조(黃祖)를 제거하고 유표를 쳐서 궁극적으로 장강의 한쪽을 지키셔야 합니다. 그런 연후에 제왕이 되시어, 써 천하를 도모하셔야 할 것입니다. 이것이 곧 고조께서 하시려 했던 일입니다.”

하자, 손권은 그 말을 듣고 기뻐하며 옷을 입고 일어나 사례를 드렸다.

다음 날 노숙에게 후사를 하고 의복과 휘장등물을 노숙의 어머니에게 드렸다. 노숙은 또 한 사람을 천거하여 손권에게 뵙게 하니, 이 사람은 박학다재하고 어머니를 지극한 효성으로 모셨는데, 성은 제갈(諸葛)이라 하고 명은 근(瑾), 자는 자유(子瑜)로 낭야의 남양 사람이었다. 손권이 절하고 상빈으로 모셨다. 제갈근은 손권에게 원소와는 내통하지 말고 조조에게는 순종하다가 뒤에, 형편을 보아서 저를 도모하라 하였다. 손권은 그의 말에 따라 진진을 돌려보내 편지로써 원소와 절

---

23) **의제(義帝)** : 진(秦)나라 말년에 항양(項梁)이 내세웠던 초회왕(楚懷王)을 말하는데, 항우가 그를 ‘의제’로 추존하였음. [辭源]「楚懷王孫心 在民間 項梁求得之尊爲楚懷王 及項羽入關 遂尊爲**義帝**」. [史記 項羽紀]「項王使人致命懷王 懷王曰 如約 乃尊懷王爲**義帝**」.

24) **솥발처럼 굳게 세워[鼎足]** : 솥의 세 발처럼 서로 버티며 대치한 상태로 있음. 옛날 솥은 발이 세 개여서 비유한 것임. [史記 淮陰侯傳]「莫若兩利 而俱存之三分天下 **鼎足**而居」.

교하였다.

한편, 조조는 손책이 죽었음을 듣고 병사들을 일으켜 강남으로 내려오려 하였다. 그런데 시어사[25] 장굉(張紘)이 간하기를,

"남이 상을 당했을 때를 틈타서 저를 치는 것은 의로운 일이 아닙니다. 만약에 거병하였다가 저들을 이기지 못한다면, 좋은 관계를 원수로 삼는 것입니다. 좋은 때에 저를 만나는 것이 좋을 것입니다."

하자, 조조가 그러리라 여겨 이에 손권을 장군에 봉하고 겸하여 회계태수를 거느리게 하였다. 곧 장굉으로 회계도위수를 삼아서 인수를 가지고 강동으로 가게 하였다.

손권은 장굉 또한 오나라로 돌아오자 크게 기뻐하며 곧 장소(張昭)와 함께 정사를 살피게 하였다.

장굉은 또 한 사람을 손권에게 천거하였다. 이 사람은 성이 고(顧)씨요 이름은 옹(雍)이라 하였는데, 자가 원탄(元嘆)으로 중랑장 채옹의 수하로 있었다. 그는 사람됨이 말수가 적고 술을 마시지 않으며 엄정정대하였다. 손권은 그를 승상으로 삼아 태수의 일을 맡아 보게 하였다.

이로부터 손권의 위세는 강동에 진동하게 되고 깊이 민심까지 얻게 되었다.

한편, 진진은 돌아가 원소를 만났다. 그리고 말하기를,

"손책은 이미 죽었고 손권이 그 자리를 계승하였습니다. 조조는 그를 봉하여 장군을 삼고 외응을 하기로 결정하였습니다."

---

25) **시어사(侍御使)** : 주로 관리들의 부정을 규찰·탄핵하고 주군으로 나가 군량 수송을 감독하던 관리. 이는 법률을 담당한 영조(令曹) 등 5조(五曹)를 관할 하였음. 본래 '시어'는 임금에게 시종하는 관리의 이름. [事物紀原]「周爲柱下史 秦時張蒼爲御史 主柱下方書 是也 亦爲**侍御史** 是則侍御之官 始於柱下也」.

하자, 원소가 노하여 드디어 기주·청주·유주·병주 등에 있는 인마 70여 만을 동원하여 다시 허창을 공격하려고 왔다.

이에,

> 강남의 군사들이 겨우 한숨 돌리니
> 북쪽의 기주에서 또 싸움이 일어나네.
>
> 江南兵革方休息
> 冀北干戈又復興.

필경 승부가 어찌 되었을까. 하회를 보라.

## 제30회

### 관도의 싸움에서 본초는 계속 패하고
### 오소를 들이쳐 맹덕은 군량을 불태우다.

戰官渡本初敗績
劫烏巢孟德燒糧.

한편 원소는 군사를 일으켜 관도를 바라고 떠났다. 그때 하후돈이 편지를 보내 이 일을 급히 알려왔다. 조조는 7만의 군사를 일으켜 앞으로 나가 적을 맞고, 순욱을 남겨 허도를 지키게 하였다.

원소가 출발하려 하자, 전풍은 옥중에 있으면서 편지로 간하였다.

"이제 또 잠시나마 조용히 천시(天時)를 기다리는 것이 좋을 터인데, 망령되이 큰 군사를 일으키는 것은 옳지 않습니다. 전황에 불리할까 걱정됩니다."

하였다.

봉기가 그를 헐뜯기를

"주공께서 군사를 일으키는 것은 인의를 위한 일인데, 전풍이 어찌하여 이처럼 상서롭지 못한 말을 한단 말입니까?"

하자, 원소가 화가 나서 전풍을 참하려 하였으나, 여러 관료들이 애써 말렸다.

원소가 한탄하며,

"내가 조조를 파한 다음에 분명히 그 죄를 바로 잡으리라!"

하며, 군사를 재촉하여 발진하였다. 깃발이 산야를 덮고 칼끝이 수풀과 같았다. 행군이 양무(陽武)에 이르러서 영채를 세웠다.

저수가 말하기를,

"우리가 비록 수적으로는 우세하나 용맹은 저들 군사에 미치지 못합니다. 저들은 비록 수적으로는 적으나 정예이지만 양초(糧草)는 아군만 못합니다. 저들은 군량이 없으니 속전이 이롭습니다. 아군은 군량이 많으니 마땅히 지구전을 펴서 시간을 끈다면, 저들은 싸우지도 못하고 스스로 패할 것입니다."

하자, 원소가 화를 내면서

"전풍이 군사들의 마음을 어지럽혀 내 돌아가서 반드시 저를 참하리라 생각하고 있는데, 네 어찌 감히 또 이 같은 말을 하느냐!"

하고, 좌우에게 말하기를

"앞으로 저수를 군중에 가두어라. 내가 조조의 군사들을 격파한 후에 전풍과 함께 죄를 묻겠다!"

하고, 영을 내려 대군 70만을 이끌고 동서남북으로 나누어 진을 치게 하니, 그 길이가 사방 90여 리나 되었다.

세작들이 적의 허실을 탐지하여 관도에 알려 왔다. 조조의 군사들이 막 도착하여 있다가 이 소식을 듣고 모두 겁을 내고 있답니다.

조조는 여러 군사들과 함께 이 일을 상의하였다.

순유(荀攸)가 말하기를,

"원소의 군사들은 수적으로는 많지만, 족히 두려워할 것이 없습니다. 아군은 정예병들로 구성되어 있어 일당 십이 가능하나, 속전속결이 중요합니다. 만약에 시일이 걸리면 양초가 모자라서 일이 걱정됩니다."

하자, 조조가 대답하기를

"자네의 말이 내 생각과 꼭 같소."

하고는, 드디어 군사들과 장수들에게 영을 내려 북을 치고 고함을 지르며 전진하게 하였다.

원소의 군사들이 와서 양편의 군사들이 진을 쳤다. 심배는 1만의 궁수들을 양 날개에 매복시키고 궁전수 5천을 문기 안에 매복시켜 호포소리를 신호로 일제히 쏘게 하였다. 북이 세 번 울리자 원소는 금투구와 갑옷을 입고, 금포에 옥대를 띠고(錦袍玉帶) 말에 올라 진의 앞에 나섰다. 그의 좌우에는 장합(張郃)·고람(高覽)·한맹(韓猛)·순우경(淳于瓊) 등이 섰고, 정기와 전월 등이 심히 위엄을 돋우었다.

조조의 진영 위쪽 문기가 꽂혀 있는 곳에서 조조가 말을 타고 나왔다. 허저·장료·서황·이전 등이 각각 병기를 들고 앞뒤에서 그를 에워쌌다.

조조는 채찍으로서 원소를 가리키며,

"내 천자께 너를 대장군으로 주달하였는데 지금 어찌하여 이 같이 모반하는가?"

하자, 원소가 노하며 대답하기를

"너는 한의 재상임을 사칭하고 있으나, 이미 한의 적이 되어 있다. 너는 죄악이 벌써 하늘까지 닿아[1] 왕망이나 동탁보다 더한 놈이, 오히려 나보고 모반한다고 하느냐!"

---

1) **죄악이 벌써 하늘까지 닿아[罪惡彌天]** : 죄악이 가득함. 「미천긍지」(彌天亘地). 죄가 하늘과 땅에 두루 닿아 도저히 어찌 할 수가 없다는 뜻. '죄가 하늘과 땅에 두루 닿다'의 비유임. [陰符經]「**彌于天給于地**」. [應璩 報梁季然書]「頓**彌天之網** 收萬因之魚」.

하니, 조조가 말하기를
"내 오늘 천자의 조서를 받들고 너를 토벌하려 한다!"
하자, 원소가 대답한다.
"나는 의대의 조서를 받들어 도적을 토벌하겠다."
하였다. 조조가 노하여 장료로 하여금 나가 싸우게 하였다. 원소 편에서는 장합이 말을 달려와서 맞았다. 두 장수의 싸움이 4, 50합에 이르도록 승부가 나지 않았다. 조조가 이를 보고 속으로 은근히 칭찬하고 있는데, 허저가 칼을 휘두르며 말을 몰고 나가서 직접 싸움을 도왔다. 고람이 창을 꼬나들고 나와 네 사람의 장수들이 서로 갈라져서 사생결단으로 싸웠다. 조조는 하후돈과 조홍에게 각기 3천의 군사들을 주어, 일제히 적진으로 치고 들어가게 하였다. 심배가 조조의 군사들이 출동해 오는 것을 보고 곧 깃발을 들고 호포를 쏘게 하였다.

양편 진영 만개의 노에서 활을 쏘기 시작하고, 중군 내의 궁전수들도 일제히 적을 에워싸고 어지럽게 쏘아댔다. 조조의 군사들은 대항할 수가 없자 남쪽을 버리고 급히 달아났다. 이때 원소가 병사들을 몰고 나와 엄살하자, 조조의 군사들은 크게 패하여 모두 관도로 달아났다. 원소의 군사들은 이동하여 관도와 아주 가까운 곳에 영채들을 세웠다.

심배가 말하기를,
"지금 병사 10만을 내어 관도를 지키고 조조의 영채 앞에 토산을 쌓아서, 군사들에게 영채를 내려다보면서 활을 쏘게 하십시오. 조조가 만약 이곳을 버리고 간다면 우리가 이 요충지를 얻을 것이고, 그렇게만 되면 허창를 빼앗을 수 있을 것입니다."
하였다.

원소는 그의 말을 따라 각 영채에서 힘이 센 군사들을 뽑아, 괭이나 삼태기 같은 물건을 가지고 조조의 영채 주변에 모이게 하고는, 흙을 날라다 토산을 쌓게 하였다. 조조의 영채에서는 원소의 군사들이 토산을 쌓는 것이 보이자 기다렸다가 나가 싸우고자 했다. 그러나 심배가 궁수들로 하여금 중요한 요로에 배치하였기 때문에 더 나아갈 수가 없었다. 열흘 안에 토산 50여 개를 쌓고, 위에다 높은 망루를 세우고 궁노수들이 그 위에서 화살을 쏘아댔다.

조조의 군사들은 크게 두려워서, 모두가 꼭대기에 화살막이[遮箭牌]를 세워 막았다. 토산 위에서는 방짜[梆子] 소리가 나고 그때마다 화살들이 비 오듯 쏟아졌다. 조조의 군사들은 다 방패로 가리고 땅에 엎드려 있었는데 원소군 내에서 웃음소리가 크게 들렸다. 조조는 군사들이 아주 어지러워지고 있는 것을 보고는 모사들을 모두 모아놓고 계책을 물었다.

유엽이 나아가 말하기를,

"발석차를[2] 만들면 저들을 파할 수 있습니다."

하자, 조조는 유엽에게 발석차의 모양을 내라 하였다. 밤을 도와 발석차 수백 승을 만들어 각 영내에 나누어 주었다. 그리고는 토산의 운제와[3] 대치하게 하였다. 궁전수들이 나와서 화살을 쏠 때를 기다리고 있다가 영내에서 일제히 발석차를 쏘았다. 큰 돌멩이가 하늘을 날아 어지럽게 떨어져, 숨을 곳이 없는 원소의 궁전수들이 무수히 죽어 갔

---

2) **발석차(發石車)** : 돌을 날려 적을 공격하는 기구로 일종의 포(砲)라 할 수 있음. [三國志 魏志 袁召傳]「太祖乃爲**發石車** 擊紹樓皆破(注)……於是造**發石車** 號日 **霹靂車**」.

3) **운제(雲梯)** : 구름사다리. 높은 사닥다리. 높은 산 위의 돌계단이나 잔도(棧道)를 이르기도 함. [事物紀原 墨子 公輸篇]「公輸般爲**雲梯**之械 左傳日 楚子使解楊登樓車 文王之雅日(詩經 大雅篇 皇矣) 臨衝閑閑 注云 臨車卽左氏所謂樓車也 蓋**雲梯**矣」. [六韜 虎韜 兵略篇]「視城中 則有**雲梯**飛樓」.

다. 원소의 군사들은 다 그것을 벽력차(霹靂車)라 불렀다. 이로 인해 원소의 군사들은 감히 망루에 올라가서 활을 쏘지 못하였다.

그때, 심배가 또 계책을 드렸다. 심배는 군사들에게 괭이로 몰래 땅굴을 파게 하여 곧장 조조의 영내에까지 이르게 하였는데, 이들을 굴자군(掘子軍)이라 불렀다. 조조의 군사들은 원소의 군사들이 토산 뒤에서 굴을 파는 것을 보고 이를 조조에게 보고하였다. 조조는 또 유엽에게 계책을 물었다.

유엽이 대답하기를,

"이는 원소의 군사들이 드러난 곳은(낮) 공격을 할 수가 없으니 드러나지 않은 곳(밤)에 공격하려는 것입니다. 특히 땅속의 길을 따라 영내에 들어올 생각입니다."

하자, 조조가 묻기를

"어떻게 저들을 막겠소?"

하니, 유엽이 대답하기를

"영채의 둘레에 해자를 깊게 파면, 저들의 몰래 들어올 길은 쓸모가 없어집니다."

하자, 조조는 밤을 도와 해자를 파게 하였다.

원소의 군사들이 파 놓은 굴이 해자의 가에 이르자 과연 들어갈 방법이 없는지라 쓸데없이 군력만 허비하게 되었다.

이때, 조조가 관도를 지킨 지 8월에서 9월로 접어들었다. 군사들이 힘이 점점 쇠진해지고 양초도 거의 바닥이 나게 되었다. 마음속으로 관도를 버리고 허창으로 돌아가고자 하였다. 그러나 결정을 못하여 편지를 써서 사람을 시켜 허창의 순욱에게 물었다. 순욱이 답서를 보내 왔는데 그 내용은 다음과 같다.

존명을 받들어 진퇴의 결단에 대해 말씀드려 볼까 합니다. 어리석은 생각이나 원소가 모든 군사들을 다 관도에 모아 놓고 있으므로 승부를 결단하려 하오신다면, 공께서는 아주 약한 세력으로써 아주 강한 자를 당해내야 합니다. 만약에 이를 능히 제어하시지 못한다면 반드시 적이 승세를 타게 될 것입니다. 그렇게 된다면 이는 천하의 중대한 일이 될 것입니다.

원소가 비록 많은 수의 군사를 가지고는 있으나 이를 잘 사용하지 못하고 있습니다. 공의 신무(神武)와 명철(明哲)하심으로써 어찌 난관을 극복하지 못하겠습니까? 지금 군사들의 수가 저들에 비해 적지만, 초와 한이 영양(滎陽)과 성고(成皐) 사이에서 싸울 때보다는 낫사옵니다. 공께서 지금 땅을 구획하여 지키면서 그 요충지를 졸라 더 나오지 못하게 한다면, 저들은 더 이상 나오지 못할 것입니다. 그렇게 된다면 형세가 다한 저들은 틀림없이 변화를 보일 것입니다. 이 같이 기이한 계책(奇兵)을 사용하실 때에는 절대로 잘못되어서는 안 됩니다.

명공께서는 오직 살펴 판단(裁察)하시옵소서.

조조는 순욱의 글을 받고는 크게 기뻐하며 장사와 병사들에게 힘을 다해 지키게 하였다. 원소의 군사가 약 30여 리쯤 물러나자 조조는 장수들을 보내어 군영을 순초(巡哨)하게 하였다. 그때 서황의 부장 사환(史渙)이 원소군의 세작 한 사람을 잡아끌고 왔다.

서황이 그를 통해 원소군의 허실을 물으니, 대답하기를

"조만간에 대장 한맹(韓猛)이 양초를 운반하기 위해 조조의 군사들 앞을 지나갈 것인데 저에게 길을 탐색하라 해서 왔습니다."

하자, 서황이 곧 이 일을 조조에게 알렸다.

순유가 말하기를,

“한맹은 필부지용에 해당하는 인물이옵니다. 만약에 한 사람에게 기병 수십 명만 주어서 보내서 중간에서 저들을 공격하여 양초를 옮기는 길만 끊는다면, 원소의 군사들은 스스로 혼란에 빠질 것입니다.”

하자, 조조가 묻는다.

“누구를 보내는 게 좋겠소?”

하니, 순유가 대답하기를

“곧 서황을 보내십시오.”

한다.

조조는 드디어 서황에게 장수 사환과 함께 병사들을 데리고 먼저 가게 하고, 뒤에 장료와 허저가 병사를 이끌고 가서 구응하게 하였다. 그날 밤 한맹이 양초를 실은 수레 수천 량을 원소의 영채로 호송해 가고 있었다. 바로 그 사이에 산골짜기에 있던 서황과 사환이 군사들을 이끌고 길을 막고 나서자 한맹이 말을 달려와 싸웠다. 서황이 저를 맞아 짓쳐 나가고 사환은 흩어져 달아나는 군사들을 죽이며, 양초를 실은 수레에 불을 질렀다. 한맹은 막아낼 수 없자 군사를 돌려 달아났다. 서황은 군사들을 재촉하여 치중을 모두 태워 버렸다.

이때, 원소의 군중에서는 서북쪽에서 불길이 이는 것을 보고 놀라고 있는 사이에, 패군이 와서 보고하기를

“양초가 모두 불에 타 버렸습니다.”

고 알려 왔다.

원소는 급히 장합과 고람에게 가서 큰 길을 막으라 하자, 때마침 양초를 불태우고 돌아가는 서황과 마주쳤다. 서황이 싸우고자 할 때 곧 이어 뒤에 장료와 허저의 군사들이 도착하였다. 양군이 협공을 하며 원소의 군사들을 시살하고, 네 장수들이 군사들을 한 곳에 모아 관도

의 영채로 돌아갔다. 조조는 크게 기뻐하며 노고에 따라 상을 후히 주고, 또 각 영채의 군사들을 나누어 운영하며 원소의 군사들과 기각지세를 이루었다.

한편 한맹의 패군이 군영에 돌아오자 원소는 크게 노해 한맹을 참하고자 하였으나, 여러 장수들의 권고로 겨우 면하였다.

심배가 말하기를,

"행군을 할 때에 양식은 아주 중요한 것이기 때문에, 무엇보다도 소중히 해야 합니다. 오소(烏巢) 등 군량을 비축한 곳은 특별히 군사들을 배치하여 지켜야 합니다."

하자, 원소가 단호하게 말하기를

"내 전략은 이미 정해졌다. 자네는 업군(鄴郡)로 돌아가 양초를 감독하고 결핍되지 않도록 하게."

하자, 심배가 명을 받고 갔다.

원소는 대장 순우경을 보내 수하의 목원진(睦元進) · 한여자(韓莒子) · 여위황(呂威璜) · 조예(趙叡) 등에게 2만의 인마를 이끌고 오소(烏巢)를 지키게 하였다. 그중에 순우강은 성격이 강하고 술을 좋아하여 많은 군사들이 저를 무서워하였다. 그는 오소에 이르자 온종일 여러 장수들과 모여 취하게 마셨다.

이때, 조조군의 군량이 고갈되니 급히 사신을 허창에 보내서, 순욱에게 속히 양초를 변통하여 밤을 도와 이르게 하라고 일렀다. 사자가 편지를 가지고 가다가 30여 리도 못 가서 원소의 군사에게 잡혀 모사 허유(許攸)에게 끌려갔다. 허유는 자를 자원(子遠)이라 했는데 어려서는 조조와 친구 사이였다. 지금은 원소에게 있으면서 모사가 되었다.

그때, 사자에게서 조조가 군량을 재촉하는 편지가 나오자, 곧 와서 원소를 보고 말하기를,

"조조는 관도에 주둔하고 있는데, 우리와 오랫동안 대치하고 있으니 틀림없이 허창이 비어 있을 것입니다. 만약에 군사를 나누어 허창을 엄습한다면 곧 허창을 빼앗을 수 있을 것이고, 조조를 사로잡을 수 있을 것입니다. 지금 조조는 양초가 이미 떨어졌으니, 이 기회를 타서 두 길로 저를 공격하소서."
하자,
원소가 권유하기를,
"조조는 위계가 아주 많은 인물이오. 이 편지 역시 적을 유인하는 계책일 것이오."
하였다.
순유가 대답하기를,
"지금 저를 취하지 않는다면 후에 장차 오히려 해를 당할 것입니다."
라고 말하고 있을 때에, 문득 업군에서 사자가 와서 심배에게 편지를 올렸다. 편지 내용 중에 먼저 양곡에 관한 이야기를 하고 뒤는 허유가 기주에 있을 때에 관한 이야기였다. 일찍이 민간의 재물을 받아먹고 또 아들과 조카들이 백성들에게 지나치게 세금을 매겨, 지금은 이미 그 자제들이 모두 하옥되었다는 내용이었다.
원소가 편지를 보고 크게 화를 내며,
"이 더러운 놈! 무슨 면목으로 나에게 계책을 올리는가! 너는 조조와 옛날부터 아는 사이라더니, 지금 생각하니 또 저의 뇌물을 받고 조조의 세작이 되어 우리 군사들을 속여! 마땅히 참수할 것이나, 지금은 잠시 네 목을 붙여둘 것이다. 속히 나가거라. 그리고 이후부터는 보이지 마라."
하였다.
허유는 나오면서 하늘을 우러러 탄식하고,

"충성된 말은 귀에 거슬린다더니[4] 이런 사람과 어찌 지모를 짤 수 있겠는가! 내 자식과 조카들이 이미 심배의 모해를 만났으니 내가 무슨 낯으로 다시 기주 사람들을 보겠는가!"
하며 마침내 칼을 빼어 목을 찌르려[5] 하였다.

그때, 좌우가 칼을 뺏으며 묻기를,
"공은 어찌 그리 가볍게 죽으려 하시오? 원소란 사람은 직언을 받아들이지 않는 사람이니, 후에 반드시 조조에게 사로잡히게 될 것입니다. 공은 이미 조공과 옛 인연이 있으니 어찌 어둠에서 벗어나려 하지 않습니까?"
하였다. 이 두 마디 말은 허유에게 깨달음을 주었다. 이에 허유는 곧 조조에게 투항하기로 했다.

후세 사람이 이 일을 탄식한 시가 있다.

원소의 호탕한 기운 중화를 뒤덮더니
관도에서 대치할 때 탄식소리 되었구나.

本初豪氣蓋中華
官渡相持枉歎嗟.

---

4) **충성된 말은 귀에 거슬린다더니[忠言逆於耳]** : 정성스럽고 충성된 말은 귀에는 거슬림. 곧 '충언(忠言)은 듣기는 싫지만 자신에게 유익하다'는 뜻임. [孔子家語 六本篇]「孔子日 良藥苦口 利于病 **忠言逆耳 利于行**」. [史記 淮南王篇]「**忠言逆於耳**利於行」. [漢書 張良傳]「且**忠言逆耳利於行 毒藥苦口利於病**」.

5) **칼을 빼어 목을 찌르려[自剄]** : 「자문이사」(自刎而死). 스스로 목을 찔러 죽음. [戰國策 魏策]「樊於期 偏袒阨腕而進日 此臣日夜 切齒拊心也 乃今得聞教 遂**自刎**」. [戰國策 燕策]「欲自殺以激 荊軻日 願足下急過太子 言光已死 明不言也 **自剄而死**」.

만약에 허유의 모계를 받아썼던들
천하가 조조의 손에 넘어갈 리 있을까?

若使許攸謀見用
山河爭得屬曹家?

한편, 허유는 몰래 본영을 빠져나가 곧 조조의 영채로 투항하려다가, 매복 군사들에게 잡혔다.

허유가 말하기를,

"나는 조승상의 옛 친구인데, 내가 기쁜 소식을 전하려 한다. 가서 남양의 허유가 와서 보자 한다고 하여라."

하니, 군사가 황급히 조조의 영채에 알렸다. 그때, 조조는 막 옷을 벗고 누우려던 차에 허유가 사적으로 영채를 찾아왔다는 소리를 듣고 크게 기뻐하며 신을 신지도 않고 맨발로[6] 나와 맞았다. 멀리서 허유를 보고 손뼉을 치며 기뻐 웃으면서 끌고 같이 들어갔다. 조조가 먼저 땅에 엎드려 절을 하였다. 허유는 황망하여 붙들어 일으키며,

"공은 한나라의 재상이고 나는 한낱 포의인데[7] 어찌 공손함이 이 같으십니까?"

하자, 조조가 말하기를,

"공은 조조의 옛 친구요. 어찌 이름과 벼슬로써 상하를 따지겠는가?"

하였다.

---

6) **맨발로[跣足]**: 맨발. [五代史 王彥章傳]「能**跣足**履棘 行百步」.

7) **포의(布衣)**: 베옷. 벼슬이 없는 선비. 「갈건야복」(葛巾野服). [故事成語考 衣服]「**葛巾野服** 陶淵明眞陸地之神仙」. 「포의지교」(布衣之交)는 평민의 교제를 이름. [史記 廉頗藺相如傳]「臣以爲**布衣之交** 尙不相欺 況大國乎 且以一璧之故 逆彊秦之驩不可」. [戰國策]「衛君與文**布衣交**」.

허유가 대답하기를
"내가 주인을 선택하는 능력이 없어서 원소에게 몸을 의탁하고 있소이다. 그가 나의 말을 귀담아 듣지 않고 계책을 듣지 않아서, 이제 저를 버리고 와서 옛 친구를 만나는 것이외다. 원컨대 받아 주시오."
하자, 조조가 말하기를
"자원이 기꺼이 왔으니 내 일은 다 되었습니다. 원컨대 곧 나에게 원소를 파할 계책을 일러 주시게나."
한다.
허유가 대답하기를,
"나는 일찍이 원소에게 경기병(輕騎兵)만을 데리고 허도를 습격해서, 앞뒤에서 저를 공격하자 하였소이다."
하니, 조조가 크게 놀라면서
"만약에 원소가 그대의 말을 따라 공격했다면 나는 패배하고 말았을 것이오."
하자, 허유가 묻기를
"공께서는 지금 군량이 얼마나 남았소이까?"
하자, 조조가 대답한다.
"1년은 버틸 수 있소."
한다.
허유가 웃으면서 하는 말이,
"그렇지 못할 텐데요."
하니, 조조가 대답하기를
"겨우 반 년 정도 버틸 것이외다."
하였다.
허유가 소매를 떨치며 일어나 걸어서 장막을 나서면서,

"내가 진정으로 투항해 왔거늘 공이 이와 같이 거짓을 말하니, 어찌 내가 바라는 바이겠소!"
하였다.

조조가 만류하면서 말하기를,

"자원은 화내지 마시구려. 이제 솔직히 말씀드리면 군량은 겨우 석 달분 정도이외다."
하거늘, 허유가 대답하기를

"이제 보니 세상 사람들이 맹덕은 간웅이라더니, 과연 그 말들이 맞는구려."
하였다.

조조가 또한 웃으면서,

"병법에 속이는 것을 싫어하지 않는다고 한 것을[8] 어찌 모르시오."
하면서, 드디어 귓속말로 말하기를,

"군중에 남은 식량은 이번 달이면 바닥이 날 것이오."
하자, 허유가 큰 소리로 대답하기를

"나를 속이지 마십시오. 군량은 이미 다 떨어졌잖습니까!"
한다.

조조가 경악하며 묻기를,

"어찌 그것을 알고 있소?"
하자, 조조가 순욱에게 보낸 편지를 내보였다.

그러면서 다시 묻기를,

---

8) **병법에 속이는 것을 싫어하지 않는다고 한 것을[兵不厭詐]** : 싸움이란 어쩔 수 없이 적을 속이게 되는 것임. [韓非子 難一]「舅犯曰 臣聞之 繁禮君子 不厭忠信 **兵**陣之間**不厭詐**僞」. [陸以湉 冷廬雜識 論王文成公精於用兵]「凡此皆出奇制勝 所謂**兵不厭詐** 非小儒所能知也」.

"이 편지는 누가 쓴 것입니까?"
하거늘, 조조가 놀라면서 말한다.
"이 편지를 어디에서 구했소이까?"
한다.

허유가 사신에게서 그 편지를 구하게 된 일을 자세히 말하자, 조조가 허유의 손을 잡고 말하기를
"자원이 나를 찾아 온 것이 옛정 때문이니, 곧 나에게 계책을 알려 주시게."
하자, 허유가 대답하기를
"명공께서는 혼자서 큰 적과 맞서고 있습니다. 그래서 급히 이길 방법을 구하지 못한다면, 이는 죽을 길을 택하는 것입니다. 제게 한 계책이 있으니, 불과 삼일 만에 원소의 수백만 군사들을 싸우지 않고 파할 수 있습니다. 명공께서 들어보시겠습니까?"
하자, 조조가 기뻐하며 말하기를
"양책을 들려주시게."
하였다.

허유가 말하기를,
"원소는 군량을 실은 치중을 모두 오소에 쌓아 두고 순우경을 시켜 지키고 있소이다. 순우경은 술을 좋아해서 전혀 방비가 없습니다. 공께서는 정병을 뽑아 원소의 장수 장기(蔣奇)라고 속이고 병사들을 거느리고 가 틈을 타서 그 양곡이 실린 수레를 불태워 버리면, 원소의 군사들은 3일이 못되어 스스로 혼란에 빠질 것입니다."
하자, 조조가 크게 기뻐하며 허유를 후하게 대접하고 영채 안에 머물게 하였다.

다음 날, 조조는 직접 마보군사 5천을 뽑아 오소에 가서 양곡을 겁

략할 준비를 하였다.

그때 장료가 묻기를,

"원소가 군량을 비축해 둔 것이니 어찌 방비가 없겠습니까? 장군께서는 쉽게 가지 마십시오. 허유의 계교가 있을까 걱정됩니다."

하자, 조조가 말하기를

"그렇지 않소. 허유가 제 발로 이곳에 왔으니 하늘이 원소를 패배케 하려는 것이오. 이제 우리는 군량을 보급할 길이 없으니 오래 버틸 수가 없소. 만약에 허유의 계책을 쓰지 않으면 이는 앉아서 곤란해지기만 기다리는 격일세. 저가 만약에 거짓이 있다면 어찌 우리의 영채 안에 있겠는가? 또 내가 원소의 영채를 겁략할 생각을 하고 있은 지 오래 되었으나, 이제야 이를 시행하여 양곡을 겁략하려 하려는 데는 반드시 계책이 있으니 자네는 걱정 말게나."

하자, 장료가 묻기를

"또한 원소가 빈틈을 타서 습격해 올 수도 있습니다."

한다.

조조가 웃으면서 말하기를,

"이는 내가 이미 잘 알고 있네."

하고, 곧 순유·가후·조홍 등에게 허유와 함께 영채를 지키게 하고는, 하후돈·하후연에게 일군을 주어 왼쪽에 매복하게 하고 조인·이전 등에게도 일군을 주어 우측에 매복시켜 뜻밖의 일에 대비하게 하였다. 장료와 허저를 앞에 서게 하고, 서황과 우금을 뒤에 세우고 조조가 직접 여러 장수를 거느리고 중앙에 섰다. 모두 5천의 인마가 원소의 군기를 달고 군사들 모두가 마른 섶단을 지고 입에 하무를[9] 물

---

9) **하무** : 옛날 군사들이 떠드는 것을 막으려고 입에 물리던 나무막대기. 「함매」(銜枚). [史記 高祖紀]「夜**銜枚** 擊項梁」. [六韜 必出]「設**銜枚**」. [說文]「**枝**榦也 從

게 하며 말의 입에는 망을 씌우고, 황혼 무렵에 오소를 바라고 떠났다. 이날 밤에는 유난히 별이 빛났다.

한편, 저수는 원소의 군사들에게 구금되어 있었는데, 이날 밤 하늘에 별들이 뿌려져 있음을 보고 감옥의 옥사장에게 뜰에 내려가게 해 달라고 하여 천상(天象)을 보게 되었다.

문득 태백이 역행하여 두우의[10] 경계를 범함을 보고 깜짝 놀라서 말하기를,

"재앙이 오는구나!"

하였다. 그리고 드디어 그날 밤으로 원소를 만나고자 하였다.

그때, 원소는 이미 취해 자리에 누워 있다가, 저수가 은밀히 아뢸 일이 있다는 이야기를 듣고 들어오게 하여 물었다.

저수가 말하기를,

"마침 천상을 보니 태백성이 유성(柳星)과 귀성[11] 사이에서 역행하며, 빛을 우성과 두성으로 쏘아 보내고 있습니다. 이는 적들이 겁략하여 해를 끼치지 않을까 걱정됩니다. 오소는 군량을 쌓아 둔 곳이니 특별히 방비하셔야 할 것입니다. 속히 정병과 맹장들을 보내서 사이에 있는 산길을 순시하게 한다면, 조조의 계산을 막을 수 있을 것입니다."

하자, 원소가 노하여 꾸짖기를,

"너는 죄인의 몸으로, 어찌 감히 망언을 내어 백성들을 현혹시키느냐."

하며, 감방의 감시인에게 말하기를

---

木**攴** 可爲杖也」. [徐箋]「**枚**之本義爲幹 引申之 則凡物一個 謂之**枚**」.

10) **두우의[斗星]** : 이십팔수의 가운데 열째 별자리의 별들. [晋書 天文志]「**斗星**盛時」. [易經]「**斗**五**星**在宙星西南 主稱量度」.

11) **귀성(鬼星)** : 이십팔수의 가운데 스물 셋째 별자리의 별들. [神異經]「東北方有**鬼星**」.

"내 너에게 저를 구금하라 일렀거늘 어찌 감히 놓아 주었느냐!"
하고, 마침내 옥졸을 참하게 하고 특별히 다른 옥졸을 불러 저수를 압송해 가두게 하였다.

저수가 눈물을 뿌리며 탄식한다.

"아군은 멸망을 눈앞에 두고 있으니, 내 시신이 어느 곳에 떨어질지도 알 수가 없구나."
하였다.

후세인이 이를 탄식한 시가 있다.

충언이 귀에 거슬려 오히려 원수가 되었으니
독부[12] 원소는 원래 기모가 적은 때문이리라.

逆耳忠言反見仇
獨夫袁紹少機謀.

오소의 군량이 다 타니 뿌리가 뽑혔는데
오히려 구차스레 기주만 지키려 하네.

烏巢糧盡根基拔
猶欲區區守冀州.

한편, 조조는 군사들을 이끌고 밤길을 가는데, 원소의 영채 앞 군사들이 어느 곳의 군마냐고 물었다. 조조는 사람을 시켜 대답하기를

---

12) **독부(獨夫)** : 홀아비. 인심을 잃어서 남의 도움을 받을 곳이 없게 된 외로운 남자. '천자가 학정(虐政)을 하여 백성이 모두 배반하고 한 사람도 섬기는 자가 없음'을 이름. [書經 泰誓下篇]「古人有言曰 撫我則后 虐我則讎 **獨夫**受 洪惟作威 乃汝世讎」. [杜牧 阿房官賦]「使天下之人 不敢言而敢怒 **獨夫**之心 日益驕固」.

“장기의 명을 받들고 오소로 양곡을 호위하러 간다.”
하자, 원소의 군사들은 자신들의 깃발[旗號]을 보고는 더는 의심하지 않았다. 무릇 여러 곳을 지났지만, 다 장기의 군사들이라 사칭하자 모두 막지 않았다. 오소에 이르렀을 때는 4경이 지난 후였다. 조조는 군사들에게 묶은 시초단들을 주위에 쌓아 놓고 불을 붙이게 하였다. 그리고 여러 장수들은 북을 울리면서 들어갔다.

이때, 순우경은 마침 장수들과 술을 마시고 취하여 장중에 누워 있다가, 북소리를 듣고 황망히 일어나서 묻기를
“무슨 일로 이리 시끄러우냐?”
하는데, 미처 말이 끝나기도 전에 쇠갈고리가 그를 찍어 당겼다. 때마침 목원진과 조예가 양초를 운반해 돌아오다가, 양초더미에 불이 일어나는 것을 보고 황급히 와서 구응하였다.

군사들은 조조에게 급히 알리며 권유하기를,
“적병들이 뒤에 있으니 군사들을 나누어 막아야 합니다.”
하였다.

그러나 조조는 명령하기를,
“여러 장수들은 힘을 다해 앞으로 가라. 적을 기다렸다가 여기에 이르면 돌이켜 싸워라!”
하였다. 이에 군사들과 장수들은 앞 다투어 교살하였다. 삽시간에 불길이 사방에서 일어나자 연기가 공중을 뒤덮었다. 목원진과 조예 두 장수는 군사들을 이끌고 와서 구하려 하자 조조는 말머리를 돌려 싸웠다. 두 장수는 감당하지 못하고 다 조조의 군사들에게 잡히고 양초는 거의 모두 타 버렸다. 순우경도 조조에게 사로잡혔는데 조조는 그의 귀·코 그리고 손가락을 자르게 하여 말 위에 묶어 원소의 진영으로 돌려보내 저를 욕보였다.

한편, 원소는 장중에 있다가 정북쪽 하늘에 불길이 치솟고 있다는 보고를 받았다. 그리고 이것이 오소를 잃고 있다는 것을 알고, 급히 문무 각 관리들을 불러 의논하고 병사들을 구원하러 보냈다.

그때, 장합이 말하기를,

"제가 고람과 함께 가서 저들을 구하겠습니다."

하자, 곽도가 권유하기를

"안 됩니다. 조조의 군대는 양곡을 겁탈하러 조조가 직접 왔을 것입니다. 조조가 이미 나갔다면 영채는 필시 비어 있을 것입니다. 병사들을 데리고 저의 영채를 먼저 공격하면, 저가 틀림없이 급히 돌아올 것입니다. 이는 손빈(孫臏)의 이른바 '위를 포위하여 조나라를 구하'는 계책입니다."[13]

하였다.

장합이 말하기를,

"그렇지 않소. 조조는 계책이 많은 사람이니, 나가되 반드시 내비(內備)를 해서 염려하지 않을 만큼 방비를 했을 것이외다. 만약에 지금 조조의 영채를 공격하여 이기지 못한다면, 순우경이 사로잡힌 것처럼 우리들은 다 사로 잡히게 될 것이외다."

하자, 곽도가 묻는다.

---

13) **'위를 포위하여 조나라를 구하'는 계책입니다[圍魏救趙]** : 손빈(孫臏)이 위나라를 포위하고 조나라를 구하던 계책. 손빈은 전국시대 유명한 병법가인데 위나라가 조나라의 한단(邯鄲)을 공격하였다. 제(齊)의 왕이 손빈 등에게 가서 조나라를 구하라 하자, 손빈은 군사들을 이끌고 위나라 서울을 직접 공격하였다. 이에 위나라는 본국을 구하기 위해 회군하였는데, 제나라는 이 기회를 이용하여 승리하게 되었고 위나라는 조나라의 포위에서 풀리게 되었다 함. [中國人名] 「齊 武後 與龐涓俱學兵法於鬼谷 涓爲魏將 嫉臏之能……威王以爲師 齊伐**魏以救趙** 臏坐輜車中計謀 大破梁軍……臏使齊軍入魏地……令善射者夾道伏 涓至 萬弩俱發 乃自刭 齊乘勝盡破其軍」.

"아니 됩니다. 조조는 다만 군량을 겁탈하려 했을 것이니, 어찌 병사들을 영채에 남겼겠소?"
하며, 재삼 조조의 영채를 겁략하자고 청하였다.

이에 원소는 장합과 고람에게 5천의 군사들을 이끌고 가서 조조의 영채를 공격하게 하고, 장기에게 1만의 군사들을 이끌고 가서 오소를 구하게 하였다.

이때, 조조는 순우경의 부졸들을 죽이고 저들의 갑옷과 깃발을 모두 빼앗았다. 그리고 거짓 순우경의 부하처럼 회군하여 영채로 돌아오다가, 산속의 길에서 마침 장기의 군사들과 마주쳤다. 장기가 저들에게 물으니 이들은 오소에서 패하여 달아나는 중이라 하니, 장기는 의심치 않고 말을 몰아 그곳을 지나갔다.

한편, 장료와 허저 등이 도착하여, 큰 소리로

"장기야 달아나지 말라!"
하니, 장기는 손 쓸 틈도 없이 장료의 칼을 맞고 말 아래로 떨어졌고 병사들은 다 죽었다.

또 사람을 원소에게 보내, 거짓으로

"장기가 이미 오소의 조조를 무찔렀다."
하였다.

그러자 원소는 다시 오소에 사람을 보내 접응하지 않고 관도로 군사들을 더 보냈다. 한편, 장합과 고람은 조조의 영채를 공격하였다. 그때 왼쪽에서는 하후돈이 오른쪽에서는 조인이, 그리고 중앙에서는 조홍이 일제히 짓쳐 나와 세 방향에서 공격하자 원소의 군사들은 대패하였다. 접응하러 온 군사들이 도착하자, 조조가 또 배후에서 짓쳐 나와 사방에서 에워싸고 엄살하였다. 장합과 고람은 겨우 길을 찾아 달아났다. 원소는 오소에서 패한 군마만 이끌고 영채로 돌아왔다.

순우경이 귀·코가 없고, 손가락이 다 떨어져 나간 것을 보고
"어찌하여 오소를 빼앗겼느냐?"
하자, 패군이 대답하기를
"순우경이 취하여 누워 있었으므로 저들을 막아낼 수 없었습니다."
하였다. 원소가 노하여 선채로 저를 참[立斬]하였다.
곽도는 장합과 고람이 영채에 돌아와 시비를 따질까 두려워, 먼저 원소 앞에 나아가 무고하기를
"장합과 고람이 주공의 패병을 보고 마음속으로 아주 기뻐하고 있습니다."
하니, 원소가 묻기를
"무엇을 근거로 그런 말을 하느냐?"
하니, 곽도가 대답하되
"그 두 사람은 전부터 조조에게 항복할 마음이 있었는데, 이제 조조의 영채를 공격하라고 보냈으나 힘도 써 보지 않고서 병사들의 절반을 잃은 것을 보면 알 수 있습니다."
하거늘, 원소가 크게 노하여 마침내 사자를 보내 급히 두 사람을 영채로 불러들여 죄를 물었다.
곽도가 먼저 사람을 시켜 두 사람에게,
"주공께서 자네들을 죽이려 하신다."
하였다.
원소의 사자가 이르자, 고람이 말하기를
"주공께서 우리들을 무엇 때문에 부르시는지요?"
하니, 사자가 대답하기를
"무엇 때문인지는 알 수가 없습니다."
하자, 고람은 마침내 칼을 빼어 온 사자를 참하였다.

장합이 크게 놀라거늘, 고람이 말하기를

"원소가 참언을 듣고 믿으니 틀림없이 사로잡히게 될 것이오. 우리들이 어찌 죽기만 기다릴 수 있소이까? 빨리 조조에게 투항하느니만 못할 것이외다."

하거늘, 장합이 말한다.

"나 또한 이런 마음이 있은 지 오래되었소."

하니, 이에 두 사람은 본부의 병마를 거느리고 조조의 영채에 가서 투항하였다.

하후돈이 말하기를,

"장합과 고람 두 사람이 투항하여 왔으나 그 허실을 알 수가 없습니다."

하였다.

조조가 대답하기를,

"내 은의로써 저들을 맞을 것이네. 비록 딴 마음이 있다 한들 또한 변함이 없을 것이오."

하고, 마침내 성문을 열고 두 사람을 들어오게 하였다. 두 사람이 무기를 버리고 땅에 엎드렸다.

조조는 말하기를,

"만약 원소가 두 장군의 말을 따랐다면 패하지 않았을 것이오. 이제 두 분 장군께서 기꺼이 투항해 왔으니, 미자가 은나라를 버리고 한신이 한나라로 돌아간 것과[14] 같소이다."

---

14) **미자 · 한신(微子 · 韓信)** : '미자'는 은(殷)의 충신으로 기자(箕子) · 비간(比干)과 함께 3현으로 일컬어짐. [中國人名]「商 紂同母庶兄 本名開……爲紂卿士 紂淫亂 數諫不聽 作誥父師少師 遂去之 周公誅武庚 命**微子**代殷後 國於宋 作**微子**之命」. '한신'은 한 고조 유방의 장수. 소하(蕭何) · 장량(張良)과 함께 한나라 창업의 삼걸 중의 한 사람임. [漢書 韓信傳]「王日 吾爲公以爲將 何日雖爲將 信不留 王日以爲大將 何日幸甚 於是王欲召信拜之 何日 王素慢無禮 今拜大將

하고, 장합을 봉하여 편장군 도정후로 삼고, 고람을 봉하여 편장군 동래후로 삼았다. 두 사람은 크게 기뻐하였다.

한편, 원소는 이미 허유가 가 버리고 또 장합과 고람까지 가 버렸으며, 게다가 오소의 양곡까지 잃어 군사들의 마음 또한 흉흉하였다. 허유는 또 조조에게 속히 진병할 것을 권유하고 있었다. 조조는 장합과 고람을 선봉으로 삼아 저들을 쫓았다. 곧 장합과 고람에게 명하여, 군사들을 이끌고 가서 원소의 영채를 겁박하라 하였다. 그날 밤 3경에 군사들을 3로로 나누어 영채를 겁박하였다. 혼전 속에서 날이 밝자 각자가 병사들을 수습하니 원소는 군사들을 거의 태반이나 잃었다.

순유가 계책을 드리며 말하기를,

“이제 소문을 퍼뜨려 군마를 움직인다 하여 한쪽으로는 산조(酸棗)를 취하여 업군을 공격하며, 한편으로는 여양을 취하고 원소의 퇴로를 막는 것이 좋겠습니다. 원소가 그 소식을 들으면 틀림없이 놀라고 당황하여 군사들을 나누어 우리를 막을 것입니다. 우리는 그가 군사를 일으키는 틈을 타서 공격하면 원소를 물리칠 수 있습니다.”
하자, 조조는 그 계책을 쓰기로 하고 군사들에게 사방에서 소문을 퍼뜨리게 하였다.

원소의 군사들이 이 소문을 듣고 영채에 돌아와서, 말하기를
“조조가 두 갈래로 군사들을 나누어, 한쪽은 업군을 취하고 한쪽은 여양으로 간다.”
고 하였다.

원소는 크게 놀라서 급히 원담(袁譚)에게 5만 군사들을 주어 업군을 구하게 하고, 그리고 신명(辛明)에게도 5만 군사들을 주어 여양을 구

---

如召小兒 此乃信所以去也 王必欲拜之 擇日齋戒 設壇場具禮乃可 王許之 諸將皆喜 人人各自 以爲得大將 至拜乃**韓信**也 一軍皆驚」.

하라며, 밤을 도와 출발하게 하였다. 조조는 원소가 군사를 일으킨 것을 탐지하고, 곧 군마를 나누어 8방향에서 일제히 출발하게 하였다. 그리고는 곧장 원소의 진영으로 출동하였다.

원소의 군사들은 모두 싸울 의지가 없어, 사방으로 흩어져 달아나 마침내 크게 무너졌다. 원소는 갑옷을 입지도 못하고 홑옷에 복건만 쓰고 말에 오르니 어린 아들 원상(袁尙)만이 뒤를 따랐다. 장료·허저·서황·우금 등 4장수들은 군사들을 이끌고 원소를 추격하였다.

원소는 급히 황하를 건너느라고 도서(圖書: 책·그림·문서·도장)·거장(車仗: 수레와 깃발·무기)·금백(金帛: 황금과 비단) 들을 모두 버리고, 오직 수행하던 8백여 기만 데리고 갔다. 조조의 군사들은 원소를 더 이상 추격할 수가 없자 버린 물건들을 다 얻었다. 이 싸움에서 죽은 자가 8만여 명이고 죽은 병사들의 피가 개울을 가득 채웠다. 익사한 자는 그 수를 헤아릴 수 없을 정도였다. 조조는 전승을 얻고 장수들은 노획한 금보와 비단을 군사들에게 상으로 주었다. 원소가 버린 조서 중에서 편지 묶음이 나왔는데, 다 허도 및 군사들에게 보낸 비밀 내용이었다.

좌우가 말하기를,

"한 점이라도 이름이 밝혀지면 데려다가 모두 죽여야 합니다."

하자, 조조가 묻기를

"마땅히 원소가 강성할 때에는 나 자신이 스스로 보존할 수 있을까 하였는데, 항차 다른 사람들이겠느냐?"

하며, 그 편지들을 모두 태워 버리게 하였다. 그리고 다시는 묻지 않았다.

한편, 원소는 싸움에 지고 달아나자 저수는 구금되었던 까닭에 도망갈 수가 없어서 조조의 군사들에게 잡히게 되었다. 조조는 평소부터 저수와는 서로 안면이 있는 터였다.

저수가 조조를 보자, 큰 소리로 대답하기를

"저수는 항복하지 않았다!"

하거늘, 조조가 말하기를,

"본초가 지조가 없어 자네의 말을 듣지 않았는데도 자네는 아직도 미망[執迷]에서 벗어나지 못하는가? 내가 만약에 공을 일찍 얻었다면, 천하의 일은 염려하지 않았을 것이외다."

하고, 저를 후대하여 군중에 머물게 하였다. 저수는 영채에서 말을 훔쳐 타고 원씨에게 가려 하였다.

조조가 노하여 결국 저를 죽였다. 저수는 죽음에 직면하고서도 얼굴빛 하나 변치 않았다.

조조가 탄식하기를,

"내 충의지사를 잘못하여 죽였구나!"

하고, 저를 후히 장사지내주고, 황하의 애구에 안장하게 하였다.

그리고 그 문석에 이르기를 '충열저수의 묘'[忠烈沮君之墓]라 하였다.

후세 사람이 저수를 예찬한 시가 있다.

하북엔 많은 명사들이 있지만
충정한 이 오직 저수뿐일세.
　河北多名士
　忠貞推沮君.

진법에는 능하였고
우러러 천문에도 밝았도다.
　凝眸知陣法
　仰面識天文.

죽음 앞에서도 마음은 철석같고
위기에서 그 의기 구름과 같네.

至死心如鐵
臨危氣似雲.

조공조차도 그의 의열을 흠모하여
특별히 외로운 무덤을 세웠네.

曹公欽義烈
特與建孤墳.

조조는 기주를 공격하라 명하였다.

이에,

세는 약했어도 승상은 지모가 많아 이겼고
병사는 강했어도 원소는 지모가 적어 망하였네.

勢弱只因多算勝
兵強却爲寡謀亡.

승부가 어찌 되었을까. 하회를 보라.

《제3권으로 이어짐》

# 찾아보기


## ㄱ

가기(歌妓) 153
가의・선우(賈誼・單于) 182
간뇌도지(肝腦塗地) 311
갈망하던 바[渴想之思] 219
갈의(褐衣) 184
강무(講武) 111
개창(疥瘡) 214
거기에 가서 형편을 살펴보겠네[見機而變] 305
겁채(劫寨) 216
겉만 번지르르한 인물[色厲膽薄] 134
격초・양아(激楚・陽阿) 183
결국은 망이궁에서 죽었도다[終有望夷之敗] 158
경노(硬弩) 223
계도(戒刀) 277
고굉지신(股肱之臣) 110
고리(鼓吏) 186
고삐를 나란히 하였다[竝馬而行] 291
공신각(功臣閣) 116
관내후(關內候) 107
교룡(蛟龍) 263
교명칭제(矯命稱制) 165
구주(九州) 135
구천지하(九泉之下) 210, 233
'굴갱대호지계'입니다[掘坑待虎之計] 55
궁중에서 임금이 쓰는 물건들을 수습해서[宮禁御用之物] 146
귀성(鬼星) 354
귀신의 덕이 성하구나! 325
규염(虯髯) 295
규찰(糾察) 68
균지(鈞旨) 144, 289
그릇 속에 든 쥐를 잡으려 하나 그릇을 깨뜨릴까봐 못한다[投鼠忌器] 113
금문(禁門) 208
금석성(金石聲) 187
금창(金瘡) 328
기각지세(掎角之勢) 87, 212
기군망상하기에[欺君罔上] 113
기내(畿內) 164
기병(奇兵) 43
기수(氣數) 40, 323
기실(記室) 157
꿀물을 타서 가져오라[蜜水止渴] 147

## ㄴ

남가일몽(南柯一夢) 195
내 뜻을 알리라고[通款] 29
내문(內門) 233
너의 머리를 빌려서 군사들에게 보이려고 한다[欲借汝頭 以示衆耳] 52

네놈이 나를 흙으로 빚은 신상으로[土木偶人] 193
녹록한 소인배[碌碌小人] 136
놀라지 않는 자[駭然] 75
눈으로[肉眼] 134

### ㄷ

다 오합지졸입니다[烏合之師] 43
단지(丹墀) 108
당(堂) 331
당도고(當塗高) 41
대역무도(大逆無道) 48
대완 땅의 양마[大宛良馬] 33
대완마(大宛馬) 62
도략(韜略) 333
도제(徒弟) 317
도철(饕餮) 159
도회의 계교[韜晦之計] 131
독부(獨夫) 355
돈만 긁어모으는 태수[要錢] 185
두우의[斗星] 354

### ㅁ

마치 등을 가시로 찌르는 듯하오[背若芒刺] 114
마치 주머니 속에서 물건을 꺼내는 듯 한답니다[探囊取物] 244
마치 타오르는 불길에[飛蓬] 164
막부(幕府) 159
막빈(幕賓) 72
만인지적(萬人之敵) 222
망탕산(芒碭山) 218, 299
맨발로[跣足] 349
명문(明文) 287
명정언순(名正言順) 157
명호(名號) 207
모시(毛詩) 153
몹시 사랑하였다[鍾愛] 19
못난 자식[不肖] 293
무겁게 대할 것입니다[重待] 191
문빙(文憑) 272
미자·한신(微子·韓信) 360

### ㅂ

박언왕소 봉피지노(薄言往愬 逢彼之怒) 154
발석차(發石車) 342
방장(方丈) 276
방찰(防察) 211
번례다의(繁禮多儀) 67
번쾌(樊噲) 139
법을 지존에게는 가하지 않는다[法不加至尊] 57
병법에 속이는 것을 싫어하지 않는다고 한 것을[兵不厭詐] 351
부수(符水) 319
북을 세 번 치는[三通] 302
분변이 없는 놈이어서[粗莽之夫] 297
비록 끓는 물이나 타는 불 속에 뛰어들라 해도[赴湯蹈火] 191
비상한 사람이 있은 연후에는 비상한 일이 있음이라[非常之事 非常之功]

157
비장(裨將) 53
비토·요뇨(飛兎·騕褭) 183
비황(飛蝗) 223


## ㅅ

사나운 호북의 기병[胡騎] 163
사냥꾼[獵戶] 78
사람을 만나지 않는다는 팻말[迴避牌] 261
사람을 얻는 자는 번성하고 사람을 잃은 자는 망한다 332
사방[四門] 183
사술(詐術) 57, 229
사어의 절개[史魚厲節] 181
사직(社稷) 197
사직지신(社稷之臣) 114
산중으로[綠林] 297
삼대(三臺) 161
삼척 감우(三尺甘雨) 323
서로 얼굴만 쳐다보며[面面相覷] 200
서미(胥靡) 188
서약[義狀] 122
선화(宣化) 320
소룡천화(小龍穿花) 120
소불간친지계(疏不間親之計) 18
소인들의 일만 배우려 하시니[學小人之事] 131
소하·진평(蕭何·陳平) 184
손바닥을 뒤집듯이 쉬운 일입니다[如反掌] 155
손에 들고 있던 젓가락이 땅에 떨어지는 것도 깨닫지 못하였다 137
솥발처럼 굳게 세워[鼎足] 335
쇠고랑을 채우고 목에 가쇄를[枷鎖] 321
수기응변(隨機應變) 138
수레의 나갈 길을 막는 격[御隆車之遂] 163
순망치한(脣亡齒寒) 90
순치지세[以爲脣齒] 65
술로 삽혈 맹세[歃血爲盟] 126
승상께 받은 은혜가 비록 두텁지마는 옛 의리를 버릴 수는 없습니다[新恩雖厚 舊義難忘] 261
시어사(侍御使) 336
신뢰와 풍렬(迅雷風烈) 137
10여 리까지 나와 전송하였다[十里長亭] 142
썩은 유생의 혀칼이[腐儒舌劍] 194


## ㅇ

아기(牙旗) 215
아장(亞將) 273
아주 작은 인연[睚眦之怨] 161
아침과 저녁에 조회를 드리고 잔치를 베풀 때[朝賀燕享] 186
안세의 기억력[安世黙識] 181
'앞에 매화나무가 있다' 했더니, 군사들이 다 이 소리를 듣고 입에 침이 생겨 갈증을 피했소이다[前面有梅林] 132
야미(野味) 78
양각애와 좌백도의 일(羊角哀·左伯桃)

260
양화·경중니(陽貨·輕仲尼) 188
어림군(御林軍) 51
어양삼과(漁陽參撾) 187
엄신갑(掩身甲) 111
여남에 황건적[汝南 黃巾賊] 253
여우와 토끼들이 없어지지 않았는데 [狐兎未息] 38
여율령(如律令) 165
여후 말년에는 여산과 여녹이[產祿專政] 158
영채는 텅 비어 있고[零零落落] 217
영총(榮寵) 315
오월의 싸움[吳越鬪] 38
오유(烏有) 45
오종(五宗) 161
온갖 악행을 행하며[五毒] 161
옹성(甕城) 149
와궁(窩弓) 221
왕량·백락(王良·伯樂) 183
왕자의 꿈[明王之夢] 189
왕패의 업[王霸之事] 110
용맹한 군사[貔貅] 57
용이 오른다고[龍掛] 133
용종(龍種) 211
운제(雲梯) 342
원문(轅門) 14, 77
원필입취(援筆立就) 157
원행노서부(鴛行鷺序簿) 126
'위를 포위하여 조나라를 구하'는 계책입니다[圍魏救趙] 357
위복(威福) 114, 158
유고(諭告) 97
유기(由基) 16
유성추(遊星槌) 275
육니(肉泥) 33
융복(戎服) 16
응견지재가 가히 조아를 삼을 만하다 함[鷹犬之才·爪牙可任] 159
의대조(衣帶詔) 206
의리는 마음을 저버리지 않고 충은 죽음을 돌아보지 않는다 260
의발(衣鉢) 278
의병(疑兵) 54
의장(義狀) 206
의제(義帝) 335
이는 호랑이에게 날개를 달아주는 격입니다[虎添翼] 264
이리 같은 야심[狼子野心] 36
이사(二司) 161
이일격로(以逸擊勞) 86
이제 첩보부터 올리라는 좋은 계책을 155
인기(認旗) 303
인수(印綬) 328
일 마정[一程] 309
일곱 구멍[七竅] 326
일려의 군사들을[一旅之師] 10
일이 이미 급하게 되자[事勢已急] 218
임좌의 행적[任座抗行] 181

## ㅈ


자금친(紫錦襯) 116
자리나 짜고 신이나 삼던 소인배야[織蓆編屨小輩] 146
자식을 아는 이는 아비만 같지 못하다더니[知子莫如父] 293
잠팽과 마무(岑彭·馬武) 185
장객(莊客) 292
장계취계(將計就計) 58
장수가 싸움터에 나가 있을 때에는 임금의 명을 받지 않을 수도 있는 법이오[將在外 君命有所不受] 144
장애물[鹿角] 60
장 50대[背花] 96
장창·훼맹자(臧倉·毁孟子) 188
적토마(赤兎馬) 95, 235
절제(節制) 282
정위(廷尉) 203
젖비린내가 나는 어린놈[黃口孺子] 48
제가 나가서 작은 힘이나마 보태어[犬馬之勞] 253
제기(祭旗) 172
조고가 권세를 잡고[趙高執柄] 158
조금이라도 힘을 보태지[犬馬之勞] 130
조우의 깃털 화살[雕羽翎] 16
족하(足下) 334
종군·남월(終軍·南越) 182
좌충우돌(左衝右突) 218
죄상을 알리고 토벌에 나서야[聲罪致討] 156
죄악이 벌써 하늘까지 닿아[罪惡彌天] 340
주경야독하면서[耕讀] 292
주살이[矰繳] 162
죽기로써 지기의 은혜를 갚겠나이다[肝腦塗地] 332
죽음을 두려워하지 않네[視死如歸] 225
줄기를 강하게 하기 위해서는[惟強幹弱枝之義] 160
중이천석(中二千石) 37
중인국사지론(衆人國士之論) 228
지금까지의 정[向日之情] 246
진개(塵芥) 133
진사일극지보(秦師一剋之報) 160
진실한 사람[赤心之人] 106
진진지의[秦晉之好] 18
진퇴의 길을 없게 하고 나서[進退無路] 221
질풍(疾風) 83
집을 지키는 개일 뿐 136


## ㅊ


차수(叉手) 269
창궐(猖獗) 54
창을 돌려[反戈擊之] 45
처분[發落] 287
처음부터 끝까지[從頭至尾] 303
천상의 음악[鈞天廣樂] 183
천인(天人) 279
천자만이 사용할 수 있는 기물 모두를[犯禁之物] 53
초사(招辭) 206

초제(醮祭) 326
최진사(催進使) 42
추미·동수(秋獮·冬狩) 111
춘수·하묘(春蒐·夏苗) 111
충성된 말은 귀에 거슬린다더니[忠言逆於耳] 348
충신은 차라리 죽을지언정 301
치사(致仕) 271
치중(輜重) 49

ㅋ

칼을 빼어 목을 찌르려[自剄] 348
큰 비가 내려서[大雨滂沱] 291
큰 비가 쏟아 붓듯이 내려[大雨如注] 323
큰 술잔[一大觥] 17

ㅌ

토계와견(土鷄瓦犬) 242

ㅍ

팔준(八俊) 135
패하의 고통[覇河之苦] 116
포의(布衣) 349
포인(庖人) 147
표식을 꽂고[插標] 243
필마단기(匹馬單騎) 219

ㅎ

하늘[老天] 217
하무 353
학창의(鶴氅衣) 319
한 필의 역마[匹馬] 70
항복시킨[招安] 177
항쇄족쇄(項鎖足鎖) 36
항장과 항백이[項莊舞] 139
해치(獬豸) 247
헛되이 섶을 지고 불구덩이로 뛰어들려 하니[赴湯蹈火] 226
형제와 남매[郎舅之親] 72
호근현(虎觔弦) 16
호위호니중(胡爲乎泥中) 153
홍문연(鴻門宴) 138
홍양의 암산[弘羊潛計] 181
화개(華蓋) 326
화극(畵戟) 77
화타(華佗) 317
환문의 일[桓·文之事] 334
황월 백모(黃鉞白旄) 46
후예(后羿) 15
후직(后稷) 41
후회해도 미치지 못할 것입니다[悔之無及] 45
흉금을 털어놓고[副肝歷膽] 130
흙담이 무너지고 기와가 깨지는 것처럼 무너지고 흐트러질 터이니[土崩瓦解] 164

## 삼국의 비교

## 삼국의 지도

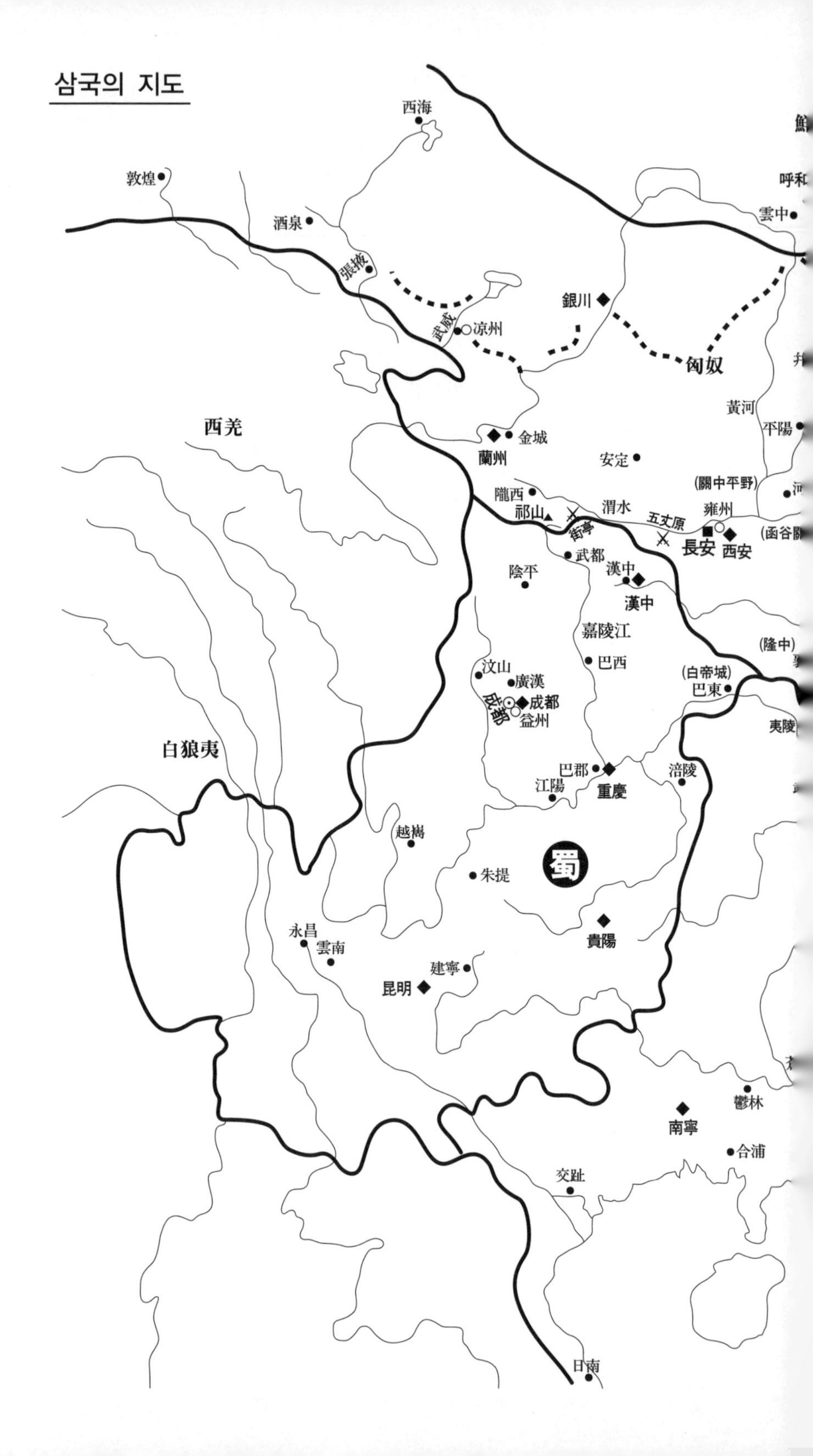
西海
敦煌
呼和
雲中
酒泉
張掖
銀川
武威
凉州
匈奴
黃河
平陽
西羌
金城
蘭州
安定
(關中平野)
隴西
渭水
雍州
祁山
街亭
五丈原
長安
西安
武都
陰平
漢中
漢中
嘉陵江
(隆中)
汶山
巴西
(白帝城)
廣漢
巴東
成都
成都
益州
夷陵
白狼夷
巴郡
江陽
重慶
涪陵
越巂
蜀
朱提
貴陽
永昌
雲南
建寧
昆明
鬱林
南寧
合浦
交趾
日南

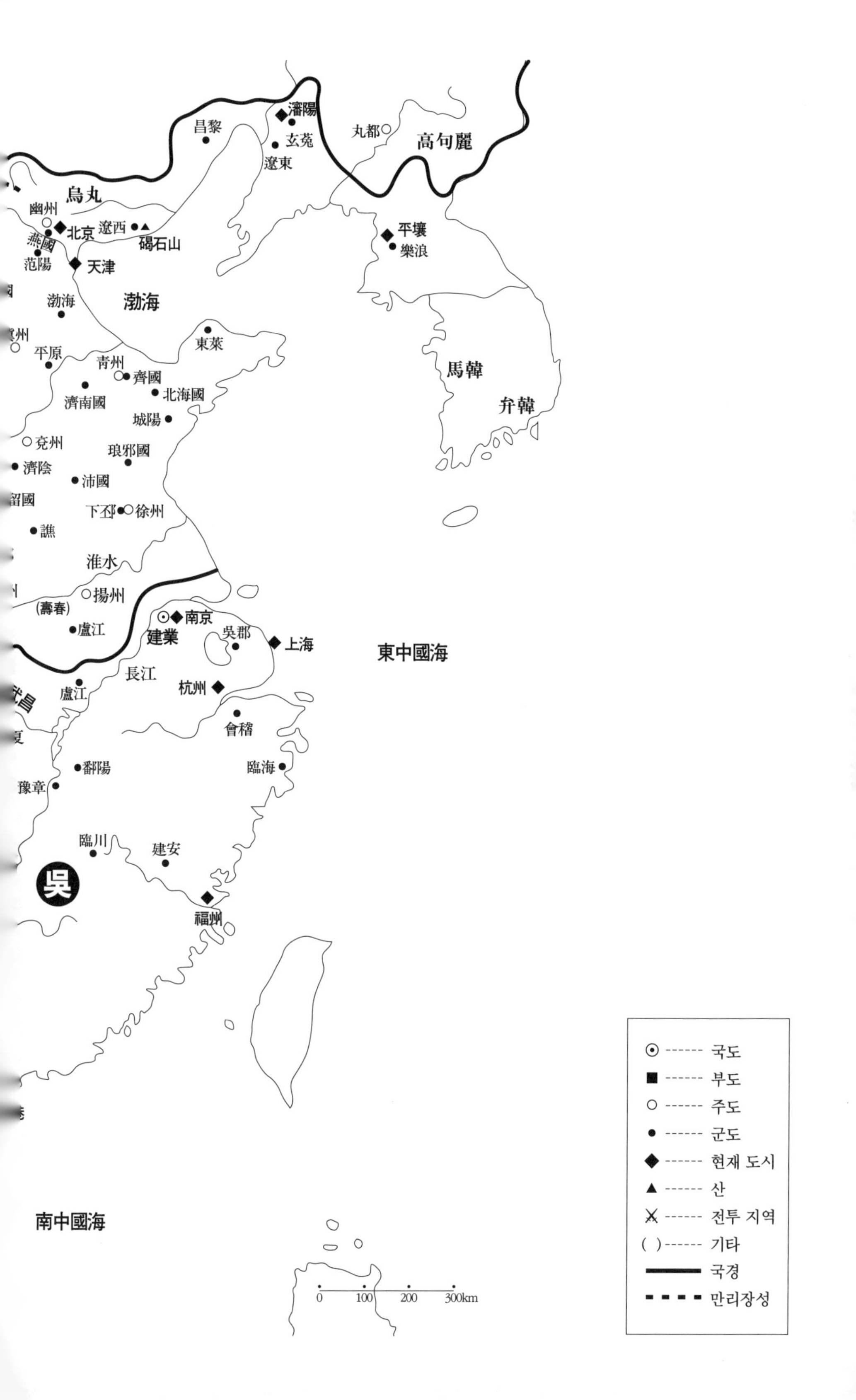

瀋陽
昌黎
玄菟
丸都
高句麗
遼東
烏丸
幽州
北京
遼西
碣石山
燕國
范陽
天津
平壤
樂浪
渤海
渤海
東萊
平原
青州
齊國
北海國
濟南國
城陽
兗州
琅邪國
濟陰
沛國
馬韓
弁韓
下邳
徐州
譙
淮水
揚州
(壽春)
南京
建業
盧江
吳郡
上海
東中國海
長江
盧江
杭州
會稽
鄱陽
臨海
豫章
臨川
建安
吳
福州
南中國海
0
100
200
300km
국도
부도
주도
군도
현재 도시
산
전투 지역
( ) 기타
국경
만리장성

## 魏 (220~265)

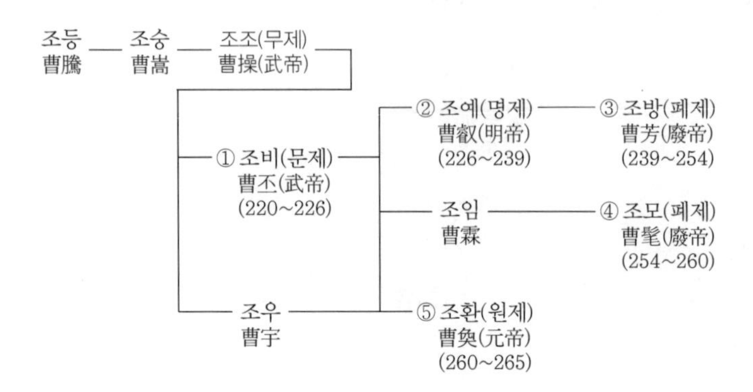


## 蜀 (221~263)

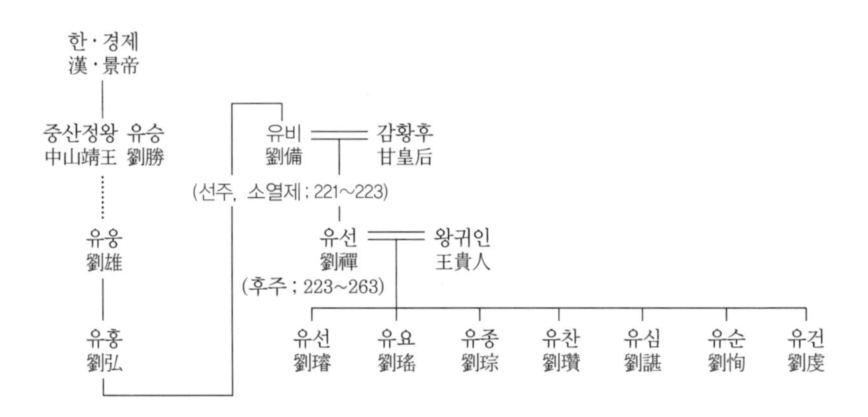


## 吳 (222~280)

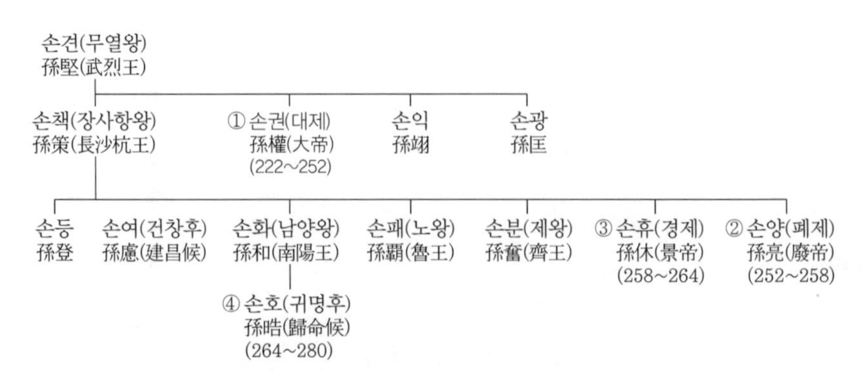

## 박을수(朴乙洙)

### ▸主要著書 · 論文

『한국시조문학전사』(성문각, 1978)

『한국시조대사전(상 · 하)』(아세아문화사, 1992)

『한국고전문학전집 11, 시조Ⅱ』(고려대 민족문화연구소, 1995)

『국어국문학연구의 오늘』(회갑기념논총, 아세아문화사, 1998)

『시조의 서발유취』(아세아문화사, 2001)

『한국개화기저항시가론(수정판)』(아세아문화사, 2001)

『시화, 사랑 그 그리움의 샘』(아세아문화사, 2002)

『회와 윤양래연구』(아세아문화사, 2003)

『시조문학론』(글익는들, 2005)

『만전당 홍가신연구』(글익는들, 2006)

『한국시가문학사』(아세아문화사, 2006)

『신한국문학사(개정판)』(글익는들, 2007)

『한국시조대사전(별책보유)』(아세아문화사, 2007)

『머리위엔 별빛 가득한 하늘이』(글익는들, 2007)

『삼국연의』(전9권)(보고사, 2015)

「고시조연구」(석사학위논문, 1965)

「개화기의 저항시가연구」(학위논문, 1984)

# 역주 삼국연의 2

2016년 1월 15일 초판 1쇄 펴냄

**저 자** 나관중
**역 자** 박을수
**발행인** 김흥국
**발행처** 보고사

**책임편집** 이경민
**표지디자인** 오동준

**등록** 1990년 12월 13일 제6-0429호
**주소** 경기도 파주시 회동길 337-15 보고사 2층
**전화** 031-955-9797(대표)
02-922-5120~1(편집), 02-922-2246(영업)
**팩스** 02-922-6990
**메일** kanapub3@naver.com / bogosabooks@naver.com
http://www.bogosabooks.co.kr

ISBN 979-11-5516-182-1
979-11-5516-180-7 04820(세트)


정가 15,000원


이 도서의 국립중앙도서관 출판예정도서목록(CIP)은 서지정보유통지원시스템 홈페이지(http://seoji.nl.go.kr)와 국가자료공동목록시스템(http://www.nl.go.kr/kolisnet)에서 이용하실 수 있습니다.(CIP제어번호: CIP2015033967)